독도선언

독도선언

초판 1쇄 인쇄 2012년 11월 02일
초판 1쇄 발행 2012년 11월 09일

지은이 배 영 수
펴낸이 손 형 국
펴낸곳 (주)북랩
출판등록 2004. 12. 1(제2012-000051호)
주소 153-786 서울시 금천구 가산디지털 1로 168,
우림라이온스밸리 B동 B113, 114호
홈페이지 www.book.co.kr
전화번호 (02)2026-5777
팩스 (02)2026-5747

ISBN 978-89-98268-28-2 03810

독도선언

배영수 지음

book Lab

序

　　일본의 독도 영유권 주장은 작가가 철이 들면서부터 인지해 왔던 사실이고 과거 식민지 시대의 참상을 부모님 세대로부터 전해 들어 익히 알고 있는지라 일본에 대한 고정 관념은 어린 시절 북한에 대한 경계심만큼이나 큰 것이었다. 그리하여 창작 초기인 1999년부터 2000년 대 초반까지는 배일, 극일의 감정으로 응어리진 가슴의 한풀이를 하듯이 글을 썼던 것도 사실이다. 그러나 세월이 흐르면서 여러 서적의 탐독과 깊은 사색 속에 역사와 문화를 깨닫게 되었고, 배달겨레의 중심에 위치한 대한민국은 동북아, 나아가 아시아와 세계를 담을 그릇을 민족 문화의 저변에 깔고 있다는 사실을 인식하게 되었다. 그래서 창작 초기보다는 좀더 성숙된 마음으로 일본을 아울러보고자 노력하였다.

　　그리고 이 글을 쓰면서 저자는, 과거의 국지적인 생활환경을 고집하는 우물 속 사고와 부분적 이익을 위한 반인류적 야만 행위는 오늘날 지구 공동체 세계에서 더 이상 일어나서는 안 될 일임을 굳은 신념으로 지니게 되었다. 그럴 즈음 2005년 봄에 또다시 독도 영유권을 주장함이 이전과는 다른 위기의식을 느끼게 하여 필자는 독도가 이 시대 분명한 대한민국 영토임을 확인시켜 후세의 증거로 삼고, 이 시대 대한민국 국민의 독도 영유권에 대한 굳은 의지를 밝히는 역사적 자료가 되기를 바라는 마음으로 6년 동안 묻어 두었던 글을 정리하여 세상에 내놓고자 한다. 마지막으로 이 책이 완성되기까지 필자에게 창작의 영감을 풍성하게 제공해 준 삼국사기, 삼국유사, 한단고기, 부도지 등 겨레 사서 의 저자들과 글의 완성에 이를 수 있는 지성을 연마해 준 모든 분들께 감사드린다.

어느덧 한해를 경각시키는 나뭇가지 새순을 감동으로 바라보며

목차

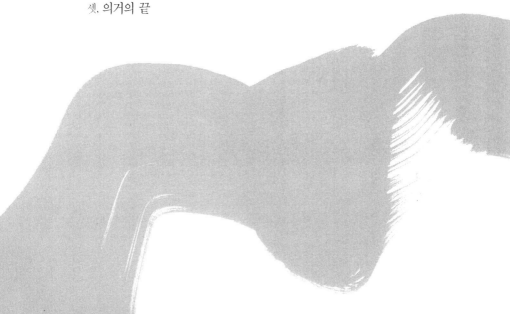

반도와 열도에 인간이 거주한 이래로 열도는 한반도 도래인들의 쟁패 장소였다. 일본이 한반도에 대하여 차별적 통일국가를 이루니 삼국 중 백제의 역할이 컸고, 문화적 선진화를 이끈 자들이 많았으나 그 중에서도 덕치를 지향한 왕인의 역할이 지대하였다

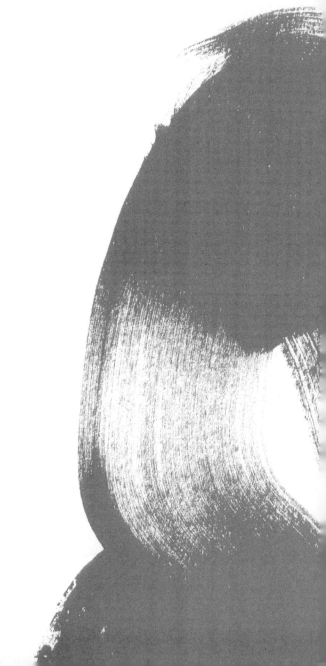

제 1 장

동량

하나, 박사와 의원

1

"장 박사, 다까야마 의원의 조상이 고조선 시대까지 거슬러 올라간다고 하는데, 그럼, 어떻게 되는 겁니까? 우리와 한 겨레라는 말이 됩니까?"

"제가 공부한 바로는 그럴 개연성이 큽니다, 각하."

"어떻게 해서 그렇다는 겁니까?"

재일교포 3세 다까야마 일본 의원의 뿌리를 두고, 대통령이 무척이나 궁금한 듯 박사를 재촉한다.

"언어학적으로 접근을 하면, 의원님의 성씨에서 고조선의 흔적을 찾을 수 있습니다."

"어떻게 말입니까?"

이번에는 의원 본인이 깊은 관심을 보인다.

"의원님의 성씨 다까야마는 고산(高山)으로 쓰지 않습니까?"

"그렇지요. 그러고 보니 장박사의 호, 古山과는 소리가 같군요!"

대통령은 고개를 끄덕이고 의원은 두 눈을 끔벅이며 함께 대답한다.

"고구려 왕족이 고 씨 성을 갖고 있지요. 고구려 국호 또한 성씨와 무관하지 않고요. 그런데 이 고구려가 언어학적으로 명백하게 고조선의 후예임을 증거하고 있으니, 의원님의 성씨가 고조선과 유관한 것을 확인할 수 있습니다. 그리고 高山과 古山의 관련성도 있을 것으로 생각은 됩니다만….”

“그렇게 되는군요!”

비서실장까지 한 몫 거들면서 모두 수긍의 표시를 한다.

“하하, 저는 그저 집안 대대로 내려오는 족보를 보고서야 그런 줄 알고 있습니다만, 장 박사, 대단합니다.”

“허허, 장 박사야 하버드 대학의 언어학 박사요, 철학 박사인 걸. 그런데 다까야마 의원의 집안 족보는 어떻게 해서 고조선 시대까지나 올라갑니까?”

“예, 각하. 저희 집안 조상들이 대륙과 반도, 열도를 옮겨 다니며 살다 보니 정체성 확립의 필요성을 크게 느꼈던 것 같습니다. 장 박사 말씀과 같이 고조선의 왕손이라 더 절실했는지도 모르겠습니다. 그래서 저희들은 조상들의 국적 이동 상황을 잘 알 수 있습니다.”

“그런가요? 음, 그래서 다까야마 의원의 정치적 관심이 동북아 통합에 있었던 거구만….”

“각하, 그런 것은 아닙니다, 하하하.”

의원이 동의를 구하듯 장 박사를 바라보며 어색한 웃음을 짓는다.

“고대 이래로 겨레의 이합집산은 당연한 것입니다. 각 시대마다 그 사회의 문화공동체 인식이 중요합니다. 일본의 시조 천왕이 고조선의 장수 출신인 협야후란 자입니다. 이렇게 보면 고대 한반도와 열도의 친연 관계를 알 수 있습니다만, 지금 한국과 일본은 각각 배타적 공간으로 이루어져 있지요.”

장박사의 언급에 모두 놀라움을 감추지 못한다.

"그렇군요…!"

대통령과 비서실장, 다까야마 의원, 장 박사 네 명의 환담이 이윽고 웃음으로 끝맺는다.

2

"하하하, 박사. 정말 즐거운 시간이었소. 역시 피를 나눈 동포와의 만남만큼 행복한 시간은 없는 듯하오."

"그러셨다면 다행입니다, 의원님. 저도 의원님을 만나 보람 있는 시간이었습니다. 그럼, 편안한 여행이 되기를 바랍니다."

"그럽시다, 장 박사. 만나서 반가웠소. 그리고 대통령께는 잘 지내다 돌아간다고 안부 전해 주시오."

"예, 알겠습니다, 의원님."

"일본 오거던 연락 주시오."

박사의 승용차가 공항을 벗어날 무렵, 의원을 태운 비행기가 열도를 향해 하늘 높이 오른다.

둘, 복서와 건달

1

체육관을 나서는 해모수의 기분이 하늘을 날 듯 상쾌하다. 두어 시간의 고된 훈련을 끝내고 맛본 한 줄기 샤워의 뒤풀이는 물론이거니와 때마침 체육관 입구로 밀려들어 전신을 훑어대는 밤공기가 무엇과도 비교할 수 없는 쾌감을 제공하기 때문이다.

"해모수, 니 먼저 가라. 나는 조금만 더 하다 가께, 으이?"

친구 협보의 말을 흘리면서 해모수가 체육관을 달려 나간다. 집까지 적당한 거리에 있는 체육관은 운동 전후 몸 풀기로는 제격이었다. 도로변을 줄곧 달려 나가던 해모수가 주택가로 들어가는 골목길 입구에 다다르면서 생각한다.

"오늘은 지름길로 갈까?"

조금이라도 일찍 피곤한 몸을 눕히고 싶은 생각에 선뜻 골목길 초입에 발을 내디딘다. 가벼운 발놀림으로 들어간 골목길은 한밤중의 어둠과 전신주의 희미한 불빛만이 어우러져 검은 공기만이 좁은 골목길을 흐르고 있다. 문득 긴장이 느껴진다.

"괜히 들어섰구나!"

운동으로 쌓였던 스트레스와 긴장감이 다시금 몸속으로 스며드는 것 같아 기분이 좋지 않았다. 프로 복서로서 일상의 힘겨운 훈련과 시합 속에서 언제나 맛보는 스트레스와 긴장을 따로 느끼고 싶은 생각은 없었다. 다시 큰길로 돌아 나가고 싶었지만 어차피 들어선 길이라 계속 나아갔다. 일정 간격 속에 어둠을 희석시키고 있는 전신주 불빛만이 해모수를 맞이한다. 천하 대장군의 눈동자인 양 희뿌연 눈동자를 부리부리 굴리며 내려다보고 있다. 골목길 깊숙이 들어와 후미진 곳을 지날 때였다.

"아~악!"

여자의 비명 소리가 어둠 속을 헤쳐 나온다. 극도의 공포심이 묻어 있는 절박한 외침임을 단번에 알 수 있었다. 비명 소리가 나는 곳으로 달려갔다. 외진 곳의 좁은 공간에 한 명의 여자가 댓 명의 남자에게 둘러싸여 골목 구석에 갇혀 있다. 해모수가 분위기를 살피며 천천히 다가간다. 여자에게 관심을 뺏긴 듯 사내들이 주변의 인기척에는 아랑곳없다. 이런 골목의 생리를 잘 알고 있을 뿐만 아니라 환경에 익숙한 자들인 것 같다.

"아저씨들, 왜 이래요? 이러지 마세요, 제발…."

"야, 씨발 누님아, 누가 누님보고 뭐 죽어 달라 그 카나? 오늘 학교 졸업하신 형님한테 씨발 조개, 닫힌 문 한 번 열어주라 카는데…."

쌍욕을 뱉어내는 사내의 손가락이 여자의 몸을 얼굴로부터 아래로 두루 훑고 다닌다.

여자가 몸을 움츠리며 사내의 손길을 거부한다.

"이 가시나, 냄비 함 더럽게 비싸게 구네, 야이 씨발 가스나야, 우리 형님 수청 함 들어라 카는데 정말로 이래 삐따카이 나올끼야? 니 조개 는 금테 둘린나, 보석 박았나?"

왜소한 몸짓에 독기가 가득 배인 욕설을 하던 사내의 손이 위로 올 라가더니 내려칠 듯 아가씨의 얼굴을 향한다.

"악!"

여자가 몸을 움츠리며 외마디 비명을 지른다. 분위기 파악을 더할 것도 없다. 해모수가 마음을 결정한 듯 사건의 현장으로 말을 던진다.

"여보시요. 약한 여자한테 너무 심하지 않소?"

낯선 남자의 목소리에 사내들이 흘낏 돌아보더니 이내 짜증난 표정 을 지으며 내뱉는다.

"머~꼬? 어이, 지 갈 길이나 가지, 와 끼 들어사코 지랄이고, 으이?"

해모수가 멈추어 서서 지나갈 기미를 보이지 않자 사내들이 투덜거 리며 다가온다. 전신주 아래로 다가온 세 명의 사내들이 모습을 드러 낸다. 건장한 체구에 험악한 인상, 반소매 아래로 문신투성이의 백구 머리, 왜소하지만 독기 가득한 세 명의 사내는 경찰 수배 포스터에 나 오는 영락없는 범죄자의 모습들이다.

"…."

어차피 피할 수 없는 상황이라면 빨리 부딪혀 상황을 조기 수습하는 것이 나 자신을 위해서 이로운 일이다. 프로 복서로서 불량배들과의 싸움으로 문제가 생기면 세계 정상을 향한 일생의 꿈이 좌절될 위험한 상황이 발생할 수도 있다. 20~30대 몇 년 동안 목표 달성을 위해 청춘을 전력투구해야 할 상황에서 1, 2년의 방황은 곧 복서 생활의 끝을 의미하는 것….

"이 개 대가리는 뭐꼬?!"

해모수가 생각에 잠긴 잠깐 사이에 사내들이 다가왔고, 그 중 왜소해 뵈는 사내가 숙인 고개를 까딱 처들어 탁한 언어를 독기 품은 눈빛과 함께 던져온다.

"뱀대가리 형님이다, 이 자슥아!"

문득 멀지 않은 곳, 어둠 사이로 깡패들의 기를 꺾어버릴 듯한 굵은 목소리가 전해져 온다.

멈칫하던 불량배가 곧 마음을 가다듬어 어둠 속으로 독기를 내뿜으며 노려본다.

"저건 또 머꼬?"

불량배가 한층 더 독기 서린 말투를 내뱉으며 다가오는 어둠 속 그림자를 향해 마른 몸을 던지며 주먹을 날린다.

"씨발, 썅노무 새끼가!"

순간, 상대의 공격을 맞이한 그림자는 상체만 옆으로 살짝 비킨 채 상대의 얇은 턱에 무쇠 주먹을 찍어 올린다.

"빡!"

"크윽!"

공중에 뜬 채 그림자의 올려치기에 턱이 나간 사내가 마치 개구리의 자세와 같이 땅바닥에 고꾸라져 버린다. 입에는 게거품을 흘리며 그대로 잠들어버린 듯 꿈쩍도 하지 않는다. 협보였다.

"빨리 따라왔구나?"

"그래, 별 일 없재? 바늘 가는 데 실이 제 때 따라 가야 탈이 안나는 법이다."

간단한 안부를 주고받은 뒤 협보가 상황의 주체들을 훑어보며 일갈한다.

"이노무 자슥들이 이 분이 누구신지 알고 함부로 주먹을 들이 밀어산노?

뒷골목 세계에도 익숙한 협보가 보다 어린 불량배들을 꾸짖듯 나무란다. 독사 같은 사내의 뒤쪽에서, 씹어 문 담배 연기를 불빛 속으로 유유히 돌려보내며 결투 현장을 여유 있게 지켜보고 서 있던 불량배들이 순간의 승부에 멈칫한다. 예상치 않은 상대의 실력에 긴장한 듯 동공이 멈추어 있던 두 사내는 그러나 이골이 난 스트릿 파이팅의 높은 승률을 기억하며 해모수와 협보 앞으로 발걸음을 옮겨 온다.

"야들이 안되겠네!"

협보가 해모수를 뒤로 물리고 한 발 앞으로 나선다. 백구머리의 사내가 뒷주머니로부터 검은 장갑을 꺼내 천천히 장갑을 끼워 나간다. 이윽고 다 낀 양손의 손가락을 맞물어 가며 꼭 끼인 두 손을 말아서 으스러질 듯 정권을 쥐어 보인다. 험악한 사내가 주변에 있던 각목을 주워 들더니 백구 머리로부터 떨어져 천천히 협보의 측면으로 돌아간다. 찰나를 노린 듯 상대의 전열을 흐트러뜨릴 듯 백구 머리가 몸을 웅크려 덤벼들 자세를 취한다. 협보가 앞발만 신속하게 옮겨 백구 머리를 향해 빈틈없는 복서의 포즈로 상대의 공격을 끌어들인다. 완벽한 자세로 비범한 기운을 풍기는 상대를 마주한 백구 머리가 상대의 실력을 충분히 인식한 듯 자세를 풀어 정공법을 버리면서 천천히 험악한 사내의 반대편으로 돌아간다. 백구 머리의 반대편 우회로 협보의 시야가 좁아진 틈을 탄 험악한 사내가 각목을 치켜든다. 각목의 예리한 직각이 서늘한 냉기를 띠면서 공중으로부터 빗긴 각을 그리며 머리로 날아든다.

"으랏!"

순간, 몸의 움직임과는 달리 시선만은 반대편의 사내도 놓치지 않고 있던 협보가 가벼운 더킹으로 각목을 흘려버린다. 그리고 왼쪽으로 돌아가 흐트러진 상대의 오른쪽 관자놀이에 신속한 연속 동작으로 왼손 스트레이트를 꽂아 넣는다.

"쩍!"

"흐~!"

육중한 몸뚱이가 뒤로 젖혀지면서 큰 대자로 무너져 버린다. 협보가 상체를 조금 세우면서 고개를 돌려 백구 머리를 향해 자세를 취하는 순간, 어느새 검은 장갑이 얼굴을 향해 날아든다.

"!"

스피드와 상황을 읽는 눈이 뒷골목에선 어느 정도 주먹에 이력이 붙은 놈이다. 마치 해모수의 생각과 함께 하는 듯 협보가 눈앞에 다다른 놈의 검은 장갑을 힘겹게 피해 머리와 상체를 살짝 뒤로 젖힌다. 백구 머리의 상체가 협보의 얼굴 앞으로 주먹을 앞세워 지나간다. 동시에 협보의 오른손 숏 스트레이트가 백구 머리의 왼쪽 턱에 폭발한다. 달려들던 가속도와 타격의 충격으로 곧장 앞으로 나가떨어지던 녀석의 머리와 어깨가 동시에 땅바닥에 박히며 고꾸라진다. 순식간에 세 명의 불량배가 나가떨어지자 여자와 함께 있던 나머지 녀석들이 전의를 상실한 듯 부리나케 달아나 버린다.

"조무라기 자슥들이…"

협보가 싱거운 듯 한마디를 내뱉고는 널브러진 자들의 상태를 파악한다. 다른 녀석들에 비해 가벼운 펀치를 맞은 백구 머리의 뺨을 몇 차례 쳐 깨운 협보가 녀석의 멱살을 잡고 두 눈을 부릅뜨며 노려본다. 백구 머리가 입 안으로 기어 들어가는 소리를 힘겹게 뱉어낸다.

"아이고, 행님요, 잘못했심더. 살려주이소…."

"앞으로 이런 짓 안할끼제?"

"예,예, 약속 드리겠심더."

기가 죽은 건달이 연신 고개를 끄덕이며 해모수의 말이 끝나기도 전에 입빠르게 대답한다.

"애들 깨까가 빨리 가라이!"

백구 머리는 타격의 충격이 아직 가시지 않은 듯 머리를 감싼 채 비틀거린다. 잠시 후, 패거리들을 깨워 일으킨 백구 머리가 해모수와 협보를 향해 넙죽 고개를 숙이고 불편한 몸을 어기적거리며 반대편 어둠 속으로 사라진다.

"몸 함 잘 풀었다마!"

상황을 잘 마무리한 협보가 으레 하듯이 자신의 몸을 툭툭 털면서 해모수에게 싱거운 말을 던진다. 자신의 몫을 대신하여 깔끔히 처리한 협보에게 해모수가 지긋한 미소로 되돌려준다.

"자, 가자."

막 자리를 뜨려는 두 사람의 뒤에서 가녀린 음성이 흘러나온다.

"저…."

"아!"

잊고 있었다는 듯 해모수가 얼른 뒤돌아본다. 여자가 아직 두려움이 가시지 않은 듯 여전히 후미진 곳 구석에서 옹송그리며 흐느끼고 있다. 가까이 다가간 해모수가 안부를 묻는다.

"다치신 데는 없습니까?"

해모수의 물음에 작은 고갯짓으로 대답하는 여자의 얼굴이 희미하게나마 윤곽을 나타낸다. 30대의 여염집 여인이다.

"정말…고맙…습니다. 어떻게…감사를…"

"저희들이야 당연히 할 일을 했습니다만…"

뒤에서 지켜보던 협보가 대뜸 거들어 나선다.

"우짜다 이래 됐는진 모르겠심다만 지들이 도로까지는 모시다 드리지예, 가입시다."

제 2 장

야망

하나, 인터뷰

1

"하나, 둘! 하나, 둘!"

협보의 구령 소리에 맞춰 해모수의 펀치가 미트 속을 헤집고 들어간다.

"퍽! 퍽!"

해모수의 펀치 한 방 한 방이 미트에 꽂힐 때마다 엄청난 무게의 파괴력이 손바닥으로부터 어깨 뼈 속까지 전해지고 협보는 저려 오는 통증으로 미간을 찌푸린다. 계속되는 해모수의 강펀치에 휘청대면서도 협보가 질책의 소리를 질러 댄다.

"동작 봐라! 느리다, 느리! 그 주먹에 언놈이 맞겠노? 해머 쳐!"

그 때, 협보의 휘두르는 미트를 더킹하며 해모수가 재빨리 오른손 잽을 복부에 꽂아 넣는다.

"읍!"

배를 움켜잡으며 협보가 쓰러진다.

쭈그려 앉아 있는 협보를 내려다보며 해모수가 싱긋 웃으며 놀린다.

"자식, 그것도 못 피하냐? 그러면서 느리다고?"

중량급인 미들급에서도 하드 펀처로 소문난 해모수의 주먹에 라이트급의 협보가 견디지 못하고 쓰러지는 것은 당연했다. 비록 잽이었지만 해모수의 잽이 협보 체급에서는 강타자의 클린 히트와 맞먹을 만했기 때문이다.

"임마! 트레이너 패는 놈이 어딘노?!"

허리를 굽힌 채 얼굴을 꼿꼿이 쳐든 협보가 해모수를 노려보며 악을 쓴다.

"야, 그만 하자. 마음먹고 주먹을 쓸 수가 있어야 실력도 늘지. 매일 샌드백이나 두들겨야 하니, 원!"

해모수가 링을 내려오면서 샌드백 쪽으로 다가가자 체육관 내 대부분의 관원들이 하던 훈련을 끝내기라도 한 것처럼 해모수의 샌드백 치기를 지켜보기 위해 해모수 주위로 몰려든다. 저마다 챔프의 꿈을 안고 도장을 노크한 10대와 20대 초반의 꿈나무들이다.

타고난 강타자로서 스피드와 유연성을 골고루 갖추었기 때문에 허리 힘을 최대한 끌어들여 날리는 해모수의 펀치는 헤비급 선수와도 맞먹을 정도라고 유 관장은 평가한다. 그런 해모수의 주먹이니 그의 훈련을 지켜보는 것만으로도 안목이 넓어지는 것이고 강편치가 작렬할 때마다 갈대처럼 흔들리는 샌드백을 보면 간접 쾌감으로 속이 후련해진다. 가볍게 더킹과 위빙을 하던 해모수가 샌드백의 복부에 레프트를 꽂음과 동시에 다시 왼손을 뽑아내어 숏 훅을 얼굴 왼쪽으로 찍어 돌린다. 전광석화 같은 레프트 더블을 샌드백에 꽂고는 다시 한 번의 더킹으로 상대의 주먹을 홀린 해모수가 이번에는 상대의 왼쪽 옆구리에 그의 라이트를 박아 넣고 클린치를 하려고 들어오는 상대를 피해 왼쪽으로 살짝 위빙을 하면서 레프트 어퍼 커트를 꽂아 버린다. 실전이라면 한 방으로 게임이 끝나겠지만 천장에 달려 흔들거리기만 할 뿐 떨어지지 않는 샌드백이라 해모수는 마음 놓고 상대의 상체에 주먹을 퍼부어 댄다. 라이트 잽을 던지며 오른쪽으로 돌던 해모수가 순간적 더킹과 함께 레프트 스트레이트를 상대의 턱에 폭발시키고 더킹, 잇달아 라이트, 레프트 스트레이트를 수회에 걸쳐 반복하며 속사포 같은 해머펀치를 쭉쭉 뻗어 날린다. 해모수의 연속되는 펀치의 작렬로 샌드백은 복부의 충격 때문에 앞으로 꺾어 엎어지는 상대의 모습처럼 공중에 떠서 내려오지를 않는다. 지켜보던 관원들이 모두 혀를 내두른다. 해모수의 기량과 펀치력을 익히 알고 있던 관원들이지만 70 킬로그램을 웃도는 중량에서 발산되는 스피드와 테크닉, 경쾌한 푸트 웍은 경량급 선수를 연상시키는 것으로 볼 때마다 관원들을 경탄의 함성으로 몰고 간다.

사실, 해모수는 스피드와 테크닉의 향상을 위해 평소에 꼭 몇 라운드씩은 경량급 선수들과의 스파링을 가져왔다. 상대가 6온스, 8온스를 끼고 실전으로 덤비는 반면 해모수는 14온스의 글러브를 끼고 수비 위주의 스파링을 한다. 상대의 날샌 공세에 더킹과 위빙, 패팅으로 주먹을 흘리고 사이드 스텝, 백 스텝을 이용해 상대를 교란하면서 호흡을 가다듬는, 주로 스피디한 상대를 가상한 방어 목적의 이미지 트레이닝이다.

반복된 훈련의 효과로 상대를 읽는 해모수의 눈은 날카로움을 더해가고 스피디한 몸놀림으로 퍼부어 대는 상대의 공격도 예리한 그의 눈에는 허점의 순간이 슬로우비데오로 지나간다. 링 위에서 해모수의 모습을 지켜보던 협보가 중얼거린다.

"물거이야, 물건!"

미들급의 중량으로 해모수만큼의 유연성과 스피드를 가진 선수는 세계 정상급에 있는 몇몇 깜둥이들뿐이라고 생각했고 협보의 판단은 정확한 것이었다. 지금 당장이라도 6개월의 합숙훈련과 깜둥이들과의 실전 경험이 쌓인다면 전성기의 슈거 레이 레너드와 한판 붙어도 가능할 거란 생각을 하면서 협보는 자만 없이 한 방 한 방에 땀을 튀기는 해모수를 흐뭇하게 바라본다. 해모수가 흐르는 땀을 훔치며 긴 호흡을 하고 있을 때 체육관 문이 열리면서 일단의 사람들이 도장 안으로 들어선다.

"수고들 많으십니다."

앞선 사람이 큰 소리로 인사를 하자 뒤를 이어 세 사람이 가벼운 목례의 눈인사를 보낸다. 방송국에서 취재를 나온 듯 사내 둘이 카메라와 소품 가방을 들고 뒤따른다.

"관장님 계십니까? 약속을 하고 왔습니다만…."

"예~! 어서들 오이소!"

해모수의 훈련 연습을 내려다보고 있던 협보가 큰소리로 대답을 하면서 링을 훌쩍 뛰어 내린다. 앞선 사람에게 넙죽 인사를 하고는 관장실을 가리키며 쫓아가더니 유 관장과 함께 나온다. 관장이 만면에 웃음을 지으며 그들을 맞이하여 손님들을 모시고 사무실로 사라진다.

호흡을 가다듬으며 그들을 바라보던 해모수가 가볍게 전후좌우 스텝을 밟다가 고개를 숙이며 샌드백을 향해 주먹을 내뻗는다.

"뻥!"

체육관의 정적을 날려 버리는 한 방의 펀치로 잠시 낯선 상황에 빠져 있던 관원들이 이 소리에 깜짝 놀라 해모수 쪽을 바라본다.

"야~! 모두 제자리 가서 훈련들이나 해!"

해모수가 그들을 향해 큰 소리로 꾸짖자 모두들 아쉬운 표정을 지으며 돌아서더니 제각기 훈련에 돌입한다. 링 위에는 두 명의 선수가 공(gong) 소리와 함께 헤드기어를 쓰고 링 중앙을 향하고 대형 거울 앞에서는 "타닥, 타닥" 줄넘기로 머리카락이 물결친다. 링 안팎에서 땀을 쏟으며 훈련에 열중인 선수들이 체육관의 열기를 후끈 달구고 있다.

2

관장실에서 쫓아 나온 협보가 해모수에게 달려와 취재 기자가 해모수에게 개인적으로 인터뷰를 할 것이라고 한다. 무슨 말이냐는 듯이 바라보는 해모수에게 밀레니엄 시대를 맞아 방송국에서 스포츠 종목별로 유망주들을 취재하는데 복싱 종목에서 해모수를 추천받아 왔다는 것이다. 협보의 떠벌림을 담담하게 듣고 있는 해모수를 향해 유 관장이 문을 열고 부른다.

"인사 드려라, ABC 방송국의 스포츠 파트 기자이신 김광현 기자님이시다."

"안녕하십니까? 해모수입니다."

운동 중이던 터라 벌겋게 달아 오른 얼굴로 인사하는 해모수에게 김 기자가 악수를 청하며 친밀감을 표시해 온다.

"이렇게 만나게 되어서 반갑습니다. 배 선수의 명성은 익히 들어 알고 있습니다. 시합도 몇 번 관전했는데 대단하더군요."

중년의 연륜으로 보이는 그는 둥근 얼굴에 배가 불룩 나온 이웃집 아저씨 같은 정감을 풍기는 기자였다. 해모수는 과찬에 머쓱한 웃음을 보이며 다시 한 번 인사를 한다. 유 관장이 김 기자 옆의 손님들에게도 인사를 권하자 김 기자가 친절하게 소개를 한다. 김 기자가 맞은편 소파의 동행들을 소개하는데 맞추어 해모수가 가벼운 목례로 인사를 나누어 간다. 이윽고 아래로 떨구어져 있던 시선을 소파의 끝으로 가져가며 인사를 위해 동공의 초점을 맞춘다. 그때까지 긴 머리를 떨군 채 무엇인가 메모에 열중이던 여인이 김 기자의 소개와 함께 미소 지은 얼굴을 들어 밝은 눈빛을 던진다.

"안녕하세요? 조주경입니다."

여인이 인사를 하며 손을 내밀어 악수를 청한다.

"배 선수, 조주경 씨는 우리 밀레니엄 특집 프로의 메인 MC로서 우리와 함께 현장의 주인공을 찾아다니면서 직접 취재를 하고 있지요. 새 천년 첫 날의 특집극으로 방송국의 개혁적 차원에서 편성된 프로그램이라 방송국 측에서도 지대한 심혈을 기울이고 있는데, 시청자들에게 한반도 한민족 천 년의 희망을 생동적으로 전달하는 것을 사명으로 하여 편성되어, 관계자 모두 정열을 쏟고 있고 특히 조주경 씨가 그 주축을 담당하고 있지요."

준비된 원고를 읽듯 읊어 내려가는 김 기자의 설명을 흘려들으며 해모수는 자신의 두터운 손을 이성으로 가려진 그녀의 따사로움에 얹는다.

3

공식 경기를 통해서 매스컴으로 알려진 해모수의 전적은 11전 전승에 전 경기 1라운드 KO승이다. 그 중 최근에 한 번, 동양 타이틀전의 메인 게임에 앞서 벌어진 세미파이널 전에서 방송으로 선을 뵈었을 뿐, 아직까지 스포트라이트를 받지 못하고 있는 실정이다. 해모수는 그 한 번의 게임에서 팬들에게 인상적인 1라운드 KO승을 보였지만 중량급에서 한 방의 펀치를 가진 선수는 힘들지 않게 찾아볼 수 있기 때문에 일천한 전적의 강 펀처에게 복싱 팬들은 관심의 눈길을 주저하는 것이다.

우리나라의 경우 특히 미들급(주니어 미들급, 수퍼 미들급 포함)에서 강타자들이 많이 배출되었고 그들 중 챔프만도 여러 명이다. 김기수, 유제두, 박종팔, 백인철 등 진정한 강자로서 한 시대를 풍미한 대표적 강타자들이다. 특히 박종팔과 백인철은 KO 퍼레이드로 연속된 승부사들이었다. 이런 이유로 우리나라 복싱 팬에게 미들급 등 중량급에서 하드 펀처라는 이유만으로는 주목거리가 될 수 없는 것이다. 그러므로 세계 챔프 배출로 손가락 안에 드는 복싱 강국에서 동양 랭커로 걸음마를 하는 해모수에게까지 큰 기대의 시선이 가지 않는 것은 어쩌면 당연한 것이었다. 지금은 유망주로서 복싱 관계자들의 시선이나 끌고 있을 정도인데 그들도 해모수의 테크닉과 스피드 등 기량에는 의문을 남기고 있다.

4

대구에서 고등학교를 졸업한 해모수는 스포츠가 좋아서 체대를 진학하였고 그때까지 그는 무명의 만능 스포츠맨이었다. 운동 환경으로는 천연의 혜택을 받은 팔공산에 살면서 매일을 로드 웍과 웨이트 트레이닝으로 심폐력과 근력의 기초 체력을 튼튼히 하였고 등산, 수영, 복싱 등으로 정신과 체력을 길러 나갔다. 특히 복싱에는 환상적인 매력을 갖고 있어서 소년기부터 TV를 스승 삼아 복싱을 배웠는데, 집 뜰의 아름드리 잣나무 가지에는 매일같이 해 지도록 두드려 댄 낡은 샌드백이 그의 열정을 대변하여 걸려 있다.

체대에 들어 간 해모수는 마음껏 스포츠를 접할 수 있다는 사실이 너무나 기뻤고 대학 생활의 대부분을 스포츠 활동에 투자했다. 많은 스포츠의 경험을 쌓으면서도 복싱에 대한 애정은 여전해서 바쁜 일상에도 짧은 시간이나마 샌드백 치기와 새도우 복싱은 거르지 않았다. 어쩌다가 해모수의 펀치에 샌드백이 날리는 것을 보게 되면 어느 누구나 그의 복싱 입문을 권유할 정도였다. 그러나 해모수에게 대학 생활의 수많은 경험과 활동들이 그로 하여금 그런 생각을 할 여유를 주지 않았고 그대로 그렇게 행복하고 바쁜 대학 시절의 4년이 지나갔다. 대학 졸업과 함께 입대, 그리고 국방의 의무를 무사히 마치고 제대한다. 그리고 대학원에 진학하여 학업을 계속하던 어느 날 불현듯 체육관의 문을 두드린다.

둘, 복서와 기자

1

해모수가 샌드백을 둔탁하게 두드리고 카메라맨이 그를 초점으로 해서 필름을 돌려 간다. 샌드백의 흔들림에 김광현 기자는 벌린 입을 다물지 못한다. 전적을 보아 강펀치의 소유자라는 것은 알고 왔지만 저 정도의 파워가 실릴 줄은 상상을 못했던 것이다.

"박종팔과 백인철의 펀치에도 샌드백은 저렇게 흔들리지 않았어!"

김 기자의 놀라는 모습을 보면서 조주경 아나운서는 해모수 선수를 생각보다 대단한 선수로 파악하고 다시 한 번 샌드백을 향하여 힘차게 주먹을 휘두르는 유망주를 한층 더 주시해 바라본다. 카메라가 잠깐 멈추더니 김 기자가 해모수의 새도우 복싱을 주문한다. 해모수가 슬쩍 유 관장을 쳐다보고 유 관장이 고개를 끄덕인다. 평소 어떤 취재에도 해모수의 훈련 장면만은 절대적으로 거절하던 유 관장이었기 때문에 해모수는 관장의 의중(意中)이 궁금했던 것이다. 해모수가 70㎏의 중량으로 가벼운 스텝을 밟기 시작한다. 서서히 스피드를 올리면서 현란한 푸트 워크를 선보인다. 이어서 재빠른 페인팅 모션으로 앞뒤, 좌우로 더킹과 위빙의 허리 변화를 유연하게 보여준다.

"이럴 수가!"

김 기자는 놀라움을 넘어 기가 막힌 듯한 표정을 지으며 해모수의 훈련 모습과 유 관장을 번갈아 본다.

"미들급의 체중으로 저토록 가볍고 빠른 펀치를 낼 수 있다니!"

김 기자는 현기증이 나는 듯 잠시 눈을 감는다.

"알리, 포먼, 타이슨, 레너드, 헌즈, 해글러, 아르게요, 듀란, 산체스, 차베스, 호야 등 자신의 현역 기자 생활 중에 당대 최고의 복서로 명성을 떨친 전, 현 복서들이 파노라마로 흘러간다.

2

김 기자가 권투 위원회를 찾아가 유망주 추천을 의뢰했을 때 전무이사는 해모수를 거론하지 않았다. 요즈음 승승장구를 하고 있는 신인왕 출신의 경량급 선수 몇 명을 추천했을 뿐이다. 김 기자가 언뜻 해모수를 떠올리고 자문을 구하자 그는 한 마디로 해모수의 가능성을 인정치 않았다.

"걔는 나이도 있고 가방 끈이 길어서 근성이 없어요. 스피드도 없고 믿는 건 주먹 한 방뿐인데 우리나라 선수들 동양권에서나 통하는 주먹 갖고 세계무대에서 힘없이 무너지는 건 김 기자도 익히 알고 있지 않습니까?"

사실이 그랬다. 동양의 왕자로서 주먹 자랑하던 선수들이 복싱의 본 고장이라는 미국을 비롯하여, 멕시코, 중남미로 원정가서 주먹 한번 제대로 못 써 보고 주저앉는 것을 김 기자는 숱하게 경험해 왔다. 해모수가 펀치는 있다고 하나 전무이사의 말대로 보면 그를 밀레니엄의 유망주로 보기에는 전적에 비해 그의 기량이 너무 떨어진다는 생각도 든다. 그렇지만 그렇게 따져 볼 때 전무이사가 추천한 선수들도 명함을 내밀기엔 약하다는 생각이 든다. 나이 어리고 헝그리 복서라는 것 말고는 해모수에게 앞설 게 하나도 없다는 생각이 드는 것이다. 김 기자는 전무이사가 그들을 추천한 이유를 알 만 했다. 아마도 어린 나이에 모든 것을 복싱에 걸고 젊음을 불사르는 친구들에게 점수를 더 주는 것 같았다. 김광현 기자는 해모수 선수의 기량과 펀치를 지켜보면서 전무이사와의 대화를 아찔하게 떠올린다. 전무이사의 추천을 흘려들으며 김 기자는 권투 위원회를 나와 걸으면서 해모수 선수의 전적을 곰곰이 분석하기 시작한다.

"11전 11승 전 게임 1R KO라…"

아무리 생각해도 우연이 아닌 듯했다.

"기량이 받쳐 주지 않는데 그렇듯 화려한 전적이 가능한 걸까?"

김 기자는 미간을 좁히며 자신이 관전했던 배 선수의 시합 상황을 떠올려 보았다. 자신이 본 어느 시합이나 배 선수는 서두름이 없었다. 배 선수는 냉정하게 상대의 눈을 보며 상대가 들어오기만을 기다리고 있었다. 거리를 두고 서서히 오른쪽으로 돌면서 가끔씩 잽을 툭툭 던지며 거리를 재다가 긴장을 못 참고 상대가 들어오면 상체만 오른쪽, 왼쪽으로 가볍게 틀어 주면서 어퍼컷이나 숏 훅으로 게임을 끝내 버리는 것이다.

"무엇인가 있어!"

15년의 베테랑 스포츠 기자로서 김광현 기자는 자신의 직감을 믿기로 했다.

3

김 기자는 배 선수의 연습 장면을 바라보며 자신의 직감을 믿은 것이 얼마나 엄청난 것이었나를 깊은 안도의 한숨으로 절감한다. 김 기자가 유 관장에게 다가가더니 몇 마디를 하다가 함께 관장실로 들어간다.

"관장님, 이게 어떻게 된 겁니까?"

"하하, 뭐가 말입니까?"

"해모수 선수 말입니다. 저런 기량을 숨긴 이유가 뭡니까?"

"하하, 김 기자님, 제가 숨길 이유가 어디 있습니까? 그리고 제가 언제 숨겼단 말입니까?"

"배 선수의 기량이 보통이 아니니까 드리는 말씀 아닙니까? 저 실력이면 지금도 세계 챔피언 급의 수준이 되지 않습니까?"

김 기자가 유 관장에게 따지듯 대들자 관장이 미소 띤 얼굴로 대답한다.

"하하, 그게 어디 제 책임입니까?"

김 기자는 기가 차다는 듯이 관장의 다음 말을 기다린다.

"시합마다 제 실력을 숨긴 선수 탓이지요, 하하."

김 기자는 밀레니엄 특집 프로그램의 취재 목적을 잊고 있었다. 머릿속에는 해모수 선수의 화려한 테크닉과 스피드, 엄청난 파괴력만이 레너드, 타이슨의 그것들과 어울려 선명히 그려진다. 고개를 돌려 관장실 창문 너머로 해모수의 취재 장면을 바라보며 김 기자는 가슴이 답답해지는 것을 느끼며 유 관장을 물끄러미 바라본다.

'이럴 수가 있느냐?'는 듯이….

잠시 후, 김 기자는 배 선수의 특집 프로그램을 제작해야겠다는 결심을 하고 관장에게 협조를 구한다. 웃음으로 일관하던 유 관장이 정색을 하며 김 기자를 바라본다.

"그건 안 됩니다. 해모수가 동양 챔피언이나 세계 랭커가 될 때까지는 좀 참아주셔야겠습니다."

유 관장의 단호함이 수긍이 안 되는 것은 아니다. 아마도 관장은 배 선수의 세계타이틀전이 순조롭게 성사되기를 바라고 하는 말일 것이다. 하지만 해모수 선수의 실력을 두 눈으로 확인한 이상 기자 정신으로라도 물러날 수 없는 일이었다.

"관장님, 배 선수의 문제는 개인의 것이 될 수 없습니다. 제가 안 이상 이것은 국가적인 문제로서 관리해 나갈 일이라고 확신합니다. 지금부터라도 대대적인 홍보를 해서 배 선수를 세계무대에 내 놓아야 합니다."

유 관장이 고개를 저으며 말한다.

"챔프가 되고 나서 해도 늦지 않아요. 김 기자도 잘 알지 않습니까? 본 고장이 아닌 동양의 변두리에서 실력 있는 선수가 타이틀 도전하기가 얼마나 힘든지…."

아니나 다를까 유 관장의 생각이 바로 거기에 있었다. 한때 레너드와 쌍벽을 이루며 세계 복싱 계를 주도하던 마빈 해글러도 도전자 시절 그의 탁월한 기량을 두려워한 챔피언들이 도전을 받아주지 않아 얼마나 곤욕을 치르며 벨트를 차지했는지를 김 기자는 잘 알고 있었다. 맞는 말이다. 김 기자는 유 관장의 말에 수긍을 하며 그의 의도를 알았다는 듯 고개를 끄덕인다.

"3 년 전, 해모수가 처음 체육관에 와서 선수가 되도록 도와 달라고 하더군요. 군살 없는 몸에 눈빛이 살아 있고 집에서 샌드백 좀 두드렸다고 하기에 글러브를 주고 한 번 쳐보라고 했죠."

기억을 더듬으며 말을 이어가는 유 관장의 눈이 당시를 회상하듯 서서히 감긴다. 그의 이야기를 간추려 보면 유 관장은 해모수의 능력을 알고 해모수의 천재성을 최선으로 관리해 왔던 것이다. 챔프가 되기까지 순조로운 순항을 위하여….

"거의 기절할 지경이었죠. 녀석의 주먹을 보고. 테크닉까지 거의 완벽했지요. 푸트 워크도 경쾌했고…. 김 기자가 오늘 느낀 것을 제가 3년 전에 느낀 거죠. 하하"

"그럼, 그 때의 기량도 지금과…?"

"그랬죠. 녀석은 체육관에 오기 전에 이미 챔프의 실력을 닦아서 들어왔던 거죠."

김 기자가 기가 막힌 표정으로 관장의 말을 기다린다.

"해모수는 자신에게만 부여된 천부적인 재질을 갖고 있었어요. 거기에다 운동의 성실성, 자기 관리 능력까지 3박자를 다 갖추었으니 녀석에게는 트레이너나 체육관이 필요 없었던 거죠."

"그렇다면, 배 선수가 체육관에 찾아온 이유는?"

"그렇죠. 챔프가 되어야겠는데 복싱 풍토를 모르는 녀석이니까 누군가로부터 그 도움이 필요했던 거죠."

"3년이면 충분히 가능한 기간이 아닙니까? 아까 이야기들을 참작하더라도 말입니다."

3년 동안 갈고 닦아서 지금의 기량을 갖추었다면 모르지만 이미 그 당시 챔프의 기량을 갖고 있었다면 3년의 기간이 너무나 아깝다는 생각을 김 기자는 했던 것이다.

"태국의 복싱 천재인 사엔삭 무앙수린은 프로 전적 3전 만에 세계

왕좌에 오르지 않았던가?"

"물론 가능하죠. 제가 생각해도 그 기간이면 해모수의 실력으로 타이틀을 두세 개는 딸 수 있는 세월이죠."

관장도 "휴!"하고 긴 한숨을 내쉬더니 말을 이어간다.

"해모수는 복서로서 자신의 천재성을 스스로 잘 알고 있어요. 그에 반해 천재의 결점도 잘 알고 있다는 겁니다. 어디서나 천재는 자신을 과신해서 노력이 뒤따르지 않죠. 그래서 대부분의 천재들은 그들의 재능을 반짝하고는 사라지는 경우가 많죠. 복싱에도 그런 예가 있지 않습니까? 태국의 무앙수린이나 중미의 어느 나라죠? 월프레도 베니테스라고, 레너드에게 첫 타이틀을 넘겨준 선수 말입니다. 베니테스의 경우는 타이틀전 1, 2주일 전에 운동을 시작해서 링에 올랐다고 그러더군요."

김 기자도 어렴풋이 기억하고 있다.

"베니테스는 그러면서도 두세 체급을 정복했죠, 아마?"

유 관장이 눈과 고개를 동시에 끄덕이며 대답한다.

"그런 선수가 상식적인 방법으로 하드 트레이닝을 했다면 어땠을까요?"

관장의 질문에 김 기자가 고개를 짧게 끄덕이며 얼굴을 들어 천정을 보다가 섬뜩한 전율을 느끼면서 해모수를 떠올린다.

"그렇다면?"

그렇다!

유관장은 김 기자가 생각했던 것 이상으로 해모수를 평가하고 있었던 것이다. 당대 최고가 아니라 세계 복싱 계를 통틀어 미증유의 스타감으로 예상하고 있는지도 모른다.

"해모수는 스스로 반짝이 천재를 거부하고 있는 겁니다. 지난 3년의 게임 스케줄도 해모수의 요구를 거의 전면적으로 수용해서 이루어진 것이죠. 어차피 나는 녀석의 들러리일 뿐이니까요, 하하."

다시 한 번 유 관장에게 경외심을 갖고 김 기자는 유 관장의 현역 시절을 회고해 본다. 주니어 플라이급 챔피언으로서 전 체급을 통틀어 역대 우리나라 최장 기록인 17차 방어의 금자탑을 이룩한 장본인이 아닌가? 일본 선수와의 18차 방어전에서도 그 경기를 링 사이드에서 지켜 본 김 기자는 내용 면에서 분명한 유 관장의 승리라고 확신했었다. 원정 방어에서 실패하고 유일한 1패의 오점을 안은 유 관장이 리턴 매치에서 빼앗긴 타이틀을 되찾고 챔프로서 명예롭게 은퇴한 것을 김 기자는 정말 멋있는 사건으로 스포츠 뉴스 시간에 보도한 바 있다.

"해모수는 자신의 천재성을 믿으면서도 철저한 노력파입니다. 직업으로서 복서 인생을 길게 보고 있는 거지요."

유 관장의 이어지는 말을 끊으면서 김 기자가 묻는다.

"배 선수의 지금 나이가 서른인데 가능할까요?"

유 관장이 고개를 끄덕이며 대답한다.

"해모수의 천재성과 체력 조건, 그의 성실성과 집념을 감안하면 마흔까지는 무난할 겁니다."

대답을 마친 유 관장이 문득 만면에 어두운 그림자를 드리우고, 아래로 내리까는 눈동자에서 형용키 어려운 우수의 무게를 온 얼굴로 퍼뜨리더니 이어 말을 덧붙여 나간다.

"천재인 만큼 생각이 깊은 게 문제지요. 가끔씩 운동을 전후로 무언가 골똘히 생각하는 것을 볼 때가 있는데 그럴 때 해모수의 얼굴은 운동선수의 그것으로 느껴지질 않아요."

"그게 무슨 뜻입니까?"

김 기자의 재촉에 유 관장이 천천히 입을 뗀다.

"아마도 저 녀석의 마음속에는 복서로서의 삶이 다가 아니라는 생각이 든단 말입니다."

잠시 의아한 표정을 짓던 김 기자가 다시 유 관장을 바라본다.

벅찬 제자를 3년 동안 관리하면서 얼마나 힘겨웠을까를 생각하니한편 고맙고 한편 미안한 마음이 한꺼번에 가슴 속으로 몰려든다.

"저 녀석, 내가 아니면 거둘 수 있는 사람이 없을 거라는 교만함도한몫했지요, 하하."

김 기자의 기자 정신을 완전히 꺾어버리는 한 마디였다. 유 관장이당부하듯이 김 기자에게 다짐한다.

"김 기자님, 우리 조금만 참읍시다."

김 기자도 더 이상 기자의 욕심을 낼 수는 없었다. 유 관장과 오늘의 취재로 복싱팬들의 관심이나 받게 하자는 선에서 양해를 구하고관장실을 나온다. 관장실 밖에서는 조주경 아나운서가 연습 장면 촬영을 끝낸 해모수 옆에서 샌드백을 사이에 두고 인터뷰 준비를 하고있다.

"안녕하세요, 해모수 선수?"

해모수가 밴디지를 감은 손으로 이마의 땀을 훔치며 대답한다.

"예, 안녕하십니까?"

해모수가 훈련 후의 개운한 마음을 싱그럽게 토해낸다.

"훈련에 아주 열심이신데요, 항상 이렇게 연습하시나요?"

"예, 그렇습니다. 일상적인 훈련 스케줄이죠."

"네~! 대단하시군요! 그래서 전적이 그렇게 화려하신가 보죠?"

"예, 성실한 훈련의 결과라고 봐야겠죠."

카메라 초점을 의식한 주경이 넌지시 해모수의 팔을 잡아당기자 해모수가 주경이 이끄는 대로 카메라 앞에 자연스런 자세를 취한다. 주경이 그에게 화사한 미소를 띠며 대담을 이어간다.

"주 무기는 뭐죠?"

주경의 질문에 해모수가 주먹 쥔 왼손을 들어 보이며 자신 있는 대답을 한다.

"주 무기는 레프트(왼손)로 사용 가능한 스트레이트(앞으로 쭉 뻗어 치기), 훅(옆에서 앞으로 감아 치기), 어퍼컷(올려 치기) 등 모든 기술이라고 할 수 있죠. 또한 필요한 순간에 어떤 펀치도 날릴 수 있는 유연함과 순발력도 빠트릴 수 없습니다. 하지만 오른손도 왼손 못지않죠. 단지 왼손잡이인지라 왼손을 사용하는 자세가 보다 자연스러워 즐겨 왼손잡이 자세를 취하기 때문에. 그리고 펀치력만큼 중요한 것이 타이밍이죠."

장황한 설명을 의식한 듯 해모수가 어색한 미소를 띠면서 말끝을 흐리다가 이내 명쾌하게 대답을 맺는다.

"네~! 타이밍이 좋다는 말은 눈이 날카롭다는 말과 일맥상통한다고 볼 수 있나요?"

주경이 취재를 위하여 공부라도 한 듯이 자신 있게 묻는다.

"물론이죠."

전문성을 갖춘 여자 아나운서의 질문에 해모수가 반가운 미소로 대답한다.

"마지막으로 이번 밀레니엄 특집극 '2000년의 유망주'에 선정되셨는데 소감과 각오를 한 말씀씩 해 주시죠?"

"예, 부족한 저를 새 천년의 유망주로 뽑아 주신데 감사드립니다. 더욱 열심히 해서 기대에 부응하도록 최선의 노력을 다하겠습니다."

주경이 해모수에게 감사의 인사를 하면서 카메라를 향하고 해모수도 고개를 숙이며 카메라의 초점을 벗어난다. 주경이 간략한 리포트의 마무리 멘트를 하면서 촬영은 끝나고 김 기자가 뒤에서 박수를 친다.

"자, 수고들 했어요. 배 선수 고맙소."

해모수도 감사의 표시로 웃음을 보내며 고개를 가볍게 숙인다. 김 기자가 해모수에게 명함을 건네면서 방송국에 들를 기회가 있으면 꼭 연락하라는 말을 당부하고 격려의 손길을 어깨 너머로 툭툭 친다. 이 광경을 지켜보며 맑은 웃음을 짓던 주경이 문득 생각난 듯 해모수에게 다가가 작은 소리로 묻는다.

"해모수 선수, 개인적인 질문으로 생각하세요."

해모수가 궁금한 표정을 지으며 주경을 바라본다.

"본명이세요?"

해모수가 정감 있는 눈빛을 전하며 말한다.

"오늘, 공식적인 대답만 해도 되는 자리지요?"

짧은 어색함은 이내 두 사람 눈빛의 교환으로 지워진다.

운동을 끝낸 해모수가 샤워실로 향하고 취재진은 유 관장과 협보에게 감사를 표하고 출입문을 향한다. 언제 나왔는지 유 관장이 관장실 입구에서 김 기자의 목덜미에 따가운 시선을 보내며 서 있다.

4

방송국을 향하는 취재 차량 안에서 주경이 옆 좌석의 김 기자에게 말을 건넨다.

"해모수 선수, 챔피언 될 가능성은 보이던가요?"

주경의 우문(愚問)을 흘려들으며 김 기자는 유 관장의 말을 떠올리며 생각에 잠긴다.

"3년간의 공백이 관장의 말대로 해모수의 의도였다면…이건 정말 사건이야!"

김 기자는 내심 경탄과 두려움으로 천재 복서 해모수를 떠올린다.

"불확실한 10년, 아니 영원한 챔프의 길을 위하여 보장된 3년의 세월을 적응기로 삼고 인고(忍苦)의 날들로 보내다니…."

김 기자는 엄청난 도박의 현장과 주인공들을 떠올리며 천천히 눈을 감는다.

제3장

독도 지킴이

하나, 새 천년의 산행

1

1999년 12월 31일 24시와 2000년 1월 1일 0시의 송구영신을 알리는 제야의 종소리를 메아리로 들으며 잠을 청한 해모수는 새벽 일찍 자리에서 일어나 운동복으로 옷을 갈아입는다. 칠흑의 산중, 맹렬한 추위를 두터운 가슴으로 뻗대며 스트레칭과 제자리 뛰기로 몸을 푼 해모수는 마치 마라톤의 스타트 라인을 출발하듯이 하얀 숨을 내뱉으며 집을 뛰쳐나간다. 새벽 네 시의 공기는 한겨울의 추위를 어디 한번 건

더 보라는 듯 맹렬하게 가슴을 후비며 파고든다. 해모수가 머리를 숙인 채 눈을 치켜뜨며 시야에 펼쳐진 암흑을 노려본다.

2000년의 새해 첫날이라 그런지 차의 헤드라이트 불빛조차 흔적을 찾을 수 없는, 숯덩이로 채색된 팔공산의 순환도로에 까만 동점(動點)으로 묻혀 나아가는 해모수의 앞으로 하얀 영혼의 모습을 한 그의 호흡이 선명하게 퍼져 나간다. 페이스를 조절하며 가볍게 달려가던 그가 도로의 중앙에 멈춰 서더니 새도우 복싱으로 민첩한 스텝과 날카로운 펀치를 날려댄다. 그의 얼굴로 날아드는 암흑의 냉기를 향해 크로스 카운터를 날리고 흔들리는 상대에게 좌우 연타를 마음껏 퍼부어 댄다.

러닝과 새도우 복싱을 번갈아 가며 해 대기를 여러 차례, 멀리서 등산로의 위치를 알려주는 희미한 가로등이 시야에 들어온다. 스태미나를 안배해서 달려오던 해모수는 충분히 남아 있는 체력을 느끼며 라스트 스퍼트에 힘을 가한다. 하얀 수태교가 해모수를 맞이하여 서 있고 그 아래로 수태지가 장승같은 가로등의 희뿌연 불빛을 받으며 수초들로 덮여 있는 모양이 마치 질퍽한 늪을 연상시킨다. 수태골에 다다른 해모수는 등산로 입구를 밝히고 있는 가로등을 바라보며 긴 호흡을 내뱉는다. 숨결은 둥근 덩어리로 나오면서 하늘로 흩어져 불빛 너머로 사라져 버린다. 호흡을 가다듬으며 등산로를 향하는 해모수 앞으로 헤드라이트의 불빛이 환하게 비치면서 승용차 한 대가 주차장으로 미끄러져 들어간다. 보행로를 걸어 올라가며 주차장을 흘끔 바라보니 넓은 주차장에 드문드문 여러 대의 차량이 자리하고 있다.

"새해 일출을 보러 왔나 보구나!"

그런 생각을 하며 등산로 입구의 매점에 다가가니 주인인 듯 한 사십대의 남자가 두꺼운 파카를 입고 억지 팔짱을 낀 채 게슴츠레한 눈으로 연신 하품을 뿜어 대며 해모수를 맞이한다. 세기(世紀)의 전환을 그는 밤을 새워 지켜보았던 모양이다.

2

초콜릿 과자를 두 개 사서 호주머니에 넣은 해모수는 본격적으로 언덕을 오르며 산행을 시작한다. 계곡으로 이루어진 등산로라 갓바위 등 다른 등산로와는 비교가 안될 정도로 가파른 길이 빈번히 나타난다. 그렇게 익숙하지 못한 길을 미끄러지며 나아가기를 여러 차례 반복하면서 해모수는 발걸음을 한 발자국씩 위로 올려놓으며 팔공산의 최정상 동봉(東峯)을 향해 나아간다. 산길을 좀 수월하게 타기 위해 랜턴을 들고 올까 생각하던 해모수는 복서로서의 야성을 더욱 더 연마하기 위해 칠흑의 산중에서 자연의 미진(微震), 미음(微音)까지도 야생 동물의 본능으로 감각해 보고 싶다는 생각이 들었고, 랜턴을 휴대하게 되면 러닝에 불편할 것 같아 그냥 두고 온 것이다.

한참동안 어둠 속을 헤쳐 나아가던 해모수가 땀으로 흥건히 젖은 몸을 느끼며 달아오른 열기를 방출하려는 듯 널찍한 바위 근처에서 멈추어 선다. 고개를 좌우로 둘러보아도 괴물 같은 숲덩이 어둠이 그를 포위하고 쫓아와 사방을 둘러싼 듯 검은 그림자의 벽으로만 덮여있을 뿐이다. 이따금씩 바람에 "서걱서걱" 마찰음을 내는 가지의 부딪힘은 풀어지는 긴장의 매듭을 더욱 다져 매도록 한다. "휘이이잉~" 계곡 아래로부터 일진광풍의 회오리바람이 마성(魔聲)을 토해 내어 계곡의 잎사귀와 미진(微塵)들을 소용돌이의 가마 속으로 들이마시면서 해모수를 덮칠 듯이 치고 올라와 온 몸을 훑어보고는 봉우리 너머로 사라진다. 회오리바람의 마수가 지나간 해모수의 몸은 달아올랐던 열기를 순식간에 서늘한 냉기로 돌변시킨다. 이내 차가운 물기를 온 몸으로 느낀 해모수는 문득 아래로부터 날아올랐다가 사라지는 손전등의 불빛을, 실루엣의 숯검정 배경에 하얀 실선의 산뜻한 자극으로 느끼며 긴 호흡과 함께 다시금 등산의 막바지를 재촉한다.

땅바닥으로만 시선을 고정해서 오솔길을 쫓아 올라가는 해모수의 눈앞으로 진회색의 바위가 여기 저기 놓여 그를 맞이하며 놓여 있고 고개를 들어 위를 쳐다보니 나무의 숲으로 가려진 하늘이 희뿌연 색채를 드리우며 맹안(盲眼)에 익숙해져 있던 해모수의 시력을 회복시킨다.

몇 개의 바위를 타고 올라 산정으로부터 떨구어져 있는 로프를 잡고 정상의 마지막 일보에 박차를 가한다. 정상의 바위에 올라 선 해모수는 두 팔을 힘차게 하늘로 치켜 올리고 양 다리는 바위 위에 떡 버티고 서서 널따란 가슴을 앞으로 쭈욱 내밀어 가슴 속 깊이 대자연의 기운을 "흐~읍!"하고 들이마시고는 천천히 음미하듯 자신이 못 느낄 정도로 호흡을 줄여 나간다.

"야아~호오!!!"

"시~ㅁ 봤다!!!"

통렬한 카타르시스의 절규를 목줄기로 힘차게 끌어올려 하늘 끝에 닿을 듯이 쏟아 낸다. 산정으로부터 창공을 향하여 뿜어져 올라간 절규의 파편과 뜨더귀들이 카타르시스의 포물선을 타고 산하로 스러져 간다. 그와 동시에, 차가운 바람이 해모수의 얼굴을 스쳐 지나가며 달아오른 열기와의 마찰로 상큼한 희열을 전해 준다. 이윽고 짙은 회색과 검정으로 바탕색을 이룬 하늘과 땅을 선명하게 가르는 희뿌연 여명의 광채가 일어나더니 은빛 물감으로 반짝이는 실선의 지평선을 이루어 낸다. 곧이어 불그스름한 광채가 은빛 실선을 들이 마시며 대망의 2000년, 그 첫 날의 역사적 서사시를 읊어 나간다.

바람의 에너지로 정중동(靜中動)하는 구름과 / 높낮이의 진리를 깨

우치는 유수(流水)처럼

  끊임없는 시대의 흐름을 이어주는 여명의 해 돋음은

  역사적 전환, 천년의 의미를 지닌 인간에게 / 어제와 같이 오늘도 예사로이 떠오를 뿐이다.

  서서히 본 모습을 찾아가던 대자연의 풍경은 빠알간 불덩어리가 지평선을 올라와 천지를 생명의 피로 물들여 신비의 세계를 창조한다. 은하의 태양이 지평선 위로 대자연을 낳으며 온전한 제 모습을 찾아갈 때 해모수는 새 시대 첫 날의 모습을, 역사적 여명의 시대를 개척하는 영웅의 모습으로 장엄하게 맞이한다. 산하를 내려다보던 해모수는 언뜻 지난날의 일상적인 산정 감회를 돌아본다. 그리고 그때와 같이 새 천년의 첫 태양을 맞이해 산천을 내려다보며 호연지기를 가슴 가득 채운다.

3

  새벽 등반 후, 다시 짧은 단잠을 자고 일어난 해모수는 가족과 함께 아침 식사를 하고 가벼운 운동복 차림으로 뒤뜰로 나간다. 간단한 워밍업 후에 밴디지와 글러브를 끼고 샌드백 앞으로 다가간 해모수는 이미지 트레이닝을 위해 샌드백에 그려둔 험악한 인상의 털보 얼굴에 가벼운 잽을 "툭툭" 던진다. 잽을 맞으면서도 해모수의 빈틈을 노리는 듯 정면을 노려보는 털보를 향해 해모수가 더킹과 함께 양 손을 커버링한 채로 털보의 가슴을 파고든다. 그와 동시에 왼손과 오른손 숏 훅을 털보의 얼굴과 턱에 작렬시킨다. 웨이트 트레이닝으로 단련된 그의 잘 발달된 어깨와 유연한 팔 근육은 한 번의 콤비네이션에 그치지 않고 강펀치에 흔들리는 털보의 안면으로 짧은 스트레이트를 좌우로 찍어 넣고, 로프에 걸친 몸이 튕겨 나오자 왼쪽으로 몸을 비키면서 레프트 어퍼컷으로 상대의 턱을 돌려버린다. 흔들리는 샌드백을 글러브로 잡아 세운 해모수는 레프트, 라이트 더블 펀치를 털보의 안면과 복부에 연속적으로 찍어댄다. 옆구리에 이어 턱과 관자놀이, 짧은 어퍼컷에 이은 숏 훅들을 날카롭게, 강렬하게 털보의 급소로 쏟아 붓는다. 잠시 멈추어 서서 비틀대는 털보의 눈을 쳐다보던 해모수는 아직 살아있는 상대의 눈을 보자, 아예 끝을 보겠다는 듯이 입을 굳게 다물더니 그 자리에서 스쿼트와 동시에 일어나는 탄력으로 공중에 붕 떠오른다. 체공의 상태까지 허리를 왼쪽으로 비틀어 젖혀 솟구쳐 올라간 해모수는 이내 허리를 오른쪽으로 틀면서 그의 왼 다리를 털보의 오른쪽 뺨으로 폭탄처럼 쏘아 날린다.

"꽝!"

샌드백은 엄청난 충격을 받아 하늘로 솟아오르더니 줄 매인 가지를 타고 "핑그르르" 돌아 한 바퀴 원을 그리며 제자리로 돌아와 "덜커덕" 거린다.

"이야아아!"

착지에 이어 다시 공격 자세를 잡은 해모수가 왼발에 이어 오른발을 앞으로 내딛으며 굳게 땅을 짚으면서 해모수는 그의 왼발을 자신의 어깨너머로 곧추세워 넘기더니 마치 지상의 먹이를 발견한 송골매가 쏜살같이 내려와 먹이를 채어가듯이 발뒤꿈치를 털보의 안면에 찍어 박는다. 마치 해머가 둔탁한 펀치를 샌드백에 박아 넣고 지나간 흔적처럼 털보의 얼굴이 푹 파인 채로 샌드백은 걸린 가지를 부러뜨리고 땅바닥에 "털퍽!" 하고 떨어진다.

푹 패인 털보의 안하무인이던 눈빛의 양 눈꼬리가 축 처져 패배를 시인하고 해모수는 부러진 가지의 반대편에 샌드백을 걸어 맞춘다.

둘, 망언과 분노

1

"준영아, 들어와서 간식 먹으렴."

어머니의 정겨운 미소를 담아 부르는 소리에 해모수가 운동을 마무리 짓는다.

"예!"

즐거운 대화와 웃음이 가득한 거실에서 가족은 송구영신의 회포를 잔뜩 풀어놓는다. 문득 TV로 눈을 돌린 해모수의 동공이 갑자기 확대된다. 한창 재미있게 진행되는 오락 프로의 하단(下端) 오른쪽으로부터 한 줄의 자막이 명멸(明滅)의 반짝임으로 시청자의 시선을 유도하며 왼쪽으로 사라진다. 전 일본 총리 히모토, 독도의 일본령 망언"이라는 글자가 몇 번에 걸쳐 반복해서 화면을 지나가는 것이다.

"준영아, 저게 무슨 말이냐?"

어머니의 질문을 흘리며 해모수는 잠시 정신을 놓은 듯 초점을 잃은 눈으로 화면만을 멍하니 바라보고 있다. 잠시 후 오락 프로가 중단되면서 "뉴스 속보"를 알리는 메시지와 함께 긴장된 표정의 아나운서가 서툰 옷매무새로 화면에 나타난다.

"일본으로부터 날아든 긴급 외신입니다." 라며 인사말도 없이 거친 멘트를 뱉어낸다.

"21세기의 첫날인 대망의 2000년 1월 1일, 세계가 경축의 기쁨을 맞이하고 있던 오늘 오후 다섯 시를 기해 전 일본 총리 히모토가 외신 기자들을 자신의 사무실로 모아 기자 회견을 하였습니다. 그 자리에서 히모토는 기자단의 번쩍이는 플래시를 받으며 독도가 일본령 임을 천명한다는 망언을 하였습니다."

아나운서가 급하게 멘트를 마치자마자 화면 속으로 전 일본 총리 히모토가 단상에 올라서서 좌중을 둘러보더니 곧장 웅변을 토해 낸다.

"대한민국이 영유권을 주장하는 다케시마(竹島)는 영원한 일본의 국토임을 세계에 천명한다."

"???"

"다케시마가 대 일본국 영토라는 증거로서 일·러 전쟁의 결과 체결된 조약의 문서에서, 본문과 분리되어 있던 러시아 대표의 확인 서명이 든 부속 문서와 일본인 거주의 증빙 사진이 있습니다."

히모토는 짧은 선언과 함께 문서의 복사본을 기자단에 돌리고는 그들의 질문도 받지 않고 회견장을 떠난다. 화면이 바뀌면서 복사본과 사진이 클로즈업 된다. 독도의 서도에 3명의 남자와 2명의 여자가 남루한 왜인 어부의 복장을 하고 어색한 눈길을 전방의 카메라로 보내고 있다. 동도를 배경으로 해서 서도의 한쪽 끝 기슭에 움막이 곧 쓰러질 듯 놓여 있는 사진과 그 사진을 증거자료로 독도의 일본국임을 확인한다는 내용의 러시아 대표 친필 서명이 쓰여진 문서가 선명히 드러난다. 계속 이어지는 아나운서의 멘트와 기자 회견 녹화 장면이 반복 방영된다. 해모수는 침통과 분노로 히모토의 망언 장면을 노려본다. 전일본 총리의 기자회견 장면을 몇 차례 반복하여 보도한 아나운서는 방송국에서 긴급 수배한 일본 정치 전문가 두 명과 함께 토론의 자리를 마련한다.

아나운서는 히모토의 발언 의중을 캐내고 이후 새천년 한일관계의 비전을 예측할 듯 토론의 장을 이끌어 나간다.

"일본 정계의 독도 망언이 2000년 새해에 되살아난 사실에 대해서 두 분 전문가께서는 어떻게 생각하십니까?"

"글쎄요, 지난 세기의 망언들과 비교해서 이번에는 상당한 무게의 긴장을 느끼게 하는군요."

"그렇습니다. 예전의 상투적인 망언들과 달리 이번에는 어떤 실질의 목적을 갖고 망언을 터뜨렸을 거란 생각이 강하게 듭니다."

"그런가요? 그렇다면 실질의 목적이란 게 어떤 것일까요?" 하며 아나운서가 두 사람을 바라보며 질문을 던진다.

"구체적으로는 알 수 없지만 제 생각으로는 두 가지 문제로 압축이 됩니다. 그 하나가 새 천년, 세계 속의 국제 문제뿐만 아니라 동북아 질서를 일본이 주도하면서 국제적 위상을 확보하고자 함이라고 할 수 있겠습니다. 아울러 한일 양국 간의 관계에서 당면한 외교적 실익을 얻고자 함도 한 요인이 되겠지요. 예를 들면, 지난 번 어로수역 협정과 같은 외교상 어드밴티지를 얻고자 함이겠지요. 그들은 그 때도 독도를 포함한 수역의 공동관리협정을 맺음으로서 동해에 관한 일본의 입장과 지위를 세계에 어필하는 효과가 엄청났지 않습니까? 두 번째로 일본은 집권 여당이 자국 내 정치적 계산으로 독도 문제를 일으키는 거지요. 지난 신 한일어업협정의 배경에도 당시 집권 내각은 경제정책의 실패로 국민들의 지지율이 엄청나게 하락하여 곧 있을 참의원 선거를 위해 국민 회유용으로서 독도문제를 제기하여, 당시 IMF로 인한 경제 환란의 극복이 긴급하였던 한국 정부를 압박하여 엄청난 실익을 얻어 일본 국민의 지지율을 회복하였던 거죠."

"우리 정부는 왜 그들의 망언에 반응을 못 보이는 걸까요? 저들과 같이 독도를 두고 왈가왈부하기 싫으면 일본의 섬을 우리 것이라고 주장할 수 있지 않습니까? 대마도의 경우 역사적으로 우리 땅이라는 자료는 많은 곳에서 기록되어 있다던데요?"

"일본의 독도 망언과 관련, 현실의 한일 관계와 세계에서의 양국의 입지를 고찰하는 것이 중요한 문제라고 생각합니다. 일본의 경우 전후 막강한 경제력으로 냉전 시대를 탈피한 현대의 국가 간 역학 구조 논리로 볼 때 미국과 함께 정점을 이루는 초강대국의 지위에 있다는 것입니다. 그러한 그들의 입장에서 세계를 향한 입김의 영향력은 엄청난 것이고 경제 외교를 통해 얻을 수 있는 모든 실익은 집단의식으로 세뇌되어 있는 그들로서는 국가의 이익을 위해 어떤 형태로든 가능한 주경을 다하려고 한다는 겁니다. 세계 어디를 가도 일본인이라는 이유만으로 그들의 의견은 존중받기 때문에 한 사람 한 사람의 외교력도 대단하다는 겁니다. 이러한 현실을 우리 정부는 외교를 통해 절감하고 있습니다만, 우리 국민이 인식을 못하고 있든지 아니면 그 사실을 인정하려 하지 않는다는 겁니다."

"그렇지요, 일본은 막강한 경제력으로 세계지도에서 동해의 명칭도 일본해로 바꾸고 있지 않습니까? 미국 CIA, NATO, 미 태평양 사령부의 전략지도에는 동해를 일본해로 표기할 뿐만 아니라 독도를 일본령으로 표기하는, 우리나라로서는 아주 중대한 위기의 시대를 맞고 있지요. 이와 같이 어느 시대 어느 사회에서나 힘센 자의 영향력은 큰 것이 당연하지요. 일본은 지금 그들의 지위를 충분히 향유하고 있다는 것이지요."

"그리고 대일 차관(借款)을 통해서 경제 환란을 극복해야할 우리 정부로서는 분쟁을 피해나가는 쪽을 선택하는 게 외교적으로 도움이 된다고 생각을 하겠죠. 물론 독도 문제를 포함한 국토 문제에 있어서만큼은 정부가 강력한 의지로서 쐐기를 박아주기를 국민은 바라고 있지만 말입니다. 지난 박정희 정부에서 경제개발의 일환으로 대일 차관을 하면서 야기된 독도 문제를 반추해 보면 이번 경제 환란과 관련해서는 일본이 한국의 차관에 대한 반대급부로서 독도와 어로수역에 있어서 어떤, 얼마나 많은 이익을 보장받고자 막후 협상을 벌였는지 참으로 걱정이 큰 것도 사실입니다. 최근 상대국의 수도인 서울에서 주한일본 대사라는 자가 독도를 자국의 영토라고 망언을 일삼는 사례는 정부와 정부의 관계에서 우리나라가 얼마나 무력한 모습을 보이고 있는가를 극명하게 보여주는 사례라고 할 수 있습니다. 그 뒤를 쫓아 일본 외무성의 외교청서와 현직 외상의 독도 일본령 망언, 일본 자위대의 가상의 적 점령섬 양륙군사훈련, 대한민국의 영토인 독도에 자국의 광산업자에게 인광채굴권을 주어 세금을 부과하는 것이 타당하다는 일본 법원의 판례 등은 독도에 대한 그들의 관심과 행동을 노골적이고도 적나라하게 드러내는 표징인데 새 천년 들어 일본 정계의 사실상 실력자인 히모토의 등장은 대일 관계에 있어서 한국 정부의 입지를 미루어 짐작케하는 사건이라고 봐야겠죠."

"그러니까 우리 정부의 입장은, 경제 대국과의 독도 논쟁에서 지금으로서는 중진국의 우리나라 정부가 나서봤자 얻을 것이 없다, 뭐 이런 말씀이신데요, 그렇다면 경제 차관과 관련한 일본의 요구 사항은 어떤 것이 될 것이며, 히모토의 등장과 관련한 한일 양국의 입장은 어떻다는 말씀이십니까? 그리고 일본의 표면적 침략 행위에 대해 열거하셨는데 구체적인 설명도 부탁드립니다."

"무엇보다도 정부 입장에서는 일본의 망언에 휘말려 독도가 국제적인 분쟁 지역으로 제기되는 것을 원치 않는 거죠. 현재 독도에는 우리나라의 경찰이 주둔하고 있는 등 우리가 사실상 독도를 실효적으로 지배하고 있고, 또, 독도 문제를 거론하면 일본의 분쟁화 의도에 넘어갈 염려가 있으므로 현상 유지하는 것이 최우선이라는 일견 소극적 자세가 일관된 정부의 입장이지요. 즉, 무대응 무대책 전략이라고나 할까요. 특히 히모토는 현재 일본 정부의 각료도 아닌 자로서 그런 자의 발언을 우리 정부가 나선다는 것도 우습고, 만일 정부가 강력한 의지를 보여 독도 문제를 따지고 나온다면 향후 각국과의 외교 관계에서 일본의 직, 간접적인 입김의 영향을 엄청나게 절감하게 되겠죠. 약소국으로서 강대국과의 국제 분쟁은 엄청난 국력의 소진을 가져옵니다. 물론 한일 간의 문제만큼은 국력 이외의 다른 요소가 분쟁 및 국력의 요소로 작용하지만요."

"그리고 히모토의 등장은 독도와 관련한 한일 관계에 있어서 일본의 일방적이고 절대적인 우위의 입장을 전 세계에 확인시키는 방법이라고 보아야겠죠. 그리고 일본 측 주장을 말씀드리자면 독도의 일본령화가 절대적인 목적인데요, 그 과정에 있어서 경제적 주경을 통한 사실상 매매를 실현시킬 수도 있을 것이고 다른 한 가지로 개인적인 견해입니다만 독도는 두 개의 섬으로 이루어진 사실을 직시할 필요가 있지요."

"그렇다면 동도를 일본에 넘기고 서도만을 우리가 취한다는 말씀입니까?"

"예, 그럴 가능성은 충분하다고 생각합니다. 독도를 포함한 우리의 영해도 지난 신 한일어업협정에서 한일 공동관리수역으로 관할하도록 한 마당에 두 개의 섬을 하나씩 나눠 가지는 것이 불합리한 것은 아니지 않습니까? 그리고 독도를 일본에 팔게 된다면 독도의 가치로 비추어 볼 때 소련이 미국에 팔아넘긴 알래스카에 못지않은 엄청난 손실을 대한민국은 경험하게 될 것입니다."

"외교청서란 일본 외무성이 매년 발간하는 책자로 일본은 그 책을 통해 외국과의 교류 관계를 밝히는데, 일본이 독도의 고유 영토임을 해마다 직, 간접적으로 홍보하는 하나의 창구 역할을 한다고 볼 수 있죠. 그리고 가상의 적 점령섬 양륙훈련이란 일본 자위대가 동해의 한 섬을 가장하여 적이 점령한 자국의 섬을 탈환하기 위한 양륙훈련인데 이는 한국내의 경제 환란과 일본의 경제 원조, 이어서 한·일간의 불합리한 신 한일어업협정 체결 직후에 실시되었다는 점을 주목할 필요가 있겠고요, 이 훈련에서 지시하는 적 점령섬이란 미루어 짐작컨대, 러·일간의 분쟁지로서 러시아가 점령하고 있는 4개 도서, 중국과의 분쟁지역인 센가쿠 열도, 그리고 대한민국의 독도를 지적할 수 있겠습니다. 마지막으로 인광 채굴권에 대한 일본 법원의 판례를 말씀드리자면, 해방 전인 1939년 일본은 독도의 인광 시굴권을 일본인 2명에게 허가하였는데, 이것이 해방 후인 1946년에는 다른 일본인들에게 양도되었죠. 권리를 양도받은 3명의 일본인은 1954년, 히로시마 통상 산업국으로부터 인광 채굴 허가를 받아내어 그 해 본격 시굴을 위해 독도에 접근하였으나 한국 군대의 경비태세로 섬에 발도 들이지 못하고 광산개발에 실패하게 됩니다. 그런데 이들에게 일본 정부는 계속하여 광업세를 부과하고 이에 반발한 광산 업자들이 일본 법원에 소(訴)를 제기하는데요, 그 내용이 '통치권을 행사하지 못하는 지역에 설정한 광업권에 대해 과세를 하는 것은 부당하다.'라는 것이었죠. 그러나 2년 동안의 치열한 법리공방 끝에 재판부는 '독도에 대한 일본국의 통치권이 한국 측에 의해 배제 당했다 해도 일본 국민인 원고에 대한 국가의 과세권은 소멸하지 않는다.'라고 밝혀 일본의 집요한 독도 야욕을 드러낸 사건입니다. 이 사실을 미루어 보아도 앞서 말씀드린 적 점령섬은 독도를 지칭한다는 것을 꿰뚫어 볼 수 있습니다.

 "국제 사회에서 강대국과의 국익 및 영토 분쟁에서 약소국의 서글픈 현실을 우리는 이 대화에서 실감할 수 있습니다. 그렇지만 우리는 어떤 역경 속에서도 우리의 정당한 권리를 부당하게 빼앗길 수는 없는 사실임을 확인하면서, 우리 정부에 대한 작은 바람이 있다면 현실의 국제적 입지를 감안하여 소극적인 무대응 무대책의 전략도 좋습니다만 강대국과의 협정에 임할 때 자료와 대응 태세만은 철저히 하여 향후 그로 인한 불이익이나 피해를 입는 경솔한 일은 없었으면 하는 마음입니다. 자, 이번에는 히모토가 발견해서 갖고 있다는 사진과 문서에 대해서 이야기를 하도록 할까요?"

"제 생각으로는 그 사실이 독도의 일본령화를 합법화하는 데는 큰 효과가 없다고 봅니다. 사실상의 목적이 제 생각으로는 아마도 그들이 과거에 독도를 점유하였던 근거로서 현재 우리의 점유를 부정하고자 하는 의도를 가진 것이 아닐까 하는 생각이 드는군요."

"저도 그 의견에 전적으로 동감합니다. 일본은 아마도 그 사진의 효과로서, 현재 우리 경찰이나 주민이 독도에서 거주함으로서 대외적으로 표명되는 대한민국의 점유권으로서의 영토 고권을 부인하는 방법으로 세계에 어필하려는 것이 아닌가 생각됩니다."

"점유권이 인정되지 않는 이유라도 있습니까?"

"물론이죠, 세계가 암초로 인정하는 독도를 사람이 거주하여 점유한다는 것은 어불성설이죠. 암초란 해양법상 사람이 살 수 있는 조건이 불비(不備)된 상태를 의미하니까 소유권은 있을지라도 점유는 인정할 수가 없다고 봐야죠. 설령 독도가 자연섬의 지위를 얻게 되더라도 그때 가서는 과거 그들 주민의 거주 사실로서 영토 분쟁의 소지를 여전히 남겨 두자는 것이지요."

"그렇다면 사진의 실체를 논할 필요가 있겠군요. 혹시 조작되었을 가능성은 없을까요? 망언의 목적상 최근에 조작된?"

"그렇지는 않겠죠. 사실상 러·일 협정 당시의 사진은 맞을 거예요. 다만, 그때 조작해서 사진을 찍었다고 볼 수 있죠."

"그렇죠. 당시까지만 해도 독도는 울릉도 부속 도서였을지라도 무인도였거든요. 그 점에 착안해서 일본이 러일전쟁을 승리로 이끌면서 우세한 외교력으로 러시아의 추인을 끌어낸 거죠."

"그렇다면, 사진의 사람들은 실제로 독도에 살았을까요?"

"글쎄요, 실제로 살았을 수도 있겠죠. 일본이나 인접국의 중범죄자를 일본이 외교적 목적을 위하여 독도에 격리 수용하였을 가능성은 있으니까요. 아니면 인근에서 조업 중이던 일본 어민들을 데리고 사진만 찍었든지…. 그게 아니더라도 러일전쟁을 앞둔 일본 외무성과 해군성은 무인도인 독도의 일본령 편입을 위한 음모를 추진하여 1905년 1월 일본인 어업가의 '독도 영토 편입원'을 승인하는 형식을 거쳐 내각회의에서 독도를 일본 영토로 편입한다는 결정을 내린 바 있죠. 이어서 일본 해군성이 독도 인근에서 표박(漂迫)중이던 러시아 발틱 함대의 동정 관찰 및 견제를 위하여 독도에 망루를 설치하였으니 실제적으로도 일본인이 독도에 체류한 사실은 있죠. 다만, 군인보다는 민간인의 체류 사실이 설득력을 더한다고 봐야죠."

"그렇더라도 독도가 유인도로서 일본령이 될 수는 없지요. 그때만해도 일본이 제국주의의 시작 단계로서 한국을 강점하여 내정간섭이 대단한 시기였고 그것이 인정되어 2차 대전이 끝난 뒤 포츠담 선언과 연합군 최고 사령부 훈령에 의해 해방과 더불어 한국 영토임이 전 세계에 선언되었고, 1952년 우리 정부는 평화선 선언을 통해 독도의 주권을 세계에 재확인하지 않았습니까?"

"그 문제에 있어서 우리는 현실의 국제 정세를 냉정하게 살펴볼 필요가 있습니다. 현재 한·일간에 첨예하게 주고받는 논쟁거리로서 일본 측 주장은, 1946년 연합국 최고사령관 맥아더 원수가 2차 세계대전에 대한 전후 처리로 일본에 보낸 '정치상 행정상 일본으로부터 분리하는데 대한 각서'와 연합국이 지정한 맥아더 라인에는 독도가 일본 영토로부터 분리되는 지역에 포함되었지만 1952년 발효된 샌프란시스코 조약(대일평화조약)에서는 분리되는 지역에 포함되지 않았으므로 독도는 일본의 영토라는 것입니다. 여기에 논쟁거리를 제공한 나라가 바로 미국이라는 나라인데 이 회담에 간여한 일본의 미국인 고문이 독도에 기상 기지나 레이더 기지를 설치하는 것이 미국의 국익에 도움이 된다며 미 국무성에 독도를 일본 땅으로 명시할 것을 건의한 결과 미 국무성이 주관적 국익을 고려하여 독도를 한국 땅이란 명시를 하지 않았던 거죠. 하지만 여기에 대한 반론을 일본인이 제기하였다는 점이 또한 이채롭다고 할 수 있죠. 히데끼라는 일본인 교수는 독도의 한국 영유를 인정하는 자로서 일본은 샌프란시스코 조약과 관련하여 교섭에 참여해 발언할 기회를 얻었지만 한국은 직접 발언할 기회를 전혀 가지지 못했으므로 미 국무성의 판단이 객관적이지 못했다는 것이죠."

"한국이나 일본이나 주권국가로서 고유한 영토권을 보유하기는 마찬가지인데 왜 미국은 자국인인 맥아더 원수의 각서를 무시한 것일까요?"

"그 점이 바로 어느 나라나 마찬가지겠습니다만. 특히, 강대국들은 국제 문제나 국제 현상에 대하여 현실적 국익을 가장 큰 판단 가치로 여기고 행동하고 결정한다는 것입니다. 그랬기 때문에 미국은 당시 향후 태평양 전략과 관련하여 그러한 조약을 체결하였고 당시 전범국 일본을 연합국의 리더인 미국이 관리하기도 편하다고 생각했는지 모르죠."

"섬이 내륙의 영토와 다른 점이 있습니까? 일본은 러시아, 중국과도 여러 섬을 두고 영토 분쟁을 일으키고 있지 않습니까?"

"좋은 질문입니다. 섬은 해양법상 암초와 인공섬 그리고 자연섬으로 구분되죠. 그 중에 영토의 경계가 될 수 있는 것은 자연섬 뿐이죠. 자연섬으로 인정받기 위해서는 세 가지의 조건을 충족해야 되는데요, 식수, 나무, 사람이 그 구성 요소지요."

"그렇다면 독도는 자연섬이 아니라는 말씀이군요? 일본에게 분쟁의 소지를 제공하는 것으로 봐서 말입니다."

"그렇습니다. 유감스럽게도 지금까지는 해양법상 암초로 규정되어 왔고 근간 일본은 '한국이 섬이라고 주장하는 독도는 섬이 아니라 나무가 자라지 않는 암초이므로 영유권을 주장할 수 있는 근거가 되지 못한다.'라는 주장을 기회가 있을 때마다 강조해 왔지요."

"암초이기 때문에 영유권을 주장하지 못하고 그럼으로 해서 국경의 요건이 되지 못해서 동해에서 독도를 포함한 200해리 배타적 경제 수역이 공인을 못 받는다는 말씀이군요?"

"그렇죠. 하지만 일본 측 주장에도 부당한 점이 있는데요, 그들은 독도를 중심으로 한 한일 관계에 있어서는 독도를 암초로 규정하여 한국이 배타적 경제수역을 주장할 수 없다고 하지만 그런 일본은 가로 2미터, 세로 3미터밖에 되지 않는 암초인 오키노 도리시마를 개발하여 배타적 경제수역의 기점으로 선언하였다는 사실입니다. 그럼에도 불구하고 우리나라의 독도는 관심을 가지는 수많은 애국자들의 노력으로 이제는 그 조건들을 모두 충족하였다고 할 수 있죠. 서도의 물골에서 샘솟는 식물의 수액은 맑고 풍부한 생명수로서 식수원의 역할을 다하고 있고요, 독도의 숲을 조성하는데 정열을 다한 분들의 노력으로 동백나무, 사철나무 등 해풍에 강한 수종들이 독도의 곳곳에 단단한 뿌리를 내리고 있지요. 마지막으로 유인도가 되기 위한 조건으로 뜻 있는 분들이 독도의 주민이 되어 살고 있고 수많은 애국자들이 독도의 주민이 되고자 호적을 옮기는데 동참하고 있지요."

"경찰 병력의 주둔과 주민의 차이에 대해서 설명해 주실 수 있겠습니까?"

"주민이라 하면 일정 기간 그 지역에 살든지 그 곳에 적(籍)을 두고 있는 사람을 일컫는 것으로 알고 있습니다만, 독도 경비대의 경우에는 그들의 의지와는 상관없이 국가적, 군사적 목적으로 주둔하고 있으니 주민이라고 말할 순 없겠죠. 그들이 개인적으로 호적을 옮기는 것은 별개의 문제지요."

"그렇다면 독도의 주민 요건을 충족함으로써 얻는 실익을 구체적으로 알 수 있을까요?"

"섬에 주민이 거주한다는 사실은 첫째, 자국의 국민이 거주함으로서 해당 국가는 섬의 점유권자로서 자국의 영토임을 확인할 수 있는 구체적 사실이 될 수 있고, 둘째로 어떤 섬이 유인도로서 자연섬의 조건이 충족된다면 그 섬은 영토의 경계가 되면서 영해의 확장을 가져와 현대에 있어 배타적 경제 수역의 혜택을 광역적으로 받을 수 있다는 특징이 있죠."

"영토로서 작은 섬에 불과하지만 그 섬으로 인해 얻는 영해의 이권은 엄청나군요! 그런 이유로 해서 일본이 개인도 아닌 국가로서 그토록 억지 주장을 펴는군요?"

"그렇지요. 독도로 인해 우리는 남한 국토의 절반에 해당하는 영해를 보장받게 되는 거죠. 뿐만 아니라, 작은 섬에 비해 독도의 가치는 엄청나답니다. 먼저 독도 주변 해역은 한류와 난류의 교차지점으로서 황금어장임을 꼽을 수 있고요, 둘째로 독도는 화산폭발로 이루어진 해저산인데 세계적으로 해저산이 수면위로 돌출된 경우는 극히 드문 사례로서 해저산의 진화과정을 한눈에 알아볼 수 있는 세계적인 지질 유적이라는 점입니다. 셋째로 제기되는 독도의 가치가 최근에 이르러 중요한 포인트가 되는데요, 일본이 집요하게 독도 문제를 제기하는 이유로 러시아 과학자가 적시한 바, 독도 주변 동해의 천연가스 자원이 엄청난 매장 잠재력을 지니고 있다는 것입니다. 독도의 천연가스로 추정되는 메탄하이드레이트란 그 자체로서도 청정 에너지자원이지만 무엇보다도 이 자원은 석유자원의 매장을 암시하는 '지시자원'이라는 사실입니다."

"네, 그렇군요! 그러니까 일본의 야욕은 경제적 침략으로 단정 지을 수가 있군요. 그렇다면 이 문제도 일본의 침략행위의 한 전술로 볼 수 있을 것 같은데요, 최근 일본은 자국민을 선동하여 시마네현 다케시마(독도)로 호적 옮기기 운동을 펼쳐 독도의 주민임을 공증하는 사례가 빈발하다고 그러던데요? 한국의 그것과 관련하여 분석해 주시겠습니까?"

"일본의 그러한 행동도 우리의 선례를 모방한 어처구니없는 행동에 불과하여 일고(一考)도 논의의 가치가 없습니다만 우리 국민들의 올바른 독도관(獨島觀) 형성을 위해서 간단히 말씀 드리지요. 우리나라는 현재 독도에 경찰 병력의 주둔과 민간인의 주거로써 온전한 대한민국 영토로 점유권을 행사하고 있지요. 그와 함께 자연섬의 조건이 하나하나 충족됨으로써 독도는 명실상부한 대한민국의 영토임과 동시에 한일 해역을 구분하는 국경화(國境化)에 도달해 있습니다. 이에 긴장한 일본이 마침내 이성도 체면도 다 버리고 최후 발악적 행태를 자행한 것이 다케시마의 주민 운동인데, 영토 점유권조차 없는 일본의 국민이 독도 주민임을 내세우는 행위는 목불인견, 그 자체죠."

"그렇다면 국경의 요건인 자연섬으로의 모든 조건이 충족된 이상, 그들의 억지도 불식(拂拭)시킬 겸 한반도의 영토로서 국경을 세계에 선언하면 되지 않습니까?"

"그게 쉽지 않습니다. 자연섬의 조건이 충족되었더라도 국제 사회로부터 공인받는 절차를 거쳐야 하는데 일본의 억지 주장임을 알면서도 국제 사회는 일본의 엄청난 영향력을 의식해야 하니까 쉬운 문제가 아니죠."

"독도의 영토 고권을 세계로부터 승인받은 우리나라가 경찰 병력의 주둔과 민간인의 체류로서 독도의 점유권으로써 뿐만 아니라 소유권자로서 권리를 세계에 보여주는 것과 비교한 일본의 행태는 누가 보아도 정당치 않은 행위이지만 현대 일본의 막강한 국력은 그 부당성에 개의치 않을 만큼 대단한 힘을 갖고 있다는 것이 우리의 어려움이라는 것이지요."

"그러니까 결론적으로 세계가 인정한 한국의 영토를 일본이 영유권을 주장하는 배경에는 강대국으로서의 위상이 절대적인 영향력을 발휘한다는 말씀이군요?"

"그렇다고 봐야겠지요. 하지만 그들도 국제 사회를 향해 그들의 주장을 강력하게 펼치기는 힘들죠. 그들의 국력이 엄청난 영향력을 지니고 있다고 하더라도 진실로 옳은 것을 그르다고 할 수는 없지요. 진리를 거스르면 부작용과 반발은 반드시 어떤 형태로든 표출(表出)되기 마련이죠. 그것은 인류의 역사가 잘 증명하고 있지 않습니까?"

"그래서 일본은 대한민국을 향해서만 주로 간접적, 우회적 방법으로 자신들의 억지를 늘어놓는 거죠. 또한 해마다 적절한 시기를 골라 역사적으로나 국제법상으로나 분명한 한국 영토를, 실효적으로 한국이 관할하고 있는 독도에 대하여 자국 의회의 답변 형식을 빌려 일본의 영유권을 주장해 온 거죠."

"이제 결론을 내려야할 것 같은데요, 독도와 관련한 일본의 전략에 대한 우리나라의 총체적인 대응 태세는 어떻게 해야 할지 명쾌한 말씀을 부탁드립니다."

"어떤 경우에도 현재 우리나라의 고유한 영토 고권을 타국에 넘길 수는 없죠. 특히 경제적으로 무한한 잠재력을 가진 곳을 현재 어려운 경제를 핑계로, 현재는 물론 장래 천연자원으로서의 엄청난 풍요를 외면해서는 안되죠. 지난 60년대, 정부는 당면한 경제 개발을 위하여 국민의 뜻에 반하여 성급하게 전후 배상 문제를 매듭짓는 바람에 지금 그 후손들이 교만한 일본 정부를 상대로 얼마나 힘겨운 투쟁을 벌이고 있습니까? 만일 지금의 정부도 이와 같은 경솔한 결정을 한다면 국민과 후손을 기만하고 무거운 책임을 후대에 전가하는 행위라고 감히 말할 수 있습니다. 정부는 부디 어려운 경제를 지혜로운 방법으로 풀어나가기를 바랍니다. 그리고 거시적인 차원에서 전 세계의 인접국 간 영토 분쟁에 대한 국제사법재판소의 판례들을 참고해야 할 것입니다. 특히 동북아 4국, 일본과 중국의 조어도 분쟁, 일본과 러시아의 쿠릴 열도 분쟁은 독도분쟁에 큰 영향을 미칠 것이므로 신중히 지켜보아야 할 것입니다."

사회자의 마무리 멘트가 이어진다.

"독도는 대한민국 고유의 영토입니다. 근, 현대, 국력을 앞세워 자행하는 침략적 행위는 고도 문화의 주체인 인류가 새천년 새 시대에 가장 먼저 지양하여야 할 문제가 아닌가 생각합니다."

2

대담의 마무리를 맺어가는 아나운서 멘트를 듣던 해모수가 벌떡 일어나 가슴 밑바닥으로부터 일어나는 분노를 감당키 어려운 듯 두 주먹을 불끈 쥐고 뒤뜰로 나간다. 고목 가지에 걸린 샌드백을 두들기는 그의 맨주먹은 분노의 응어리라도 풀듯이 털보의 얼굴이 이지러지고 주먹의 피멍이 터져 털보의 눈덩이가 피로 물들 때까지 좌우 연타를 퍼부어 댄다. 해 저문 산중의 냉기도 잊은 채 소진한 기운으로 두 팔을 늘어뜨린 해모수는 샌드백 옆에 서서 한참 동안 하늘의 별을 바라보며 하얀 입김을 쏟아 낸다. 반도의 서글픈 현실을 떠올리며…

방으로 돌아와 침대에 기대 누운 해모수는 피명이 든 정권(正拳)을 쳐다보면서 양손을 폈다 접었다를 반복한다. 아리한 통증이 그의 감각 기관을 자극한다. 얼굴을 들어 천정을 바라보는 해모수의 시야에 들어 와 동공으로 빨려드는 벽지의 난해한 무늬가 엷은 채색으로 펼쳐져 갖가지 형상을 만들어낸다. 해모수의 흔들리는 심상은 거센 너울의 파고를 이루어 갖가지 무늬마다 괴이한 동물의 형상으로부터 어슴푸레한 마귀의 영적인 형체가 초점으로 뚜렷해지기를, 그 위로 히모토의 영상이 오버랩 되어 등장한다.

　　"전 일본 총리라는 늙은이가 이제는 새천년 첫날부터 우리 국민을 조롱하려 든다. 정치와 관료가 그들의 눈치나 보고 있으니 국민까지도 아주 우습게 보인다는 얘긴데. 21 세기 새날에는 아예 대한민국을 거대 일본의 위상을 받쳐주는 초라한 대상으로 전락시켜 버렸다. 그것도 세계를 향하여… 뉴 밀레니엄을 맞이하여 청운의 꿈으로 가슴을 두근거리는 한 나라의 민족정신을 이토록 무참하게 무너뜨리려고 하다니…"

　　머리카락이 치켜서고 동공이 타 올라 뜨거워짐을 느끼는 해모수는 문득 지금의 상황에서 자신의 역할이 무엇인가를 생각해 낸 듯 벌떡 일어나 책상으로 간다. 잠시 눈을 감고 명상에 잠긴 해모수는 이윽고 마음을 가다듬은 듯 컴퓨터로 다가 앉아 모니터 속 하얀 공간을 장문의 글로 채워 나간다. 창 밖, 삭풍의 회오리를, 한반도 역사상 영원한 침략자로 상징되는 일본에 대하여 초개와 같은 삶으로 저항하다 죽어간 항일 의병과 독립군, 의사, 열사들의 애끓는 절규를 들으며 해모수는 가슴 속으로부터 끓어오르는 정의의 혈흔을 손끝에 묻혀 열변의 토로를 두드려댄다.

3

용복이 벌컥 화를 내어 왜인들을 꾸짖자 왜의 지도자가 사과하여 그의 마음을 풀게 하다.

순칠이 나무로 포를 가장하여 시위를 하자 이에 놀란 왜인들이 부리나케 달아나다.

《《 討 日 王 檄 文 》》

섬나라 일본왕과 총리는 귀를 열고 들어라.

하늘과 땅이 열려, 인간이 한반도와 열도에 터를 잡은 이래로 한·일의 교류 관계는 문화 선진국으로서의 한반도가 언제나 덕을 베풀어 미개한 열도를 깨우치고 가르쳐 오기를 지금에 이르렀다. 반도에 국가가 건설된 이래 수천 년간 한반도의 수많은 지식인들이 인도주의에 입각한 인류애로서 바다를 건너 야만의 문맹을 퇴치하고 선진 문물을 보급하여 일본의 국가 건설에 기여한바 지대함을 일본 최고의 지성인인 일왕 등은 깊이 통찰하고 있으리라. 그런데 그러한 스승의 나라를 왜와 일본은 유사 이래 군비만 증강되면 한결같이 침탈해 오기를 그 회수가 부지기수로다. 양국의 역사를 통틀어 수년 혹은 수십 년을 주기로 크고 작은 전란을 끊임없이 일으켜 반도국의 백성들에게 아물지 않는 참화와 폐허의 상처를 지속적으로 덧내어 온 열도의 야만적 침략은 근대 일본 제국의 식민지 시대에 이르러 그 절정을 이루었다. 세계가 공동체적 삶을 지향하는 즈음에 반하여 여전히 국수주의를 숭배하는 작금의 편향적 지도자들은 그러한 조상들의 허물을 역사 왜곡이라는 그릇된 교육관으로 나라 안팎을 기망하여 왔으며 또한, 국가 체제 정비 후 권력자들의 통치 방법으로 줄곧 이어 내려온 "和의 이념"을 더욱 더 공공이 하여 순종의 국민을 우민화함으로써 집권의 연장을 획책하고 정권의 안정을 꾀하고 있도다. 그리고 정권 장악을 위한 또 하나의 방책인 군국주의의 망상은 현재는 물론 장래의 한일 관계에 검은 휘장을 드리워 과거와 미래의 대륙을 향한 침략주의 이념을 연결하는 고리로서의 역할을 잘 수행하고 있다 할 것이다. 이러한 일본 권력자의 속성과 동북아시아의 역사적 사실을 미루어 보아 우리는 앞으로의 국제 관계를 예측할 수 있을 것이다. 단언하건대, 세계는 그대 일본의 섬나라 속성상 인류의 역사가 끝나는 날까지도 이상향으로서의 대륙 지향 본능을 버리지 못하고 군사, 경제, 외교적 침략을 그치지 않으리라고 확신한다. 또한, 우리 국민들도 일본의 권력자들이 올바른 사고에로의 전환을 하지 않을 경우에 지금의 평화가 영원한 평화로 이어지지 않는다는 것을 잘 알고 있다.

수천 년간 수난을 당한 역사를 배워서 알고 있고, 또한 제국주의 침략으로 자국민은 물론 전 아시아인들을 전화(戰禍)의 참상으로 몰고 가서도 그 피해에 대한 정당한 보상은 커녕 궤변의 논리로서 그것을 정당화, 합리화시키고 있으며, 그러한 역사적 진실을 왜곡하고 있는 현재의 그대들을 보면 충분히 인지할 수 있는 일이다.

일왕과 총리는 들어라.

그대들은 역사를 통찰하는 지식인으로서, 국가를 경영하는 정치가로서, 국가를 대표하는 외교관으로서 세계화의 이념을 바탕으로 한 올바른 국가 관계 정립을 위하여 과거 일본의 잘못을 바로 보고 피해국과 그 국민들에게 진솔한 사죄는 물론, 정당한 배상을 함이 당연할 것이나 지금껏 일본은 그 일에 대하여 속죄하는 자로서의 참된 모습을 보이지 않고 있다. 그러기는커녕 믿지 못할 왜(倭)의 속성은 제국주의가 군마와 총칼로써 아시아를 유린하고 약탈할 때의 피해 당사자들이 생존해 증언하고 있는 마당에도 당시 청년 지식인의 눈으로 똑똑히 목격한 일본 정치의 원로들과 그 추종자들은 역사적 진실을 왜곡하고 있다. 이렇듯 역사의 현장을 목도(目睹)한 자들도 그 역사를 부정하는 그대 섬나라 민족의 근성으로 미루어 보아 후대에 왜곡된 역사를 배운 그 작태가 또 어떠할지를 우리 한민족뿐만 아니라 아시아, 나아가 전 세계가 인지하고 있도다. 아마도 지금의 일본은 과거 아시아의 참화보다는 조상들이 추구하여 이루지 못한 제국주의에 대한 아쉬움이 더 크고, 선조들의 빚을 후손들이 질 수 없는 게 아니라 정복 국민의 자긍심을 심어 준 선조들을 욕되게 할 수 없다는 소아적 국수주의의 울타리에 갇혀 있다 할 것인즉, 이는 일본이 국가를 종교로 한 맹신 교도들의 집단임을 드러내 보이는 것이라 아니할 수 없다. 현대의 보편화된 인류애 정신과 정반대로 역행하는 섬나라 왜인들은 국수주의에서 세계주의로 탈피하지 않는 한, 이제는 한반도와 아시아의 왜구가 아니라 지구촌 시대 세계의 왜구임을 인식하여야 할 것이다.

제국주의의 침략적 야욕에 목마른 왜의 망령들은 들어라.

그대들의 일본은 독도의 지리적 위치상 영토의 확장과 수역의 확대를 위하여 독도의 일본령을 그토록 끊임없이 주장해댄다만 독도가 한반도의 부속 도서로서 대한민국의 영토임은 과거에는 300여 년 전 우리의 선조이신 어부 출신의 의인(義人) 안용복이 단신으로 섬나라에 찾아가서 왜의 권력자로부터 독도의 조선령임을 확인받은 바 있고 현대에는 대한민국의 수립과 함께 세계로부터 주권을 공인받은 명실상부한 대한민국령이다. 한반도에 한결 가까운 대마도가 일본령이니 어찌 독도가 탐나지 않을 것이며 독도를 취하고 나면 울릉도를 욕심낼 것은 자명한 터, 어떠한 경우에도 너희들의 야욕을 받아 줄 수 없음이 한반도의 굳고 굳은 입장이니라. 과거 한일 협정 당시 그대들이 독도 문제를 제기하면서부터 지금까지 기회만 있으면 우리의 국기(國氣)를 흔들어 왔다만 21세기 남북통일과 더불어 대한민국의 위상은 더욱 높아질 것이니 앞으로는 대마도 문제가 한·일간의 쟁점이 될 줄 알아라. 독도와 함께 대마도의 한반도 부속 도서로서의 증거 또한 많은 역사 자료 속에서 후손의 열정을 촉구하고 있으니 말이다. 경제대국의 지위를 이용해서 제국주의의 또 다른 방편으로 영토 확장의 망령을 되살리는 어리석음을 세계는 인식하고 우려하면서 세계 제일의 요주의 국가로서 일본을 주목하고 있다는 사실을 그대들은 잘 알아야 할 것이다.

일본 정치의 꼭두각시 일왕이여,

대한민국 정부가 그리도 가소롭더냐? 하하하. 방방곡곡 대한민국 국민들의 반대에도 불구하고 시대를 책임진 지도자의 쓰라린 결점을 잘도 이용하는 그대들의 얕은 생각으로는 충분히 그럴 수도 있을 것이다.

이토오의 충견, 노사(老蛇) 히모토야,

대한민국 정치인이 그리도 만만하더냐? 허허허, 자신의 정치 기반을 위하여 외국의 지지를 받는 거물 인사로 보이기 위해 손바닥을 비비는 일부 몰지각한 현대판 사대주의 신봉자들을 대해 보았으면 그런 생각도 들겠지!

그러나, 어리석은 왜구의 후손들은 잘 들어라.

반도의 유사 이래 어떤 환란에서도 권력자들이 그들의 능력을 발휘해서 국민을 안심시키고 태평했던 시대는 드물었다. 반도의 지정학적인 측면에서 보아도 외침(外侵)은 많을 수밖에 없는 조건이건만 권력자들은 자신들의 권력 향유가 우선이었지 국가 안위에 관한 한 안일한 대처를 해 온 것이 사실이다. 그런 와중에 수많은 외침을 당했고 그 고통은 언제나 국민의 몫이었다. 그러나 참상을 당하면서도 의인들은 봉기를 했고 그들의 역할이 지대하여 국난을 극복하여 오기를 지금에 이르렀다. 대표적인 너희 왜구의 침략의 예를 보아도 잘 알 수 있을 것이다. 임진왜란과 일제의 강점기에 얼마나 많은 무명의 의인들과 우국지사들이 국가의 기상을 살리고자 초개와 같이 소중한 목숨을 버렸는지 너희 두 놈의 지식인은 잘 알고 있을 것이다. 대한의 필부필부들은 지구상 어느 국민, 어느 민족보다 강한 생명력을 지니고 있다. 반만년 외침의 역사가 그런 저력의 바탕이 되었다고 할 수 있겠으나 무엇보다 오천년 백의민족의 순수한 정의로움이 그에 기인한다 할 것이다. 필부(匹夫)로서, 단신의 기개로 일국을 향하여 불의를 꾸짖은 의인 안용복과 시대의 흐름 제국주의의 심장을 꿰뚫은 세계 평화의 상징 안중근이 있고 또한, 필부(匹婦)로서 연약한 아낙의 지혜로 적장을 수몰시킨 주논개와 제국주의의 총칼 앞에 태극기를 휘날리며 백성의 앞에 서서 의로운 저항으로 죽어 간 소녀 유관순이 있도다. 이토록 호연지기 충만하여 의로운 조상을 모신 우리 배달민족은 어둡던 문맹의 쇄국기를 벗어나 높은 교육 수준과 뛰어난 창조성, 진취적 기상으로 21세기의 세계를 주도해 나갈 것임을 그대 왜인들은 잘 알아야 할 것이다.

권력과 영토 확장의 침략적 야욕에 빠져 군국주의의 망상 속을 헤매는 일본의 그릇된 지도자들에게 꾸짖어 한 가지 깨우침을 주노라.

수천 년 한일의 역사에 정통한 그대들도 이제는 어리석은 조상들과 달리 한반도 침략의 한계를 느꼈으리라 믿는다. 임진왜란과 한일합방 등 수많은 침략과 약탈 속에도 흔들림이 없는 배달민족의 저력이 어디에서 나오는지는 너희 왜구 중에서도 똑똑한 자들은 인지하고 있으리라 믿는다. 평화를 지향하는 의로운 우리의 민족정신은 물론이지만 문화 전래 국이자 문화 선진국인 한반도가 일시적인 무력의 자만에 빠진 문화 후진국의 침공에 무너질 수 없음은 중국의 한족과 북방 오랑캐의 관계를 제시하여 일깨워 주고자 함이다. 역사적 사실이 이러할진대, 침공의 입장이 역전된다면 어떻게 될 것인가? 지금의 중국이 그 사실을 실례(實例)로서 제시하고 있지 않느냐? 현재 북방의 오랑캐는 흔적을 찾기 어렵게 한족에 동화, 순치되어 소수만이 그 부족을 유지하고 있음을. 이러한 중국의 현실과 평화주의의 대한민국을 인접한 너희 왜인들은 심오하고 지극한 성찰의 정신 개조로서 새로운 대한관을 정립하여야 할 것이다.

국가라는 집단 이기심의 노예가 되어 경제대국의 기치를 세계에 휘날리는 즈음에도 중진국의 복지 수준을 어렵게 유지하는 불쌍한 너희 국민들과, 왜곡된 역사를 참된 학문으로 인식하여 학문 탐구에 열중인 가련한 일본의 청소년들을 위하여 한마디 더 깨우쳐 주고 펜을 놓겠다.

일왕 히로히토와 총리 이토오 히로부미의 추종자들은 들어라.

한반도에 찬란한 영광을 안겨줄 21세기에 즈음하여 그대들이 또다시 과거 수십 세기에 걸친 행패를 범하는 어리석음을 보인다면 한반도의 양 끝 백두산 천지와 한라산 백록담이 왜도(倭島)를 향하여 노도의 용암을 분출할 것이니라. 이 나라 안중근과 유관순의 후손들은 일본국의 정신을 무너뜨려 헤이세이(平成)의 단절을 가져올 것이며 위정자의 지위에만 오르면 미쳐 버리는 "화(和)"의 이데올로기를 붕괴시켜 버릴 것이다.

군국주의의 부활을 꿈꾸는 일본 극우주의의 활황을 경계하며….

대 한 국 인   해 모 수

4

의병장의 창의문에 만백성이 낫과 호미를 들고 구름같이 몰려들다.

《《《 대한민국 국민에게 告하는 경계의 글 》》》

유구한 역사와 찬란한 문화의 뿌리 깊은 배달 동포와 대한민국 국민에게 호소합니다.

국민과 겨레 여러분,

한민족이 저마다 희망찬 꿈을 품고 새 천년 새 시대를 맞이한 이때, 한반도의 동쪽 열도에서는 또 다시 반 인류 제국주의의 망령이 되살아나려 하고 있습니다. 그리하여 그들은 평화를 지향하는 백의민족의 가슴에 또다시 깊은 상흔을 내려고 합니다. 전 세기(前世紀) 냉전의 이데올로기가 붕괴되고 화해와 평화의 세계화를 인류의 공통된 이념으로 하여 새 시대를 맞이한 오늘 냉전 체제를 가속화시킨 2차 대전의 원흉 일본이 그들의 침략적 속성을 분별없이 터뜨려 21세기 한반도는 물론 세계로 하여금 우려를 금치 못하게 하는 사건을 터뜨린 것입니다. 금세기 첫날 세계는 이러한 일본의 야만적 행위에 경악을 금치 못하고 있으며, 이 야수의 나라를 이웃한 한반도와 배달민족은 울분과 분노로 격정을 누르지 못하고 있습니다. 수천 년 스승의 나라, 부모의 나라에 저들은 잠시의 물질적 풍요를 내세워 때와 장소를 가리지 않고 억측을 늘어놓고 있으며 억지를 부리고 있습니다.

국민 여러분,

우리는 일국의 총리와 각료를 지낸 자들이 저토록 무모한 언동을 하면서 한반도와 대륙을 지향하는 이유를 냉철히 주목해 볼 필요가 있습니다. 일본과 이해관계로 긴밀히 얽힌 국가들의 비난을 감수하면서 그런 망언을 행하는 데는 다음과 같은 몇 가지 이유가 있습니다. 첫째로 일본은 어려운 국내 정치 문제가 대두될 때마다 국민의 시선을 외부로 돌리고자 이 사안을 즐겨 활용하고 있습니다. 이러한 방법이 비단 일본 권력자들의 경우에만 국한된 것은 아니라고 하더라도 한반도

64

의 입장에서는 영토고권이 걸린 중대 사안인 만큼 민감하지 않을 수 없고 그들의 언동에 분노를 나타내는 것은 당연한 일이라고 할 것입니다. 둘째로 일본은 동북아에 있어서 일본의 자연 지리적 환경을 극복하기 위하여 무모한 억지를 부리고 있습니다. 지진, 태풍, 해저 침하 등 천부의 재앙들로 이루어진 섬나라의 악조건은 열도의 국가 건설 이후로 언제나 안정된 자연 조건의 대륙을 이상향으로 꿈꾸고 지향하는 잠재 성향으로 국민 의식 속에 내재되어 있기 때문입니다. 그러하므로 그들은 수천 년 과거로부터 군사력이 약할 때는 해적질하는 왜구의 모습으로 동, 남부 지방의 해안을 약탈해 가기가 부지기수였고 군사력이 강할 때는 대륙 정벌의 구호 아래 한반도를 초토화하여 왔던 것입니다.

국민 여러분,

이러한 국가 총체적인 문제를 지니고 있는 일본은 역사를 더듬어 보면 한·일간의 평화공존 기간은 언제나 그들 간의 내분 기간이거나 한반도와 대륙을 침략하기 위한 전력 비축 기간에 지나지 않았던 것입니다. 필연적인 대륙 지향성을 갖고 있는 일본과의 관계에 있어서 우리 국민과 정부는 잠깐 동안의 평시에도 긴장의 눈길을 풀어서는 안 될 것입니다. 일인들이 독도를 두고 일본령 다케시마(竹島)라고 억지를 쓰면서 한·일 양국 간 쟁점으로 문제화하는 데는 작은 섬 독도만의 문제가 아닌 전술한 그들의 잠재된 야욕을 군사적 침략에서 경제력을 앞세운 외교적 침략으로의 전환된 침략적 의도가 숨겨져 있는 것입니다. 만일 어느 정치인의 말처럼 독도를 폭파해서라도 분쟁의 소지를 없앤다든지 당면한 국가 발전을 위해 국토의 일부를 양보해서 양국 간의 화해 무드를 유지시켜 나갔더라면 그들은 지금보다 훨씬 넓은 동해의 이권을 확보하였을 것입니다. 요구만 하면 어떤 이권이라도 얻을 수 있다는 것을 아는 일인들은 친일 정치인들을 회유하며 계속적인 수역의 침투로 실질적인 일본해를 만들었을 개연성이 크기 때문입니다. 다행히 일본의 만행과 야심을 아는 수많은 지식인들의 반대로 무산되었지만 우리 정부의 입장을 아는 일본은 이때부터 한일 문제의 실마리를 독도 문제로 풀어 왔던 것입니다.

국민 여러분,

현대에 있어서 경제대국으로서 세계에 우뚝 선 일본이 군사 대국을 지향하는 것은 당연한 일이겠습니다만, 당면한 그들의 입지는 2차 대전의 전범국으로서 군사력 증강에 많은 제약을 받고 있고 미국을 주도로 한 세계화의 추세에 있어서 명분의 한계를 갖고 있다 할 것입니다. 그러나 지금의 안정된 시기도 수천 년의 역사를 고찰해 보면 극히 짧은 순간일 뿐입니다. 그러므로 지금의 세계 질서도 언제 붕괴되어 어떤 이데올로기로 새로운 질서 체계를 갖추게 될지 모를 일입니다. 그런 세계 환경 속에서 일본의 군사 대국화는 자연스런 현상으로 받아들여질 수 있고 그럴 경우 경제 및 군사 대국으로서 세계 초강대국의 자리에 서는 일본의 지위와 역할이 한반도에 어떤 영향을 미칠지는 자명한 것입니다.

국민 여러분,

지금 우리에게 있어서 적은 북한만이 아닙니다. 아니, 북한은 수천 년 동족의 피가 뜨겁게 흐르는 우리의 동포입니다. 다만, 분단된 국가로서 대치하고 있다는 점에서 피아를 구별하고 있지만 권력을 독점하고 있는 소수의 북한 권력 체제만 붕괴되면 북한의 동포들은 혈연의 끈끈한 정을 좇아 자연히 대한민국에 동화될 것이기 때문입니다. 다시 말씀드려서, 동구권 공산주의의 체제 붕괴가 완료되고 민주주의의 이념이 주류를 이루는 작금에 이르러 북한 또한 이 흐름을 홀로 거스를 수는 없을 것입니다. 그들도 반드시 세계 공동체화의 추세를 좇아 국가 개방과 제도 개혁이 이루어질 것이므로 북한의 체제는 자연스럽게 그 모순을 드러낼 것이 분명합니다. 그렇게 되면 독재 체제는 더 이상 존립할 명분을 잃게 될 것이고, 오래지 않아 북한 체제의 붕괴와 함께 한반도는 통일을 이룬 단일 민족, 단일 국가의 이념적, 실체적 공동체를 이룰 것입니다. 그 통일은 평화적 통일로서, 남한과 북한의 개별 국가로서의 부족을 보충하는, 보다 크고 높은 위상으로서 세계무대에 다시 태어나는 통일이어야 할 것입니다. 전쟁으로 인한 양국 폐허의 결합은 또 다시 조선 말기 열강의 지배를 받는 한(恨)의 역사를 되풀이할 것이 분명한 것입니다. 특히 인접국으로서 초강대국의 지위에 있는 일본으로부터 한반도는 36년간 시련의 악몽이 지워지기도 전에 굴욕의 역사를 재현할 수도 있습니다. 그러므로 남북은 반드시 평화와 화해로써 서로가 최대한의 국력을 기를 수 있도록 동반자의 관계를 잘 유지하여야 할 것입니다.

국민 여러분,

현대 한일 관계에 있어서 저들의 무례함이 하늘 높은 줄 모르고 치솟는 데는 경제대국으로서의 위상뿐만 아니라 남과 북의 대치 상태에서 자신들의 안정적 권력 유지를 위해서 당장 권력자의 안위와 상관이 없는 사안이라면 영원히 민족의 의무로서 지켜 나가야 할 국가의 영토고권마저도 당장의 국익과 비교하여 가볍게 생각하는 몰지각한 현대판 사대주의자들의 친일 행보에도 큰 원인이 있다는 것입니다. 중국과 이념을 달리하는 적국의 관계로 인하여 일부 한반도 권력자들의 사대주의는 중국에서 미국과 일본으로 바뀌었다는 사실 말고는 권력 유지의 기반으로서, 국제적 거물 정치인의 이미지를 위하여, 약소국가의 지도자로서 당연한 수순이었지만 이를 빌미로 일본 국수주의자들은 친한파라는 위명(僞名)으로 국내 권력자들의 사리(私利)를 채워 주고 그

반대급부로써 국익을 얻어 간다는 것입니다. 국가 간의 관계에 있어서 일본의 정치인들은 사연(私緣)을 배격한 철저한 국익 우선을 원칙으로 하는데 반하여 한반도의 일부 몰지각한 사대주의 신봉자들은 국가를 망각한 개인적 인연에 비중을 두며 외교를 해 온 엄청난 과오를 저질러 왔습니다. 일본의 독도 일본령 망언에도 침묵하는 정치인들은 양국 간의 관계에서 감히 열등의 지위를 충분히 인식하면서 국가의 처지보다 국가를 통해 맺어진 개인적 안면을 중요시하는 자들임을 우리는 잘 알아야 합니다.

국민 여러분,

세계는 지금 육지에서의 자원 고갈화로 부존자원을 찾아 심해의 바닥을 찾아다니는 해저 시대를 맞이하고 있습니다. 자연 자원으로서 독도는 천혜의 황금 어장일 뿐만 아니라 독도로부터 획정되는 영해의 공간은 천연 가스를 비롯한 무한한 광물 자원의 부존 가능성을 예상하는 보고서가 나오고 있습니다.

자, 국민과 겨레 여러분,

이제 새 천년 선진 강국을 꿈꾸는 대한민국과 아리랑의 유구한 문화를 바탕으로 새천년을 도약하고자 날개를 펼치는 이때, 그 힘의 바탕이 될 천부의 보고(寶庫)를 절대적 영토로써 고수하여야 함은 한민족으로서 당연한 책무라고 할 수 있습니다. 그리고 영원한 세계의 국제 질서 속에서 어떠한 곤경의 상황에 처하더라도 변치 않을 진리로써 한민족의 고유한 권리인 한반도 영토 고권은 대한민국과 국민들의 필연의 의무로써 지켜야 할 정의 수호의 한 덕목입니다.

국민과 겨레 여러분,

새 시대 한반도와 배달민족의 안녕과 분발을 절대적으로 기원하면서 글을 맺습니다.

대 한 국 인　　해 모 수 드림

제 4 장

열도 원정

하나, 출사표

1

해모수는 일왕을 비롯한 일본 우경화의 책임자들을 질타하고자 그들과 관련된 사이트에 글을 싣는 한편, 대한민국 국민들의 의식 고양을 위하여 관련 홈페이지에 경계의 글을 올린다. 그 후, 해모수는 게시판의 댓글들과 격려의 메일을 받는 것은 물론, 방송국과 언론 등으로부터 독도에 관한 자신의 글을 요청받기도 하는데 그럴 때면 한결같이 강조하는 바, 국가라는 공간의 이데올로기가 존재하는 한 대한민국은 외부로부터의 침략을 방어할 수 있는 자위권의 저력을 확보함에 한치도 소홀히 해서는 안된다는 것이었다.

그러던 어느 날, 일본으로부터 짧은 메시지의 전보가 날아들었다.

"당신의 견해에 공감하는바 적지 않소. 그러나, 국가 간 과거의 역사는 현재의 역사를 있게 한 모태가 되지만 미래의 역사는 현존하는 국가의 총체적 활동에 좌우되는 것이오."

발신자의 이름이 없었다. 그 후로 시간적 여유만 있으면 의문의 전보를 곰곰이 생각하곤 했는데, 발신인에 대한 궁금증과 그 자의 의중을 캐고자하면 할수록 미로 속에서 원점을 맴도는 절망감을 느끼곤 하였다. 이따금 히모토의 얼굴이 밀려와서는 사라지기를 무수히 반복하며 소용돌이 속으로 몰고 갔다.

2

봄의 체취가 물씬 풍겨 나는 3월의 교정을 나선지 얼마 후, 체육관의 문이 열리고 운동복 차림의 해모수가 러닝으로 흘러내리는 땀을 훔치며 들어선다. 후배들의 인사를 받으며 관장실에 들어서자 유 관장과 김 기자가 기다렸다는 듯이 반갑게 해모수를 맞이한다.

"배 선수, 오랜만이오. 새해 아침에 좋은 꿈이라도 꾸셨소?"

"네, 안녕하십니까? 관장님, 저 왔습니다."

해모수의 인사를 받으며 유 관장이 미소로 대답을 대신하며 곧 입을 뗀다.

"해모수, 동양 타이틀전이 성사됐다. 일본의 가토가 우리 도전을 받아 주겠다는구나."

"배 선수 꾸지람을 듣고 일본이 화가 난 것은 아닐까?"

김광현 기자의 농담 섞인 말을 듣고 잠시 생각하던 해모수가 확신에 찬 표정으로 대답한다.

"알겠습니다."

관장실을 나선 해모수가 운동을 준비한다. 로프 스키핑으로 몸을 푸는 해모수의 모습을 창 밖으로 바라보던 김 기자가 해모수의 탄력 있는 푸트워크에 고개를 끄덕이더니 곧 유 관장을 쳐다보며 입을 뗀다.

"관장님, 동경에서의 시합이 괜찮을까요?"

"…"

무거운 표정의 유 관장에게 김 기자가 숨돌릴 겨를 없이 말을 잇는다.

"이제 배 선수라면 한국이나 일본이나 관심 있는 사람이라면 다 알 텐데. 적의 심장부로 들어간다는 것이 너무 무모한 일은 아닐까요?"

유 관장이 여전히 입을 다물고 한 쪽으로만 시선을 고정시키고 있다.

"일본의 극우주의자들이 가만히 있을까요? 그녀석들이 만일 시합 전후에 테러라도 가한다면 어떤 불상사가 생길지도 모르는 일 아닙니까?"

유 관장의 시선이 천정으로 옮겨간다. 유 관장은 해모수의 독도 발언 파문이 예기치 않은 파장을 일으키자 자중하지 못한 제자를 신랄하게 꾸짖기도 하였었다.

"챔프로서의 국위선양이 결코 그보다 못하지 않을 터, 정상을 향하여 그렇게 단속을 하였건만…"

유 관장은 불현듯 스치는 영상을 떠올리며 긴 한숨을 토해낸다.

이따금씩 본 적이 있는 해모수의 범키 어려운 사색과 깊은 눈동자….

"이것이 천재 복서의 한계인가?"

창문 밖으로 바라본 해모수는 언제 그랬냐는 듯 훈련 속으로 맹렬히 몰입해 들어간다.

"관장님, 아무래도 재고의 여지가 있는 일 아닐까요? 독도 문제와 챔피언 측의 일방적 통고. 연관성을 갖고 있다고 생각되지 않습니까?"

무겁게 입을 닫고 있던 관장이 천천히 입을 연다.

"그럴 공산이 큽니다. 그런 만큼 이번 경기는 엄청난 모험이 될 수도 있어요."

유 관장의 공감에 김 기자가 고개를 끄덕인다.

"그러나!"

유 관장의 어조가 커지자 김 기자가 놀란 표정을 지으며 바라본다.

"해모수가 복서로서 성공할 녀석이라면 마땅히 넘어야 할 벽이라는 생각이 드는군요. 세계적 복서로서 성장할 녀석이라면 원정경기에서 그 정도의 정신적 열세는 극복할 수 있는 패기가 있어야 하지 않을까요?"

김 기자가 수긍하기 힘든 표정을 지으며 고개를 갸웃거린다.

"왜 그런 무리한 생각을?"

김 기자의 근심을 해소할 듯 유 관장의 말투가 바뀌지 않는다.

"해모수는 독도 문제를 통해 한일 양국은 물론 관심 있는 매스컴의 주목을 받고 있는 입장입니다. 그러므로 해모수의 동경전은 매스컴의 주목을 받을 것이고, 일본 정부는 이 점을 간과할 수 없을 겁니다. 오히려 일본 정부는 테러에 대비한 치안 유지에 홍역을 치러야 할지도 모릅니다."

"하지만…."

한편 수긍을 하면서도 김 기자는 여전히 근심된 표정을 비치며 유 관장을 바라본다.

"그 상황에서도 일본 극우주의자들의 테러가 발생한다면 일본의 국제적 위신은 추락하는 것입니다. 복서 한 명의 운명과 바꾸기에는 손실이 너무 크지 않을까요?"

유 관장의 눈빛이 서서히 비장감으로 물들어간다.

"그리고 또 고려하지 않을 수 없는 점이 있습니다."

"그게 무엇입니까?"

"그들의 타이틀전 제의를 거부했을 경우의 후유증입니다."

기자의 눈빛이 반짝이며 고개를 끄덕인다.

그야말로 물러설 곳 없는 배수의 진이다. 한반도와 열도의 비난은 아마도 선수의 생명은 물론이거니와 인격마저 땅에 묻어버릴 것이다.

"그렇다면 이젠 좋은 경기를 치르기 위한 준비밖에 없군요?"

관장이 고개를 끄덕이다가 정색하여 기자를 바라본다.

"이번 게임에서 김 기자의 역할이 큽니다. 많이 도와주셔야겠습니다."

의아한 표정을 지으며 바라보는 김 기자를 향하여 유 관장이 말을 잇는다.

"보다 안전한 해모수의 신변 보장을 위해 김 기자께서 이번 게임을 대서특필해 주셔야겠습니다. 국내외에 경기 사실이 알려져야 합니다."

"알겠습니다. 당연히 제가 할 일이죠."

김 기자가 선뜻 대답을 하고 나더니 의아한 표정으로 관장을 바라본다.

"관장님, 그렇다면 세계 정상까지의 순조로운 도전을 위한 계획은 없던 것이 되는 겁니까?"

관장이 쓴 웃음을 지으며 고개를 끄덕인다.

"그렇지요. 저 녀석이 이렇게 일을 저질러 놓았으니…."

"하지만 배 선수가 이 경기만 이기면 동양챔피언이 되고 그러면 세계 랭커가 되는 것은 시간문제 아닙니까?"

"그건 그렇지요. 이번 일만 무사히 끝난다면 기간을 훨씬 단축시킬 수도 있는 일입니다만…."

관장의 대답을 흘려 들으며 김 기자가 창밖으로 고개를 돌린다.

의미심장한 민완 기자의 눈빛이 해모수의 뒷모습에 꽂힌다.

3

방송국 입구에서 수위로부터 보도국 스포츠 부서의 방향을 안내 받은 해모수가 막 현관을 들어서면서 마침 휴게실에서 자판기 커피를 뽑던 조주경 아나운서와 눈길을 마주친다.

"어머! 안녕하세요, 해모수 선수?"

"안녕하십니까?"

환한 표정으로 반갑게 인사하는 주경의 모습에 해모수도 정중하게 답례의 인사를 건넨다. 휴게실에서 한편 커피를 마시고 다른 한편 담배를 피우면서 제각기 무리지어 대화에 열중이던 사람들이 해모수를 보자 놀란 듯 술렁이기 시작한다. 분위기를 의식한 주경이 해모수의 거북함을 들어주려고 만면에 웃음을 지으며 커피를 건넨다. 그러나 주변에 개의치 않는 해모수가 주경의 건넴을 정중하게 사양한다.

"저는 커피를 즐기지 않습니다."

"참! 그렇겠네요! 운동선수이시니까."

그리고 곧장 잔돈을 꺼내 자판기에 동전을 집어넣으며 해모수에게 묻는다.

"우유는 괜찮으시죠?"

"예, 좋아합니다."

자판기로부터 컵을 집어 들던 주경이 문득 생각난 듯 해모수를 바라보며 묻는다.

"방송국엔 무슨 일이시죠?"

주경의 내미는 우유 잔을 받아 들며 해모수가 대답한다.

"예, 김 기자님과 방송 약속이 있습니다."

"네, 그러세요?"

"동양 타이틀전과 관련해서 대담 프로가 준비되어 있다고 하는군요."

"네~!"

고개를 끄덕이던 주경이 갑자기 어두운 표정으로 말을 건넨다.

"괜찮을까요, 해모수 씨? 독도 문제로 일본 열도가 들썩일 텐데요?"

"별일이야 있겠습니까? 불의의 발언을 그들이 먼저 했고 저는 그들의 그릇된 생각을 바로잡아 주고자 했을 뿐인데요."

주경의 눈빛이 맑게 빛난다.

"제가 아니면 우리나라 국민 중 누구라도 했을 일 아닌가요? 자위권의 수호를 위해 대한민국 국민의 의무를 행했을 뿐입니다."

대한 청년 해모수의 애국심에 주경은 몸속으로부터 잔잔한 감동을 느끼기 시작한다. 조주경 아나운서는 체육관에 취재를 갔을 때도 해모수를 그저 평범한 한 명의 운동선수로서 스포츠의 한 분야에서 유망주로서 정상의 꿈을 키워 가는 스포츠인으로서, 취재 대상으로 밖에 별다른 인상은 받지 못했었다. 운동선수로서 훤칠한 키에 조각한 듯 균형 잡힌 몸매를 제외하고는 주경이 만난 많은 사람들 중의 한 명일 뿐이었다. 그런 주경에게 히모토의 독도 망언에 이어 터뜨린 해모수의 독도 파문은 해모수를 또 다른 사람으로 생각하게 하는 계기가 되었다. 주경은 오늘 해모수를 만나서 잠깐의 대화로도 그의 정신을 확인할 수 있었고, 일본 원정길을 당당하게 받아들이는 그의 자세를 보면서 대한 남아의 호연지기를 느낄 수 있었다. 일제 강점기 독립운동의 꿈을 안고 대한의 혼을 심은 독립 운동가들의 헌신을 대하는 숙연함으로까지 조주경 아나운서는 느낀다. 잠시 침묵이 흐르는 두 사람의 어색한 정적 사이에 끼어 든 한 남자가 휴게실 내 좌중을 둘러보며 박수와 함께 주목의 소리를 외친다.

"여러분, 대한민국 극동의 영토, 독도의 수호자이신 해모수 씨가 여기 와 계십니다." 라고 소리 지르며 박수를 유도한다. 환호성과 박수가 터져 나오고 해모수는 가볍게 몸을 숙여 인사를 한다. 주경이 그들 중 해모수의 가장 가까운 지인이라는 뿌듯한 기쁨을 가슴에 담고 너볏한 사내를 둘러싼 상황 전개에 기대의 눈빛을 보낸다. 브라운관을 통해 어느 정도 안면이 있는 개그맨은 특유의 코믹한 억양으로 좌중을 휘어잡으며 해모수의 행동과 정신을 구구절절이 칭찬한다. 그리고 일본 원정에서 승리하고 돌아오기를 바란다는 다짐의 말을 하면서 해모수의 선전을 바라는 큰 박수를 유도해 낸다. 그들에게 감사의 인사를 하고 두 사람은 주경의 안내로 김 기자가 기다리는 방 앞에 선다.

"해모수 씨, 저녁에 시간 있죠?"

인사치레의 질문인 듯 해모수가 대답을 하기도 전에 주경이 한 장의 티켓을 건넨다. 주경이 돌아가고 해모수가 김 기자와 약속된 방으로 들어간다.

4

몰려드는 입장객의 인파를 헤쳐 나온 두 사람은 예술의 전당을 뒤로 하고 헤드라이트가 물결치는 어둠의 도로 속으로 미끄러진다. 두 사람의 차는 일군(一群)의 헤드라이트 야경의 한 동점(動點)이 되어 일방(一方)을 향해 달려 나간다. 63빌딩에서 멈춘 승용차는 주차장으로 미끄러져 들어가고 차에서 내린 두 사람이 엘리베이터에 오른다. 한강의 야경을 아래로 내려다보며 주문한 음식을 기다리는 두 사람은, 다정한 눈길을 줄곧 보내는 주경과 어색하지만 싫지는 않은 해모수의 부자연스러움으로 어우러져 넓은 레스토랑의 작은 배경이 되어 창가에 자리하고 있다. 오디오의 스피커에서 울려나오는 잔잔한 올드 팝송의 멜로디가 둘의 조화로움을 도와주려는 듯 좌석을 맴돌며 춤을 추다가 이내 두 사람 앞에 놓인 하얀 식탁보에 내려앉는다.

"음악 좋지요? 클래식한 식당 분위기와 잘 어울리는 것 같아요."

"그렇군요. 평소에도 좋아하지만 오늘은 한결 제 마음을 편하게 해 주는군요."

"어머! 저랑 함께 있는 게 부담스러우세요?"

주경이 밉지 않게 샐쭉거린다.

"아닙니다. 그런 뜻이 아니고요."

잠시 망설이다가 말을 이어간다.

"주경 씨같이 지성과 미모를 겸비한 사회적 저명 여성과 함께 있자
니 제가 어떤 말과 행동을 해야 옳을까 고민이 많이 되는군요. 하하."

해모수의 추켜세움에 한결 가벼워지는 기분을 느끼며 주경이 애교
의 눈길을 슬쩍 해모수에게 전한다.

"설마 그러시려고요?"

해모수의 의중을 확인이라도 하려는 듯이 은근한 말을 던진다.

"하하, 사실입니다."

다시 한 번 그녀의 존재를 확인시켜 주는 해모수의 대답에 주경은
기쁨을 감추지 못하고 만면에 웃음을 짓는다. 그의 눈동자 속에 그녀
의 동공이 춤추며 머문다. 운동선수이면서 패기 넘친 청년 애국자인
것은 확인했지만 그런 사람에게서 상대방의 기분을 맞출 줄 아는 배려
와 무드 있는 로맨티스트의 자질까지 발견된다는 것은 대단한 일이다.

"해모수 씨, 여자 친구 있으세요?"

주경의 질문에 문득 대학 시절, 깊게 혹은 얕게 그를 스쳐 지나간
여자들이 그의 뇌리를 파노라마로 지나간다. 그녀들은 모두 해모수의
입대와 함께, 자신들의 졸업과 함께 그와의 인연을 부정하며 그를 떠
나가고 지금은 단지 글러브와 함께 홀로 서울 땅을 밟고 서 있다는 생
각이 강하게 밀려온다.

"아니요, 없습니다."

가슴 속으로 번지는 싸늘한 냉기를 느끼며 해모수가 심중의 외로움
을 애써 미소로 숨긴다.

"어머나! 그럴 리가요?"

주경이 의외라는 듯 기쁨을 감춘 의뭉스러움을 표정 짓는다.

"해모수 씨 말이 사실이라면 우리나라 젊은 여자들 남자 보는 눈이 멀었나 봐요?"

주경이 슬며시 해모수의 마음을 떠보자 막 요리되어 식탁에 차려지는 음식을 바라보던 해모수가 공허한 미소로 화답한다.

"주경 씨는 좋아하는 사람이 있는가 보죠?"

해모수의 질문에 주경은 다소 여유 있는 미소를 지으며 말없이 해모수를 바라본다.

"없는가 보군요. 지고지순한 미혼 여성을 홀로 내버려두다니 우리나라 남성들도 만만찮은데요? 하하."

해모수의 말에 두 사람은 맑은 웃음을 교환하며 포크와 나이프를 잡고 양팔을 들어서 먹음직한 비프 커틀릿으로 손을 가져간다.

"해모수 씨, 오늘 공연 감상은 어땠어요?"

"즐거웠습니다. 주경 씨 덕분에 그간 묵직하게 억눌린 두통과 스트레스가 말끔히 씻겨 나가는 기분이었습니다."

"독도 사건으로 해모수 씨가 많은 괴로움을 가졌겠구나!"

연민의 감정에 사로잡히려는 주경의 감상을 깨트리며 해모수가 덧붙여 나간다.

"공연장이 아닌 다른 곳에 갔더라도 주경 씨와 함께였다면 아마 같은 기분이었을 걸요."

해모수의 공치사에 주경이 수줍게 얼굴을 숙이며 포크를 들어 가지런히 잘린 음식으로 손을 가져간다.

"이번 시합에 응원 오서야죠?"

"네?"

깜짝 놀라는 주경을 바라보며 해모수가 웃으면서 손사래를 친다.

"하하. 농담입니다, 농담."

해모수의 장난기 어린 모습을 초점 흐리게 바라보던 주경의 가슴 한 편에 아쉬움이 자리 잡는다.

"초청만 한다면 당장 승낙하고 그의 투혼에 작은 불길이라도 되어 도움이 되고 싶은데…."

어느 아나운서들과 달리 투철한 의식의 소유자로서 학생 운동과 시민운동의 전력이 있는 그녀로서는 국가관은 물론 인류애의 큰마음을 지닌 해모수의 의로움에 작은 힘이라도 보태고 싶은 것이다. 아쉬운 마음에 눈길을 깔면서 포크를 내려놓는 주경이 정색을 하며 해모수를 바라본다.

"저, 그날 시합장에 가고 싶어요. 해모수 씨만 좋으시다면요."

말을 맺은 주경의 눈빛에 강한 기운이 맴돈다. 투명한 사랑을 호소하는 그녀의 시선을 성스럽게 느끼면서 해모수는 그녀의 눈길을 벗어나지 못한다. 그녀의 눈빛은 이성간의 사랑을 구애하는 그런 흔한 정염의 그것이 아니었다. 물론 밑바닥에는 존경과 연민, 동지애의 결합으로 파생된 이성의 감정이 포함되지 않았다고 말할 수 없지만, 그녀의 주된 정서는 국가의 명예를 지키기 위해 필마단기로 적진에 뛰어드는 애국혼 충만한 우국지사를 보필한다는 작은 동포애를 표징 하는 것이었다. 한참 동안 정적의 긴 터널을 지나던 두 사람은 해모수가 긴 한숨과 함께 마음을 추스르면서 대화를 이어간다.

"주경 씨의 말씀은 고맙지만 이번 동경대전(東京大戰)은 제 복싱 인생뿐만 아니라 어쩌면 제 평생의 사활이 걸린 경기입니다."

주경의 진솔한 심정을 전달받은 해모수는 자신도 솔직해지지 않으면 안 될 것 같은 무거운 압박감을 느끼며 이번 타이틀전에 대한 자신의 심경을 밝힌다.

"이번 시합을 일본인들은 저를 통하여 대한민국의 자존심과 용기를 시험하는 계기로 삼고 있다고 저는 판단하고 있습니다."

주경이 해모수의 동공에 빠져 버린 듯 시선을 바꾸지 않는다. 잠시 말을 끊은 해모수가 주스를 한 모금 들이킨다.

"주경 씨도 어느 정도 짐작은 하셨겠지만 제가 일본에 가서 귀국행 비행기에 오를 때까지 어떤 사태가 일어날지 아무도 예견할 수 없습니다."

물론 주경도 그런 생각을 했기 때문에 더더욱 그의 힘이 되고 싶었던 것이 사실이다.

"세계가 일본의 행동을 지켜보는 만큼 지나친 기우일 수도 있지만 테러의 가능성은 그만큼 크다는 말씀입니다."

여전히 심각한 표정으로 맞은편 식탁으로 시선을 모으고 있던 주경이 고개를 들어 자신의 깊은 눈동자를 해모수의 눈동자에 맞춘다. 해모수가 무언의 눈빛으로 그녀에게 말을 이어간다.

"주경 씨가 오시면 위험해요!"

앞으로 어떤 위험이 닥칠지도 모르는 행보를, 선택의 여지조차 없는 적진 행을 의연하게 받아들이는 해모수를 바라보며 주경은 문득 옛날을 떠올린다. 임진왜란 후 조선의 사절로 가서 일본인들의 사악한 시험을 받았던 사명대사의 일본 체류 일화를….

5

여의도 ABC 방송국에서 멀지 않은 아파트 단지로부터 조금 떨어진 도로가, 가로등과 가로등 사이 어둠 한가운데 하얀 승용차가 다가와 서서히 멈추어 선다.

"어떻게 집까지 가시려고 그러세요?"

"하하, 택시 타고 가죠. 오늘 출연료도 받았는데요."

해모수의 말에 싱거운 웃음을 지으며 주경이 해모수를 올려 보며 묻는다.

"그렇지만 시간이 많이 걸릴 텐데요?"

"예, 족히 한 시간은 걸릴 겁니다. 아마"

"그런데 그렇게 고집을 피우세요? 배웅해 드린다니까."

주경의 정감 가득한 힐난을 들으며 해모수가 짓궂은 표정을 지어 보이며 대답한다.

"주경 씨가 안전하게 집으로 들어가는 모습을 바라보는 것이 제가 일찍 집에 들어가서 쉬는 것보다 마음 편할 것 같아서 그랬죠. 하하."

주경이 눈웃음을 머금으며 가볍게 해모수를 흘겨본다. 주경이 문득 생각난 듯 해모수를 바라보며 말을 건넨다.

"지금 우리 공식적인 자리에 있는 거 아니죠?"

해모수가 잠시 어리둥절하더니 시원한 미소를 던진다. 그리고 그녀의 귀에 속삭인다. 두 사람의 밝은 미소가 차 안을 눈으로, 입으로 가득 채운다.

오랫동안 그녀에게 머물던 눈길을 거둔 해모수가 주경에게 안부를 전하고 차에서 내린다. 주경이 바쁘게 따라 내리며 해모수가 있는 보도블록으로 올라서서 오렌지색 바바리의 깃 사이로 하얀 입김을 토해 낸다. 건장한 체구의 해모수가 주경의 행동을 의아한 눈빛으로 바라보자 주경의 여린 이미지가 바뀌면서 어느새 온 얼굴을 비장의 아름다움으로 가꾸어 간다. 바바리의 호주머니 깊이 손을 찔러 넣고 해모수를 그렇게 진한 슬픔으로 바라보던 주경이 천천히 그녀의 손을 호주머니에서 끄집어낸다. 주경의 눈빛을 받아들이며 우뚝이 서 있는 해모수 앞으로 어둠 속에서도 빛을 발하는 하얀 손이 다가온다. 진실의 힘 앞에 어떤 거부의 기운도 못 느끼는 해모수가 자신의 차가워진 손으로 가녀린 여인을 맞이한다. 그녀의 손이 자신의 두터움 속에서 포근히 자리 잡아 따스한 땀방울이 촉촉이 맺힐 때까지 해모수는 그녀를 감싸고 놓을 줄을 모른다. 지금 이 순간만은 온전히 해모수를 향해 절대적인 사랑을 보내고 있는 주경의 맑고 깊은 눈동자의 흔들림을 감당하기 힘겹게 마주하던 해모수가 정신을 가다듬은 듯 그녀의 심안(深眼)의 호수로 무언의 의사를 전달한다.

"당신을 안고 싶어요."

해모수의 마음을 받은 주경이 기꺼운 눈빛으로 은은한 미소를 머금어 대답한다. 그녀와 순결한 사랑의 눈 얘기를 나누며 해모수가 한 걸음 다가서 그녀의 잡은 손을 자신의 품으로 당겨 넣는다. 그와 함께 해모수의 코 아래로 청순한 단발머리의 주경이 다가와 바람에 실린 맑은 여심을 향기로 전한다. 단정한 얼굴 아래, 양 어깨에 자리 한 바바리의 두 깃은 마치 붉은 장미의 가시와도 같이, 고결한 여인을 보필하는 기사와 같이 각자의 위치에서 좌우 대칭으로 오뚝하게 각을 지어 하늘을 찌를 듯 바라보고 있기를, 그 모양이 마치 지고지순한 여인의 자존심을 상징하듯 차가운 아름다움으로 어우러져 있다. 해모수는 고결한 바바리의 양 깃 너머 연약한 수직의 등줄기를 포근한 부드러움으로 감싸 자신의 열린 파카 안으로 주경을 조심스럽게 밀어 넣는다. 주경의 모든 부분을 자신의 몸 안으로 숨겨 버릴 듯, 한 손을 들어 주경의 머리 뒷부분을 자신의 가슴 윗부분, 들린 턱 아래로 잡아당긴다. 그리고 포근한 정을 담아 살포시 어루만진다. 주경이 미동도 없이, 단지 자신의 가쁜 호흡만을 해모수의 가슴 위로 얹힌 두 손 사이로 벅차게 내어 뿜고, 뽀송한 우윳빛 손길에 전해오는 사내의 두터운 가슴을 접하여 여인의 마음은 주체할 수 없는 감동으로 흔들린다. 혼돈과 두려움에 빠진 여인의 심경을 아는지 사내는 두터운 손길에 온화함을 얹어 애틋하게 여인을 보듬어 마음을 안정시킨다. 여인의 머리에 얹힌 손을 어깨 너머로 가져간다. 고개를 숙이고 머리를 옆으로 젖혀 자신의 품에서 데워진 여인의 따뜻한 입김을 좇아 도톰하고 작은 입술을 사냥하기 시작한다. 생전에 겪어 보지도, 맡아보지도 못했던 사내의 차가운 입김을 받으며 첫사랑의 현기증에 깊숙이 빠져든 여인은 얇은 꽃봉오리의 작은 떨림을 사내에게 전하고 이어 느껴지는 사내의 그윽한 애무에 여체는 간단없는 전율의 경이로움으로 환상적 순결의 사랑을 체험해 나간다. 이른 봄 한밤중에 두 사람의 사랑을 축복하는 봄비가 얇은 바람의 파도에 얹혀 가늘게 휘날리며 연인의 몸으로 날아와 앉는다.

둘, 적과의 승부

1

선수 대기실에서 해모수가 새도우 복싱으로 가볍게 몸을 풀고 있다. 그의 주위로 유 관장의 눈빛이 해모수의 그것만큼 비장함을 띄우고 협보는 낮은 구령으로 해모수의 위밍업을 도와주고 있다. 김광현 기자역시 적진에 뛰어든 장수의 결의를 눈빛으로 발하며 촬영 중인 카메라맨의 옆에서 해모수를 주시하며 생각에 잠긴다. 이틀 전 오후, 현지에 도착한 일행이 공항 출구에서 처음 마주한 일본 극우주의자와 험한주의자들로 이루어진 한 무리의 규탄 대회를 보면서 해모수의 독도 파문을 생생히 체감할 수가 있었다. 하얀 현수막에 빨간 페인트로 쓰인갖가지 규탄 문구와 구호를 보고 들으면서 김 기자는 처음에 느낀 두려움이 사라지면서 가슴속으로 끓어오르는 증오를 느꼈었다.

"제 놈들의 조상들이 우리 민족을 어떻게 괴롭혀 왔고 제 놈들 또한 제 조상들과 같이 후안무치의 악업을 여전히 행하고 있음을 인식치 못하는, 짐승만도 못한 인간들이….”

국제적 입지를 고려한 듯 공항 내 외부에 배치되어 평화 시위를 유도하는 경찰 병력 또한 해모수 일행에 대한 시선만은 곱지 않게 이글거리고 있었다. 김 기자의 외신 보도의 영향인 듯 관심을 가진 수개국의 취재진들이 해모수 일행의 일본 입국 시간에 맞춰 대기하고 있다가 플래시를 터뜨리며 기자회견장으로 따라 들어간다. 동양 타이틀전의 비중으로는 공항에서의 기자 회견이 언감생심 기대도 못할 일이었지만 그것보다는 히모토 전 총리와 해모수의 독도 발언의 파장으로 야기된 한·일 양국의 향후 행보를 세계는 예의 주시하고 있었기 때문에 외신 기자단이 일본 당국에 요청을 해서 이루어진 것이다. 대기하고 있던 통역인을 통해서 해모수와 기자단의 대화가 시작되었다.

“해모수 씨는 민간인의 신분으로 전 일본 총리의 국제적 발언을 비난하고 공격한 이유가 무엇인가? 한국 정부를 통할 수 있지 않았나?”

“내가 민간인이면 히모토 또한 민간인이다. 그는 전직 일본 총리이지 현역 총리가 아니기 때문이다. 외국 민간인의 발언에 대해서 한 나라의 정부가 공식적 입장을 밝히는 것은 곤란하다고 생각한다.”

“그렇다면 일본은 왜 정부를 통한 공식적 입장을 표명하지 않는다고 보는가?”

“만일 일본 정부가 공식적으로 독도의 일본령을 주장하고 나온다면 한반도와 세계는 그것을 전쟁을 불사하는 일본의 선전포고로 받아들일 것이다. 2차 대전 후 세계를 향해 군비 제한의 약속으로 용서받은 일본 정부가 그런 무리수를 두지는 않겠지만 현실의 세계와 동북아 국제 관계에 있어서 일본의 입장을 지지할 나라는 없을 것이라고 본다. 아시아가 일본 전범들의 총칼과 포화 앞에 폐허의 참담함을 겪은 지

얼마나 되었다고, 그 때의 참상을 기억하는 이들이 살아 숨 쉬는 아시아에서 과연 어느 나라가 일본의 선전포고를 용인하겠는가? 또한 그럴 경우 남한과 북한은 일시적이나마 일본을 향해 공동전선을 형성할 것이다. 그런 연유로 인해 제국주의적 망상을 잊지 못하고 있는 일본은 비군사적 방법으로, 비공식적 루트를 통해 수십 년간 수명의 전직 고관을 통해 야욕의 독도 망언을 행하지 않았는가 생각한다. 그들은 영향력 있는 입김을 행사하지만 정계나 관계를 은퇴하거나 요직에서 물러난 상태였기 때문에 일본 정부가 책임질 문제가 아니므로 우리 정부가 공식 창구로 그들에게 따질 수 있는 사안이 아니었다. 그렇다고 그들의 만행에 맞추어 우리나라의 전직 각료를 내세우는 것도 우스운 일 아닌가?"

"일본은 전직 관료뿐만 아니라 현직 관료의 영유권 주장이 있었다. 지난 1996년 이케다 외상은 독도의 일본령을 주장한 바 있다. 이 점에 대한 당신의 견해는 어떠한가?"

"일본의 공식적 입장이야말로 대일 관계에 관한 한 대한민국의 외교적 지위에 있어 바라던 사안이다. 후대까지 지속적인 장기적 포석을 깔고 시대적인 한일 관계의 외교적 문제에 독도 문제를 포함시켜 외교상 우위와 이점을 취해 오던 일본은 현직 각료의 공식적 입장 표명과 외무성 발간지인 외교청서 등을 통해 당면한 국가 간 단일 사안의 외교 문제로 국제무대에 제시하는 결과를 초래하였고 2차 대전의 상처가 아물지 않은 시대적 상황을 고려하면 제국주의를 지향하는 강대국 일본의 억지에 세계는 우려를 지울 수 없을 것이다. 그것이야말로 국제적 분쟁지로서의 독도 문제에 관한 여론 형성에만 노력하던 음흉한 속셈의 일본이 독도 부두의 접안 시설 공사를 행하던 대한민국의 강경한 의지의 표명에 수십, 수백 년간 공들여 온 야욕의 탑이 무너지는 위기의식에서 드러낸 비이성적 행위의 치명적인 실수로서 독도를 바라보는 세계의 판단에 보다 더 올바른 지표를 제공한 사건으로 생각한다. 앞으로 일본은 독도 문제에 관한 한 공식적으로 정부가 책임을 지는 신중한 태도로서 임해야 할 것이다."

"일본 현직 관료의 발언이 귀국에 유리한 입지를 제공했다는 말인가?"

"물론이다. 제국주의의 핍박을 기억하며 대일 감정이 사그라지지 않은 이때, 국민의 영토에 대한 애착이 강렬하고 세계의 여론이 아직은 일본을 주시하며 견제 가능한 시기에 독도 문제의 공식적 제기는 우리에게 무조건 유리한 상황이라고 생각한다. 시간이 흐를수록 2차 대전 전범국으로서의 제재에서 자유로워지는 일본의 군사력이 경제력을 좇아 초강대국의 지위가 확고해지는 미래의 외교 문제로 미루어 두는 것보다는 지금이 올바른 결론을 도출할 수 있는 긍정적인 상황이라고 확신한다. 또한 그들의 대한(對韓) 외교 첨병으로서의 역할과 구실에 잘 활용되는 독도의 현재로부터 불확정한 미래까지의 장기적 포석에 쐐기를 박을 수 있는 호기라고 생각한다."

"아까 해모수 씨는 독도 문제로 전쟁이 발발한다면, 남북이 공동 전선을 형성하여 일본의 군사력에 대응할 것이라고 하였는데, 그럴 경우 남북이 연합하여 양국의 군사력으로 일본을 이길 수 있다는 말인가?"

"내가 한 말은 그런 뜻이 아니다. 현재의 세계 정서상 일본이 전쟁을 일으킬 수도 없지만 우리의 국력이 과거의 어두웠던 시절과는 엄청나게 다르다는 말이다. 그들이 전쟁을 일으킨다면 남북의 공식 전력과 함께 과거 식민지 국민으로 끌어들여 노예화로 부려먹은 수십만 재일 한국인들의 비공식 전력을 의식해야 할 것이다. 일본은 외부의 적보다 내홍의 게릴라들로 자중지란을 일으킬 것이기 때문이다. 일본이 전쟁을 일으키려면 아마도 대외적 국제 정세의 전환과 대내적 재일 한국인의 완전한 일본화가 이루어진 후에나 가능하지 않겠는가?"

"일본이 또다시 전쟁을 일으킬 것이라고 생각하는가?"

"인류의 역사는 전쟁의 역사 아닌가? 한국의 역사 또한 피침의 역사로 반만년을 이어왔고, 그 중 일본의 침략이 한반도에 미친 영향은 엄청났다."

"현재 일본의 군사력은 경제력 못지않은 강대국이라고 알고 있다. 특히 일본의 해군력은 막강해서 이지스함대의 위용은 인접한 해양 국가들에게 엄청난 부담을 주고 있다고 보는데, 당신의 생각은 어떤가?

"나도 그렇게 생각한다. 그러나 중요한 것은, 한·일간에 전쟁이 발발한다면 그것은 군사력이나 경제력의 객관적, 물리적 관점에서만 볼 수가 없는 정신의 문제, 혼의 전쟁이 될 것이다. 일본은 앞에서 말한 객관적 환경과 물리적인 한반도의 국력과 한께 한민족의 혼을 의식하여야 할 것이다."

"한·일 양국의 분쟁지인 독도를 국제사법법원에 제소하는 문제에 대해서는 어떻게 생각하는가?"

"물론, 정당한 조건으로 ICJ에 제소되어 재판을 받는다면 대한민국의 영토로서 판결 받을 것은 명확한 사실이지만 국제 사회에서의 위상과 동일 사안이라도 각국의 입장에 따라 달라질 수 있는 미묘한 국제 환경을 생각하면 강대국 일본의 로비를 감안하여 받아들이기 힘든 문제이다. 지난 날 샌프란시스코 조약을 생각해 보라. 여러분도 이해하리라 믿는다. 그러나 다른 한편, 힘의 논리가 지배하는 국제 사회에서 약자의 정의가 구현되는 계기도 되었으면 하는 바람도 없지는 않다."

"일본의 지식인들을 만나 보면 가끔씩 듣는 이야기인데 한국을 침략한 국가나 민족은 숱하게 많은데 왜 유독 일본을 그렇게 미워하는지 모르겠다는 하소연을 듣곤 한다. 해모수 씨의 인터뷰를 통해서도 대일

관(對日觀)을 짐작할 것 같다. 거기에 대한 견해를 밝힐 수 있는가?"

"앞에서 말한 바와 같이 한반도 유사이래 외세의 침략을 받은 횟수
는 무수히 많아 가히 세계적인 것으로 알고 있다. 일본인들의 말과 같
이 수많은 민족으로부터 숱한 침략을 받아 왔다. 일본은 그 중 하나
에 불과했지만 그들의 침략 횟수는 북방 민족들의 침략을 통틀어 비
교할 정도로 남부와 동부 지방, 심지어 서부 지방까지 무수히 침략하
고 약탈해 갔다. 크고 작은 반도의 피 침략사 중에서 한민족의 문화에
가장 큰 영향을 미친 이민족의 침략으로 몽고(원)의 고려 지배기와 일
제의 조선 강점기를 들 수 있을 것이다. 병자호란과 임진왜란의 조선
침탈기도 한반도에 끼친 악영향은 상당히 컸다. 네 번의 큰 외침을 비
교해도 북방의 몽고족과 여진족이 한 번씩, 동방의 일본이 두 번으로
그 횟수의 절반을 차지한다. 이러하므로 현대인의 주관적 고통 체감을
떠나서 역사의 객관적 관점으로 논하더라도 일본 민족에 대한 증오
와 경계심은 클 수밖에 없다. 그런데, 시대적으로도 일제 강점기는 현
대를 살아가는 대한민국 국민들 중 많은 사람들이 실제 겪은 일이라
는 것이다. 여러분들도 생각해 보라, 수백 년 전 치욕의 역사를 책 등
을 통해 간접 체험하는 객관적 시각과 그런 상황을 실제 겪어서 한을
짊어지고 숨 쉬며 살아가는 사람의 증오심이 얼마나 큰 차이가 날지
를...인지상정이 아니겠는가? 그리고 중국을 일본보다 미워할 수 없는
이유는 지금의 중국은 한족(漢族)을 중심으로 통일된 대륙이지만 과
거 우리를 침략했던 민족들은 북방의 오랑캐라 불리던 거란, 여진, 몽
고 등의 민족으로 대륙의 흥망성쇠의 역사 중에 일시적 흥기와 함께
한반도와의 교린을 구실로 침략해 왔었다. 물론 대륙의 일부를 지배하
고 있던 한족과의 관계를 끊으라는 요구와 함께 말이다. 과거 한족의
국가들과 상호 교린의 관계를 유지했던 우리 선조들이 비록 사대주의

의 그릇된 국가관을 심어 놓은 과오는 있을지라도 중국이 우리나라에 끼친 문화적 영향은 지대했고 긴 역사 속에 양 민족은 상호 선린 관계를 꾸준히 유지해 왔다. 그러한 역사적 사실로 한족의 중국을 미워할 명분은 일본에 비해 크게 없다. 군이 들라면 현대에 와서 남·북간 6.25사변에 개입해 남북통일을 방해한 과오는 무시할 수 없을 것이다. 물론 이데올로기 대립국으로서의 경계를 늦출 수도 없음이다. 그리고 반도를 침략했던 북방의 오랑캐들은 몽고를 제외하고는 지금은 흔적 찾기도 힘들 정도의 소수 민족으로 전락해 한족에 융화되어 버렸으니 어디를 보고 원망을 하겠는가? 장구의 세월을 통틀어 한 민족이 그토록 일방적으로 집요한 침략의 역사를 가진 예를 어디서 찾아볼 수 있을 것인가? 과거의 세월을 다 접어 두더라도 그들을 두려움과 경계심으로 보지 않을 수 없는 이유가 그들의 침략사에 대한 적극적인 왜곡과 만행의 합리화에 기인함이 상당히 크다. 일례를 들자면, 일제 강점기 일본은 제국 건설의 기반으로 식민지에 세운 각종 산업 시설을 식민지 국가의 개발 목적과 발전에의 기여로써 사실을 왜곡하는 것이다. 또한 침략으로 초토화된 폐허의 나라에 진솔한 사죄의 마음으로 정당한 배상을 함이 마땅한데도 그들은 정부 간 형식적인 배상을 빌미로 계속 드러나는 피해의 사례들을 무시하고 적반하장의 논리로 피해 국민들을 백안시한다는 점이 그들의 잠재된 침략주의의 아시아 관을 시사 하는 것이다."

"입장을 바꿔서 생각해 보라. 즉, 해모수 당신이 일본인이라는 가정하에서 지리적, 역사적 한일 관계를 어떻게 평가할 것인가?"

"기자의 질문은 한국과 일본의 입장을 바꿔서 한, 일 관계를 고려해 보라는 뜻인 듯 한데 그런 역지사지의 적용은 일방적 선과 악의 대립에서는 적용할 수 없다고 생각한다. 일방적인 악의 행사를 하는 자가 그 악을 당하는 자에게 역지사지를 적용하려는 것은 현실적인 악의 행사를 합리화, 정당화하고자하는 수단일 뿐이기 때문이다. 즉, 역지사지의 적용은 정당하고 건전한 일대일의 대립, 선의의 급부와 반대급부의 관계에서 적용됨이 올바르다고 할 것이다."

"독도가 한국의 영토라고 주장하는데 해모수, 당신의 논리적 근거는 어떻게 되는가?"

"대한민국 국민이라면 누구나 공통된 논거를 지니고 있을 것이다. 독도는 역사적으로, 지리적으로, 국제법적으로 대한민국의 영토이다. 역사적으로는, 첫째, 고대에 신라 장군 이사부의 우산국 복속 사건이 있었다. 우산국은 울릉도와 부속도서를 영토로 삼았으니, 울릉도와 독도가 우산국령임은 당연하다. 그리고 근대에 조선 고종 황제의 독도에 대한 조선령을 확인하는 칙령 41조가 있다. 지리적으로는, 일본이 부정했던 울릉도에서의 독도에 대한 시야 확보가 맑은 날에는 분명하다. 그리고 국제법적으로는, 2차 대전을 전후로 하여 조약 등을 통하여 독도의 대한민국 령을 대체적으로 인정받고 있다."

"대한민국의 영토 문제에 있어서 일본과의 독도 분쟁 이외에 다른 나라와의 분쟁은 없는가? 있으면 소개해 달라"

"우리나라의 영토로서 인접국과 분쟁 요인을 갖고 있는 곳은 동해의 독도와 현재로서는 북한의 문제라고 할 수 있는 간도를 들 수 있다. 독도가 일본의 억측에 의해 세계적인 주목을 받는 반면 간도는 현재 중국의 영토가 되어 북한과 국경을 이루고 있다. 독도와 달리 간도는 중국의 영토로 되어 있는 만큼 우리의 영토임을 중국에 대하여 주장하여야 함이 당연하지만 이념과 체제의 문제를 갖고 있는 북한은 이를 제기하지 못하고 있는데 이 문제는 아마도 통일 한국의 숙제로 남을 듯하다. 간도 문제와 관련하여 현재 중국과 확정된 국경선에 결정적 역할을 한 나라가 다름 아닌 일본이란 나라이다. 구한말 19세기를 전후해서 열강들의 아시아 침략기에 한반도에도 일본과 청나라를 비롯하여 미국과 구주(歐洲) 열강이 각종 이권을 두고 쟁탈이 심하였는데 조선은 간도 문제로 청, 러와 영토 분쟁이 잦아지고 이에 편승한 일본이 만주 대륙 진출을 위해 청과의 거래 대상으로 간도를 청국의 영토로 묵인하는 간도 협약을 체결하였던 것이다. 독도, 간도와 함께 두만강 하구의 녹둔도라는 섬이 있는데 이곳은 과거 이순신 장군이 여진족을 물리친 유서 깊은 우리의 영토인데 청과 러시아의 북경조약에 따라 러시아의 영토가 되어버렸다. 자, 여러분, 약소국의 영토에서 제국주의 간에 맺은 이 체결이 과연 유효한 것인가? 또한 이 천인공노할 일본과 청나라의 행위를 여러분은 어떻게 생각하는가?"

"현재 한반도의 외교 문제에 가장 큰 영향력을 갖고 있는 나라로 미국을 거론하는데 이견이 없을 줄 안다. 일본, 중국과의 영토 문제 이외로 대한민국의 주권과 관련, 미국에 대한 견해가 있는가?"

"복서로서 외교에 대해서 지식이 짧은 것을 이해해 달라. 내가 독도 문제를 제기한 것은 지식이 풍부하다거나 혹은 국제 정치에 박학해서 그런 것이 아니다. 단지, 주권을 가진 나라의 국민으로서 현재 국제 구도에서 당연한 나의 권리, 나의 영토에 대해 타국의 강탈을 경계한 것일 뿐이다. 미군의 한반도 주둔과 관련하여 간단히 나의 소견을 밝히자면 현재 분단 한국에서는 그들의 명분이 나름대로 공감을 받는 바가 없지 않지만 한반도 통일 후 과연 그들은 철수를 할 것인가? 아니면 또 다른 명분을 내세워 주둔할 것인가 하는 문제이다. 만일 주둔을 고집 한다면 분단 상황에서의 그들의 명분은 거짓으로 드러나고 한반도에 대한 미국의 주요 국가 정책은 중국과 러시아의 태평양 진출을 경계하는 교두보로서, 그리고 미, 일, 중, 러시아 등 주변 강대국들의 패권 다툼의 장에서 우위를 선점하는 한반도의 전략 기지화가 될 것이고 거기에서 파생되는 최대한의 국익 확보가 그들의 의도하는 바가 될 것이다. 구한말 영국이 러시아의 남진 정책을 막기 위하여 거문도를 점령한 사건은 지정학적 요충지로서 열강의 틈바구니에 있는 한반도가 깊이 인식하여야 할 문제라고 생각한다."

"인터뷰에 응해 주어 대단히 감사하게 생각한다. 마지막 질문이 될 것 같다. 히모토의 제의가 있다면 그를 만날 용의가 있는가?"

"나는 복서로서 동양 타이틀을 차지하러 왔다. 시합 후라면 만날 용의가 있다. 단, 사죄를 조건으로 한 만남이라야 한다."

해모수의 폭탄선언을 들으며 김 기자는 진정한 한국인의 얼을 목격하는 감격으로 해모수를 바라보았고 지금은 라커룸에서 복서로서의 직업에 충실한 배 선수에게 기특해 마지않는 눈길을 보냈다.

2

선수 대기실에 설치된 스피커를 통해 도전자의 입장을 알리는 장내 여자 아나운서의 멘트가 일본인 특유의 악센트로 흘러나온다. 이방인임을 실감시키는 일본어의 여음(餘音)이 라커룸을 비장하게 바꾸어 간다. 유 관장의 눈짓을 받은 협보가 나갈 준비를 하는 해모수에게 준비한 태극 마크 띠를 이마에 매어 주고 파이팅의 주먹을 힘껏 쥐어 보인다. 밴디지를 감은 주먹을 협보의 팔에 걸면서 필승의 완력을 가한다. 파이팅을 외치는 김 기자와 눈빛을 교차한 해모수는 대기실 밖에서 기다리고 있던 외국 기자들의 플래시를 한 몸에 받으며 링을 향해 나아간다. 신변 보호를 위해 배치되어 도열한 일본 경찰들 사이로 태극 띠를 매고 태극 마크와 무궁화로 장식한 가운을 걸친 해모수 선수는 대형 태극기를 들고 선두에 선 협보의 뒤를 따라 유 관장의 어깨를 잡고 가벼운 스텝을 옮기며 쫓아간다. 해모수의 좌우, 후미로 체육관 후배들 역시 태극 띠를 이마에 매고 해모수를 둘러싸고 있다. 체육관 전체가 단 한 명의 한국 복서를 향해 일제히 야유의 함성을 질러 대고 사방 곳곳에서 폭죽을 터뜨려 댄다.

"펑! 펑! 펑!"

"퍼퍼퍽!"

"팡! 팡! 팡!"

"와~! 우우우! 빌어먹을 강고꾸징, 죽여라!!!"

준비된 각본인지 규탄의 아우성 속에서 갑자기 캔과 유리병이 해모수 쪽으로 날아들면서 해모수를 동행하던 후배의 등과 머리로 떨어진다. 낮은 비명과 함께 이마를 감싸 쥔 후배가 선수 보호의 책임은 잊지 않은 듯 해모수 옆으로 더 가까이 밀착해 다가선다. 이마를 두른 태극 띠 안으로 붉은 피가 배어 나오자 이를 쳐다보던 해모수가 끓어오르는 붉은 피의 분출로 몸을 벌떡 일으켜 흉기가 날아온 방향으로 분노의 눈길을 쏘아 보낸다. 이때, 다른 후배들이 몰려들어 해모수와 상처 난 후배를 밀착으로 감싸며 주위를 경계한다. 해모수가 가운의 벨트를 빼내 후배의 상처 난 이마를 감싸고 지혈을 위해 상처 부위에 힘을 가한다. 장내에 배치되어 있던 의료진들의 응급 처치로 후배가 몸을 추스르는 동안 경찰이 폭행범들을 잡아 밖으로 끌고 가고 장내 아나운서의 자중을 요구하는 협조 멘트가 소란의 장내를 조금씩 진정시켜 나간다. 그러나 해모수를 규탄하고 가토의 필승을 부르짖는 현수막을 곳곳에 세운 일본 응원단들의 기세는 잦아들지 않는다. 사태를 수습한 도전자의 대형 태극기가 링 위에 올라 휘날리고 유 관장이 등으로 로프를 받쳐 넓어진 사이로 해모수가 가볍게 빠져 들어가더니 링 중앙에 서 있는 링 아나운서의 외곽으로 현란한 푸트 워크와 스피

독도선언 *93*

드를 보이며 링을 한 바퀴 돌아 나온다. 꺾이지 않는 대한 남아의 기개를 보여주며 관중을 둘러보던 해모수는 재일 교포 응원단의 모습이 보이지 않아 순간적으로 불길한 예감이 든다.

"혹시 일본 과격분자들에게 테러를 당한 건 아닐까?"

그런 우려의 눈빛으로 유 관장을 바라보자 해모수의 마음을 읽은 관장도 우려의 공감을 하면서 분발을 촉구하는 듯 이빨을 물면서 격려의 눈빛을 보낸다.

"공항까지 영접 나와 그토록 기쁜 표정으로 우리 일행의 매사를 배려해 주던 분들이었는데…."

일본과의 음식차로 컨디션이라도 떨어질까 한국 음식과 반찬들을 직접 차려 와서는 열성적으로 권하며, 시합 날에는 대규모 응원단을 구성해서 응원 오겠다고 두 손을 잡고 다짐하던 분들의 모습이 떠오른다. 해모수는 석연찮은 기운이 솟아오르는 것을 억누르며 링 주변의 일본인들에게 증오의 눈길을 쏘아 붓는다. 일본의 전, 현 세계 챔피언들이 해모수를 주눅이라도 들일 듯이 나란히 앉아 냉담한 눈길을 던진다. 그들 한 사람 한 사람의 눈빛과 교차하며 불굴의 눈빛을 강렬하게 전하던 해모수가 유 관장과 협보 등 세컨드들을 멀찌감치 물리치고 한, 일 방송단과 내외신 기자단을 향해 손짓을 하더니 자신의 모습을 클로즈업 해 달라는 사인을 보낸다. 카메라가 돌아 해모수를 향하고 플래시가 터지면서 해모수는 청코너의 말뚝을 향해 가드를 올리며 자세를 잡는다. 야유와 비난의 함성으로 일관하던 관중들이 일제히 입을 다물고 해모수의 모습을 바라본다. 소란과 함성의 도가니가 일순 정적으로 변하더니 한 사람의 복서에게만 하나의 시선으로 집중되는 순간이다. 경량급의 푸트 워크로 스피디하게 전진과 후진을 반복하던 해모수는 이어서 사이드 스텝과 위빙, 더킹의 순발력과 유연성을 선보이더니 코너의 말뚝을 두드리기 시작한다. 마치 겨울방학에 팔공산에서 털보의 그림이 새겨진 샌드백을 터뜨려 털보의 얼굴을 피로 물들여 짓이겨 버리듯이.

상대의 안면에 적중한 가공할 원투 스트레이트는 로프에 걸려 뒤집혀 넘어갈 듯 젖혀져서 사각의 링이 청코너만 예각의 마름모를 이루고, 복부에 찍히면서 안면으로 연결되는 좌우 더블 펀치는 해일을 만난 돛단배 마냥 한껏 춤을 춘다. 상대의 가슴에 파묻히며 힘차게 허리를 뒤틀어 1그램의 오차도 없이 온 체중을 실어 찍어 올리는 어퍼컷를 턱에 찍힌 말뚝은 다른 세 개의 말뚝과 달리 혼자 하늘로 치솟아 쭉 늘어나더니 탄력의 끝에서 힘찬 반동으로 내려앉으며 엄청난 속도의 진동을 반복한다.

후끈 달아오른 열기로 돌아선 해모수가 카메라의 초점을 향하여 양손을 들어 올리면서 승리의 제스처를 취한다. 복서 자세로 양팔을 모아 가던 해모수가 왼 주먹을 내뻗어 일본이 자랑하는 링사이드의 챔프들을 향한다. 해모수의 펀치와 테크닉에 경악한 무표정, 무초점의 상대들을 한 명씩 가리키며 눈빛으로 뿜어내는 절대 강자의 기로써 그들을 꺾어 나간다. 잠시 후 링 아나운서의 멘트가 경악과 공포로 감도는 정적의 체육관을 환기시킨다.

"친애하는 신사 숙녀 여러분! 대 일본국의 총리대신을 역임하시고 현재 후진 양성에 정진하고 계시는 히모토 선생께서 입장하십니다. 다 같이 힘찬 박수와 환호로써 맞이합시다!"

수많은 관중들이 일거에 기립하면서 체육관이 떠나갈 듯이, 해모수의 입장 때와는 정반대의 반응을 보인다. 열광하는 관중들이 환호성을 올리며 "히모토!"를 연호한다. 멀리 출구로부터 일본 고유 의상을 차려입은 깡마른 몸매의 노구가 모습을 드러낸다. TV에서 보았던 늙은이의 찢어진 눈이 서서히 형체를 키워 오면서 해모수에게 가벼운 현기증을 느끼게 한다. 검은 사무라이의 무사복에 장검을 허리에 찬, 온몸으로 고수의 강렬한 기를 내뿜는 두 명의 무사를 좌우에 거느린 히모토가 가냘프지만 엄청난 무게의 기운을 해모수에게 전한다. 관중의 환호에 가벼운 답례를 하며 링사이드 중앙에 멈추어 선 히모토가 일광(一光)의 눈빛을 해모수에게 번쩍이더니 뭇 관중의 착석을 유도하며 자리에 앉는다. 해모수가 히모토를 의식한 듯 협보로부터 받아 든 태극기를 흔들며 링사이드를 힘차게 돌아 나온다. 방송사의 카메라와 내외신 기자들의 플래시가 두 적수의 상봉을 기다렸다는 듯이 두 사람을 초점으로 잡아 정신없이 돌아가며 불빛을 발한다.

3

사각의 링 위에서 마주한 가토는 미들급 복서치고는 키가 작은 편이지만 상당히 다부진 몸을 갖고 있었다. 작은 키에 얼굴은 넓적한 돌덩이마냥 큰 두상(頭相)에 사각의 턱이 쭉 삐어져 나와 있다. 히모토를 연상시키는 실같이 가늘게 찢어져 위로 치켜진 눈초리는 신경전만으로는 충분히 상대를 제압할만한 인상을 강하게 풍긴다. "25전 24승 22KO 1패" 동양 챔프로서의 전적으로는 전혀 부족하지 않은 화려한 전적이다. 1패도 세계 타이틀에 도전했다가 흑인 챔피언과 다운을 주고받는 혈투 끝에 역전 KO를 당했던 것이다.

가토의 경기를 몇 번 본 적이 있던 해모수로서는 그를 상당한 강자로 인식하고 있었다. 녀석의 터프한 모습은 미들급의 타이슨으로 불려도 손색이 없을 정도였다. 스피드는 떨어지지만 가드를 올리고 상체를 웅크려 돌덩이같이 상대의 가슴 안쪽으로 파고 들어가서 굵은 팔뚝을 휘두르면 거의 모든 선수들이 한 두 방에 다 나가떨어져 버린다. 미들

급의 중량으로 전 라운드를 경쾌한 푸트 워크로 가토의 주먹을 피하기
는 힘들기 때문이었다.

　출국을 며칠 앞두고 유 관장은 해모수에게 가토와의 대전에 대비한
전략으로 두 가지를 제시했었다. 하나는 해모수의 스피디한 몸놀림으
로 가토를 견제하면서 초반을 넘겨 중반 이후에 승부를 건다는 안(案)
이었고, 또 다른 하나가 초반부터 난타전을 벌어서 승패를 가름하자
는 것이었다. 마침내 시합 전날 유 관장이 해모수에게 자중을 당부하
면서 중반 이후를 노리도록 지시했고 해모수는 긍정의 표시인지 아니
면 자신의 각오를 다짐하는 결의의 표시인지 눈을 아래로 깔고 고개
만 끄덕였다.

4

　링 아나운서가 두 선수를 불러 모아 주의 사항을 전달한다. 가토가
해모수의 코밑으로 얹힌 자기의 두상을 들이밀며 찢어진 두 눈을 모아
해모수를 노려본다. 마치 어떤 강자에게도 눈빛만은 지지 않는 늪 속
의 악어처럼. 해모수는 녀석의 눈빛을 읽으며 굳이 눈동자에 힘을 실
어 기력을 소모할 필요성을 느끼지 않아 눈길을 거두어 상대의 뒤편
으로 시선을 던진다. 언뜻 그를 노려보는 섬뜩한 기운이 해모수의 몸
을 휘감아 돈다. 거기에는 더 큰 적, 히모토가 해모수의 눈길을 기다리
고 있었던 것이다.

　"공!"

　1라운드 공이 울리면서 가토가 초반 기선을 제압하려는 듯 에의 그
의 주특기인 인파이팅으로 도전자를 향해 돌진해 온다. 탐색전은 필요
도 없다는 듯, 너같이 버르장머리 없는 애송이는 대 일본 제국의 국민
을 대신해서 처절한 초반 KO를 맛보여주어야 한다는 듯이, 커다란 돌

덩이가 굴러들 듯 달려온다. 순간 해모수는 끓어오르는 분노를 폭발해 녀석을 한방에 캔버스에 눕혀 버리고 싶은 생각이 굴뚝같았지만 입을 악물고 참는다.

토머스 헌즈와의 1차전에서 물 찬 제비의 모습으로 링사이드를 날아다니던 레너드의 몸짓과 같이, 나비같이 날아서 벌처럼 쏜다는 아웃복서의 신화를 만들어 낸 무하마드 알리의 경쾌함으로 해모수는 가토의 돌진을 가벼운 사이드 스텝으로 돌아 나가며 무산시킨다. 레프트 훅을 날리며 선공을 가해 오던 가토는 허공을 가른 자신의 손이 쑥스러운 듯 가슴으로 잡아당기며 등 뒤로 사라져 버린 상대를 돌아본다.

해모수는 일본 관중의 경탄의 한숨을 들으며 다시 쫓아 들어오는 가토를 기다린다. 느린 스피드에 주먹만 믿고 들어오는 허점투성이의 가토를 바라보면서 해모수는 성급한 마음이 가슴 속에서 불끈 솟아난다. "하지만 참아야 한다. 오늘의 기회를 위해 늦은 나이에도 불구하고 나는 얼마나 긴 세월을 묵묵히 참으며 실력 배양에 힘을 쏟았는가? 세계의 이목이 집중된 동경대전에서 나는 내 기량의 100퍼센트를 모두 선보여야 한다. 그것도 1라운드 안에!" 해모수의 눈빛이 섬광을 발하며 강력한 의지의 불꽃으로 이글거린다. 러닝 하듯 해모수에게 쫓아오던 가토는 맞받아 칠 의도인 듯, 스탠스를 벌려서 자세를 안정시키고 슈즈를 바닥에 붙여 기다리고 있는 해모수에게 가드를 올려 파고든다.

"한 수 아래의 애송이라는 생각은 여전하지만 녀석의 펀치도 만만하지 않다." 라고 생각한 가토는 해모수의 11전 11KO의 전적을 떠올리며 조금 신중한 자세로 도전자를 향한다. 주먹도 주먹이지만 방금 전의 스피드를 생각하니 예삿놈이 아닐지도 모른다는 불길한 생각도 드는 것이다.

지난해 깜둥이 챔프에게 도전했을 때 그녀석의 스피드는 정말 놀라

웠다. 가토가 워낙 터프하게 밀어붙였기 때문에 그나마 다운도 시키며 중반까지 우세를 지켜 나갔지만 그 여세를 몰아 초반 KO를 노린 나머지 너무 무리를 해서 중반 이후 체력 안배의 실패로 역전 KO당했던 것이다. 주먹은 별로였지만 전광석화 같은 연타를 속수무책으로 안면에 허용하면서 흰자위를 드러낸 눈으로, 세사(細絲)의 잔바람이 한데 엉긴 태풍 덩어리가 휘두르는 포착 불능의 무수한 연타에, 거대 입석의 모양으로 캔버스에 나뒹군 것이다. 흐려지는 의식 속으로 챔피언 벨트만이 또렷이 떠오르다가 사라지던 그때, 패배의 허망함을 비참하게 절감했던 가토가 해모수의 놀라운 스피드를 보면서 불쾌한 연상을 하는 것이다.

마우드피스 속 이빨과 입술을 굳게 물어서 지랄 같은 기억을 지우며 악어의 눈빛에 전의의 불길을 더 태운다. 도전자가 조롱의 미소를 씽긋 지으며 라이트 잽을 가토의 글러브 위로 툭툭 던진다. 순간, 이때를 기다렸다는 듯 오른손이 빠져나와 비어 있는 해모수의 오른쪽 안면으로 가토의 묵직한 팔뚝이 레프트 훅으로 변해 해모수의 팔 위를 스치며 날아온다. 그러나 그것은 그때까지 해모수가 상대의 동작을 읽으면서 주춤하고 있던 가토를 자극해서 상대의 공격을 유도한 함정이었다. 해모수의 오른팔이 스쳐 오르는 상대의 레프트 관절 상완 부위를 툭 밀치면서 패팅을 시켜 버리자 가토의 솟아오르던 몸이 왼쪽으로 휘청거리며 자세를 잃어버린다. 그와 동시에 해모수가 의도적으로 가벼운 레프트 스트레이트를 가토의 얼굴에 얹자 균형을 잃은 가토가 어설픈 자세로 캔버스에 넘어진다. 중립 코너를 가리키는 주심의 손짓을 받으며 뉴우트럴 코너로 뛰어간 해모수가 링사이드의 일본 복싱 관계자들을 둘러본다. 일반 관중들과 달리 시합 전의 모습과 함께 지금까지의 경기 과정만으로도 이미 해모수의 실력을 알아차린 그들은 놀라움과 함께 패배의 예견으로 침통한 시선을 링으로 보내고 있다.

"원. 투."

주심의 카운트를 들으며 링 주위를 돌아가던 해모수의 눈길이 히모토와 마주친다. 본국 선수의 다운으로 충격을 받았음직한 데도 히모토는 여전히 냉담의 눈으로 해모수를 쏘아보고 있다.

좌우의 사무라이들도 각각 오른손과 왼손으로 칼집을 세워 잡은 채 시커먼 몸에서 뿜어 나오는 무인(武人)의 기를 눈으로 모아 차갑게 해모수를 바라본다.

6

카운트 식스와 함께 자세를 바로잡은 가토가 주심에게 파이팅 의사를 보인다.

"복스!"

주심의 시합 재개 사인을 받고 천천히 중앙으로 발길을 돌리는 해모수에게 가토는 미스 매치를 절감한 듯이 마음을 비운 체념의 표정이었지만 해모수를 바라보는 눈빛만은 거의 살기를 띠기 시작했다. 아직 중립 코너에서 완전히 빠져나오지 못한 해모수에게 커버링을 단단히 한 가토가 맹렬하게 쫓아 들어간다. 그와 동시에 해모수가 슬쩍 자신의 코너를 바라보니 협보가 사인을 보낸다. 1라운드 종료가 1분 30초 남았다는 신호였다. 해모수는 시합 전 협보에게 라운드 후반 30초마다 콜을 해줄 것을 당부해 놓았기 때문에 해모수가 얼굴을 돌려 협보와 눈을 마주치자마자 즉각적인 신호를 주었던 것이다. 다운과 함께 카운트를 하면서 벌써 1라운드의 반이 지난 것이다. 해모수가 제자리에 서서 가토의 대시를 바라보며 생각한다.

"세계에 강한 어필을 하기에는 이것으로 부족하다. 조금 더 끌어야겠다."

    고개를 숙이고 들어오던 가토가 좌우 훅을 해머와 같이 휘둘러 댄다. 가토가 세계 타이틀전에서 흑인 챔피언의 관자놀이를 맞추며 첫 다운을 얻어낼 때도 라이트 훅 한방이 주효했던 것이다. 해모수는 상대를 정확하게 노려보며 주먹의 흐름을 읽어 나간다. 비스듬히 공중을 향해 날아드는 레프트 훅을 가벼운 더킹으로 바라보며 이어 터지는 가토의 주 무기인 라이트 훅은 머리만 살짝 뒤로 젖히며 흘려보낸다. 해모수의 상체가 뒤로 젖혀지는 것을 보면서 가토가 왼쪽으로 쏠린 상체를 바로하려고 허리를 틀면서 레프트 스트레이트를 해모수의 턱으로 날리며 몸을 던진다. 마치 개구리가 점프하는 모습으로 날아오는 스트레이트를 내려 보던 해모수가 오른쪽으로 슬쩍 머리를 숙여 버린다. 도전자의 청코너로 몸이 던져진 가토가 고개를 돌려 해모수 쪽으로 자세를 잡을 때까지 해모수는 주먹을 안면에 고정시킨 채 지켜만 보고 있다. 허점투성이의 가토를 향해 한방의 주먹만으로 승부를 결정지을 수 있는 상황이 그 짧은 순간에도 한두 번이 아니었던 것이다. 링 사이드에서 지켜보던 한·일 양국의 복싱 관계자들과 외신 기자들의 소감은 제각기 다르게 나타나고 있었다. 강편치를 날려 시합을 빨리 끝내지 않는 해모수를 안타깝게 바라보는 한국 측과 현격한 실력 차로 일본의 짓밟히는 자존심을 억누르지 못해 이지러지는 일본 측, 그리고 현란한 스피드와 테크닉으로 슈거 레이 레너드를 연상시키는 해모수의 모습을 보면서 좀 더 오래 감상하고 싶어하는 3국의 관계자들 모습이 3색의 어울림으로 나타난다. 연속되는 가토의 럭키 주먹을 제자리에서 유연한 허리와 현란한 테크닉을 구사하며 위빙, 더킹, 패팅으로 피하는 해모수가 자유자재의 공간을 가토에게 제공한다. 세컨드를 보던 협보의 볼멘소리가 청코너 말뚝을 넘어 생생하게 날아든다. 펀치마저 허공만을 가르는 체육관의 정적을 찢어버릴 듯이 해모수의 귀로 쏟아진다.

"해머 쳐! 30초!"

"10초 만에 캔버스에 눕혀야 한다!"

주심이 카운터 텐을 셀 여유 20초를 빼고 나면 10초안에 상대를 KO 시켜야 했기 때문에 해모수는 승부의 드라마 제작을 서둘러 나간다. 해모수가 조금씩 뒷걸음질 치며 가토를 유인한다. 가쁜 호흡을 가다 듬던 가토가 기세가 오른 듯 더욱 펀치에 힘을 실어 날려 댄다. 코너를 벗어나 청코너와 중립 코너를 잇고 있는 네 줄의 로프 옆에 다다른 해모수는 바로 아래에서 올려다 보고 있는 히모토의 존재를 인식하고 즉각 결단의 눈빛을 뿜어낸다. 결정의 순간도 눈치 채지 못하고 레프트 훅을 날리며 들어오는 가토의 주먹이 둘 사이의 공간에 머무는 순간 해모수가 오른쪽으로 몸을 살짝 돌리면서 강력한 라이트 어퍼컷을, 텅 비어 넓적이 쭉 삐져나온 가토의 턱에 찍어 올린다.

"쩍!"

"끄~ㄱ!"

오직 한방, 소나기같이 퍼붓는 주먹의 그물망에 도전자의 안면이 걸려주기만 바라며 휘둘러대던 가토가 레프트 훅을 던지며 공중에 떠오른 채 해모수의 섬광 같은 해머 펀치를 맞으며 쏟아내는 2음절의 파열음이 링을 빠져나가며 고요의 체육관 천정을 울린다. 타이밍을 놓칠세라 고깃덩이같이 무너져 내리는 가토의 왼쪽 관자놀이에 라이트 더블의 제 2탄이 숏 훅의 핵탄두로 날아가 꽂힌다. 첫 방만으로도 혼절해 의식을 잃은 가토는 2탄의 피폭(被爆)으로 캔버스를 향하던 몸뚱이가 로프에 걸쳐져 마치 슬로우비데오의 영상처럼 천천히 튕겨 바닥으로 흘러내린다. 무너져 내리는 일본을 바라보며 해모수는 문득 히모토의 망언과 동경대전의 계략, 교만한 일본인들의 규탄 대회, 후배의 린치 사건, 동포 응원단 부재의 의문 등을 떠올리며 분노의 주먹에 힘을 다하여 자신의 앞으로 고개를 떨구며 천천히 바닥을 향하던 가토의 가슴을 레프트 어퍼컷으로 걷어 올려서 자신의 주 무기인 레프트에 모든 에너지를 실어 번개 같은 스트레이트로 가토의 안면을 날려 버린다.

"꽝!"

살인 펀치를 맞은 가토는 로프의 윗부분 두 줄 사이를 빠져나가면서 참혹의 광경을 지켜보던 히모토의 탁자 앞으로 날아가 떨어진다. 해모수가 글러브를 낀 두 손으로 로프를 잡고 참상을 받아들이는 히모토의 일그러지는 표정을 응시한다.

"늙은이가 잔머리를 굴려 빚어진 집단주의의 참패를 맛봄이 어떠하냐?"라는 꾸짖음의 눈길을 지긋하게 보내는 것이다.

순간, 히모토의 양 옆으로 보좌하며 앉아 있던 두 명의 사무라이가 장검을 쥔 손에 핏줄을 드러내며 일어선다. 시커먼 무사 복장과 단정히 묶어 뒤로 넘긴 장발의 음험함 사이로 회색의 건조한 얼굴에 차가운 냉기를 흘리며 혈기를 쏘아 보내는 두 명의 사무라이를 인식한 해모수가 의연한 눈빛으로 그들의 살기를 받아들인다. 일촉즉발의 순간을 1대2의 안광으로 기력을 다투던 세 사람 사이로 주심이 끼어든다. 양팔을 교차해서 흔들며 시합 종료를 알리는 것이다. 미동도 없이 벌어진 입 사이로 흥건한 혈액과 타액을 쏟아내는 가토를 향하여 급히 쫓아온 의료진이 응급 진료를 하더니 곧장 들것에 실어 장내를 벗어난다. 엄청난 충격으로 다가온 동경 참패를 받아들이기 힘든 표정으로 4월의 사꾸라와 배꽃 의상으로 물결을 이룬 체육관 내 일본의 집단은 찬물을 끼얹은 듯 조용하다. 주심이 해모수의 손을 들어 승리를 확인시키고 링 아나운서는 무감각의 연속적인 진행으로 해모수에게 동양 챔피언 벨트를 채워 주고 인정서를 낭독한다. 신속한 진행으로 공식적인 절차가 끝나고 링을 내려가려는 해모수 앞을 두 명의 사무라이가 막아선다. 글러브를 벗겨낸 후의 상쾌한 느낌을 뒤로하며 해모수가 밴디지 낀 두 주먹을 지긋이 감아쥐면서 꽉 조인 밀착감으로 전의(戰意)를 무장한다. 링 주변에 몰려들어 세 사람의 긴장을 증언하는 외신 기자의 카메라가 플래시를 터뜨리며 세 사람의 일거수일투족을 지켜보고 있다. 이때, 두 명의 사무라이를 좌우로 밀어내며 앙상한 노구의 히모토가 모습을 드러낸다. 여전히 차가운 얼굴에 무표정의 얼굴로 해모수를 노려본다. 해모수 역시 히모토에게 무감각의 눈빛을 전하며 주먹을 펴 밴디지를 풀기 시작한다.

"해모수 선수, 당신의 승리를 축하하며 지극한 용기에 경의의 예를 표하는 바입니다."

수십 년 쌓인 정치적인 쇼맨십과도 같이 세계의 카메라 앞에서 가식의 미소를 지어 보이며 히모토는 깡마른 손을 해모수에게 내민다.

그러나 해모수는 히모토의 화해의 제스처를 받아들이지 않았다. 지금은 공통된 사안을 다투는 국가의 상징적 대표로서 상대의 진정성 있는 의사 표시 없는 화해의 태도가 무의미하다고 생각했기 때문이다. 히모토의 낯빛이 하얗게 변한다. 사무라이들이 장검을 뽑아든다.

"스겅!"

주변의 사람들이 기겁을 하며 링을 빠져나가고 차가운 회색의 사무라이들이 한 발자국씩 해모수 앞으로 다가선다. 해모수가 움직임 없이 가볍게 복서 자세를 취하며 사무라이들의 동작을 주시한다. 작은 호흡을 들이마시며 공격의 순간을 가늠하던 왼쪽의 사무라이가 서서히 칼을 들어 올려 휘황한 불빛에 반사되어 번득이는 살기를 드러낸다. 사무라이의 스텝이 앞으로 옮겨지려는 찰나, 뒤에서 굴욕의 분을 다스리고 있던 히모토가 찢어지는 소리를 지르며 사무라이들을 꾸짖어 사태를 진정시킨다. 링 위를 비추는 대형 라이트의 불빛과 카메라 플래시를 받아 검광을 번득이던 진검을 칼집에 밀어 넣으며 노려보는 사무라이와 참담하게 격정을 억누르는 히모토의 독기서린 눈빛을 뒤로 하고 해모수는 태연하게 링을 내려와 초조하게 바라보던 유 관장과 김 기자 등의 일행들과 함께 패배의 참담함으로 창백한 일본 관중의 숲을 지나 라커룸으로 빠져나간다. 링 위의 모든 사건을 생생히 취재한 수많은 내외신 기자들이 새로운 동양 챔피언과의 인터뷰를 위해 바쁘게 해모수 일행을 쫓아 들어간다.

제 5 장

암운(暗雲)의 양국(兩國)

하나, 사무라이와의 혈투

1

"해모수 선수, 승리를 축하합니다. 1라운드 KO승을 끌어내는 쾌거를 거두셨는데, 소감 한 말씀하시죠?"

"가토 선수의 쾌유를 바랍니다."

"히모토의 악수를 거절한 이유가 무엇입니까?"

"진실한 사과의 뜻이 담긴 화해가 아니면 받아들일 수 없습니다."

"히모토가 대동한 사무라이들에 대한 소감도 있으실 듯한데요?"

"글쎄요, 별로 드릴 말씀이 없군요."

"링 위에서 칼을 빼든 사무라이들과 대치했을 때 솔직한 감정을 말씀해주실 수 있겠습니까? 두려움은 들지 않았습니까?"

"이미 각오하고 온 만큼 어떤 상황도 두려움은 없습니다. 다만, 한국인의 긍지를 손상해서 대한민국의 자존심에 흠이라도 낼까봐 저 자신의 마음을 바로 세우는데 신경을 많이 썼습니다."

"일본과 히모토에게 하실 말씀이 있습니까?"

"인류애의 고취로 그들의 문이 활짝 열리기를 바랍니다."

계속해서 쏟아지는 질문을 뒤로하고 해모수는 유 관장과 협보의 도움으로 기자 회견장을 빠져나와 숙소인 호텔로 돌아온다. 샤워를 마치고 귀국 채비를 마친 해모수가 시계를 본다. 재일 동포의 축하 파티까지는 아직 한 시간이 남아 있었다. 해모수 일행의 편의를 위해 주최 측에서 해모수 일행이 묵고 있는 호텔의 대 연회실을 잡아 놓은 관계로 한결 시간적 여유가 있었다. 해모수는 침대로 가서 그간의 피로로 몰려오는 노곤함을 이기지 못하고 곧 잠속으로 빠져든다.

2

야스쿠니 신사, 은밀한 곳의 실내에 5,6 명의 그림자가 있다. 검은 도복을 입은 사내 둘이 검을 차고 누워 있고, 장식 치렁치렁한 옷을 걸친 사내가 그들을 내려다보고 있다. 그리고 왜소한 두 사람과 그 두사람을 합친 것보다 큰 거구의 사내가 멀리서 지켜보고 있다.

3

시커먼 동굴 속을 걸어가는 해모수를 향해 여러 마리의 박쥐들이 푸드덕 날아들다가는 해모수를 스쳐 반대편으로 사라진다. 끝없는 동굴 속을 한참 걸어 들어가던 해모수가 전방으로부터 강한 살기를 느끼고 멈칫 전방을 주시한다. 엄청난 기운을 발산하는 에너지의 파장이 해모수의 발을 땅바닥에 붙들어 매고 신경 조직을 긴장시킨다. 조심스럽게 동굴 벽으로 다가가 등을 기댄 해모수가 전방을 조심스럽게 바라본다. 산중에서 한밤중에 단련한 야수의 눈빛으로 어둠 속의 전방을 안광으로 비쳐 노려본다. 심야 투시 망원경의 감각으로 전방의 물체들이 희미하게 윤곽을 잡아 해모수의 시선에 들어오기 시작한다. 동굴의 전방이 오른쪽으로 급하게 굽어 있고 굽어지는 쪽에 바위 덩어리가 한 개 놓여있다. 바위 덩어리 표면으로 살기가 배어 나오는 것으로 보아 바위 뒤쪽에 무엇인가 흉물이 있다고 생각한 해모수는 주위를 살펴 땅바닥에 놓인 돌덩어리를 두 개 집어 든다. 한 손에 한 개씩 돌을 든 해모수는 전방의 바위 덩어리를 향해 오른손을 집어던진다.

"딱!"

순간, 돌의 마찰음과 함께 사람인 듯 누군가 급히 튀어 가는 소리가 들린다.

"후다닥."

이를 놓칠세라 해모수도 본능적인 뜀박질로 바위 쪽으로 달려가 굽어져 돌아가는 동굴의 앞쪽을 바라본다. 또다시 정적으로 긴장을 일으키는 시커먼 어둠이 동굴 전체를 덮어 시야를 가리고 있다. 해모수가 돌을 들고 있던 왼손을 집어 들어 전방의 동굴 중앙을 향해 힘차게 집어던진다.

"딱!"

부닥쳐 들리는 소리가 감각적으로 10 미터가 되지 않는다. 그렇다면 동굴은 다시 어느 쪽으론가 굽어 있다는 얘기가 된다. 그런 생각을 하고 있던 해모수의 뒤편에서 금속성의 차가운 빛을 띠고 날아든, 가는 물체가 해모수의 오른쪽 어깨로 날아가 박힌다.

"윽!"

단검이었다. 어깨로 손을 가져간 해모수가 등을 돌려 바라보니 해모수의 10여 걸음 앞으로 시커먼 물체가 하나 서서 해모수를 노려보고 있다. 숯덩이의 어둠 속을 인린(燐燐)하는 안광을 쏘아 내며 괴기스런 박쥐의 날개처럼 마(魔)의 도포 자락을 늘어뜨리고 있다. 또 다른 닌자가 해모수의 뒤를 쫓아와 상대의 퇴로를 차단한 것이다. 해모수는 으스러질 듯, 양 어금니를 물면서 왼팔을 들어 올려 단검을 뽑아 쥔다. 깜빡깜빡 혼절의 느낌이 들 정도로 밀려오는 고통을 참으며 해모수가 우뚝 서서 시커먼 물체를 향하여 눈을 부릅떠 노려본다. 시야가 조금씩 밝아지면서 물체의 정체가 드러난다. 사무라이였다. 히모토를 보필하며 링 사이드에 앉아있던 사무라이들 중의 한 명이었다.

"그렇다면?"

해모수는 아까 튀어 간 자는 또 다른 한 명의 사무라이라는 것을 직감으로 느끼며 뒤로 고개를 슬쩍 돌아본다. 그 순간, 다시 은빛의 광채가 번개의 모양으로 날아와 이번에는 해모수의 왼쪽 어깨를 뚫어 버린다.

"헉!"

정신이 아찔한 순간의 고통을 느낀 해모수는 이내 어깨 안으로부터 묵직한 통증이 아려오는 것을 아득히 느끼며, 스러져가는 정신을 다 잡아 왼손을 들어 올려 칼을 뽑으려고 손을 움직이는데 어깨의 고통으로 움직일 수가 없다. 주먹을 주 무기로 사용하는 복서로서 양팔을 못 쓰게 된 동양 챔프는 파이터로서의 기능을 거의 상실한 채, 왼쪽보다 더 깊숙이 박힌 쇠붙이의 예리한 칼 부리가 근육의 미세한 움직임을 따라 극심한 통증을 전하는 바람에 목덜미 아래 오른쪽 상체의 미미(微微)한 운신조차 지극한 인내로 감수해야 할 지경이다. 차가운 악마의 눈빛으로 시커먼 동굴 속을 새카만 도포 자락의 무사복으로 걸어 다가오는 사무라이들이 언제 뽑았는지 한 손에 길고 예리한 장검을 들고 해모수를 향해 얼음장 같은 서슬의 검광(劍光)을 발산한다. 복서로서의 기량이나 펀치를 생각하면 무척 힘겨운 상대였지만 두 팔을 모두 다친 복서는 더 이상 예전의 동양 챔피언이 아니었다. 가까이 다가오던 양쪽의 사무라이들이 사정거리를 확인하고는 양손으로 검을 모아 잡는다. 해모수는 어깨 부분을 고정시킨 채 천천히 동굴 벽으로 등을 가져간다.

"으헉!"

어깨에 꽂혀 있던 단검의 손잡이가 동굴 벽에 부딪힌 것이다. 극심한 통증으로 자지러지는 해모수는 견고한 거미줄의 실선을 따라 산산이 갈라진 유리 파편과 같이 갈래갈래 찢어져 부서지고 흩어지는 정신의 사멸을 막고자 상하 이빨이 바스러지도록 맞부딪힌다. 인내의 도중에 간간이 느껴지는 하얀 현기증이 혼절을 유도한다. 가토와의 동양 타이틀전에서 스포츠 맨십과는 동떨어진 자세로 상대를 참혹하도록 유린하여 일본 국민을 희롱하고 나중에는 일본의 정신인 히모토 선생까지 능멸하여 대 일본국 국민의 자존심을 땅바닥까지 떨어뜨려 짓밟은 조센징에게 처절한 절대 복수의 결의를 독기로 뿜어내는 사무라이들은 아래로 비스듬히 내려진 검광을 해모수의 다리 쪽으로 겨냥한 채 유혈로 낭자한 상대의 흔들리는 수직 몰락을 지켜보고 있다. 입 사이로 음험한 미소가 보일 듯 말 듯 사라진다. 이제 어둠 속의 시야는 상대를 충분히 판별하고 움직임의 미세한 부분까지도 포착이 가능할 만큼 익숙해졌다. 두 녀석의 안면이 또렷하게 각인되어 해모수의 흔들리는 정신을 바로잡아 준다.

"일본 최고의 사무라이들이 비열하기 그지없는 닌자의 암수를 사용하다니!"

다시한번 왜놈들의 비열한 국민성을 실감하며 해모수가 눈에 불꽃을 튀기며 그들을 노려보다가 상의를 찢어 맞춘 천조각을 입 안에 집어넣어 마우드피스의 안정감을 확인한다. 그때, 왼쪽에 있던 사무라이가 검을 치켜 올리며 서슬 푸른 검광의 냉기를 발산한다. 사무라이의 동작으로 보아 검을 수직으로 떨어뜨려 해모수의 몸을 아래로 두 동강을 내어버릴 심산이다. 해모수가 흘깃 반대편의 사무라이를 돌아본다. 오른쪽의 사무라이는 정면으로 있던 몸의 앞쪽을 동굴의 오른쪽 벽으로 향하며 검을 자신의 오른쪽 측면으로 돌려세워 잡는다. 만약 해모수가 왼쪽 사무라이의 공격을 피해 나오면 오른쪽 사무라이가 수평으로 해모수를 갈라버릴 심산인 모양이다. 상황 판단을 마친 해모수도 단검을 쥐고 있는 왼손에 악력을 가한다. 어깨로부터 우리한 통증이 손목까지 전해져 온다.

"끼야아~압!"

왼쪽의 사무라이가 찢어지는 기합 소리와 함께 공기를 가르는 찬바람을 일으키며 해모수의 측면을 향하여 쏜살같이 내려온다. 해모수는 오른쪽 어깨에 꽂힌 단도로 인해 왼쪽 어깨가 벽에 기대어 있고 오른쪽 어깨가 앞쪽으로 나와 있었기 때문에 다리의 모양도 자연스레 교차된 모양을 하고 있었다. 해모수가 뒤쪽의 왼다리를 앞으로 내딛으며 몸을 한 걸음 정도 재빨리 앞으로 내딛는다.

"쨍그랑!"

"윽!"

사무라이의 검이 해모수의 뒷통수를 비켜가며 오른쪽 어깨에 꽂힌 단검의 손잡이를 내리친다.

극심한 찰나의 통증을 각오하고 있던 해모수가 앞으로 나아가며 턱 근육을 짓뭉갤 듯이 이빨을 깨문다. 아마도 보호 천조각이 없었다면 이빨이 으스러졌을 것이라는 생각이 순식간으로 스친다. 엉겨 붙어가 던 핏덩이 사이로 살집을 파내며 나가떨어진 단검의 상흔에 새로운 피 가 용솟음친다.

"하아아~압!"

오른쪽 사무라이가 해모수의 생존을 확인하고 눈이 튀어나올 듯 흰 자위를 드러내며 수평 검법을 바람같이 베어간다.

"???"

앞으로 한발 나왔던 해모수가 복서로서 동물적인 습관으로 몸에 배 인 더킹을 가볍고 신속한 동작으로 취하면서 살기 서린 칼날을 동굴 벽에 박아 버린다. 벽에 칼이 박혀 흐트러진 자세를 바로잡지 못하고 있는 사무라이의 숙여진 목덜미의 허점을 찾아낸 해모수가 더킹의 상 태에서 몸을 솟구치며 오른쪽 다리를 땅에 굳게 디디고 왼 다리를 치 켜 올려 사무라이의 목덜미에 자신의 발뒷꿈치를 찍어 버린다.

"으적!"

"칵!"

목뼈가 으스러지는 소리와 함께 단말마의 비명을 쏟아내며 사무라 이가 땅바닥에 고꾸라져 버린다. 이때, 왼쪽에 있던 사무라이가 자세 를 가다듬고 두 번째 공격으로 달려든다. 해모수가 미처 완전한 방어 자세를 잡기도 전에 차가운 섬광이 해모수의 등으로 날아든다.

"윽!"

비스듬한 해모수의 몸과 수직으로 경사를 지어 날아든 검광은 몸을 앞으로 숙여 피할 방법밖에 없던 해모수의 등을 스쳐 베고 지나간다. 베어진 옷 사이로 피가 묻어 나오길 잠깐 사이, 해모수의 등은 피범벅을 이룬다. 사무라이가 칼을 거두며 제 3의 공격을 준비한다. 낙법과 함께 땅바닥을 한 바퀴 구른 해모수가 자세를 못 잡고 누운 상태에서 온 몸과 온 얼굴에 피와 땀으로 범벅을 이루며 상체를 겨우 일으키고 있었다. 차디찬 냉혹의 검광이 서서히 사무라이의 머리 위로 올라가고 사무라이는 살기로 번득이는 광인(狂人)의 안광을 고통으로 흔들리는 해모수의 눈으로 쏘아 퍼붓는다.

"끼야아~압"

죽임을 결정하는 마지막 칼날이 해모수를 향해 번개와도 같은 포물선을 그리기 시작한다. 그와 때를 같이하여, 천조각으로 베어 나오는 무의식의 선혈을 악다문 이빨 사이 거친 마찰의 윤활액으로 느끼면서 온 얼굴을 피와 땀으로 범벅을 이룬 채 상체를 일으켜 앉은 해모수가 극통(極痛)의 어깨 근육을 움직여서 오른쪽 허벅지에 얹힌 왼손을 어깨 위로 들어 올린 뒤 손아귀에 움켜쥔 단검을 전신에 남아있던 온 힘과 기를 모아 사무라이를 향해 날린다.

"?!"

"으읍!"

해모수는 힘을 쓴 왼쪽 어깨의 극심한 통증을 느끼며 미력(微力)의 기운도 못 느끼는 자신의 몸을 가누지 못하고 사무라이를 바라보고만 있다. 그런 해모수를 향해 사무라이는 목에 단도를 꽂은 채 초점 없는 핏덩이의 눈으로 해모수를 내려다보며 해모수의 몸 위로 서서히 붕괴되어 무너진다. 눈을 감는 해모수의 머리 너머로 장검이 떨어지고 사무라이의 상체가 해모수의 어깨에 걸리면서 그의 몸통이 해모수를 덮어 버린다. 몸 속 깊숙한 곳으로부터 외피로 전해져 가닐거리는 아련한 긴장의 풀림으로 온몸이 해체되어 가는 해모수는 사무라이의 추락을 감당하지 못하고 사무라이의 무게를 더하여 땅바닥에 무너져 버린다.

둘, 청년의 대화

1

"야! 해모수, 너 왜 그러냐?"

"해모수, 정신차리라이!"

악몽에 시달리는 듯 식은 땀을 흘리며 몸을 뒤척이는 해모수를 본 유 관장과 협보가 깜짝 놀라 자고 있던 해모수를 흔들어 깨운다. 악몽을 꾸었는지 땀에 흠뻑 젖은 해모수가 몸을 뒤틀다가 번쩍 눈을 뜬다.

"괜찮냐?"

"먼 꿈을 꿔낄래 이래 땀으로 목욕을 다 핸노?"

"약속 시간 다 되어 간다. 빨리 가서 샤워하고 오너라."

유 관장과 협보가 번갈아가며 말을 거는 동안 악몽으로 정신이 혼탁한 해모수는 초점 없는 눈으로 희뿌연 천정을 바라보고 있다. 잠시 후 시커먼 어둠 속 동굴의 색깔과 대비를 이루던 하얀 안개 덩어리가 서서히 걷혀 간다. 두 사람이 머리맡에서 해모수를 내려다보며 놀란 듯 급작스러운 말들을 하는 모습이 천천히 낯익은 모습으로 해모수의 동공에 자리를 잡아가는 순간, 어둠 속 두 명의 사무라이가 뇌리를 스쳐 지나간다. 희미하던 의식에 찬물을 끼얹은 듯 정신이 번쩍 들면서 눈에 힘을 주고 그들을 노려본다. 선명해진 시력의 동공으로 낯익은 사람들의 얼굴이 들어오고 해모수는 안도의 마음을 푼다.

"뭐 하노? 빨리 일어나 샤워하라 카이께네?"

협보의 재촉을 받으면서 몸을 일으키려던 해모수가 문득 어깨의 통증을 떠올리고는 주춤한다.

어깨 관절을 천천히 돌리며 이상 유무를 체크하던 해모수가 안전을 확인하고 일어나 정장을 갖춰 입은 두 사람을 지나서 욕실로 들어간다.

"쏴아아."

샤워기를 틀고 쏟아지는 물속으로 들어간 해모수가 얼굴을 들어 눈을 감고 차가운 샤워의 전율을 위에서 아래로 점차 옮겨간다. 피부 속까지 파고드는 상큼한 정신의 희열로 해모수는 새로이 맑고 신선한 정신을 향유하다가 문득 잠결의 악몽을 떠올린다. 시커먼 어둠 속에 저 승사자 같은 사무라이들과의 혈투는 두 번 다시 생각하기 싫은 흉몽이었다.

"어째서 그녀석들이 꿈에 나타난 걸까? 내 잠재의식이 녀석들을 그토록 의식했던 것일까?"

해모수는 쏟아지는 물줄기를 온 몸으로 흘러내리며 자신의 나약한 정신에 은근한 분통을 터뜨린다.

"나는 아직도 호연지기를 함양하려면 멀었구나!"

자신의 부족한 정신력을 나무라고 있을 때 욕실 밖에서 협보가 큰 소리로 재촉을 한다.

"해모수야, 임마! 빨리 나온나, 시간 느께떼이!"

샤워기를 끄고 타올을 걸친 해모수가 욕실을 빠져나간다.

2

대 연회실로 들어서는 세 사람의 신사를 기다리고 있던 재일 교포

축하객들이 마이크를 든 사회자의 챔피언 입장 안내 방송으로 일제히 입구로 고개를 돌린다.

"동포 여러분, 대한민국의 국위를 세계에 떨친 자랑스러운 한국인 해모수 씨를 향하여 축하와 감사의 박수를 보냅시다."

우레와 같은 박수와 환성이 대 연회실을 떠나갈 듯 진동한다. 들어오는 해모수 일행을 사회자가 단상으로 안내하고 세 사람이 한쪽에 마련된 의자에 자리를 잡으면서 연회장은 본격적인 만찬으로 돌입한다. 교민 회장을 비롯한 유력 인사들의 인사말과 소개가 끝나고 사회자가 오늘의 주인공을 연회장 중앙의 단상으로 모신다는 말과 함께 큰 박수를 유도한다.

"와아~!"

"짝짝짝."

단상의 중앙으로 나선 해모수가 마이크 가까이 입을 가져간다.

"동포 여러분, 안녕하십니까?"

의연한 자세로 첫 마디를 떼고 좌중을 쭉 훑어본다. 청중의 자세로 앉아있는 동포들이 저마다 기쁜 표정으로 다음에 이어질 해모수의 일장 연설을 기대하며 귀를 기울인다.

"입국 때부터 저희들을 환대해 주시며 섬세한 배려를 아끼지 않으신 교민 회장님과 임원단 여러분, 그리고 수십만 재일 동포 여러분, 대단히 감사합니다. 대한민국 국민으로서 낯선 외국에 나와 동포의 따뜻한 피를 대하니 타국에 온 외로움은커녕 조국 한반도의 다른 지방을 여행하는 뭉클한 감회를 느낍니다. 이 모든 안락감이 이국에서 온갖 수모와 고생으로 자리를 잡으신 동포 여러분의 크나 큰 애국심의 배려임을 저는 잘 알고 있습니다."

다시한번 침을 삼키고 좌중을 돌아보면서 다음 말을 이어 나가는 해모수는 매스컴을 통해 알려진 편지 내용과 기자 회견에서 밝힌 내용들을 간추려 자신의 세계관, 국가관, 사회관 등의 주관적, 개인적인 사상을 제시하며 객관적 역사관을 통해 한·일 관계를 규정하여 자신의 대일관(對日觀)을 펼쳐 나간다. 김구의 애민 정신을 바탕으로 한, 안중근의 호연지기와 안창호의 지성과 논리를 현장에서 대하는 감격으로 청중들은 미동도 없이 웅변가의 연설을 한마디도 놓치지 않는다.

"동포 여러분, 세상에는 우리 인간들이 할 수 있는 일들이 한두 가지가 아닙니다. 그렇지만 많은 일들 중에서도 인간이기 때문에 해서는 안될 일들이 있습니다. 의로움을 거스르는 언행은 해서는 안 될 일들입니다. 비록 타국에서 고생을 하며 사시더라도 부디 한국인의 자긍심을 버리지 마시고 의로운 삶을 추구하시기 바랍니다. 동포 여러분, 또한 세상에는 한 국민, 한 민족으로서 해야 할 일과 하지 말아야 할 일들이 있습니다. 특히, 타국에서 삶을 살아가시는 동포 여러분의 경우 그 준칙은 삶의 기준이 되어야 할 것입니다. 동포간의 의(義)로써 행할 일과 행하지 말아야 할 일을 가리는 지혜가 우리 동포들에게는 긴요한 일이라고 생각합니다."

여기서 말을 끊던 해모수가 다시 한 번 동포들의 뜨겁던 환대를 떠올리며 감사의 말로써 인사를 맺는다.

"동포 여러분, 대단히 감사합니다."

우레의 함성과 박수가 연회장을 무너뜨리기라도 할 듯이 진동과 메아리가 끝없는 교차(交叉)로 이어진다. 환영 의례가 끝나고 만찬이 시작된다. 해모수 일행도 교민 회장 등과 함께 깔끔히 차려진 음식과 한국의 토속주로 즐거운 식사를 이어나간다.

3

"해모수 씨, 정말 수고했어요. 이번 해모수 씨의 쾌거는 재일 교포뿐
만 아니라 전 세계에 흩어져 살고 있는 우리 동포들에게 큰 기쁨을 주
었소."

교민 회장이 해모수를 격려하며 반가움을 표한다.

"과찬의 말씀입니다, 회장님. 회장님께서 중책을 맡아 애 쓰십니다."

해모수가 어색한 웃음을 지으며 사양의 말을 회장에게 건네자 교민
회장이 고개를 절레절레 흔들며 말을 덧붙인다.

"해모수 씨는 큰일을 해야 할 것이오. 대한민국의 장래를 위해서 말
입니다."

교민 회장이 말을 마치며 해모수를 지긋이 바라본다. 해모수도 회장
의 뜻을 알고 있는지 맑은 눈에 의연한 미소를 회장에게 전해 준다.

"해모수 씨 같은 젊은이가 많이 있어야 대한민국의 장래가 밝을 텐
데…."

교민 회장이 긴 한숨을 내쉬며 슬픈 눈동자를 담아 천정을 바라본다.

"회장님!"

해모수가 다급하게 교민 회장을 부른다. 정신을 차리고 고개를 내려
바라보는 회장에게 해모수가 궁금한 것이 있는 듯 회장의 대답도 기다
리지 않고 말을 꺼낸다.

"회장님, 제 시합 때 동포 응원단이 왔습니까?"

"아! 그거 말인가요?"

옆에 있던 유 관장과 협보도 해모수를 거들며 회장의 대답을 재촉
한다.

"그래, 참! 응원단이 없어서 많이들 놀라셨겠군요?"

회장이 그들의 놀라움을 인지한 듯 이제야 알려주게 된 것이 못내
미안한 표정을 짓는다.

"예, 회장님. 무슨 사고라도 있었습니까?"

"아닙니다."

유 관장이 처음으로 입을 열어 회장에게 질문을 하고 회장이 고개를 저으며 유 관장을 바라본다.

"아침에 구성된 응원단을 다섯 대의 버스에 태워 체육관으로 인솔해 갔지요."

해모수와 유 관장, 협보가 사뭇 궁금하게 교민회장의 얼굴을 바라본다.

"버스가 체육관 주차장에 들어서면서 차 문을 열고 이백여 명의 응원단이 사물놀이 악기와 태극기, 현수막을 들고 내리려고 할 때였죠."

"그래가 우예댄능교?"

이번에는 협보가 채근하며 한 마디 거든다.

"체육관 뒤 양편에서 붉은 띠를 맨 사무라이 복장의 무사 수십 명과 극우주의자로 보이는 수백 명의 일본인들이 저마다 손에는 무엇인가를 들고 깡패나 테러 집단처럼 우리 버스로 쫓아오는 거예요."

듣고 있던 세 사람의 표정이 굳어져 간다.

"우리는 차문을 닫았지요. 그들의 동태를 살피기 위해서요. 나가면 엄청난 충돌을 피할 수 없을 테니까요. 조금 있으니까 일본인들이 우리가 타고 온 다섯 대의 차를 빙 둘러싸는 거예요."

조바심과 분노로 듣고 있던 세 사람의 손이 탁자를 진동시킨다.

"그리고는 소리소리 질러 대며 외치는 겁니다. 한국인 물러가라고요. 뻘건 글씨로 쓴 현수막을 곳곳에 세워 들고 살벌하게 공포 분위기를 조성하는 거예요."

"경찰은 없었나요?"

해모수가 묻는 말에 교민 회장이 쓴 웃음을 지으며 해모수의 질문을 우문으로 붙이고 말을 이어간다.

"경찰의 묵인이 있었겠죠. 일본인과 한국인의 분쟁 문제에 있어서 그런 일은 다반사니까요."

"그래서 어떻게 되었습니까?"

"이 녀석들이 한참동안 우리의 혼을 빼놓더니 리더인 듯한 사무라이 복장의 사내가 사인을 하자 버스 앞쪽에 있던 일본인들이 모두 물러나 버스의 측면과 후면으로 몰려가는 겁니다. 그리고는 사무라이 복장의 사내가 운전사를 향해 따라오라는 사인을 해요. 운전사가 천천히 가속기를 밟으며 따라가니 우리가 오던 길로 돌려보내는 거지 뭡니까?"

들고 있던 세 사람은 끓어오르던 분노를 대신해서 기가 막힌 표정으로 동시에 장탄식을 끌어낸다.

"그래서 그냥 돌아가신 겁니까?"

"어쩔 도리가 없었죠. 우리나라도 아닌 일본에서 유혈 사태라도 일어난다면 전적으로 우리가 피해를 보게 될 것은 자명하니까요."

해모수는 두 눈을 꾹 감고 깊은 생각에 잠긴다.

"타국에서, 특히 일본의 우리 동포들의 삶이 이토록 열악한 환경 속에 처해 있을 줄은 몰랐다. 매스컴을 통해서 전해들은 얘기는 있었지만 교포들이 이 정도의 불평등한 법의 사각 지대에 놓여 있다니…!"

이런 상황 속에서도 본국의 국민이 오면 만사 제치고 애국심을 발휘하는 재외 국민들의 작은 권리조차도 제대로 찾아 주지 못하는 국가와 정부를 탓하는 것도 이제는 신물이 난다고 생각하였다. 약소국의 국민은 법의 보호도 국가의 위상만큼 대접받는 냉엄한 국제 현실을 해모수는 체감하였다.

"어쨌거나 큰 불상사가 없었던 것만은 다행한 일이다."

술이 몇 순배 더 돌면서 문득 생각난 듯 해모수가 교민 회장에게 호텔에서의 꿈 이야기를 한다. 자신의 호연지기 부족을 부끄러워하면서 웃자고 하는 얘기를 듣던 회장의 눈빛이 차츰 심각해진다. 그리고 천천히 입을 여는 회장의 말이 길어질수록 좌중의 분위기도 함께 긴장에 쌓여 간다.

"일본은 신사의 나라입니다. 신의 나라란 말이지요."

4

"해모수, 피곤할 텐데 빨리 자거라. 내일 오전 비행기 시간 맞춰 일어나야지"

말도 알아듣지 못하는 TV를 들여다보며 맥주를 마시던 해모수와 협보를 바라보며 유 관장이 시계를 가리킨다. 벽에 걸린 단색(單色)의 둥근 시계는 밤 열한시를 넘어서고 있었다.

"예, 안녕히 주무십시요, 관장님. 협보도 잘 자라."

"그래, 관장님 저희들 자러 들어갑니다. 안녕히 주무십시요."

두 사람이 자러 들어가고 해모수가 남은 맥주잔을 비우고 일어서는데 문밖에서 초인종이 울린다.

"누구지? 재일 교포인가?"

"누구십니까?"

해모수의 질문에 문밖에서 호텔 직원의 대답이 들려온다.

"예, 손님이 찾아 오셨습니다."

묵고 있는 호텔이 교포 사업가가 경영하는 것이라 호텔 안에는 교포 직원이 많이 있었고 이 직원도 한국인이었다. 교민회장의 부탁으로 특별히 한국인 전속 담당 직원을 해모수 방에 배치시켜 놓았던 것이다. 문을 열고 밖을 바라보니 직원 뒤로 젊은 남자가 가느다란 몸집으로 눈빛만은 강한 기운을 담고 서 있었다.

"누구십니까?"

해모수의 질문에 그 사나이가 직원 앞으로 나서며 대답한다.

"히데오 라고 합니다."

순간 등줄기에 식은땀이 흐르고 동공이 확대되는 것을 느낀 해모수는 놀란 표정을 감추며 일본 청년을 바라본다.

"전직 총리이신 히모토 선생이 제 아버님 되십니다."

"그런데 여기는 무슨 일로 오셨습니까?"

해모수가 무심한 표정으로 내심을 감추며 히데오를 바라보고 묻는다.

"예, 늦은 시간이지만 잠시라도 해모수 씨를 만나서 대화를 나누고 싶었습니다."

호텔 직원을 돌려보낸 해모수가 히데오를 데리고 거실 소파에 앉기를 권한다. 자리에 앉은 히데오에게 음료수를 권하며 해모수가 그의 맞은편에 앉는다. 대한민국과 일본의 청년 두 명이 동경의 한 호텔에서 마주하고 앉아 있다. 마치 국가 요인들이 회담장에서 마주하고 앉아 있는 듯 국제적 의미를 부여하면서 한일의 두 청년이 그렇게 마주하고 있는 것이다.

"한국어를 잘하시는군요?"

"예, 필요성을 갖고 배워 두었습니다."

"필요성이라면?"

"국가의 울타리만 뛰어 넘으면 밀접한 관계를 이루며 사는 공동체적 삶을 살아가는 동일 문화권 아닙니까?"

"그렇다면 중국어도 능통하시겠군요?"

"일상적인 대화를 할 수준은 됩니다."

두 사람의 대화가 잠시 끊기면서 음료수를 마시던 해모수가 히데오를 쳐다보며 묻는다.

"대화를 나누고 싶다고 하셨는데?"

"아, 예."

대답을 한 히데오가 잠시 한 호흡을 쉬더니 말을 시작한다.

"일본에 오시기 전 익명의 전보를 받으신 적이 있지요?"

"그렇다면?"

해모수가 놀란 눈을 둥그렇게 뜨면서 히데오를 바라본다.

"예, 그렇습니다. 제가 보낸 것입니다."

해모수가 새롭게 마음을 가다듬으며 정색을 해서 히데오를 노려본다. 의문의 전보를 받아 든 해모수는 전보의 내용도 그렇지만 일본으로부터 익명으로 날아왔기 때문에 지금 히데오와 마주하고 있는 동안에도 뇌리는 잠재적 의문으로 혼돈의 늪을 헤매고 있던 중이었다. 그런 해모수의 궁금증을 삽시간에 날리면서 자신의 또 다른 정체를 밝히는 히데오를 바라보는 해모수에게 맞은편에 앉은 가녀린 사내의 모습이 갑자기 거인의 체구로 변해 해모수를 숨막히게 한다.

"놀라셨다면 죄송하게 됐습니다."

"아닙니다."

짧은 대답으로 입을 뗀 해모수가 표시나지 않게 자신의 마음을 진정시키면서 히데오를 바라보며 말을 이어간다.

"전보의 내용과 관련한 당신의 의중을 알고 싶습니다."

"별다르게 숨은 뜻은 없습니다. 내용 그대로죠."

심각한 해모수와 달리 히데오는 평범한 표정으로 가벼운 대답을 이어간다.

"개개의 인간, 지역사회, 국가가 보다 나은 미래를 보장받기 위해서는 현재의 위치에서 최선을 다해야 된다는 뜻이죠."

대답을 하면서 얇은 미소의 여운을 입가에 드리우는 히데오를 노려보며 해모수가 히데오의 말을 받아 질책의 톤으로 대꾸한다. 급한 마음을 진정시켜 한 박자 늦추면서.

"최선이라는 단어 속에 부도덕, 비인간적인 행사도 포함된다는 말입니까?"

"그래서는 안 되죠. 언제나 정의에 입각하여 합법적, 도덕적으로 행사되어야 한다는 말입니다."

"독도에 대한 당신네 지도자들의 망언이 정의에 입각한 발언이라고 생각하십니까?"

"국가와 국가의 관계에 있어서 영토 문제는 필연적으로 분쟁의 소지를 갖고 있지요. 특히 인접국 사이에는 더욱 첨예한 문제로 부각되는 것을 인류의 전쟁사가 말해 주지요."

히데오는 여전히 평온의 안색으로 해모수를 바라보며 말을 하고 있다. 음료수로 한숨을 돌린 히데오가 해모수의 긴장된 얼굴로 부담 없는 눈길을 던지면서 말을 이어간다.

"그런 면에서 일본과 한국의 독도 분쟁은 인접국간의 자연스런 현상으로 볼 수 있다고 생각합니다. 역사적 자료를 통하여, 혹은 시대적 상황에 맞추어서 양국의 영토 주장은 나름대로의 설득력과 주장의 합리성을 갖고 있다고 봐야죠."

히데오의 궤변을 듣고 있던 해모수의 얼굴에 미진의 경련이 일어나고 히데오는 그것을 무시한 듯 무표정의 내심을 토로한다.

"국가의 영토 한계가 천부적으로 획정되어진 것이 아님이 확실함에 당장의 확인된 내용만으로 자국의 고유 영토임을 주장하는 것은 어불성설이죠."

"당신은 지금 세계적으로 승인된 일국(一國)의 영토를 부인한다는 말입니까?"

해모수가 가만히 있을 수 없다는 듯 히데오의 자기 합리화를 위한 궤변 사이로 비집고 들어간다.

"그런 말은 아닙니다. 현대를 살고 있는 우리가 현대의 국가 간의 약속을 부인할 수는 없지요. 국제연합의 헌장이나 국가 간 조약을 무시한다는 말은 곧 세계를 향한 적성국을 의미하게 되는 것이니까요. 일본은 결코 세계를 향하여 등을 돌릴 생각은 없습니다."

입술을 굳게 물며 마음을 가다듬는 해모수에게 히데오는 이어질 해모수의 질문을 알고 있다는 듯 입가에 가벼운 미소를 번진다.

"다만, 국가의 영토 문제는 인류의 역사를 망라해서 당대의 이데올로기나 시대적 흐름, 혹은 국가 간 강대국과 약소국의 관계에서 파생되는 당연한 귀결의 문제라는 것입니다. 생각해 보십시오. 국가의 흥망성쇠를 통하여 세계지도는 얼마나 자주 바뀌고 국가 간 영토의 확장, 축소는 또 얼마나 비일비재한 일들이었습니까?"

지금까지의 세계 역사를 통하여 자국의 입장을 단편적으로 합리화하는 히데오의 교활함에 해모수는 가슴 속에서 끓어오르는 분노를 느끼며 은근한 인내로써 그 분출을 막는다. 또한 해모수는 현대를 살아가는 일본 지식 청년의 한일 관계와 세계관을 들으며 어두운 양국의 장래에 우려의 근심 덩어리가 가슴 밑바닥에서 느껴 옴을 답답하게 받아들이고 있다.

"해모수 씨, 역사를 통하여 정복 국가로서 국토를 확장한 군주를 우리는 위인이라고 부르지 않습니까? 알렉산더나 칭기즈칸을 그 대표적인 예로 들 수 있죠. 한국에서도 고구려 시대의 광개토대왕을 훌륭한 정복 군주로 꼽아 그 자를 존경하고 있지 않습니까? 그리고 당시의 고구려 영토를 지금의 한국은 여전히 국토로써 보전하고 있습니까? 그렇지 않죠? 지금의 북한은 국력의 열세와 외교력의 후진으로 백두산의 반까지도 중국에 빼앗기지 않았습니까?"

히데오는 날카로운 지적과 함께 정복 국가로서의 일본의 정당성과 독도에 대한 일본의 입장을 완벽하게 변호하고 있었다. 사실 개괄적인 히데오의 논리에 부당한 점은 없었다. 해모수 자신이 일본인이라도 당연히 할 수 있는 소리라고 생각했던 것이다.

"히데오 당신의 세계관과 역사관에 많은 동감을 표합니다. 당신의 논리는 정연하여 저는 반박의 근거를 찾지 못할 지경에 있습니다. 그러나 많은 이야기 속에서도 당신은 인간의 행동 속에서 평가의 척도로 파악되는 진리의 큰 가치를 간과하였습니다."

히데오가 흐트러짐 없는 자세로 음료수를 집어 들다가 긴장된 눈길을 해모수에게로 가져간다.

"그것은 인간과 국가의 어떤 행동에서도 그 행동의 선악에 대한 평가의 기준이 되는 도덕심의 문제입니다."

히데오가 들던 음료수를 탁자에 내려놓으며 해모수를 채근하듯 노려보며 이어질 해모수의 주장을 기다린다.

"과거나 현재나 미래에 있어서나 인간 행동의 근본 규범으로써 도덕심 유무의 문제는 인간 평가의 절대적인 잣대이며 변치 않을 진리입니다. 히데오 당신이 말한 국가 간의 정복과 피정복의 문제에도 그것은 적용되며 정복 국가가 피정복 국가를 평등한 관계로 인간적인 덕을 베풀어 지배하였다면 피정복 국가는 정복 국가에 순화, 동화되어 갔지만 그렇지 않고 정복 국가가 피정복 국가를 무력 통치로써 주종 관계의 노예화로 부려먹은 경우에는 필연코 저항이 있었고 그로 말미암아 정복 국가의 끝은 빨리 왔고 좋지 않았던 것입니다. 그것은 바로 비도덕적 통치의 결과이며 한·일 관계, 나아가 아시아와 일본의 관계가 후자의 관계라는 데에 2차 대전 당시 제국주의 일본의 문제가 있다는 것입니다."

"글쎄요, 해모수 씨의 논리는 너무 비약적이라는 생각이 드는군요. 해모수 씨의 기자 회견 때 말과 같이 주관적 체험이 아닌 객관적 역사 사실로 받아들여도 일본의 행동을 도덕적 잣대로 평가할 수 있을까요? 수백 년 전의 사실로 받아들여도 말입니다. 즉, 몽고가 고려를 침략했을 때도 살인과 약탈, 부녀자 폭행의 문제는 심각했을 텐데요? 병자호란의 경우에는 수백 년이 지난 오늘날에도 화냥년(환향녀(還鄕女))이란 용어가 살아 있을 만큼 부녀자의 인권을 유린당하지 않았습니까?"

히데오의 대꾸를 듣던 해모수는 섬뜩한 느낌과 함께 등줄기로 식은 땀을 느낀다. 일본인으로서 한국의 역사를 이토록 냉철하게 꿰뚫어 보고 있다는 생각을 하니 두려운 마음이 급습을 하는 것이다.

"히데오, 과거의 역사를 통틀어 세계는 일본 제국주의의 야수적 만행을 인정하고 있소. 731 비밀 부대의 비인간적 실험과 피침략국 여인들의 정신대 동원 사실은 국제적 규탄의 내용이었다는 사실을 몰라서 그런 비도덕적이고도 무책임한 말을 하는 겁니까? 정신대 부녀들의 문제와 관련해서도 그렇지요. 일본 정부가 조금이라도 도덕적인 책임감이 있었다면 피해자들의 등장과 함께 신속하고도 정당한 보상을 해주는 것이 건전한 정부의 입장 아닙니까? 사실 자체를 부인(否認)과 부정(否定)으로 일관하다가 피할 수 없는 증거가 제시되면 마지못해 그 사실을 인정하면서 이제는 그 보상을 거부하고 있으니 이것을 정녕 과거 침략국의 올바른 반성 자세라고 볼 수 있을까요?"

"보상 문제는 과거 한일 협정에서 모두 매듭지은 문제 아닙니까? 정부와 정부 간 공식적으로 일체의 피해에 대한 보상을 하였는데 구체적 조항이 아니었다는 이유만으로 또 다시 보상을 요구한다면 일종의 억지라고 밖에는 표현할 수가 없군요."

126

"그때의 보상 문제가 일반적, 이념적 보상을 내용으로 했다고 가정합시다. 그리고 한국 정부의 선택으로 합의를 본 주체적 협정이라 하더라도 당시 한국의 피폐한 상황 하에서 많은 국민의 반대에도 불구하고 국가 재건을 위한 한국 정부의 불가피한 졸속적 선택의 협정 내용이었다는 것은 당신들 일본인이나 우리 한국인이나 말하지 않고도 알 수 있는 일 아닌가? 또한 일본 정부는 한국의 열악한 환경 조건을 악용하여 수월하게 협정을 맺은 것 또한 피차 쌍방 간에 알고도 남음이 있는 문제 아니던가요? 참된 반성의 자세로 피해 보상을 협상하였다면 진지하고도 성실하게 상대국을 배려하여야지, 상대국의 악조건을 빌미로 후안무치의 가벼운 배상을 하다니, 이것이 수억의 국민을 거느린 경제대국의 협상 태도라고 할 수 있겠소? 또한 후일에 있어 정당한 배상을 요구함에 있어서는 진솔한 자세를 보여줌이 마땅할 터, 지난날의 배상을 들먹이며 백안시하는 태도는 무슨 마음에서 연유하는 겁니까? 지난날의 배상이 정당했다면 우리의 요구가 부도덕한 것이 되겠지만 한일 협정상 배상이 미흡함은 서로가 아는 사실 아닙니까? 그러하므로 일본의 부도덕성은 여기서도 문제가 됩니다. 이토록 도덕심을 무시하면서 대한(對韓) 입장을 견지한다는 것은 아시아 대륙을 참화의 현장으로 몰고 간 데 대한 반성은커녕 대륙을 향한 일본의 침략주의적 잔재가 여전히 남아 있다는 상징적 표시임을 나는 결단코 믿고 있소. 참고로 이 문제는 최근 유엔 인권소위원회에도 상정되어 일본군 위안부를 비롯한 현대적 형태의 성노예에 관한 결의안을 만장일치로 채택하여 일본 정부가 제 2차 세계대전 당시 운영한 군위안부와 관련해서 국제법상의 의무를 제대로 이행하지 않고 있다며 법적 배상을 비롯한 완전한 보상과 함께 책임자 처벌을 역설한 바가 있습니다."

히데오가 해모수의 얼굴을 뚫어져라 바라보고 있다.

"그리고 당신의 논리에서 간과하고 있는 또 한 가지가 있습니다."

평정의 안색을 유지하던 히데오의 얼굴은 어느덧 분노의 감정 표출로 서서히 일그러져 노려보지만 해모수는 그에 개의치 않고 한 마디한 마디 힘을 실어 자신의 뜻을 피력해 나간다.

"당신들 일본 제국주의의 침략 및 식민정책이 유사 이래 어떤 정복 국가와도 비교할 수 없을 만큼 잔혹하였다는 것은 세계가 모두 인정하는 사실이라는 것을 앞서 말한 바 있소. 시대적으로, 세계적으로 주류를 이루던 제국주의의 활황에 편승하여 아시아 대륙을 식민지화하여 한 시대의 이데올로기를 향유하였던 일본은 그 후 현대의 평화적 세계주의를 간과, 무시하고 있다는 사실입니다. 지금의 시대는 과거 2차 대전의 후유증을 치유하고 냉전의 이데올로기 대립이 무너지면서 화해와 평화의 시대를 향해 나아가는 시대라는 겁니다. 그러면서 새천년 새 세기를 맞이하는 희망의 역사기라는 말입니다. 온 세계가 긍정적으로 그 흐름을 타는데 반하여 일본은 바로 옆에 이웃한 한국과의 관계에서도 화해와 평화의 제스처를 취하지 않고 있지 않습니까? 혹시 일본은 평화를 지향하는 국가라고 강변하실 지도 모르겠습니다. 그러나 히데오, 생각해 보십시오. 피해국은 다친 상처가 아물지 않은 채 정당하고 온전한 치유를 원하고 있는데 충분한 배상의 능력을 지닌 가해국이 그 요청은 무시하면서 평화만을 부르짖는다는 것은 어불성설이라고 생각하지 않습니까?"

히데오는 해모수의 의견을 듣고 있는지 아닌지 무념의 시선이 미동도 없이 줄곧 해모수의 눈동자에 얹혀 있다. 보다 더 가늘어진 실눈으로 변해서.

"그리고 전보 내용과 관련해서 한 마디 충고를 드립니다. 지금껏 줄곧 해 온 이야기지만 미래의 국가 관계를 조성하는데 있어서도 현재의 올바른 상황을 인식하고 더불어 진솔한 도덕심을 바탕으로 건전한 미래의 일본국을 지향하시기를 바랍니다. 당신들의 억지와도 같은 지금의 주장들이 후일 당신 후손들의 역사적 증거와 자료로써 주장의 근거를 조작할 수 있는지는 몰라도 그런 비열한 방법은 당신의 나라 일본의 파멸을 앞당기는 어리석은 행위가 될 것이라고 확신합니다."

히데오의 표정을 무시하며 당당히 자신의 뜻을 밝힌 해모수 역시 말을 마치면서 히데오와 눈길을 주고받으며 무언의 대화를 엮어 간다. 이윽고 의사소통의 단절을 함께 체험한 양국의 젊은이들은 체념의 안색을 함께 내비치며 서로의 자존심을 지키듯 입을 굳게 다물고 마주 앉아 있다. 히데오가 대화의 단절을 선언하듯이 일어나며 한 마디 한다.

"당신은 우리 일본의 우경화나 극우주의자들을 비판하지만 당신 자신이야말로 대한민국의 골수 국수주의자이군요."

해모수가 기다렸다는 듯이 대뜸 대꾸하여 말한다.

"히데오, 당신은 아직도 한일 문제에 대한 객관적 관념을 갖지 못하는군요. 역사적 관점에서, 국제적 관점에서 대한민국과 제가 하는 독도에의 주장은 악에 대응되는 선이요, 불의에 항거하는 정의의 외침입니다."

문으로 몸을 돌린 히데오가 고개만 젖혀 해모수를 가늘게 바라본다.

"당신이 나를 극우주의자라고 하셨는데, 분명히 말씀드려서 나는 크든 작든 그 사회의 정의를 추구하는 사람입니다. 다시 말해서 나는 내 조국도 정의로운 대한민국이기를 원하는 사람이란 말입니다."

히데오가 해모수에게 찰나의 음험한 눈빛을 던지고 이내 등을 돌린다.

등 뒤로 해모수의 굵은 저음이 히데오의 등에 비수처럼 꽂힌다.

"음양사의 신술까지 동원하여 정상인의 정신세계를 황폐화시키는 것, 그것이 조선에 대한 일본의 식민 정책이었습니다."

"!!!"

가까스로 정신을 수습한 히데오의 뒤로 해모수의 마지막 비수가 날아든다.

"하지만 조선도, 나 해모수도 이렇게 멀쩡하게 살아 있습니다."

히데오가 돌아간 후 고층의 호텔 창문 밖으로 동경 시가의 연이은 차량 불빛을 바라보며 해모수는 깊은 생각에 잠긴다.

"개인이 아닌 국가의 문제로서, 특히 자국의 명예나 국익을 다투는 문제에 있어서의 국가관은 인간 본연의 진리를 무시하고 거스를 수도 있구나. 그렇지 않다면 맹목의 애국적 편견이 우리를 그렇게 만들든지. 그렇더라도 나의 주장에 있어서 편견은 심하지 않았다고 생각한다. 객관적으로 보아도 충분히 타당한 내용들이었다."

해모수는 현대의 글로벌 평화 이념에 역행하는 논리로써 자국을 변호하던 일본 청년의 얼굴을 떠올리며 장래 한일 관계를 염려하는 근심의 눈빛을 검정 하늘의 늪 속으로 던져 넣는다. 교교한 월광을 가려 제 홀로 자연의 빛을 독점하는, 회색으로 엷어진 먹구름이 내일의 일기를 근심케 한다.

제6장

해혹

하나, 대통령 면담

1

한국과 일본, 양국은 물론 세계의 매스컴들은 스포츠 뉴스와 토픽란 등을 통해 동경대전의 실상을 낱낱이 묘사하고 일본 무사의 링 점거사건을 적나라하게 고발하였다. 그와 함께 링 주변의 가십거리를 모아 일본의 음모성 대회 유치를 지적하기를 이러한 행동은 일본을 움직이는 소수 집권층의 무지와 오만의 소산이라는 신랄한 비판을 제기한다. 유럽의 어느 통신은, 국익을 위해서라면 어떠한 인간의 가치도 무시해버리는 일본 집권층의 절대적 단면주의가 드러낸 일례의 코미디라고 비난하면서 수년 전, 일본이 인위적으로 주체적 문화국가관 정립을 위해 행한 가짜 문화재 발굴 사건의 맥을 잇는 사건이라고 평가하고 있다. 실상, 가짜 문화재 발굴사건 당시의 일본 총리가 히모토 였다는 사실을 적시한 이 통신은 당시에도 그 사건은 히모토를 비롯한 일본 정계의 묵인과 지원 하에 문화재 전문가를 사주하였다는 사실을 회고하며 히모토를 황혼(皇魂)의 이념으로 건설된 제국주의 일본의 산 증인이자 일본 제국주의의 마지막 추종자라고 결론짓고 그와 그의 추종자들이 행하는 일련의 소인배적 과잉 행동들이 일본과 일본 국민의 입지를 좁게 하는 한 요인이 될 수 있다고 결론 내린다.

2

귀국 후 해모수는 세계적 유명세를 치르느라 눈코 뜰 새 없이 바쁜 나날을 보내야 했다. 귀국과 함께 청와대로 대통령을 방문하면서 시작된 유명세 치르기는 각종 방송사와 신문사에 출연과 탐방, 취재를 받으면서 개인적인 시간을 가질 여유가 없을 정도로 바빠져 운동은 물론이고 마음 편하게 식사할 겨를도 없었다.

"해모수 씨, 승리를 축하합니다. 고생 많았지요?"

"아닙니다. 대통령께서 국정 다망하실 텐데 이렇게 불러주셔서 감사합니다."

"지난 번 히모토 전 총리에 대한 자네의 질책은 대단한 것이었소, 청년 같은 민간 외교관들이 국위선양을 하면 외무부 직원들도 아주 신선한 자극을 받아 업무 성과가 대단한 상향 곡선을 그리게 된다고 장관이 귀띔하더구먼, 하하."

"과찬의 말씀입니다."

"그래, 일본에 가 보니까 반응은 어떻던가요? 대단했을 텐데?"

"예, 작은 불상사도 몇 건 있었습니다만, 별 차질은 없었습니다."

"그랬구먼. 흠!"

잠시 생각에 잠겨 있던 대통령이 다시 자랑스러운 한국의 청년을 향하여 지긋한 눈빛을 보낸다. 대한 청년의 기백이 가상한 듯, 흡족함이 만면에 풍겨난다. 청년 한국을 표방한 정부의 수반답게 대한민국 역대 최연소 대통령은 짧은 기간에 나라 전반의 개혁과 부패추방의 틀을 견고한 제도로 다져 국민의 지지와 신뢰가 시간과 공간에 가득하다. 외교와 내치의 수행능력과 방법에 있어서 국민의 가슴에 대한민국 대통령의 전형으로 자리 잡은 대통령은 양질의 양면에서 조국의 국가 위상 확립에 깊은 관심을 갖고 있었다. 대통령이 천천히 입을 떼어 청년에게 화두를 건넨다.

"해모수 씨같이 심신이 건강한 청년들이 조국을 걱정하고 열심히 뛰어야 합니다. 요즘은 청년같이 정신, 육체의 양면적으로 공히 건강한 젊은이를 찾아보기는 그야말로 어려운 일입니다. 이 모든 현상이 제도와 이념, 사상에 기인함이 큽니다. 요즘같이 물질 만능의 자본주의 사회에서 과거 유교 사회의 정신문화를 기대할 수는 없어요. 과거는 과거대로 폐쇄적이고 정체적이며 비현실적, 비실용적 문화를 비판받지만 정신문화만큼은 그 깊이가 심오하였지. 청년의 생각은 어떻소?"

존대로써 젊은이를 대하는 대통령의 예의에 마음의 부담이 큰 해모수가 대통령의 하대를 청하는 한편, 한층 언행에 주위를 기울여 대통령의 화두에 참여한다.

"대통령의 고견에 공감합니다. 과거 수많은 외세의 침략에도 군사력이 미약하였던 우리 조상들이 그 모든 것들을 극복할 수 있었던 원동력이 바로 고도의 정신문화였다고 생각합니다. 그러나 지금의 자본주의 사회에 있어서는 어느 나라 어느 민족이라도 확고한 국가관이나 풍부한 사상을 섭렵한 가치관의 정립 없이 물질 만능의 이기주의에 물든 물리력은 한번 무너지면 돌이킬 수 없는 파멸의 늪에 빠져 타 문화의 지배에 복속되어 그에 동화되는 것이 지극히 짧은 시간이라도 가능할 것으로 생각됩니다.

"그렇지! 어쨌거나 정신이 물질보다 우월하거늘…."

"각하, 외람됩니다만, 우리나라의 핵문제에 대하여 제 생각을 말씀드려도 되겠습니까?"

"?!"

예상치 않은 청년의 말을 들은 대통령이 놀란 듯 해모수를 바라보는 대통령의 안색이 바뀐다.

"그래? 자네, 핵에 관해서도 생각이 있었구먼, 그래, 말해 보시오."

대통령이 해모수와의 대화에 상당히 고무되어 언급을 허락하자 해모수는 기꺼이 자신의 소신을 대통령에게 밝혀 나간다.

"각하, 우리나라는 핵무기를 보유하여야 합니다. 중·러·일의 초강대국에 둘러싸여 사면초가의 지경에 있는 우리나라가 핵이라도 보유하지 않으면 앞으로 반도의 운명은 물론, 장래 통일한국의 전도가 우려됩니다."

대통령이 고개를 끄덕이더니 천천히 입을 떼어 반론을 제기한다.

"그래, 그건 그렇네만 우리의 핵무장을 미국을 비롯한 주변 강대국들이 달가워하지 않으니 문제 아닌가?"

대통령이 핵무장의 장애에 대한 해답을 기대하는 듯 넌지시 해모수의 의중을 묻는다.

"각하, 미국은 한반도 남쪽의 안보를 일면 책임지고 있는 우방입니다만, 대한민국의 군사 강국화는 절대 원치 않습니다. 대한민국이 자립할 경우, 동북아시아에서 미국의 영향력은 줄어들 것이고 태평양 진출을 호시탐탐 노리는 중·러·일의 강대국에 대한 견제에 그들은 곤혹을 느낄 것이기 때문입니다. 그리고 동북아 3대 강대국의 태평양 진출이 용이해질 경우, 그것은 곧 미국의 안보와 직결되기 때문입니다. 그러므로 미국은 한반도를 보살핀다는 명분을 가지고 대한민국의 군사적 자립을 용인하지 않는 것입니다. 이러한 미국의 한반도 정책은 대한민국의 의식이 변하지 않는 한 결코 변치 않을 것입니다."

지그시 눈을 감고 깊은 시름에 잠긴 듯 한 표정의 대통령에 한편 연민을 느끼는 해모수가 호흡 조절을 하면서 대통령의 질문에 대한 대답을 계속해 간다.

"하지만, 각하. 미국의 한반도 정책이 아무리 견고하다고 하더라도 우리는 그들이 그들의 정책을 바꾸도록 설득하고 요구하여야 합니다. 특히, 미국이 한반도를 바라보는 관점을 바꾸도록 하고, 동북아의 군사 강대국들에 대한 견제세력으로 대한민국의 믿음을 굳건히 심어주어야 합니다. 그리고 그 대가로 우리는 미국에게 핵무장을 보장받아야 합니다. 그렇지 않을 경우, 최소한 일본과 같은 농축, 재처리 시설의 완비라도 보장받아야 합니다."

대통령이 감은 눈을 떠 청년을 바라본다. 흔들림 없는 눈빛은 당신의 의지를 느끼게 하고 그것은 또한 상대의 언급을 추궁하는 것임을 청년은 인식한다.

"각하, 일본은 제 2차 세계대전의 전범국이면서도 평화적 원자로 시설은 아무 제약 없이 가동하고 있습니다. 평화로 위장된 일본의 무중후 핵전략은 농축, 재처리 시설의 자유로운 가동으로 막대한 량의 플루토늄을 추출, 비축하고 있습니다. 그것은 언제든지 마음만 먹으면 핵무장으로 이어질 수 있는 가능성을 의미하고, 핵무장을 전제로 한 일본의 군사력은 순식간에 군사 초강대국의 반열에 설 수 있는 잠재력을 보유하고 있다는 것을 뜻합니다. 그런데 각하, 우리 민족이 일제 강점기를 전후하여 열강들의 침략과 간섭으로 얼마나 많은 수모와 피해를 당했습니까?"

해모수가 애타는 심정을 토로하며 대통령의 의중을 물어 말문을 닫는다. 대통령이 흔들림 없던 고개를 천천히 끄덕인다. 그리고 무거운 입을 떼 청년의 대안을 묻는다.

"그래, 그럼 앞으로 우리가 어떻게 해야 하겠나?"

"각하, 우리는 지금이라도 미국과의 불평등한 관계를 대등한 관계로 고쳐 나가야 합니다. 그 과정 중에 우리는 미국으로부터 다소의 마찰과 난관의 어려움을 예상할 수도 있습니다만, 장래 양국 간 확고한 우방 관계를 기대한다면 그 어려움은 극복해야 할 것입니다. 물론, 이것은 미국의 국익도 고려한 것이지만 우리의 입장에서 미국과의 성숙한 관계는 우리의 자주국방과 군사문화의 자립을 위하여 무엇보다 긴요한 일입니다. 양국의 관계 정상화를 통하여 미국은 한반도에서 그들의 부담을 줄이고, 대한민국은 핵무장을 통한 홀로서기와 동북아 군사강국들을 견제하는 역할을 담당함으로써 양국은 상호 보완의 우방 관계를 충실히 이어 나갈 수 있는 것입니다."

해모수의 말이 맺기를 기다려 대통령이 다시 묻는다.

"미국이 동북아 안정의 맹방으로 우리보다 일본을 고려하고 있다고 생각되지는 않는가?"

대통령의 생각은 역시 날카롭다. 아마도 대통령은 이미 그것을 통찰하고 있었을 것이다.

"각하, 잘 지적해 주셨습니다. 대통령의 말씀과 같이 미국이 경제 대국이자 선진 강대국인 일본을 제쳐 두고 대한민국을 택한다는 것은 상식적으로도 받아들이기가 힘든 일은 분명합니다. 그래서 미국은 전범국인 일본에 핵무장의 잠재력도 용인하고 있는지 모릅니다. 하지만 앞서 말씀드린 대로 일본은 전범국의 지위에서 아직은 자유롭지 못하고 미국은 그 일본을 전적으로 우방의 신뢰를 보내기가 어려운 현실입니다. 종전 후 아직까지 미군이 일본에 주둔하고 있다는 사실이 미일 관계를 명확하게 보여주고 있지 않습니까? 만일 이러한 사실에도 불구하고 미일의 군사동맹이 견고해질 것을 가정한다면 각하, 이것은 국익만을 추구하는 냉엄한 국제 현실을 우리에게 가르쳐 주는 것입니다. 그러므로 우리 대한민국은 더더욱 핵무장을 보장받을 명분을 찾아야 합니다."

대통령과 청년의 눈이 교차하면서 한동안 묵언의 대화가 이어진다.

"해모수 씨, 북한의 핵무장에 대해 자네는 어떻게 생각하는가? 북한도 우리 동포인 것을 감안하면 저들의 핵무장도 통일한국의 미래는 보장할 수 있는 일 아닌가?"

대통령이 깊은 시름 끝에 엄청난 문제를 해모수 앞에 던진다. 그것이야말로 한반도를 둘러싼 동북아는 물론 세계 각국의 관심사가 아닌가?! 해모수가 민감한 사안에 맞추어 마음의 긴장을 늦추지 않는다. 그리고 자신의 의견을 피력해 나간다.

"각하, 북한의 핵무장은 그 자체로서 많은 의미를 내포하고 있습니다. 그것은 한반도 주변의 동북아 패권을 다투는 강대국들과 관련해서도 많은 문제를 지니고 있으며 더더욱 한반도 한민족의 생존문제에 직면하면 극단의 상반된 논리까지도 도출되는 사안입니다."

대통령이 천천히 고개를 끄덕인다.

"각하, 주변 강대국의 입장은 우리민족의 생존 문제와 관련시켜 볼 때 그다지 고려할 필요가 없는 문제일 수 있습니다. 하지만 각하, 북한의 핵무장이 미치는 영향은 한반도 자체에 있어서 현재와 미래를 보는 관점에 따라 정반대의 주장이 정당한 근거로 제시될 수 있다는 문제점을 지니고 있습니다."

민감한 사안만큼 긴장이 고조되는 해모수가 잠시 호흡조절을 위한 휴지를 가진다.

"각하, 남북한이 주적의 의미로써 대치하고 있는 이때, 북한의 핵무장은 어느 나라보다도 대한민국과 대한민국 국민의 생존에 가하는 위협이 큽니다. 그러므로 현재 북한의 핵보유는 민족적 정당성이 부정될 수밖에 없습니다. 다시 말씀드려서, 분단된 한반도에서 북한의 핵보유가 그 정당성을 갖기 위해서는 반드시 대한민국의 핵보유가 전제되어야 한다는 말씀입니다. 하지만 미래 통일한국의 관점에서 본다면 북한의 핵보유는 남한의 핵보유와 다른 의미를 지니지 않습니다. 통일한국의 국민들에게 있어서 핵무기의 보유는 통일한국과 한민족의 생존을 보장하는 중요한 의미를 지니게 됩니다. 즉, 통일한국에 있어서 북한의 핵보유는 당연히 민족적 정당성을 가진다는 말씀입니다."

해모수가 논리정연하게 자신의 생각을 마치자 대통령이 깊은 생각의 끝에 낮은 음성을 뱉어낸다. 혼잣말처럼….

"그래, 우리나라가 더 이상 약소국으로만 남아 있을 수는 없지."

대통령이 입술을 굳게 다문다.

국가의 장래를 우려하는 대통령의 깊은 시름이 분위기를 한층 가라앉힌다.

대한민국의 현실이, 특히 지도자의 위치가 무척이나 힘든 자리임을 해모수는 평소 잘 인식하고 있었다. 평화를 지향하는 분단국가로서, 초강대국에 둘러싸인 약소국가로서 민족의 생존을 근심하는 지도자라면 자주국방을 위한 고뇌가 얼마나 클 것인가! 가슴 저변에서 대통령에 대한 연민의 정이 봄날의 아지랑이처럼 피어나자 해모수가 얼른 감정을 추슬러 현실로 돌아온다. 면담의 끝을 고려한 해모수가 지금까지 나눈 대통령과의 면담내용을 정리하여 자신의 견해를 요약한다. 그리고 현실의 국제정세 속에서 자주국방을 위한 대한민국의 나아갈 방향을 대통령에게 브리핑한다.

"각하, 미국과의 관계를 성숙하고 대등하게 맺어야 합니다. 그리고 우방으로서의 신뢰를 보다 공고히 구축하여 미국을 설득하고 요구해야 합니다. 전범국인 일본을 거론하여 원자력의 농축, 재처리 시설 이상을 보장받아야 하고, 북한의 핵무장 가능성을 제시하여 우리의 핵무장을 요구해야 합니다. 중, 러, 일의 초강대국으로부터 사면초가의 위태로운 지경에 처한 한반도의 실상을 미국을 비롯한 우방국들에게 알리고 도움을 요청해야 합니다."

조선말기 열강들의 국익 쟁탈의 장으로 전락했던 피폐한 한반도의 실상이 선명한 영상으로 해모수의 뇌리를 스친다. 열변을 토로하는 논리의 근저가 해모수의 웅변을 이끌어낸다.

"그리고 각하, 미국을 비롯한 영·불 강대국은 물론이고 한반도의 주변 군사 강대국들도 통일 한국의 핵무장과 군사 강국화는 허용하지 않을 것입니다. 우리가 핵무장을 할 수 있는 환경도 차라리 통일 전이 유리합니다. 북한으로부터의 위협은 대한민국의 핵무장에 확실한 카드가 될 수 있습니다. 그것은 국가 지도자의 노력을 무엇보다도 크게 요구하는 일입니다."

사실, 핵무장에 대한 관심과 실천에 있어서 역대 국가 지도자들은 한두 명을 제외하고는 정녕 무능과 무소신의 지도자들이었다. 그것은 군사 경제 약소국이었던 파키스탄을 예로 들면 명확해 진다. 인도의 군사적 위협을 명분으로 하여 핵무장에 성공한 파키스탄의 지도자가 핵 사업을 추진하는 데 있어서 대외적 지지를 받기는 어려웠을 것이고 강대국의 압력으로부터도 자유로운 입장은 아니었을 것이다. 그러나 그들은 군사 강국이 되었고 우리는 여전히 자주국방이 어려운 형편이다. 양국의 입장과 국제 정세의 차이를 감안하더라도 현실의 우리나라가 핵무장을 하고 못 하고는 전적으로 지도자의 의지에 달려 있는 것이다. 나라를 걱정하는 대통령과 청년의 대담을 엿들으려는 듯, 석양이 창을 타고 넘어 와 테이블에 얹힌다. 대통령은 해모수의 견해에 깊은 공감을 표시하고, 다시 한 번 일본 원정의 패기를 칭찬하면서 일본과 한국의 관계에 큰 우려를 나타낸다. 해모수는 국가수반으로서 대통령의 무거운 심중에 위로의 말씀을 마지막으로 전하고 청와대를 나온다. 북악산이 서서히 어둠 속으로 잠겨드는 가운데 어스름 황혼이 마지막 빛을 발하여 청와대의 실루엣을 그려낸다. 면담을 마친 해모수가 청와대를 나서고, 2층 대통령 집무실의 창 너머로 석양을 마주한 그림자가 비친다. 대통령이 건강한 청년의 뒷모습에 따뜻한 시선을 놓치지 않는다.

둘, 아가페의 승화

1

한 달여를 그렇게 바쁘게 보낸 해모수는 차츰 시간적 여유가 생기면서 운동을 재개하고 곧 일상의 삶으로 돌아오게 되었다. 화사한 봄의 절정도 잊고 일상의 훈련을 마친 해모수가 집에 돌아와 하루의 마감에 앞서 TV를 켠다. TV는 광고가 끝나면서 정규 뉴스를 막 시작하려고 한다. 순간, 바쁜 일정으로 잊고 있었던 여인의 모습이 낯익은 표정으로 화면을 가득 채운다. 여성 앵커인 주경이 남자 아나운서와 함께 번갈아 가며 뉴스를 진행하면서 이따금 냉철한 눈빛을 카메라로 향한다. 오랜만에 TV를 통해 연인을 만난 해모수가 갑작스럽게 솟구치는 그리움을 가누지 못한다. 바지 호주머니에 들어 있던 휴대폰을 끄집어낸 해모수가 곧장 방송국으로 번호를 눌러 댄다.

"ABC방송국입니다. 무엇을 도와 드릴까요?"

휴대폰의 저편에서 부드럽고 상냥한 여성의 말이 해모수의 귀로 흘러 들어온다.

"조주경 씨 좀 부탁할 수 있을까요? 방금 뉴스를 마친 아나운서 조주경 씨 말입니다."

"잠깐 기다려 주시겠습니까? 곧 연결해 드리겠습니다."

방송실로 전화를 돌리는 기계음을 느끼면서 해모수는 그리운 사람을 당장이라도 만나야겠다고 마음먹는다.

"여보세요? 전화 바꿨습니다."

텔레비전 속의 기계적인 음성과 달리 맑고 청아한 여인의 소리가 생생하게 귓속으로 파고 들어온다.

"여보세요? 조주경입니다."

주경의 음성이 다시 한 번 청아한 시냇물이 되어 고막을 타고 흐른다.

"주경 씨, 저 배준영입니다. 잘~"

"어머나! 준영 씨? 거기 어디예요?"

해모수가 안부를 채 전하기도 전에 주경이 해모수의 말을 막고 나선다.

"여기 집입니다. 진작에 연락 못 드려서 미안합니다."

예기치 않은 연인의 음성이 여인의 기운을 앗아버린다. 갑자기 무력감을 느끼면서 주경이 힘겹게 책상 모퉁이에 기대어 선다. 동경에서 시합이 있던 날, 해모수의 타이틀전을 TV로 지켜보던 주경은 적진에서도 자신감으로 링을 주도하여 일방적인 승리를 거두는 그의 패기와 용자를 자랑스럽게 지켜보았다. 첨예한 외교 관계의 주인공인지라 해모수가 시합이 끝난 후에도 바쁜 일정을 예상하였던 주경인지라 한동안 그를 만나기가 힘들 거라는 생각을 하고 일에 전념해 오다가 얼마간의 시간이 지나면서 해모수의 안부가 궁금해지던 차였다. 참았던 마음의 옷고름이 풀어진 여인이 목메 말을 못하고 있는 사이 어색한 정적을 깨고 해모수의 음성이 전해져온다.

"주경 씨, 보고 싶습니다."

그리운 사람의 구애의 음성을 잘디 잔 솜털의 여과 없이 받아들이면서 여인은 벅찬 감정으로 가벼운 현기증을 느낀다.

2

밤 11시를 가리키던 대형 벽시계는 24분의 1 즉, 하루의 5퍼센트도 남지 않은 짧은 시간을 채워서 빨리 하루를 마감하려는 듯 자정을 향해 곧장 치달아 나아간다. 해모수는 주경과의 마지막 데이트 장소였던 63빌딩의 고층 레스토랑에 앉아 그날의 감미로웠던 사랑을 기억하며 여전한 올드 팝송의 악보에 마음의 음표를 그리며 온전한 감성의 지배에 순종의 노예를 즐기고 있다. 창 밖, 흑(黑)과 황(黃), 백(白), 간헐적인 적(赤)의 단순 채색된 서울의 야경은 노예의 감성적 몰입을 더욱 채찍질한다.

3

"오래 기다리셨어요?"

언제 왔는지 주경이 그의 맞은편에 서서 환한 웃음을 지으며 해모수를 바라보고 있다.

"아! 주경 씨?!"

감성의 몰입에서 깨어나 현실을 인식하면서 지성과 덕성의 정서가 가득 배어있는 미소를 자신의 오감(五感)으로 발송하는 주경을 마주하자 해모수는 자신의 온몸이 솜털같이 가벼워지는 듯 부드러워지는 느낌을 받으며 주경을 향해 자신은 나신의 모습으로 그녀를 맞이하는 원초적 본능의 화신임을 확인한다. 가슴에 흑장미로 도안된 얇은 분홍의 양장을 한 벌로 입은 주경의 모습은 조명을 받아 은빛을 발산하는 긴 생머리와 깊게 패인 굴곡의 가는 허리, 적당한 가슴 볼륨과 어울려 만면에 가득 어린 지성과 교양미로 은은하게 어른거리는 새카만 눈동자의 지성적, 육체적 카리스마에 은은하고 옅은 물감의 섹스어필로 포인트를 강조한다.

"어서 오십시요. 반갑습니다."

해모수가 일어나서 정중한 인사를 주경에게 표현한다.

"네, 반가워요. 그 동안 바쁘셨죠?"

주경이 자리에 앉으며 정감의 감정을 두 눈에 가득 담아 해모수에게 보낸다.

"예, 많이 바빴습니다. 주경 씨에게 연락도 못 할 만큼요. 하하."

"호호, 그러셨어요?"

간절한 그리움으로 쌓여있던 스트레스를 시원한 웃음으로 날리며 카타르시스의 공허를 체험하는 주경은 한편 울컥거리며 가슴을 솟구치는 또 다른 미묘한 감정의 변화를 억눌러 나가다가 이윽고 더 이상 제어할 기력을 잃은 듯 옅은 눈물의 투명한 벽으로 둘러싼 그리움의 눈망울을 해모수에게 던져 보낸다. 해모수가 웃음을 그치며 그녀의 서러운 눈길을 따뜻한 눈동자로 받아들여 포근함을 전해 준다. 그리고 그윽한 눈길의 지속적인 고정과 함께 두터운 그의 손을 내밀어 주경의 가녀린 손을 요구한다. 주경이 양장의 치마 끝, 허벅지 사이를 누르고 있던 오른손을 올려 그에게 맡긴다. 오른손 위에 그녀의 손을 올려 잡은 해모수는 어린 아이의 솜털같이 부드럽고 흰 섬섬옥수를 어루만지며 주경의 얇고 낮은 감정의 둑을 두텁고 높게 쌓아 간다. 왼손마저 요구하는 해모수의 손길과 눈길을 바라보던 주경이 몸 어디에서도 거부할 힘을 전해 받지 못한 채 나머지 손마저 그리운 이에게 맡기면서 손바닥과 엄지의 두터운 부드러움으로 포근한 요람을 느낀다. 해모수는 검지에서 약지까지의 가늘고 섬세한 터치로 잠든 여인의 성감을 자극하여 주경을 긴장시킨다.

"준영 씨!"

주경을 애무하기에 여념이 없던 해모수가 주경의 볼륨 올린 호명을 받고 모범적인 초등학생의 굳어진 얼굴로 익살을 떠는 짓둥이를 보이자 싱그러운 미소로 흘겨보던 주경이 말을 이어간다.

"제 아파트로 가요."

밤 12시를 향하여 하루의 일과를 끝내고자 쉼 없이 나아가는 시침과 분침의 성화와 재촉이 거슬리는 듯 두 사람이 자리를 털고 일어난다. 연인은 주경이 차를 몰고 천천히 주차장을 빠져 나온다.

차 안에서, 뜻밖의 제의에 무사고(無思考)로 주경의 얼굴만을 물끄러미 바라보는 해모수를 주경이 정색을 하며 덧붙여 재촉한다.

"커피 한잔하고 가세요. 제가 따뜻하고 맛있게 끓여 드릴게요."

"함께 사는 가족이 없나요? 혼자 계신 건가요?"

의아한 듯 의뭉한 듯, 해모수가 사족의 말이나마 의례의 질문을 던진다.

"그래요. 말만 잘하면 재워드릴 수도 있어요. 후후."

"하하하, 그래요? 잘 보여야겠는데요?"

주경이 가벼운 눈웃음을 치며 '그럼요!'하는 표정의 밝은 눈빛을 해모수에게 반짝 전하며 입술을 다물어 새하얗고 매끄러운 볼에 힘을 가한다. 그와 함께 입술의 양 끝, 매끄러운 살결의 가운데에 여인의 마음만큼 복잡하고도 알기 어려운 미지의 블랙홀이 선명한 매력으로 자리를 잡는다. 해모수는 새로움의 매력을 새록새록 드러내며 자신을 목마르게 하는 주경의 옆모습을 환상적으로 느끼며 자신의 온몸 구석구석에서 그녀를 갈구하고 있는 신경세포들을 감지한다. 그리고 자신의 뜨거워지는 눈빛을 숨기려는 듯, 그녀를 향하던 자신의 시선을 헤드라이트 불빛으로 명암을 교환하는 아스팔트 도로로 돌려버린다.

4

아파트 입구를 지나간 백색의 승용차는 지하 주차장으로 들어가 비어 있는 공간에 주차한다. 엘리베이터를 탄 두 사람은 주경이 15층을 누르고 문이 닫히면서 사각의 철곽을 타고 하늘로 올라가는 한 쌍의 천사로 완성되어 간다. 아파트 내부는 주경의 성격을 반영한 듯 심플한 느낌의 시원스러움을 제공하여 방문객의 마음을 한결 가볍게 만들어 준다. 주경이 안내하는 소파의 한 가운데로 파묻혀 들어가는 엉덩이의 쿠션을, 잦아드는 진동의 여감(餘感)으로 느끼며 해모수는 낯선 거실을 둘러본다.

"참으로 깔끔한 성격의 소유자구나!"

흐트러짐 없는 옷차림과 단정한 용모, 맑은 눈동자를 통해서도 그녀의 성격을 예상했었지만 그녀의 아파트 인테리어를 보면서 해모수는 주경의 고아하고 정결한 심성을 다시한번 읽을 수 있었다. 노랑과 파랑, 하양과 초록의 밝은 색으로 이루어진 동화적 무늬의 커튼 사이로 주방을 빠져나온 주경이 티 없는 순결의 미소를 환하게 지어 보이며 들고 온 커피세트를 탁자에 얹어 놓는다. 그런 다음 주경이 해모수의 맞은편 자리에, 자신의 소파임을 확인하는 능숙한 자세로 작고 탱글탱글한 그녀의 엉덩이를 담근다.

"블랙으로 하실 거예요?"

주경이 소파에 앉기 위해 다리를 굽히자 선명한 윤곽으로 드러나는 힙의 섹시한 곡선에 무아의 시선을 주고 있던 해모수는 맑은 음성을 감지한 고막의 감각적 진동으로 정신을 차려 순수한 미소의 주인공을 바라본다.

"참! 내 정신 좀 봐! 준영 씨는 운동 때문에 커피를 안 드시죠?"

주경이 자신을 책망하는 가벼운 눈짓을 지으며 음료수를 가져오기 위해 자리에서 일어나려 하자 해모수가 손을 들어 제지하며 입을 연다.

"괜찮습니다. 부드럽게 타서 마시면 괜찮을 겁니다."

"아녜요, 잠깐만 기다리세요."

그리고는 주경이 일어나 냉장고를 열더니 오렌지 주스를 컵에 채워 해모수 앞 탁자에 놓는다.

"잠깐만요."

아직 할 일이 남은 듯 소파 맞은편으로 쫓아가서 벽에 붙어있는 오디오 세트의 전원을 켠다. 오디오 세트가 얹힌 가구장 오른편에 놓인 테이프 모음집에서 테이프를 하나 고른 주경이 오디오 세트에 테이프를 세팅하고는 플레이를 누른다. 두 사람의 영혼을 미지의 낙원으로 안내하듯 잔잔한 사랑의 밀어들이 스피커를 빠져나와, 리듬의 곡선을 타고 온 거실을 사랑만이 가득한 음표의 꽃밭으로 가꾸어간다. 주경이 방문 옆, 벽에 달린 스위치를 조절하자 천정의 샹들리에 조명이 밝은 빛에서 연분홍빛으로 바뀌고 사방의 벽에 걸린 갓등의 적등(赤燈)과 황등(黃燈)이 은은히 점등된다. 백열전구와 형광등의 백주 조명(白晝照明)이 거실의 어둠과 그림자를 집요하게 추궁하여 두 사람의 공간을 밝혀 두고 해모수로 하여금 의례와 격식의 허울을 강요하던 조도의 변화는 두 사람에게 자연스런 감성을 인식시켜 원초적 성감의 분위기를 자아낸다. 순식간에 변화한 공간의 분위기에 아직은 적응을 못한 듯 주경의 눈빛만을 더듬으며 눈동자를 키워나가는 해모수를 바라보는 주경이, 자신의 유혹적 분위기 연출이 성공적이라는 환희를 가슴속으로 은근히 즐긴다. 주경이 예의 빛나는 자신의 눈동자에 서툰 선정적 유혹의 미소를 담아 해모수의 분위기 적응을 재촉한다. 주경이 맞은 편 소파에 앉을 때까지 등색(燈色)의 어울림과 조화로 혼색(混色)의 엷은 스카프를 얼굴에 두른 신비의 여인에 몰입해 넋을 잃고 있던 해모수는, 자신의 바로 앞으로 뚜렷한 이목구비를 드러내어 정체를 밝히면서 하얀 이의 상큼한 미소를 던져주는 주경의 수정 같은 광채를 시리도록 받아들이고 서서히 인간의 완성을 위한 분위기의 한가운데에 빠져들어 간다.

"분위기 어때요? 마음에 드세요?"

"좋군요. 여느 레스토랑이나 카페보다도 훨씬 훌륭해요. 주경 씨의 감각이 상당하시군요?"

"어머! 그 정도예요?"

"그럼요. 주경 씨의 감각이 이토록 섬세한 예술적 경지에 있음을 경탄할 따름입니다."

해모수의 지나친 공치사에 쑥스러운 듯 고개를 숙인 주경이 비스듬히 얼굴을 돌려 수줍은 곁눈질을 살짝 주면서 해모수를 흘겨본다. 탁자의 가로막음이 없이 마주 붙어 있다면 두 손을 뿌듯이 모아 쥐고 마치 해모수의 가슴을 방망이질할 것 같은 표정을 역력히 내비치며 준영에게 애정의 눈길을 쏘아 보낸다.

해모수도 그녀의 눈길을 거부 없이 흔쾌히 받아들이며 언뜻 주경을 갈구하는 자신을 느낀다. 그리고 그녀를 향한 갈증의 해소를 위해 자신의 앞에 놓인 주스를 벌컥 들이 마신다.

수정같이 맑은 눈의 호수로부터 솟아오르는 주경의 간절한 바람을 의식하는 해모수도 그녀의 온몸으로 그의 눈길을 던져 뿌린다. 어느 한 곳 부족함이나 못난 곳 없이 완벽한 미를 갖춘 여인의 몸매를 더 이상 형용하는 것도 이제는 실례로 느끼며, 해모수는 그녀의 윤기 나는 긴 머리로부터 하얀 속살과도 같이 뽀얀 주경의 맑은 얼굴과 그 한 부분씩을 자연의 가장 완벽한 모습으로 균형미를 이루어 특유의 개성적 아름다움을 자랑하고 있는, 프라이드 강한 각각의 기관들을 샅샅이 탐색하여 아래로 내려간다. 이윽고 사내의 애틋하도록 새카만 동공이 가련한 여인의 붉은 입술을 지나 완성된 여성의 얼굴 끝, 살 오른 숫처녀의 뽀송한 탄력의 음부와도 같은 곡선의 턱과, 길고 가느다란 두루미의 새하얀 목덜미에 머물면서 흔들리는 성(性)의 목마른 본능으로 큰 침을 '꿀꺽' 삼킨다. 적당한 볼륨의 아름다움으로 해모수의 뇌리에 각인된 주경의 가슴이 색색의 조명을 받아 명암의 굴곡을 선명히 드러내면서 너무나 오똑하고 탱탱한 미정복의 처녀림과 같이 가파를 듯 완만한 구릉의 모습으로 앙증한 자존심을 가득 담아 사내를 노려보고 있다. 다시 한 번 주스 잔을 든 해모수는 남은 물기를 남김없이 들이키며 목줄기의 메마름을 적셔 준다. 잔잔하고 포근하게 깊은 사랑을 속삭여 완전한 인간으로 이끌어 가던 그윽한 분위기의 조정자는 연인의 사랑을 절정의 경지로 몰입시키고자 한층 더 옥타브를 올려 사내의 청각기관을 타고 들어간다. 그리하여 그의 가슴 깊숙한 곳으로부터 진솔한 사랑의 동력이 작동하도록 그 전원을 찾기에 여념이 없다. 연인의 사랑 만들기에 아낌없는 정열의 협조를 다하는 음표의 곡선과 명암의 분위기에 힘입은 여인 또한 사내를 향하여 수정의 눈빛으로 순결의 구애를 추구하는 자신의 감정을 발산하는데 주저함이 없다.

해모수는 거실의 로맨틱하고 러블리한 무드와 어울린 주경의 섹시한 몸매를 느끼며, 그녀의 청초하고 맑은 수정의 푸른 호수에 빠진 듯 차가운 감동의 성감을 자극 받는다. 두 사람의 결합을 촉구하는 인공의 자연스런 성적 공간에 완전한 동화의 본능을 좇아 자리에서 일어난 해모수가 주경에게로 다가간다. 해모수의 조용한 움직임 속에서도 두 사람의 눈빛은 서로를 향하여 수정(水晶)과 성화(性火)의 레이저를 교환하며 서로에 대한 집착의 강도를 이심전심으로 전달한다. 여인 앞에 다다른 사내가 그의 손을 내밀어 상대의 손을 요구한다. 움켜 쥔 주먹 안으로 따뜻하게 데워진 온기가 손바닥을 빠져나와 얇은 연기와 같이 희미하게 흩어지는 듯 느껴진다. 주경이 해모수에게 지긋한 믿음의 눈길로 옅은 미소를 지어 보이며 조명 속에서도 뽀얀 광택의 은빛을 발산하는 새하얗게 고운 손결을 남자에게 얹어 맡긴다. 해모수는 자신이 내민 손에 은근히 힘을 실어 그녀를 일으키고 주경 또한 거부의 미진(微塵)도 없이 자연스런 남녀의 모습으로, 텔레파시의 교감으로 힘의 전달을 주고받는다. 소파를 벗어나 거실의 중앙에 자리한 두 사람은 역할을 찾아 애태우던 해모수의 나머지 손을 주경의 가슴 반대편 젖마개의 이음 끈에 살며시 얹어 눌러 한 쌍의 커플을 이룬다. 두 사람의 사랑이 고저의 포물선을 그리는 음표의 파도 속으로 푹 빠져 든다. 한편 애잔하게 다른 한편 온유하게, 섬세한 터치의 묘사로 주인공의 심금을 울리는 오디오의 리듬과 이성적 신체 접촉을 허용하는 블루스의 문화는 두 사람의 어색함과 수치심의 허울을 벗겨내어 자연스런 연인의 관계로 이끄는데 큰 몫을 한다. 음악과 공간의 분위기에 맞추어 가는 두 사람의 영혼은 하나의 완전한 인격을 지향하여 자연스레 한 몸으로 어우러진다.

제 7 장

검은 열도

하나, 일본의 음모

1

"어서 오시오, 박사. 그 동안 잘 지내셨소?"

"예, 의원님. 그간 안녕하셨습니까?"

젊고 건장한 청년이 깍듯한 인사로 예를 표하자 장년의 남자가 반갑게 맞이한다.

"내 아내요, 인사들 나누시오."

"아사코라고 합니다. 말씀 많이 들었습니다."

"예, 처음 뵙겠습니다, 부인."

의원의 소개로 한금은 찻상을 들여오는 부인의 정겨운 눈빛을 마주하여 인사를 나눈다.

맑은 눈빛 깊숙이 지성미를 풍기는 부인을 나란히 앉힌 의원이 한금을 바라보며 말한다.

"각하께서는 건강하십니까? 요즘 국제 정세가 워낙 심상치 않게 돌아가고 있으니…."

"그렇습니다, 의원님. 요즘 고뇌가 심하십니다. 건강도 많이 쇠약해지셨습니다."

"그래요? 흐음. 아무쪼록 건강하셔야 할텐데…. 박사가 잘 모셔야겠소."

"예, 의원님."

장년의 남자가 하는 당부를 청년이 진지하게 받아들인다.

"그래, 나랏일도 바쁘실 텐데 일본에는 무슨 일로 오셨소?"

청년이 의원의 물음에 직답을 피한다.

"의원님, 요즘 일본의 정세는 어떻습니까? 히모토 총리가 독도 파문을 일으켜 한일 관계가 또 냉각될 듯 한데요."

청년의 언급에 이내 무거운 표정을 짓는 의원이 심경을 밝힌다.

"그렇소. 아무래도 노인의 행보가 심상치 않아요. 측근의 보고에 의하면 오래지 않아 무슨 일이 날 것 같기도 한데…."

장년의 의원이 심각하게 여운을 남긴다.

"히모토 총리는 제가 이해하기가 힘든 인물입니다. 어떻게 국내외적으로 그런 독단적 언행을 일삼는지 말입니다."

다까야마 의원이 고개를 나직이 끄덕이며 심각한 표정을 짓는다.

"세계 정치사를 보아도 그런 전횡이 어떤 결과가 온다는 것쯤은 본인도 잘 알 텐데 말입니다."

의원이 문득 부인을 흘깃 바라보다가 한금을 향해 천천히 입을 뗀다.

"거기에는 우리 민족이 아니면 이해하기 힘든 뿌리 깊은 원인이 있습니다."

"?"

"그 양반이 지나치게 집착하는 점이 있지만, 풀어야 할 문제이긴 합니다. 하지만 큰마음으로 풀어야지요."

"그렇습니까?"

청년의 낮은 목소리가 의원의 설명을 재촉한다.

"과거 400여 년 전에 열도와 한반도 간에 전쟁이 있었지요. 한국은 임진왜란이라고 하지요?"

청년이 바삐 고개를 끄덕여 동의를 표한다.

"그 당시 내 조상 중에 조선에 귀화한 장수가 있었소."

"아!"

눈빛을 마주해 바라보던 의원이 입을 떼자 이야기가 긴 시간 이어진다.

"일본 명이 사야가인데 조선에 귀화하여 김충선이란 이름으로 개명했지요. 일본군 가토오 휘하 선봉장으로 조선에 도착하자마자 투항한, 일본의 입장에서는 역적이요, 조선의 입장에서는 둘도 없는 구세주였지. 이 분이 조총 제작법을 조선에 전하였을 뿐만 아니라 임란과 병란 등 난세에 큰 활약을 하셔서 조선의 구국에 앞장서셨으니…."

한금이 심각한 표정으로 의원의 심중을 뚫어 읽는다.

"그분에게 어떤 계기가 있어서 태도를 바꾸었는지는 알 수 없으나 추측은 할 수 있소."

주안상을 들이는 부인의 환대에 힘입어 두 사람의 만남이 밤 깊은 줄 모른다.

2

외등의 조명으로 어둠의 한 켠을 밝힌 심야의 정원, 앙상한 체구에 두 손을 엉덩이로 가져가 뒷짐 진 노인이 영혼의 입김을 입가로 흘려내며 꼬장하게 서 있다. 울창한 숲으로 병풍을 두른 연못 속 금붕어의 유유자적 떠 노님을 바라보는 노인의 눈빛이 자연에 동화된 그윽한 감동의 동안(童眼)으로 금붕어의 미적(尾跡)을 한동안 쫓아다니다가 불현듯 눈빛을 번득이며 주변을 둘러보고 소리를 지른다.

"야마시타, 야마시타 군 어디 있나?"

"예! 각하, 부르셨습니까?"

거구의 사나이가 어둠을 뚫고 황급히 달려온다. 노인 앞에 다다른 사내가 허리를 굽혀 주인의 하명을 기다린다.

"무사시는 어떻게 됐나? 지시한 것들 잘 실행하고 있는 거야?"

"예! 각하!"

노인의 다그치듯 쏘아내는 안광에 거구의 사내는 큰 덩지를 움츠려 머리를 조아리며 재빠르게 입을 뗀다.

"계획대로 잘 진행하고 있답니다. 제가 수시로 연락을 취하고 있습니다."

확신의 말을 전하는 비서의 말을 들으며 노인은 천천히 안광의 기를 풀며 하늘로 시선을 돌린다. 숯 칠을 한 하늘의 검정 사이사이로 자신의 존재를 알리는 별빛은 제각기 밝기를 달리하며 노인의 시선에 초점을 제공한다.

"건방진 조센징 풋내기!"

생각만 할수록 눈이 뒤집히고 피가 역류하여 격정의 분노가 폭발한다. 앙상한 모습의 노인은 격정으로 인해 정신만은 점점 맑아진다.

3

"이런 기회는 무사시 일생일대에 두 번 다시 올 수 없는 절호의 기회다!"

고층 건물의 한 사무실, 형광등으로 환히 밝혀진 사무실에 검은색 양복으로 까맣게 물감을 칠한 사내가 이빨을 지그시 물고 창 밖, 동경의 야경을 바라보며 혼자 서 있다. 마치 영화 속 배경의 주인공이기라도 한 듯, 연극 무대에 선 배우의 모습으로, 일상의 무표정을 서서히 거두어 가며 회색의 얼굴을 검붉게 상기시킨다. 검은 야심이 만면에 드러난다.

"조직의 해외 확장!"

"일본 열도에 뿌리고도 남을 거액의 자금!"

"정계 진출!"

구상 중인 사업과 그 사업의 시너지 효과를 계산하는 사내의 가슴 밑바닥으로부터 확신의 여운이 온 몸을 저려 온다. 수년 내 파죽지세의 모습으로 일본의 정상에 오를 자신의 모습을 그려 보던 장년의 사내는 야망의 성취를 위해서는 후지 산의 눈이라도 다 녹여 버릴 결심으로 얇은 입술을 인중으로 모아 어금니에 최대한의 힘을 가한다.

일본 최대의 폭력 조직이며 테러리스트인 닌자의 양성 기관을 열도 곳곳에 보유하고 있는 야쿠자 최대 파벌의 보스인 무사시는 며칠 전, 전 총리대신의 경호 담당 비서관인 야마시타의 방문을 떠올린다. 오로지 이익만을 셈할 조건의 거래를 제의받은 무사시는 기꺼이 그 제의를 받아 들였고 지금은 그 기억을 곱씹는 즐거움으로 몸을 가누지 못한다. 야마시타의 설명은 프로젝트의 지휘자가 현 일본국 정계를 막후에서 주도하는 일본 정치의 카리스마, 히모토 선생이며 프로젝트 실행의 반대급부로써, 프로젝트 실행으로 파생되는 모든 수입을 자신에게 배당하고 프로젝트와 관련한 인명 침해는 국가적 차원에서 보호해 준다는 보장을 하니 야쿠자의 사업 활동상 이것 보다 더 좋은 조건은 있으려야 있을 수가 없는 것이다. 그와 함께 정계 진출의 야심이 있는 그에게 히모토의 손길은 거부할 수 없는 마력을 지닌 것이었다.

환상에 빠져 있던 그가 문득 불쾌한 표정을 짓는다.

"가토 이놈만 잘해줬어도 그때 모든 일이 이루어질 수 있었는데…. 히모토 선생의 기대가 크다고 해서 일본 복싱협회회장에게 그렇게 당부를 해 두었는데…. 아무튼 그놈 세긴 셌어."

"어쨌든 이번에는 모든 것을 완벽하게 처리해서…. 이찌로!"

노크 소리가 귓전을 울린다.

똑똑!"

"들어와!"

상상의 꿈에 젖어 있던 장년의 신사는 노크 소리와 함께 현실로 돌아와 자세만은 그대로 유지한 채 표정을 감추고 대답한다.

"회장님, 이찌로 님이 오셨습니다."

"들여보내."

비서가 고개를 숙이고 나가자 무사시가 몸을 돌려 접객을 위한 소파로 걸음을 옮긴다. 열린 문을 밀며 광대뼈와 턱뼈가 유난히 발달한 사각의 검고 탁한 얼굴의 사내가 6척을 넘는 큰 키에 우람한 근육질의 몸을 정장의 양복으로 그 윤곽을 드러낸다. 소파로 다가와 절도 있는 자세를 취한 사내가 보스를 향해 건장한 체구를 반으로 접어서 허리를 꼭짓점으로 한 직각을 이루어 예의를 다 갖춘다.

"회장님, 그 동안 별고 없으셨습니까?"

"오, 이찌로!, 어서 오게."

자신의 폭력 사업에 있어 언제 어디서든 보스의 얼굴을 대신할 수 있는 인물로서 무사시는 언제나 그를 신임하여 자신의 오른팔로 생각하고 있던 터였다. 그래서 최근에는 야쿠자와 닌자의 양대 사업 중 하나인 닌자 사업의 책임을 그에게 맡기고 자신은 동경에서 야쿠자 관리와 함께 정계 진출의 포석을 깔고 있던 중이었다.

"사업은 어떤가?"

"예, 회장님의 배려에 힘입어 무리 없이 잘되고 있습니다."

"그래? 다행이군."

일상의 안부를 주고받던 보스가 부하를 바라보는 눈에 빛을 발하며 정색의 모습을 취한다.

"이찌로, 새 사업이 하나 생겼네."

"그렇습니까?"

"그래, 이번 사업은 우리 조직의 범세계화 전략을 한층 빠른 시일에 완수하도록 도와줄 거야."

말을 전개하면서 점점 심각한 표정을 더해 가는 보스를 바라보며 이찌로는 새 사업의 비중을 느낄 수 있었다. 보스는 웬만한 일에는 자신의 얼굴빛을 바꾸지 않는 철저한 포커페이스를 유지하여 왔기 때문에 20년을 보필해 온 이찌로도 그의 심중을 읽어내기란 여간 어려운 일이 아니었던 것이다. 심지어 보스의 가족에 변고가 생겼을 때에도 평정의 안색을 바꾸지 않았던 보스였다. 그런 보스가 오늘의 대화에서는 자신의 모습을 잃고 있는 것이다. 정좌의 자세로 카리스마를 향하여 경의를 표하며 보스의 다음 말을 신중하게 기다리는 부하의 눈빛을 바라보던 무사시는 한 호흡으로 짧은 긴장을 풀고 사업을 설명한다.

　"이찌로, 이번 사업은 내가 직접 나서야 할 대 사업이네, 물론 이찌로 자네는 야전 사령관으로 실전에 투입되어야 할 것이야."

　새 사업에 대한 보스 자신과 이찌로의 역할을 설명하며 신중을 표하는 보스에게 오른팔의 2인자는 굳은 결의의 표정을 지으며 보스에게 무거운 입을 열어 보스와 조직을 향한 자신의 변치 않는 충성을 고한다.

　"회장님, 제가 이 세계에 발을 디딘 순간부터 제 목숨은 회장님의 것입니다. 지금까지 저는 회장님의 명령을 쫓아 회장님과 조직을 위하여 제 혼신을 바쳐 충성을 다해 왔습니다. 그리고 앞으로도 제 혼의 맹세는 변치 않을 것입니다."

　심복의 충성심을 재삼 확인하며 흡족한 표정을 짓던 보스는 10여 년 전 이찌로와의 첫 만남에서 충성의 서약으로 단지하며 자신의 조직원으로서, 형제의 예로서 충성을 맹세하던 청년 이찌로를 떠올린다. 그리고 이찌로가 있었기 때문에 무사시 자신이 지금의 자리를 차지하고 있다는 것을 누구보다 잘 알고 있는 사실이었기에 보스는 2인자에게만은 조직원 이상의 관계를 표시하며 그의 조직 내 입지를 가능한 한 넓혀주었던 것이다.

"여보게, 아우, 자네의 우정이야 새삼 말을 해서 무엇 하겠나? 이번이 야말로 우리의 뜻을 이룰 수 있는 절호의 기회일세. 우리 야쿠자들도 밝은 빛 보면서 정치를 할 수 있단 말이야. 아우님, 우리 힘 모아 대업을 이루어 보세."

보스가 손을 내밀어 2인자의 두꺼운 손을 잡아 쥐고, 두 사람의 마주치는 눈빛은 깊은 호수의 맑은 바닥을 내비치듯 서로의 마음을 주고 받는다. 야쿠자의 검은 우정이 결속의 돈독을 표하자 붉은 물의 번짐을 예고하듯 창문너머 하늘에는 빠알간 연기로 적운(赤雲)의 흔적을 남기며 한 대의 여객용 비행기가 굉음과 함께 멀리 사라져간다.

동경 중심가, 우뚝 솟은 빌딩의 최고층 사무실에는 일본 최고의 야쿠자 조직의 두 우두머리가 마주 앉아 일본이란 거대한 육식 공룡의 음모 속 한 주인공들이 되어 프로젝트의 한 부분에 암극(暗劇)의 시나리오를 짜고 있다.

둘, 긴자 주점

1

야쿠자의 음모가 진행되던 시각, 동경의 한 쪽 일본 제일의 홍등가인 긴자 거리의 중심지에 있는 일본 전통 건물 양식의 고급 주점, 고아한 품격을 풍기는 특실에는 하버드대의 젊은 두 동기생이 술잔을 부딪치며 오랜만의 회포를 풀고 있다.

"장 상, 이게 얼마 만인가, 그래?"

"반갑네, 히데오. 진작 연락이 안 되어 유감이군."

"그러게 귀국 후 연락 좀 하지 그랬나?"

"하하, 글쎄 말이야, 자네도 바빴던 모양이지?"

"그래, 나는 귀국과 함께 아버님 일을 돕느라고 정신이 없었다네, 자네는 어땠는가?"

"나도 사업을 구상하느라 쓸데없이 많이 바빴네, 하하."

"그래? 지금 추진하는 일이라도 있는가?"

"아니, 아직 못하고 있네, 사업이 그리 만만치가 않더구만."

"천하의 장 상이 겸손이 지나치구만, 하하하."

"그래, 요즘 일본 정치는 좀 어떤가?"

화제를 돌리며 국사(國事)에 관심을 보이는 한금의 질문에 일본 정치의 신세대 입문자로서 히데오는 술기운으로 붉어진 얼굴에 작은 경련을 일으키더니 이내 술자리를 의식한 듯 얇은 얼굴에 어울리지 않는 파안의 대소를 쇠 부딪치는 소리로 내뱉는다.

한국 최고의 지식인을 향한 본능의 경계심을 순간적으로 느낀 히데오는 내심 한금을 향해 미안한 마음이 한 쪽 가슴에 이는 것을 무시하며 웃음과 함께 대답한다.

"핫핫핫, 여보게 장 상, 나 같은 애송이가 정치를 평가할 안목이나 있는가?"

"일본 정계의 황태자께서 겸손이 지나치시구만, 하하."

히데오의 의식적인 회피를 인지한 한금이 화제를 바꾸어 묻는다.

"그래, 결혼은 했는가, 히데오?"

"결혼? 하하, 그것 듣던 중 반가운 질문일세. 자네 나라에 나, 히데오에게 어울릴만한 참한 규숫감 없는가? 중매 좀 서게, 장 상? 하하."

"하하, 히데오, 자네 미국에 있을 때보다 언변이 많이 늘었구만?"

"으핫핫, 그런가? 그런 자네는 결혼했는가?"

"하하, 나도 아직 못했네."

"그런가? 그럼 우리 오늘밤 함께 장가가도록 하자고."

히데오는 말을 마치며 큰소리로 밖을 향해 소리 지른다.

"기미꼬!"

"하이!"

문 밖에서 대기하고 있었던 듯 즉각적인 대답과 함께 방문이 열리며 30대 중반으로 보이는 곱고 아름다운 여인이 기모노를 감싸고 방안으로 들어와 꿇어앉으며 고개를 숙여 히데오의 다음 말을 기다린다.

"기미꼬, 이 손님은 나의 가장 절친한 한국인 친구로 귀한 손님일세. 그리고 장 상, 기미꼬는 이 주점 주인이라네. 나의 친한 말벗이기도 하고 말일세."

히데오의 소개로 기미꼬의 공손한 인사와 한금의 가벼운 목례가 서로의 입장을 잘 나타내주면서 특실의 주흥은 한결 부드럽게 무르익어 간다.

"기미꼬, 오늘은 내가 술을 마음껏 마셔야겠네. 내 친한 벗, 장 상의 뜻하지 않은 방문이 지금껏 쌓인 모든 스트레스를 풀어주는 것 같아 그 기쁨을 가눌 수가 없다네."

"하이, 최선을 다해 모시겠습니다."

한금의 빈 술잔에 술을 따르고 있는 기미꼬를 바라보며 히데오가 오늘밤의 술자리 분위기를 전하자 술잔을 채운 기미꼬가 꿇어앉은 무릎 위에 두 손을 포개어 놓으며 고개 숙여 대답한다. 한금이 입가에 미소를 머금으며 두 사람의 대화 사이에서 한편, 반가운 우인의 얼굴에 깊은 정감의 눈길을 던지다가 다른 한편, 새로운 벗의 가녀린 신체의 뚜렷한 곡선에 감탄의 눈빛을 표하며 반가운 만남과 무르익는 주흥에 취해가기 시작한다.

"기미꼬, 자네의 자존심을 지켜 줄 이 주점 최고의 아가씨 두 명을 들여보내게, 물론 내 자존심을 지키는데도 기미꼬의 역할이 상당히 중요하다는 것을 잊지 말고 말이야."

기미꼬가 절도 있게 대답을 하며 일어나 기모노에 가린 양발의 뒤꿈치를 들어 지면과 공간의 구분선에 앞꿈치를 살포시 얹어 하늘을 오르려는 천사의 모습을 취한다. 그런 다음 일본 전통 의상인 기모노를 입은 여인의 요염한 모습에 낯이 선 한국인 사내의 시선이 부끄러운 듯 곧장 잰 걸음으로 뒷걸음질 쳐 방문을 빠져 나간다. 두 사람의 성적(性的) 시선을 의식한 듯 하얀 두 손을 모아 배꼽 아래를 가린 기미꼬가 방문을 나가자 히데오가 성안(性眼)을 거두며 한금에게 말문을 연다.

"장 상, 오늘밤 마음껏 즐기도록 하게. 그리고 일본 체류 기간 동안 내가 필요할 때는 언제든지 연락하도록 하게."

"알았네, 히데오. 내가 일본에서 믿고 의지할 곳이라곤 자네밖에 더 있는가? 하하."

"핫핫핫, 그럼 그래야지, 그래 볼 일은 다 보았는가?"

"볼 일이란 게 있는가? 바람이나 쐴 겸, 오랜만에 친구나 보자고 왔지, 하하."

"장 상 같은 만능의 엘리트가 할 일이 없다는 것은 지나친 겸손일 테고…. 그래, 언제 갈 건가?"

"온 김에 열도 여행이나 하면서 며칠 더 묵을까 하네."

"그래? 그럼, 있는 동안 불편한 일이 있으면 꼭 나에게 연락 주게. 귀국하기 전에 얼굴도 한 번 더 보고. 알았지, 장 상?"

"하하, 물론 알았네."

자신의 당부에 신뢰와 동조를 보내는 한금을 흐뭇하게 바라보던 히데오가 미국 유학 생활에서의 한금과 자신의 인연을 떠올리며 주흥을 고조시킨다.

2

한금은 어릴 때 이민 간 재미교포 2세이다. 두뇌가 뛰어나서 하버드 대학교에 들어가 줄곧 수석을 놓치지 않은 비범한 인재였다. 일본 최고의 정객을 여럿 배출한 히모토 가(家)의 적통인 정치학도 히데오가 일본 최고의 동경 대학을 우수한 성적으로 졸업해서 유학 온 것과 대조적인 점이 없지 않았다. 그러나 보다 뚜렷한 개인차는 성격에 있었다. 한금이 개방적이며 활동적인 데 반하여 히데오의 성격은 소극적이고 폐쇄적인 경향이 강했던 것이다. 한금이 활발한 학교생활과 교내·외적으로 원만한 인간관계로 교분의 폭을 넓히며 다양한 삶의 환경을 체험하는 동안 히데오는 그저 도서관과 기숙사를 오가는 것이 일상의 규칙적인 과정이었던 것이다. 같은 해에 유학 온 두 사람은 처음에는 서로의 안면이나 터고 지내는 정도였으나 나중에 "동북아 문화클럽"이라는 동아리에 함께 가입하면서 친밀한 사이가 되었다. 한 동아리 안에서 같은 동양인으로서, 인접한 국가의 국민으로서, 인종적 동질감으로 서로에게 친숙한 감정을 가질 수 있었고 무엇보다도 한금의 개방적인 태도가 히데오의 소극적이고 닫힌 마음을 열어서 깊은 우정의 결실을 맺은 것이다. 히데오는 한금과 친해지면서 한금의 폭넓은 환경을 다소 공유할 수 있었고, 한금을 통해서라면 호기심과 두려움이 공존하는 이국의 낯선 체험도 어렵지 않게 할 수가 있었다. 또한, 외롭고 힘든 타국 생활에 있어서 한금을 알게 됨으로써 히데오는 미국의 선진 문물과 미국인의 개척 정신을 보다 적극적으로 폭 넓게 배울 수 있었다. 미국 생활에 있어서 한금은 언제나 히데오에게 조언자로서, 후

견인으로서의 역할을 다해 주었던 것이다. 히데오는 한금으로부터 많은 것을 배우고 얻었지만 그럴수록 한금을 바라보는 히데오의 마음속에는 콤플렉스와 열등감의 조각들이 쌓여, 이제 한금은 히데오에게 뛰어넘을 수 없는 거대한 담이 되어 버렸다. 스포츠를 비롯한 모든 학교 활동에서 언제나 중요한 자리를 차지했던 한금은 히데오에게 우상이고 영웅이었다. 히데오는 한금을 만남으로써 뚜렷이 드러난 정신적, 신체적인 약점들을 보완·개선하는데 엄청난 노력을 기울였고, 귀국 후에도 장래 자신의 정치적 입지를 위해서 몸과 마음 만들기만큼은 게을리 하지 않았다. 우상적 대상인 한금을 모델로 하여 훈련 일정을 일상적 프로그램화한 히데오의 몸은 선천적으로 왜소한 체질을 감안하면 복부 비만을 별도로 할 때, 가늘고 탄력 있는 섬유질로 몸의 대부분을 이룬 균형 잡힌 몸매를 이룬다.

그리하여 귀국 후 2년여의 세월의 흐름과 30대 중반에 즈음한 연륜으로 오늘에 이른 히데오는 사회적 지위에 있어서 많은 변화와 발전을 보이게 되고, 내심 꿈틀거린 정치적 야심은 일본 정계의 큰 별인 아버지 히모토의 주경을 받아 국내 정치계에 자신의 존재를 서서히 드러내는 중이었다. 그런 와중에 자신의 정치적 입지의 기반으로 기획한 프로젝트가 독도 영유권 문제로써, 예전의 상투적이고 일상적인 의도와 행동에서 벗어나 세계에 어필할 수 있을 정도의 무거운 비중을 주기 위하여, 전직 총리이자 일본 정치의 최고 실력자인 자신의 아버지 히모토를 동원, 시기적으로도 기가 막히게 어울리는 새천년의 도래기에 독도 사건을 터뜨린 것이다. 아버지 히모토의 독도 선언은 새 천년을 주도할 일본의 강력한 리더십을 전 세계에 떨친 본보기로써, 당사국인 일본과 한국의 방방곡곡을 상반된 반응으로 뒤흔들어 놓기에 충분한 것이었다. 그러나 예전의 행태에서 벗어나지 못하는 한국의 반응과 대응은 고작 시민 단체나 민간 조직의 시위 범주를 벗어나지 못하고, 경제대국으로서 일본의 강력한 힘의 외교를 잘 아는 한국 정부는 범국가적인 조직적, 체계적 항의를 이끌어 낼 기미를 보이지 않는다. 그와 반대로 일본 국내의 여론은 세계를 향하여 새 천년에 포효한 일본의 사자후를 천 년만의 감동으로 받아들여, 열도는 환호 일색의 물결을 이룬다. 특히, 과거 식민지 국가인 대한민국에 대하여 대 일본의 제국주의적 위력을 과시함으로써 국민적 우월감을 북돋아 새 시대를 맞이하는 국민에게 자신감을 심어 준 히모토 노 정객에게 보내는 신임은 엄청난 것이었다. 더불어 독도 선언의 기획자가 히데오라는 사실이 일본 정계에 퍼지면서 청년 히데오에 대한 여야 정객들의 관심과 주목은 점증하고 있었다. 또한 노 정객 등 정, 관, 재계에 수많은 인재를 배출한 일본의 명문(名門) 히모토 가의 계승자로 부상한 히데오는 일본 국민의 관심의 초점이 되고, 엘리트 코스만을 밟아 온 발군의 신상 프로필이 새 천년 일본 정치를 이끌어 갈 신진 세력의 리더로 인식되는데 무리가 없었다. 히데오의 야망을 위한 포석은 독도와 같은 한일의 역사적 환경까지 절대적 지지를 보냄으로써, 처음부터 그의 행보는 순조로운 항해에 첫 시동을 거는 것처럼 보였다. 그런 와중에 대한민국의 한 청년으로부터 히모토의 허물을 꾸짖는 책망의 편지가 날아들고, 한일 양국의 언론이 이를 놓치지 않는다. 그로 말미암아 한국 청년과 일본 노인의 선명한 대조적 입지는 희화(戲畵)되어 전 세계로 타전(打電)되고 독도를 중심으로 한 두 사람의 문제는 어느덧 세계적 이슈가 되어 국제 여론의 도마에 오른다. 경제대국인 일본 정계의 최고 실력자이자 국제무대의 리더 그룹에서 한 시대를 풍미했던 거물 인사가 한국의 젊은 소시민과 동등한 당사자의 지위로서 화제의 인물이 되는 수모를 안게 된 것이다. 프로젝트 기획자이자 아들인 히데오가 아버지 히모토의 처지를 공유한 것은 당연한 일이었다. 노 정객의 참담한 입장은 그로 하여금 사소한 간계(奸計)를 꾸미게 하여 해모수를 유인하는데 성공하지만 불의의 음모는 결국 자신을 옭아매는 치명적 덫이 되어 세계 여론의 눈총을 받는 악역배우로 전락한다. 명확한 결과의 굴욕적 상황에도 불구하고 이번에는 젊은 히모토가 나서서 건방진 한국인의 얄은 생각을 논리로써 꾸짖어 각성시키고자 해모수를 방문한다. 그러나 의연한 모습과 패기 있는 행동, 정의에 기초한 논리적 대화술로 자국의 입장을 완벽하게 대변하는 한국 청년으로부터 히데오는 문득 미국 유학 시절 자신의 우상이었던 또 다른 한국 청년, 한금과 같은 거인의 모습을 떠올린다. 히데오는 그런 상대에게 국가 이기주의의 편견에 사로잡혀 강변과 궤변적 논리로써 모순을 합리화하려고 했던 자신의 성급한 생각을 스스로 자책하며 호텔을 나올 수밖에 없었다.

3

부조리하고 비합리적인 논리밖에 펼 수 없었던 일본의 한계 상황보다 그러한 사실을 합리화할 수 없었던 자신에게 보다 더 강한 분노를 느낀 히데오는 그때의 기억으로 붉어지는 수치심을 가릴 듯 손을 들어 뺨으로 가져간다. "게다가 음양사 사건까지…!"

히데오의 행동을 잠깐 의아한 눈빛으로 바라보던 한금이 문득 마주친 히데오의 신경질적인 눈빛에 예사로운 미소를 지어 보낸다. 두 사람의 공간에 흐르는 정적 사이로 개방의 신호음이 조심스레 방문을 열어젖힌다. 완숙미의 기미꼬가 예를 갖추어 앞장 서 들어오고 뒤이어 기모노의 멋을 한껏 부린 홍안의 여인들이 가벼운 발걸음으로 사뿐사뿐 고개 숙여 들어온다.

"공손히 인사드려라."

방문을 들어선 기미꼬가 두 명의 게이샤들에게 낮은 소리로 말하자 소녀의 모습으로 단정하게 서 있던 두 여인이 마치 선생님의 지시를 따르는 초등학생들과도 같이 복종의 예를 다하여 무릎을 꿇는다. 무릎 도리에서 발가락 끝까지 가지런히 모아 바닥에 붙인 "Y"자 계곡의 하반신 위로 탄력의 젖가슴을 앞세운 상반신이 무너져 내린다. 적당한 음주로 기분이 좋은 두 사내의 흔들리는 동공 속으로 빨려 든 여인들의 매력이 서로 다른 특징을 지닌 각각의 개성들로 뚜렷이 구별되어 발산된다. 뽀얀 우윳빛 살결을 자랑하듯 연한 화장으로 한층 풋내를 강조하여 청초하기 그지없는 소녀적 이미지와 싱그러운 서구적 얼굴에 깊은 눈동자의 지성미를 물씬 풍기는 숙녀적 이미지의 두 여인이 전신의 조화로운 관능미를 자랑하는 성숙한 여인의 모습으로 나란히 엎드려 주인의 부름을 기다리고 있다. 주량도 약하지만 흥겨운 마음에 더 만취하여 게슴츠레한 눈빛의 히데오가, 초점을 잡으려는 듯이 크게 뜬 두 눈을 끔벅이면서 피사체의 여인들을 노려본다.

　"오, 그래. 이리들 오너라. 와서 술도 따르고 주흥도 살려 보거라."

　히데오가 익숙한 태도로 여인들을 맞이하여 손짓을 하자 기미꼬가 어린 게이샤들에게 한금과 히데오를 가리켜 각각 그들의 옆자리에 앉힌다. 청초한 소녀의 미를 풍기는 게이샤가 히데오의 곁으로 다가가 사뿐한 발걸음을 멈추고 서서, 마치 고아(高雅)한 한 마리 학이 가녀린 목덜미의 애틋함을 내비치듯, 우윳빛 살결의 서러움을 곳곳에 드러내며 가량가량한 기모노의 무릎을 접어 꿇어앉는다. 한 마리 암사슴이 탱탱한 엉덩이의 관능미로 수사슴을 유혹하듯이, 지성적 숙녀의 아름다움을 간직한 게이샤는 살포시 가벼운 보폭을 내디뎌 무의식의 몸짓을 관음의 절정적인 장면으로 연출하여 보여준다. 게이샤는 두 손을 두 다리와 상반신의 어름노리로 가져가서 국부를 가린 기모노를 살포시 덮는다. 보폭에 따라 흔들리는 몸짓을 좇아, 손에서 국부까지 전해지는 간단의 스침이 성의 시각과 촉각을 자극한다. 파트너 옆에 다소 곳이 꿇어앉은 게이샤의 맑고 단정한 매무새가 순결한 처녀의 정가로움을 물씬 풍긴다. 좌우 뇌의 어름으로부터 척수에 이르는 선을 반듯이 고개 숙인 게이샤의 수도적 자세가, 발뒤꿈치를 소담하게 품은 엉덩이를 살짝 내민 지순(至純)의 정갈한 성을 연상시키는 것이다. 복종과 순명을 묵언(默言)하듯 깍듯이 숙여 내린 머리 뒤 목등의 잔털 숲 사이로 드러나는 살결의 추파는 국부의 그것만큼이나 관념적 성의 오르가즘을 최고조로 불러일으킨다. 이윽고 미시적 관능에서 거시적 관능으로 전환하여, 성숙에 이른 망아지의 관능적 몸매를 연상시키는 전신의 분위기에 이른 귀객(貴客)의 감회는 경국지색의 늪에 빠져든 영웅의 몰락을 절실히 이해한다.

"히데오 님, 두 아이 모두 이런 자리가 처음인 애들입니다. 두 분의 마음에 드시면 오늘 밤 이 아이들이 시중을 들도록 하겠습니다만, 그렇지 않으시다면…."

"아니다. 나는 되었다. 귀여운 것들이 내 마음에 드는구나. 장 상, 자네는 어떤가?"

기미꼬의 우려 섞인 질문을 도중에 자른 히데오가 숫처녀의 어깨를 휘감아 흡족한 마음으로 벗의 심기를 묻는다.

한금이 잔잔한 미소와 작은 고개의 끄덕임으로 긍정을 표하자 기미꼬가 근심을 던 표정을 지으며 환한 웃음을 히데오에게 던진다.

"기미꼬, 수고했네. 오늘은 이 아이들과 어울릴 테니 신경 쓰지 말고 나가서 일 보도록 하게."

"하이, 부족하신 점 있으면 불러 주십시오."

기미꼬가 두 게이샤를 향해 잘 모실 것을 당부하면서 고개 숙여 일어나 방문을 나간다.

4

"자, 장 상, 우리 건배하세."

기미꼬가 방문을 닫고 나가자 히데오가 술잔을 들어 한금에게 술을 권하며 구호를 외친다.

다른 손으로는 엄지와 사지를 벌려, 게이샤의 허벅지에 올려놓은 그의 나머지 손이 지긋한 오물임과 탐색을 통해 길고 완만한 구릉의 관능을 시나브로 깨워가면서…. 히데오로부터 건배를 제의받은 한금이 기꺼이 자신의 술잔을 들어 맞은 편의 술잔을 부딪쳐 주흥을 북돋운다. 상큼한 술잔의 부딪힘 소리를 안주삼아 두 사람이 단숨에 술잔을 비우고 빈 잔을 내려놓는다. 두 여인이 기다린 듯 공손하게 술병을 들어 각자의 주인에게 술을 따르고, 부끄러운 듯 당겨온 섬섬옥수를 허벅지 위 국부에 모아 가린다.

두어 시간의 주연이 지나면서 히데오가 술에 취한 듯 거나한 표정을 지으며 게이샤로부터 술병을 받아 한금에게 권한다. 한금이 의아했지만 기꺼이 받고 화답한다. 히데오가 큰 소리로 외친다.

"건배!"

"건배!"

게슴츠레한 눈빛으로 무언가 생각하다가 이내 구호를 외친다.

"구다라의 부활을 위하여!"

"?"

한금이 놀란 눈으로 히데오를 바라본다.

히데오는 개의치 않으며 해모수가 복창할 것을 재촉한다.

"구다라의 부흥을 위하여!"

"쟁!"

단번에 술잔을 비운 히데오가 한금에게 다시 건배를 권한다.

"오닌의 꿈을 위하여!"

"오닌의 꿈을 위하여!"

한금이 히데오의 구호를 따라 하면서도 묘한 감정을 느낀 것은 사실이다. 일본에 와서 일본 사회 주체 세력의 핵심에 있는 자의 입에서 이런 말을 듣는다는 것은 경이로운 일인 것이다.

"히데오가 미국에서 공부할 때도 한반도, 특히 고대 한반도의 역사와 문화에는 취미 이상으로 심취했던 것이 사실이지만 술자리에서 이런 구호까지는…."

이해하기 힘들었다.

"구다라와 오닌이라니…."

히데오가 한금의 심중을 헤아렸는지 넌지시 한 마디 던진다.

"장 상, 왜? 놀라운가? 내 입에서 구다라의 부흥이 언급되니 이상한가?"

한금이 어색한 웃음을 짓는다.

게이샤를 재촉하여 두~세 잔을 연거푸 들이킨 히데오가 한금을 향해 눈을 이지러뜨려 바라보며 울분을 토하듯이 심중을 내뱉는다.

"아, 구다라의 한이여!"

옅은 술기운이 맴도는 가운데 한금의 뇌리에 다까야마 의원의 이야기가 불현듯 떠오른다.

"일본은 고대 한반도 4국의 쟁패의 장이었소. 일본 국호 "大和"는 여기에서 비롯되었소. 일본에서 한반도 국가들의 권력 투쟁이 얼마나 치열했는가를 말해주는 낱말이지요. 한반도 고대 국가들의 투쟁은 당시뿐만 아니라 중세, 근대, 현대까지 그 맥을 이어오고 있어요. 아마도 사야가 선생은 그 투쟁의 현장을 직, 간접으로 겪었을 겁니다. 사야가는 성입니다. 현재 중국 성씨인 사씨나 사탁씨는 백제의 성씨로 백제 패망 후 대부분 중국으로 갔지요. 일부는 일본으로 넘어 갔고요. 사야가 님의 직계 조상은 가야에 자리 잡은 백제인이었지요. 가야가 후에 신라에 통합되면서 김유신과 같은 일부 지도층은 신라에서 자리를 잡고, 사야가 님의 조상은 일본을 택했던 거지요. 이런 조상의 역사를 아신 사야가 님은 필경 평화주의자가 될 수밖에 없었고, 나아가 大和를 지향했지만 현실은 정반대였지요. 그래서 결국 뿌리를 선택하신 거라고 생각돼요."

5

하나꼬, 재일교포 4세로서 대대로 대마도에서 도자기 제조업에 종사하는 집안의 딸로 태어나 청빈의 삶을 꾸려가는 부모 슬하에서 밝고 맑은 심성을 함양하며 소녀의 꿈을 키워나간다. 그러나 그녀가 고등교육을 마칠 무렵, 존경하던 아버지가 불치의 병을 선고받는다. 하나꼬가 아버지의 치료를 위해 목돈을 마련하고자 여러 곳을 수소문하고 다녔지만 대마도의 가난한 환경에 젖어 사는 그녀에게 그것은 단지 허황된 바람일 뿐이라는 차가운 현실을 깨닫는 것은 그로부터 기껏해야 얼마 지나지 않아서였다. 절망에 사로잡혀 있던 하나꼬가 다시금 마음을 추스른 어느 날, 모 신문에서 종업원을 구한다는 광고를 접하게 되고 그녀는 다급한 마음으로 연락을 취한다. 선불로 목돈을 지불한다는 업주의 말은 마치 구세주의 속삭임으로 그녀의 가슴을 들뜨게 하여 세상물정 모르는 촌뜨기 소녀는 마침내 동경의 홍등가 긴자 거리를 찾는다. 기미꼬로부터 선불로 받은 돈으로 아버지를 동경의 모 종합병원으로 후송해 온 하나꼬는 은인인 기미꼬에게 거금을 빚져 몸은 묶였지만 그보다 아버지를 살려준 은인이라는 고마움이 앞서 기미꼬

에게 충성을 다짐한다. 그로부터 며칠 후 기미꼬의 부름을 받고 손님
의 방을 찾아 들어간 곳이 한금과 히데오의 만남과 회포의 장이었던
것이다.

6

한금이 하나꼬를 두터운 가슴으로 끌어 당겨, 여명의 푸른 공기를
비추며 일어나는 새벽의 햇빛처럼 싱그럽고 해맑은 숫처녀의 속살을
어루만진다. 그녀의 마음이 이완된다. 손님들의 대화를 들으며 한금이
한국인임을 확인한 하나꼬는 내심 기뻤지만, 시중드는 게이샤의 입장
을 의식치 않을 수 없었기에 두 사람만의 시간을 가지게 될 때까지 참
아야만 했다. 드디어 자리가 파해 둘만의 시간을 가지게 되면서 하나
꼬는 그 감회를 한금에게 피력할 수 있었다. 어리고 맑은 심성의 그녀
에게 그저 한국에서 온 동포라는 이유만으로 하나꼬는 자신의 감정과
몸을 내어주는데 아무 거리낌이 들지 않는다.

"하나꼬, 이 일은 평소 히데오님의 도움으로 주점을 운영하는 우리
가 그 은혜에 보답할 수 있는 작은 일이다. 히데오님의 친구가 무엇을
하는 사람이고 왜 일본에 왔는가를 알아내도록 해야 한다. 그 분이 눈
치 채지 않게. 알았느냐?"

할아버지와 할머니, 그리고 아버지와 어머니의 모국을 향한 진한 향
수를 가까이서 지켜보아 온 하나꼬에게 기미꼬 언니의 주문은 이제 귓
전에서 사라져 버리고 없다.

"아저씨! 한국 얘기 좀 해 주세요."

한국어를 구사하는 어린 일본인 게이샤를 놀란 눈빛으로 바라보던
한금이 그녀의 사정을 알고 나서 서로를 향한 연민과 운우의 정을 정
겨운 부부의 그것에 버금가는 행위로 이어간다. 한금이 하나꼬를 바닥

에 뉘어 갓난 어린이의 속살을 경탄하는 눈빛으로 그녀를 훑어 나간
다. 한참의 탐색 후에 한금이 하나꼬의 몸 위로 서서히 살을 붙여 간
다. 민감한 반응을 야기하는 이성간 피부의 접촉은 두 사람 성의 완성
을 향한 불쏘시개의 역할을 충실히 수행하여 두 사람에게 동시에 일
어나는 성감의 고조를 한껏 북돋운다. 이윽고 한금의 남자가 문 열린
하나꼬의 몸속으로 조심스럽게 들어간다.

7

"히데오? 나, 야마시타일세. 총리대신께서 자네를 찾고 계시네."

휴대폰으로 전해져 오는 야마시타 경호 비서관의 전언을 확인한 히
데오는 핸드폰을 양복저고리 속주머니에 집어넣으며 게슴츠레한 시선
을 벽시계로 향한다. 지난 밤 한금과의 만남으로 스트레스의 온갖 찌
꺼기를 쓸어버리듯 술과 섹스를 벅차게 치른 히데오, 진작 필름이
끊겨 정상적인 술자리 이후가 전혀 기억나지 않는다.

"혹시 한금에게 나의 치부를 보이지는 않았을까? 아니, 그것보다도
마음의 옷고름을 푼 나머지 녀석에게 국가적 기밀이라도 불어 버린 것
은 아닐까?"

그렇게 예민한 눈빛을 치뜨며 히데오는 자신이 알고 있는 국가 기밀
들을 떠올려 본다. 구체적이고 현실적인 사안으로 히데오 자신이 기획
하여 추진하고 있는 사업 말고는 그다지 신경 쓰이는 것은 없다.

"기미꼬!"

히데오가 꺼칠한 탁음으로 기미꼬를 부른다.

"하이, 히데오 상, 괜찮으십니까?"

기미꼬가 기다렸다는 듯이 재빨리 쫓아온다.

"어제, 내가 실수한 것은 없었는가?"

"예, 별다른 것은 없습니다. 단지, 히데오님이 만취하셨던지 구다라와 오닌에 대한 말씀을 하셨던 것밖에는…."

"그랬나? 으음!"

기미꼬가 히데오의 우려를 씻어주고자 한마디 한다.

"친구 분과 함께 나간 아이에게 단단히 주의를 주었으니까 그 아이가 와 보면 무언가 알 수 있을 것입니다."

히데오가 작은 고갯짓으로 이해를 전한다.

"도청 내용은 잘 보관해 두게."

"하이!"

히데오가 편한 마음으로 자신의 아버지, 히모토의 거처를 향한다. 가는 길에 히데오는 한 가지 절대 빠트려서는 안 될 문제를 생각하며 휴대폰을 꺼내 든다.

"예, 동북아 정치경제 연구소입니다."

"나, 히데오일세."

"하이, 소장님!"

"어젯밤 한국인 친구 있지?"

"하이!"

"그 친구 일본 국내의 행적을 추적해 봐! 그리고 이후 출국 전까지 일거수일투족을 감시해야 한다. 알았나?"

"하이, 소장님!"

다시한번 부하에게 확인 명령을 한 히데오가 전화기를 내려놓으며 가늘고 얇은 눈을 게슴츠레 뜨고 생각에 잠긴다.

"한금이 여긴 왜 왔을까? 녀석의 재능으로 보아 한국 정부가 그를 그냥 두진 않았을 텐데.사업 구상이라고 하지만 녀석의 능력으로 보아 미심쩍은 구석이 있어!"

"각하, 히데오가 왔습니다."

"들여보내."

히데오가 아버지 히모토의 서재로 들어간다. 문을 열면 정면으로 대 일본국의 히노마루가 걸려 있고 그 옆으로 나란히 "오닌노고꾸"라고 적힌 한자가 역시 선혈처럼 붉게 걸려 있다.

"그래, 프로젝트는 잘 수행하고 있느냐?"

"하이, 지금도 각 지역 주민들의 접수 상황이 성황을 이루고 있다는 사실을 확인하고 오는 길입니다."

히데오의 보고를 들은 히모토는 고개를 끄덕이다가 재차 다짐을 하듯 히데오를 바라보며 확신을 추궁하는 언급을 한다.

"히데오, 이번 일은 너의 정치 인생을 좌우할 엄청난 위력을 지닌 프로젝트다. 아무쪼록 많은 국민의 호응을 얻어 참가자의 수를 가능한 한 많이 확보하도록 하여라. 그들이 곧 너의 정치 역정에 있어서 끊임없는 지지자로서 네 정치의 단단한 반석이 되어 줄 것이다. 호응도 또한 전 일본 열도로부터 비례적인 지지를 이끌어 내야 할 것이다. 그럼으로써 너는 전국적인 정치인으로 우뚝 설 수 있는 것이다. 알겠느냐?"

"명심하겠습니다, 아버지!"

유난히도 짙푸른 신록의 삼림을 연상시키는 넓은 정원의 무성한 숲, 큰 나무 아래 가든 벤치에 앉아, 연못을 우주의 공간으로 인식한 듯 날렵한 지느러미의 미끄러짐으로 삶의 공간을 유유자적으로 즐기는 금붕어와, 나무와 숲 사이를 바쁘게 날아다니며 생을 찬미하듯 지저귀는 작은 새들의 자연적 풍경에 눈길을 던진 히모토는, 스스로 사색을 통한 자연적 동화로 인간사에 있어 침략적, 살상적 야욕의 죄의식을 상쇄시키는 자신을 인간 본성으로 합리화하며, 국제 관계에 있어서 자국의 이익을 위해서는 타국에 가하는 어떠한 위해도 용인될 수 있다는 편견의 철학을 절대적으로 신봉하고 있다. 그것은 또한 개인적 인간관계에도 미시적 적용을 해서 히모토는 일본 정계의 거물로 부상했던 것이다.

8

아버지 히모토의 정원을 물러나와 자신의 사무실로 가는 도중에 히데오는 아침에 있었던 주점 술자리의 일을 불현듯 떠올리며 그 기억을 떨쳐 버리고자 고개를 세차게 흔들어댄다. 그럴수록 기억의 반동은 더욱 거세게 작용하여 히데오의 뇌를 자극하여 난잡하게 흐트러진 특실의 분위기와 밀실의 침대에서 사타구니를 가린 얇은 담요에 묻어 나온 혈흔의 게이샤를 보다 선명하게 각인시키며 히데오의 기억을 끌어낸다. 담요를 벗기고 게이샤의 사타구니를 벌려 그녀의 음부를 바라본 히데오는 자신의 지난 밤 광란의 섹스 현장을 미루어 짐작할 수 있었다. 한 번의 침탈과 탐사만으로 이제는 처녀림의 그 순수성을 영원히 상실해 버려 평범하도록 낯익은 여인의 음부는 얼마나 빨고 핥았는지 갈라진 주변으로 피멍이 벌겋게 배어 있다. 꽃잎의 생식기로부터 배설구를 타고 내려가며 사타구니 아래 침대 이불을 적신 단 한 번뿐인 숫처녀의 흔적은 빠알간 순결의 성혈(聖血)을 감동의 붉은 꽃으로 수놓고 있다. 정상의 범주 속 일반적인 남성과 여성의 새디즘과 매조키즘은 인류의 장구한 역사 속에 능동적, 적극적인 남성과 수동적, 소극적인 여성이 두 개체간의 뚜렷이 구별되는 성적 징후로 나타난 현상이다. 히데오는 스스로 판단해도 자신이 철저한 새디스트의 전형이라는 확신을 하면서 가늘고 여린 게이샤의 몸을 타고 올라가 거친 애무로 잠든 여체를 깨운다. 전날 밤의 가학적 행위로 통통 부어오른 여인의 음부를 손가락으로 비집고 들어간 사내는 처녀막의 혈흔이 고인 성의 혈구(穴口)를 벌려 자신의 얇고 단단한 버섯 막대를 윤활액 없이 건조한 구멍 안으로 밀어 넣어 다시한번 침략적 삽입을 감행한다. 언젠가 동남아 여행 중, 인도네시아의 밀림에서 보았던 오랑우탄의 교배를 기억하는 히데오가 차가운 미소를 사악한 눈동자에 숨기면서 지방으로 둘러싸인 허리에 힘을 쏟는다. 자신의 가학적 심리와 너무나도 닮은 수컷 오랑우탄의 권위적, 돌발적, 일방적인 섹스 탐닉은 암컷을 배려함이 전무(全無)하고 자위에 있어서의 괴이한 행태와 고성(高聲)은 인간 새디즘의 생물학적 근원을 제공하는 변태의 모델로까지 가능하다고 히데오는 생각하였었다.

"아악!"

게이샤의 신분으로 처녀성의 자존심조차 주장할 수 없는 서러운 감정과 울음을 속으로 삭이던 어린 여자는 통증으로 부어오른 국부를 위로하기는커녕 상대의 고통을 즐기는 비정상적인 가학자의 변태적 심리에 절망하면서 고통의 절규를 인내하고자 두 눈을 꼭 감고 어금니를 꽉 다물어 진통의 내색을 참는다. 구취를 역겹도록 풍기며 섹스의 끝을 알리는 키스 세례를 받으며 거북한 속을 가까스로 억눌러 참는 여인이 등을 돌려 웅크려 눕는다. 허리가 접혀 삐져나온 여인의 탈진한 엉덩이를 맞대고 돌아앉은 사내의 담배 연기는, 일방적 육욕(肉慾)의 불꽃이 광란으로 타오르다가 사그라진 재의 잔상을 연상시키며 힘겹게 천정을 타고 오른다.

9

"기미꼬?"

"하이, 히데오님."

"어제 장 상과 함께 나간 애는 들어왔나?"

"하이, 아침에 들어왔습니다."

"그래? 도청 내용은?"

"별다른 내용은 없었습니다. 사업 구상차 일본을 여행중이라는 것 밖에는…."

"으음, 알았어."

제8장

프러포즈

하나, 세미나

1

"준영 씨, 오늘 시간 있으세요?"

아침 훈련을 위해 체육관에 막 다다른 해모수의 핸드폰 너머로 주경의 정겨운 음성이 전해져 온다.

"그럼요, 언제 어디서 볼까요?"

준영이 반갑게 연인의 음성을 맞이한다.

"오전 10시에 한국 언어 연구회에서 세미나가 있어요. 오늘 주제가 준영 씨의 가치관에 도움이 될 거예요."

일요일 오전의 상쾌한 공기가 한 건물을 향하는 준영의 몸을 싱그럽게 감싸 안는다. 주경이 햇살보다 상큼한 미소를 지으며 건물 앞에 서 있다.

"준영 씨 이것 보세요."

주경이 들고 있던 세미나 초대장을 준영에게 건넨다.

"현대 동북아 국가들의 역사 문화적 공동체 연구" -박인희-

"한국어와 일본어의 어원적 친연성 고찰 -독도와 다케시마-" -이연실-

주경과 나란히 앉은 해모수가 발표자의 논문을 훑어 내려간다.

2

"준영 씨, 세미나 어땠어요? 준영 씨에게 도움이 되었으면 좋겠는데…."

건물 계단을 밟고 내려오며 주경이 염려스러운 마음으로 해모수의 심중을 묻는다.

"에, 많은 도움이 될 것 같습니다. 언어학이란 학문이 이토록 대단한 건지는 몰랐습니다."

"그렇죠?"

주경이 그제야 마음이 놓인 듯 밝은 미소를 지어 맞장구친다.

"정치적, 외교적으로 그렇게 힘들어 주장하던 나의 주권을 글 몇 줄로 증명해 버리다니….지금까지 제가 독도를 위해 쏟은 정성이 너무 무색해지는군요."

"그렇게까지는 생각하지 마세요. 학문의 세계와 현실은 또 다르니까요."

주경이 해모수를 격려하며 다시 질문을 던진다.

"첫 번째 발표자 내용은 어땠어요?"

"놀라운 경험이었습니다. 독도에 초점을 맞춰 한일 문제를 근시안적으로 접근했던 저에게 사고의 전환을 일으킬 정도의 내용이었습니다. 독도 문제에 대한 접근 방법을 재고해 봐야하지 않나 하는 생각마저 들게 하는군요."

"그렇죠?"

주경이 다시 한 번 동의를 구하면서 결론을 내리 듯 말한다.

"학문은 편견을 버려야 해요. 저마다의 주장이 강하게 되면 숲이 아닌 나무밖에 보지 못해 많은 걸 잃게 되는 거예요."

해모수가 수긍하여 고개를 끄덕인다. 주경은 오늘 하루 해모수를 위하여 계획한 자신의 스케줄에 내심 만족을 즐긴다.

두 사람이 광장의 한 쪽 비치파라솔 아래 의자에 앉아서 해모수가 가져온 음료수로 손을 가져간다. 그리고 주경이 문득 무언가 생각난 듯 해모수를 바라보며 말한다.

"준영 씨, 언어학이란 학문은 말예요."

세미나에서의 배움을 다시 한 번 새겨보던 해모수가 주경을 바라보며 연인의 강의 속으로 빠져든다.

"언어학은 세상의 모든 문화를 다 아우르는 학문이랍니다. 가장 기본적인 것으로, 인간은 언어를 통하여 삶을 영위하는 유기체로서 그로 인해 다른 동물과의 차별화를 지니고 있다는 거예요."

해모수가 고개를 크게 끄덕여 수긍한다.

"언어학은 고고학의 한계를 보다 넓게 확대해 주어 문화의 흔적을 자세히 보여주고 특히, 역사의 바른 정립에 크게 기여한다는 거예요. 그리고 언어학은 철학과 불가분의 관계를 갖고 있지요."

대학원 박사 과정을 밟고 있는 주경이 대학 강당에서 이따금씩 하던 강의의 열정적 모습을 또박또박 뿌려내는 아나운서의 어조로 보여준다.

"아까의 논문 발표가 현실적으로 얼마나 영향력을 지닐 수 있을까요?"

해모수가 주경의 열정 사이로 비집고 들어가 묻는다. 주경이 잠시 생각하듯이 허공으로 눈길을 돌리더니 곧 해모수와 눈을 맞춘다.

"간단히 말해서 독도의 명칭에 대한 어원학적 접근은 수십 년 간 해결하지 못한 독도의 분명한 소유관계도 알 수 있는 일이에요. 아까 발표자가 논문에서 말한 바 처럼요."

해모수의 빛나는 눈동자 너머로 주경이 확신의 어조에 단서를 단다.

"하지만 그것은 단지 학문적인 문제일 뿐 현실적인 국제 관계를 규율할 수 있는 힘을 가지고 있는 것은 아니라는 거에요. 준영 씨도 이해하시리라 생각해요."

해모수가 눈을 지그시 감고 입을 굳게 다문다.

"그렇지만 독도 문제가 국제적 관심사가 되었을 때 이러한 언어학적 접근 방법이 국제 사회에 얼마나 용인되어지는가가 성패의 관건도 될 수 있을 거에요. 어느 나라나 언어학은 학문의 기본이니까요."

"그렇지만 학문이란 것이 똑 같은 주제에 대하여도 정 반대의 논리가 성립되는 경우가 있지 않습니까?"

해모수가 주경의 긍정적인 진술에 제동을 걸어 대답을 기다린다. 주경이 당연한 수긍의 눈빛을 던지며 말을 계속한다.

"그래요, 준영 씨. 좋은 말씀이에요. 구체적으로 확인되지 않는 사실에 대한 논리는 지적 수준이 같은 학자들 사이에도 반대되는 이론이 성립하는 것이 현실이지만 중요한 것은 어느 학설이 얼마만큼 설득력이 있냐는 거에요. 간단히 말해서 가설의 성격으로 끝나느냐 아니면 정설화가 되어 사회의 용인을 받느냐하는 거지요."

"그럼, 주경 씨 말씀은 아까 그 발표자의 발표 내용이 국제 사회에서 받아들여지리라고 생각하십니까?

"독도가 역사적으로 우리의 영토가 분명하다면 그 명칭 속에는 우리의 것을 확인시켜 주는 어떤 증거가 화석의 편린으로라도 숨겨져 있을 거예요. 물론 다케시마에도 그들의 섬이 아니라는 어떤 논리가 숨어 있을 것이고요. 아까 그 발표자가 소유권 증빙의 일부를 찾아내었다고 볼 수도 있겠지만 옳고 그른 것은 지켜볼 일이에요. 앞으로 그 논문 내용이 보다 보강되기도 하겠지만 관련 당사국인 일본 언어학자들의 반론이나 비판도 있을 테니까요. 결국 제가 아까 말한 바와 같이 편견 없이 바라본 입장에서 주장한 내용이 세계로부터 보편성을 용인받을 수 있다는 것을 잘 알아야 해요."

해모수의 강한 호기심을 느끼면서 주경이 차분하게 그러나 뿌듯한 마음으로 자신의 견해를 피력해 나간다.

"오늘은 일찍 들어 가셔야죠?"

"네, 준영 씨…."

주경이 아쉬운 마음을 잦아드는 목소리로 전해 온다.

"내일 아침 방송 준비하시려면 빨리 주무셔야죠. 자, 얼른 갑시다."

주경이 아쉬움을 뒤로 하면서 마지막 데이트에 집착을 보이듯 연인의 팔을 감싸는데 힘을 싣는다.

둘, 청혼

1

"음식이 훌륭하던데요? 잘 먹었습니다."

"하하, 그랬어요? 다행이군요. 방송국 앞이라 즐겨 다니는 단골 음식점인데 주인의 성의가 대단해서 정말 즐거운 식사를 할 수 있는 곳이지요."

협보와 헤어져 함께 걸어 나오던 해모수와 김 기자가 음식으로 환담을 나누며 차가운 여의도의 밤공기에 하얀 입김을 뱉어내며 도로 건너편 방송국을 향한다.

문득 떠오른 듯 김 기자가 의아한 눈빛으로 해모수를 바라보며 묻는다.

"배 선수, 관장님께 들으니 체육관 올 때 실력이 벌써 챔피언 감이었다고 하시던데?"

해모수가 고개 숙여 웃는다.

" 왜 진작 타이틀에 도전하지 않은 거요?"

김 기자가 아쉬움 가득 밴 말을 던지자 해모수가 다시 한 번 미소 지으며 대답한다.

"하하, 과찬이십니다."

"…"

김 기자가 말없이 해모수의 눈을 바라본다.

"사실 공부를 끝내고 싶었습니다. 당분간은 운동을 즐기고 싶기도 했고…"

해모수가 속내를 밝히고 어색한 미소로 김 기자를 처다본다.

김 기자가 머리를 크게 끄덕이면서 해모수의 등을 가볍게 툭툭 때린다. 그리고 다시 가볍게 입을 뗀다.

"배 선수, 조주경 아나운서와는 어떤 관계요? 방송국까지 찾아오는 걸로 봐서는 보통 사이는 아닌 듯한데?"

질문과 함께 해모수의 표정을 살피는 기자의 눈빛이 궁금증의 깊이를 짐작케 한다.

"하하, 친구 사이입니다. 조주경 씨는 저에게 많은 도움을 주는 조언자이면서 저에게 활력을 불어넣는 에너지원의 역할도 하지요."

"응? 그 정도면 보통 사이가 아닌데? 그 정도의 역할이면 내조하는 아내로서의 이상적인 모델이잖소?"

김 기자의 말과 함께 서로를 바라보던 눈이 커지더니 이윽고 파안대소로서 공감적 언어를 대신한다. 정겨운 대화를 나누며 횡단보도를 건너는 두 사람의 맞은편에서 방송국을 갓 벗어난 낯익은 여인이 건널목을 건너온다.

"마침 퇴근하는구만, 배 선수 잘 사귀어 봐요, 참한 규수니까. 여~조주경 씨!"

주경을 확인한 김 기자가 해모수를 고무시키며 팔을 들어 주경에게 반가움을 표시한다.

두 사람을 본 주경이 만면에 미소를 담고 반가운 눈빛을 두 사람에게 전하며 발걸음을 재촉한다.

"조주경 씨, 오늘이 토요일이라 일찍 끝난 모양이군요?"

"네, 김 기자님. 취재 있으셨어요?"

"뭐, 특별한 프로그램 목적이 있던 건 아니고, 배 선수 근황이나 살피러 체육관에 다녀오는 길입니다."

"그러셨어요?"

김 기자와 상투적인 대화를 하면서도 주경의 마음은 해모수를 향해 기쁨과 애정의 시선을 퍼부어 댄다. 해모수 역시 반가운 마음을 주경의 아름다운 눈동자에 고정시키고 둘은 한 마음의 텔레파시를 공감한다.

"어허! 도로 상에서 한 포옹 할 분위기구만! 자, 나는 이만 물러날 테니 좋은 시간들 보내시오."

"네, 김 기자님. 안녕히 가세요."

"다음에 뵙겠습니다, 김 기자님."

연인들 사이에 더 머물기가 부담스러운 듯이 김 기자가 두 사람을 놀리며 방송국을 향해 서둘러 쫓아간다. 김 기자의 뒷모습을 바라보며 인사를 한 두 연인은 주경이 해모수의 팔짱을 끼면서 돈독한 둘만의 애정 공간을 조성한다. 찬바람으로 썰렁한 보도를 이따금 스쳐 가던 행인들이 두 사람을 알아보고 던지는 호기심의 눈길에도 아랑곳않고 연인의 고리 걸린 팔에는 밀착의 힘이 점점 강해진다. 이제는 공인의 입장에 있는 해모수가 주변의 시선을 의식하지 않고 두터운 사랑을 전해 주는데 대하여 주경은 깊은 신뢰를 느낀다. 그리고 애잔한 기다림의 강인한 인내를 간직한 소담한 탄력의 가슴 속으로부터 뭉클한 격랑의 밀물을 감동하는 주경은 세상의 한 남자로서의 해모수에 대한 믿음이 더욱더 영글어 감을 확인한다.

"주경 씨, 알아보는 사람들이 많은데 신경 쓰이지 않습니까?"

해모수도 주경과 같은 생각을 한 듯 공인인 주경의 심중을 사려 깊게 보살펴 준다.

"훗, 준영 씨도 나랑 같은 생각을 하는구나."

둘의 생각이 동시에 한 마음을 느낀 텔레파시의 경험에 작은 환희의 샘솟음을 감각하며 주경은 세심한 관심을 보이는 해모수의 온유함에 새삼 감동한다.

"이런 멋진 남자에게 나 이외 다른 여자가 없다니. 요즘 여자들이 이토록 멋진 남자를 혼자 내버려두었다니 이해할 수가 없어. 아니, 어쩌면 준영 씨가 여자에게 무관심했다고 보는 게 맞을 거야. 그래, 그런 거야."

젊은이로서 국가를 생각하고 실천적인 애국을 행동으로 보여 주는 패기와 세계 정상을 지향하는 원대한 꿈을 품은 해모수 씨에게 여자란 애초부터 그의 관심 밖의 문제였다는 확신의 결론을 내리면서 온

정을 가득 담은 눈빛을 해모수에게 보내 따뜻한 입김을 뿜어내며 속삭이듯 입술을 움직인다.

"준영 씨만 괜찮다면요."

감미로운 멜로디의 언어를 쏟아 내는 신비의 숲 속 호수를 관장하는 환상의 요정에게라도 홀린 듯 순간 멍한 기분을 추스르지 못하던 해모수는, 주경의 팔에 힘이 가해져 봉긋한 가슴이 탄력의 감각을 전해 오자, 주경의 깊은 사랑에 따스한 미소로 답신을 전하며 나무토막 같은 팔뚝에 은근한 힘을 가해 가녀린 여인의 팔을 겨드랑이 아래 밀착의 압박감으로 조여 간다.

"주경 씨, 식사는 했습니까?"

"네, 구내식당에서 해결했어요. 준영 씨는요?"

대답하던 주경이 문득 안부가 늦었다는 듯 반문을 던진다.

"예, 김 기자님께 잘 얻어먹었습니다."

"그러셨군요?"

함께 걸어가면서 막상 행선지를 정하지 못한 두 사람은 주경이 해모수의 팔을 당기면서 가던 길을 돌아 가까운 곳에 네온이 반짝이는 한 쪽 간판을 가리키며 제안한다.

"우리 저 곳으로 가요. 분위기 좋은 카페인데 저기서 가벼운 칵테일 한 잔 해요."

"그러죠."

즉각적인 대답과 함께 주경의 요구에는 어떤 거부도 할 수 없는 존재가 되어버린 사실을 놀랍도록 깨달은 해모수는 어느새 깊은 사랑의 늪에 빠져 버린 자신에게 내심 쓴 웃음을 짓는다.

"많은 매력으로 내 마음을 정복해 버린 여인, 내 가슴에 사랑의 광선을 쏘아 내 몸과 마음을 사랑의 마법에서 헤어나지 못하도록 자신의 품에 내 영혼을 가두어 버린 여인, 나는 이 여인을 영원히 사랑하고픈 마음 간절하지만 과연 이 여인도 내 마음과 같을까? 우리는 아름다운 평생의 반려자가 될 수 있을까?"

차가운 바람이 얼굴을 할퀴고 지나가는 것도 느끼지 못하고 바보가 된 남자는 어울리지 않는 감성의 늪에 빠져 버린다.

2

적당한 어둠과 아름다운 색감을 연출하는 조명 속에 정감을 가득 담은 보석의 영롱함으로 해모수를 바라보는 주경의 크고 깊은 눈을 맞이하며 해모수는 생각한다.

"정말 아름다운 여인이다. 지성과 미모를 완벽하게 갖추고 자애로움은 물론, 의식까지 올곧으니. 나의 이상과 가치관에 거의 같은 눈높이를 갖고 있으니 정녕 이상(理想) 성취의 오르가즘을 함께 할 수 있는 여인인데…."

"무슨 생각하세요, 준영 씨?"

해모수의 홀로 생각에 함께 하고픈 주경의 언어가 해모수 속으로 비집고 들어와 그를 자신과의 대화 속으로 끌어들인다.

"하하, 잠시 주경 씨의 미모에 넋을 놓고 있던 중입니다."

"거짓말, 놀리시는 거죠?"

해모수가 자신의 마음을 숨기듯 농담으로 얼버무리자 주경은 해모수의 농 섞인 대답의 진심을 듣는 기쁨으로 화색의 얼굴에 생긋 미소를 지으며 정색의 진담을 요구한다. 주경이 강요의 눈빛을 강렬하게 쏘아대자 해모수가 칵테일 잔으로 손을 가져가면서 또 다시 화제를 돌리며 건배를 제안한다.

"저와 주경 씨의 아름다운 미래를 위하여 건배합시다."

농담인 듯 은근슬쩍 진담을 표한 해모수가 주경의 표정을 살핀다. 주경 씨에게만은 강할 수 없는 자신의 우회성 의사 타진에 실망하면서 이내 눈길을 아래로 떨군다. 해모수의 제안에 담긴 언어 구사에 놀란 표정으로 의아한 눈빛을 보내던 주경이 이내 정색을 하고 해모수의 제안을 받아들인다. 건배와 함께 달콤한 주향(酒香)이 입술에 촉촉이 묻히면서 혀 조직을 마비시켜버린다. 한 모금 액체가 맛도 모르게 흘러가 버린다. 주경이 해모수를 바라보는 시선에 미동조차 허용하지 않고자 꼿꼿한 자세를 지키며 차가운 정색을 바꾸지 않는다.

"이 남자는 과연 나를 이성으로 생각하고 있는 것일까? 간단한 스킨십은 즐기지만 더 깊은 관계는 허용하지 않는다. 지난번 내 아파트에 와서도 그는 키스 이상의 성 접촉을 기도하지 않았다. 분위기를 연출한 내가 민망할 정도였지."

온 몸의 에너지를 눈빛으로 쏘아 보내는지 주경의 시선이 빛을 더하며 해모수를 심문한다.

"사실 이 남자의 마음이 중요한 것은 아니다. 중요한 것은 내가 이 남자를 너무 너무 사랑하고 존경한다는 데 문제가 있어. 그 다음이 너무나 자유로운 삶을 사는 준영 씨가 언제 갑자기 다른 여자에게 날아가 버릴지. 이제 준영 씨의 명성도 국내에서는 널리 알려졌고, 이런 멋진 남자에게 관심을 갖지 않을 여자가 어디 있겠어? 준영 씨의 성품으로 봐서는 걱정할 일이 아니지만 추파를 던지는 여자들의 유혹이 문제야."

모든 문제에 있어 확실하고 분명하면서 이성적이고 진취적인 품성이지만, 여자 문제에 있어서는 결혼하지 않은 이상 가장 많은 가변 요소를 지니고 있다. 주경 역시 그것이 가장 큰 관심사이다. 스킨십 정도의 성 접촉이지만 사랑하는 사람으로부터 이성의 정을 교감한 만큼 반드시 해결하고 쟁취하여야 할 일이라고 생각한다. 이런 남자를 지인으로나마 알고 지내는 것도 삶의 행복이란 생각으로 과분하게 느끼지만 미혼의 남녀로서, 얕으나마 육체의 정도 주고받은 사이에 당연한 자신의 권리라고 내심 다짐한다. 마음을 결정한 주경은 정색의 매듭을 더욱 단단히 하면서 해모수를 향한 눈빛에 힘을 싣는다. 묵언의 교감을 지향하듯 시선에 텔레파시를 얹어 보낸다. 이제는 우리의 관계를 분명히 하고 싶다는 듯이, 당신은 우리의 관계를 어디까지 생각하고 있는지, 아까 제안한 우리의 미래는 무슨 뜻인지를 확실하게 이해시켜 달라는 눈빛에 비장함마저 비친다. 주경의 시선을 똑바로 마주한 해모수 또한 주경에게 그녀를 향한 자신의 간절한 심경을 밝혀, 그녀와의 관계를 분명히 함으로써 미래의 청사진을 주경과 함께 이루어 나가는 현실을 맞이하고 싶은 마음이 진실로 간절하다.

"하지만 주경 씨의 마음이 어떠할는지? 진지한 프러포즈를 가벼운 웃음으로 일축해 버린다면? 아니, 그런 반응을 보일 정도의 주경 씨는 아니지만 아무튼 힘겹게 내뱉는 나의 고백이 거부당한다면?"

순간, 부정적 생각으로 위축되는 자신의 감정을 힘겹게 추스르면서 긍정적 사고로의 전환을 위해 입술을 굳게 다문다.

"아니다, 용기를 내자. 놓칠 수 없는 일생의 동반자를 앞에 두고 부정적 가정은 어리석고 비겁한 자의 몫이다. 설령 부정적 대답을 듣더라도 앞으로 기회는 많다. 어차피 주경 씨는 나에게 좋은 감정을 갖고 있으니 자연스런 관계만 지속된다면 늦더라도 긍정적인 결과가 있을 거야. 그래, 준비된 자리는 아니지만 분위기는 좋다. 지금 진솔한 고백을 하자!"

마음을 굳힌 해모수가 자신을 향한 주경의 눈동자에 뜨거운 시선을 안착시킨다. 얼음같이 차고 보석처럼 영롱한 그녀의 깊은 눈동자의 호수를 말려 버릴 듯이, 해모수는 진실의 뜨거운 눈빛을 여인의 동공으로 쏘아 보낸다. 여인의 암묵적 간청을 교감한 듯, 강렬하게 유인하는 여인의 시선을 피하지 않고 마주하는, 해모수의 결의에 찬 눈빛을 바라보는 주경은 두 사람의 관계에 있어서 해모수의 확실한 비전 제시를 기대하며 간절한 눈빛을 거두어 다소곳이 아래로 내리깐다.

"주경 씨!"

해모수의 호명에 주경이 시선을 올려 잠시 그를 바라보다가 마주할 수 없는 강렬한 시선을 느끼며 다시 눈길을 아래로 떨군다. 주경의 이름을 부르고는 더 이상 진전을 못보고 침묵을 주도하던 해모수가 다시 한 번 주먹을 불끈 쥐며 자신의 진실한 마음을 토로한다.

"주경 씨, 당신을 사랑합니다."

내심 중대한 발언을 기대하며 마음의 준비를 하고 기다리던 주경이지만 천근의 무게로 다가오는 사랑이란 단어에 철렁이는 가슴을 제어하기가 벅차다. 얇은 입술 사이로 흘러나오는 가벼운 음성의 무게가 이토록 가누기 힘든 무게를 전해 올 줄은 주경도 예상치 못하였던 것이다.

"주경 씨에겐 벅찬 제안이 될지 모르겠습니다만, 전 오늘 이 순간부터 우리의 관계를 먼 미래까지 지속시키고 싶습니다."

짧은 프러포즈이지만 어떤 장문의 연설보다도 길게 느껴지는 진실한 사랑 고백이 힘겨운 듯 한 모금의 호흡으로 숨을 가다듬던 해모수가 다시 말을 이어간다.

"제 인생의 끝까지 당신과 함께 하고 싶습니다. 당신과 결혼하고 싶습니다."

절망의 환희, 절명적 희열을 전해 오는 차가운 전율로 얼어붙은 주경이 카타르시스의 정점을 경험한다. 아름다운 사랑을 고백하여 뱉어내는 남성의 어휘는 한 여성에게 종교적 경전과도 같이 엄청난 카리스마를 발휘하여 신비한 종교적 체험을 전율케 하고 주경은 기꺼운 복종심이 마음의 뿌리로부터 우러나옴을 느낀다. 주경이 사랑의 마법으로부터 자유로워질 때까지 해모수는 선생님 앞에서 성적표를 받으려는 어린이처럼 두렵고 떨리는 마음으로 그녀의 대답을 기다린다. 이윽고 평온을 찾은 주경이 은은한 눈길로서 해모수를 향해 미소를 보내온다.

"주경 씨!"

주경의 미소에서 희망적 대답을 인식한 해모수가 자신도 모르게 터져 나오는 이름을 부르고는 뒷말을 잇지 못한다.

"준영 씨."

주경이 부드럽고 온유한 목소리로 해모수를 부른다. 해모수의 고백 전 긴장과 고백 직후의 전율을 여운의 기쁨으로 간직하며 절대 사랑의 대상에게 여인의 심성을 한껏 실어 전하는데 가식의 때가 없다. 해모수는 내심 침이 마르는 갈증을 느끼며 주경의 음파(音波)를 쫓아 그녀의 작은 입을 찾아낸다.

"준영 씨의 진심을 알게 되어 기뻐요."

해모수의 긴장된 눈빛과는 대조적으로 주경이 차분한 어조로 자신의 의사를 전달한다. 해모수의 맑은 진실을 존중하며 주경 또한 겸양과 진솔된 표현에 정성을 다한다.

"준영 씨의 마음을 받아 드리겠어요."

안도와 함께 반색을 감추지 못하는 해모수를 바라보며 주경이 말을 덧붙인다.

"당신이 지향하는 꿈을 실현하는데 작은 밑거름이라도 되었으면 좋겠어요."

해모수가 흥분된 마음을 감추지 못하고 주경의 옆으로 다가가 앉는다. 코트의 소매 밖으로 빠져 나와 다소곳이 허벅지에 얹혀 땀방울이 맺힐 듯 온기를 담은, 소담스레 부드러운 그녀의 손바닥을 느끼며 해모수가 그녀를 쥔 손에 조절된 악력의 힘을 쏟는다.

"주경 씨, 고맙습니다."

해모수의 악력을 사랑의 힘으로 전달받으며 두터운 손안에 갇힌 주경은 자유를 방해받지 않는 적당한 구속의 기쁨을 만족한다.

"주경 씨, 우리, 커플링을 구해서 결혼하는 날까지 우리 마음을 하나로 묶어 두고 제가 세계 챔피언이 된 다음에 결혼합시다."

즉흥의 결혼 청사진을 성화같이 쏟아내는 해모수의 제안에 주경이 그윽한 눈길로써 긍정의 대답을 표하고, 이제는 내 남자가 된 해모수에게 어떤 부담감도 느끼지 않는 두터운 신뢰의 안정감을 가진다.

3

촛불을 대신한 샹들리에의 삼색 조명 아래 마주한 두 사람이 경건함으로 예의를 다한 진지한 표정을 서로에게 지어 보이며 희미한 어둠 속에 하얀 빛을 발하는 아름다운 무늬의 은빛 반지 두 개가 탁자 위 하얀 손수건 위에 놓여 있다. 얇은 어둠의 휘장을 걷어치운 듯 암색의 조도에 익숙해진 두 사람의 시선은 사랑과 신뢰의 정을 듬뿍 담아 텔레파시의 정담을 가득 주고받는다. 해모수가 오른손으로 커플링 한 개를 집어 들더니 왼손을 주경의 앞으로 뻗어 그녀의 왼손을 요구한다. 뭉클거리는 감동으로 아려 오는 신경의 자극을 작은 전율로 여과하며 주경이 왼손을 올려 해모수에게 맡긴다. 자신의 몸과 마음 모든 것을 맡긴다는 상징적 의미를 지닌 주경의 왼손은 해모수의 손바닥에 얹히면서 여린 기운마저도 스러져 버린다. 해모수가 오른손을 들어 창백함마저 감도는 주경의 손가락 사이 무명지에 커플 반지를 조심스럽게 끼

위 넣는다. 환희의 물결과 달리 가슴 한켠에서 배어 나오는 애틋한 감정이 서러운 무명지의 유약미에 기인함을 인지한 해모수는 손가락 깊숙이 꼭 들어맞아 창백미와 잘 어울리는 은빛의 반지 위를 엄지손가락으로 쓸어내린다. 이제 세상의 무엇보다도 소중한 자신의 분신이 된 여인의 모든 것이 소중하고 아름답게 느껴져 그녀를 만지는 해모수의 손이 가능한 온갖 수담(手談)을 늘어놓는다. 깊은 사랑으로 안무하는 해모수의 손길에 기운을 차린 주경이 그의 수담에 화답하면서 해모수와 그 역할을 바꾸어 이제 그녀의 영혼이 담긴 반지를 그녀의 분신, 하나를 지향하여 맺어진 그 반쪽에 전한다. 커플 반지를 낀 왼손을 나란히 펴서 맞춰보는 두 사람의 깊은 눈동자에는 사랑과 행복의 충만한 정서가 영롱한 빛을 뿜어낸다. 해모수가 나란히 뻗은 주경의 섬섬옥수를 두 손으로 곱게 감싸 안으며 한편 깊은 정감을 두 눈에 가득 담고 다른 한편 의연한 장부의 기상을 담은 눈빛을 주경에게 직시하며 결연한 표정으로 두 사람의 청사진을 제시한다. 이제는 평정을 찾은 주경이 온화한 마음과 지성의 눈빛을 반짝이며 해모수의 화두를 기대한다.

"나, 배준영은 오늘 이후로 평생의 반려자로서 운명적 인연을 맺은 우리 두 사람이 완전한 하나로의 인격을 완성하는데 성심성의의 노력을 다할 것이며, 자신을 위해서는 물론 동반자의 재능 계발과 개별적 목표의 성취를 위해 전폭적인 지원을 다할 것이다. 마지막으로, 모든 일에 있어서 가장 우선순위는 가정의 평화이다. 나, 준영은 가정의 구성원인 전 가족이 건강하고 행복한 삶을 영위할 수 있도록 물심양면의 책임을 진다."

즉흥적으로 읊는 유창한 화술은 웅변가로서의 뛰어난 자질을 보여주고 알찬 내용은 평소 그의 신실한 품성을 잘 나타낸다. 큰마음을 지닌 약혼자로부터 소박한 범부(凡夫)의 결혼관을 전해 듣는 주경은 환상의 공간에서 나래를 저으며 부유(浮遊)하는 요정이 천사가 되기 위해 태양 광선을 통해 전해 오는 하늘의 메시지를 받아들이는 장엄과 숙연의 황홀경을 체험한다. 말을 맺고 그윽한 눈빛으로 주경을 바라보던 해모수가 약혼녀에게 결혼 생활의 화두를 재촉한다.

"나, 조주경은 삶의 반려자로서 배준영과의 일생이 영생(永生)의 동반자 관계로 승화되기를 바라면서 우리의 삶이 정신적으로 아름답고 풍요롭게 영글수 있도록 정성을 다할 것이며, 가정의 행복을 수호할 생활적 의무를 지닌 주체로서 온 마음을 기울여 가정의 울타리를 지킬 것을 약혼자 배준영 앞에서 다짐합니다. 나, 조주경은 남편 배준영은 물론 가족 구성원 모두의 자아 발전을 위해서 가능한 내조와 지원을 절대 아끼지 않을 것을 서약합니다."

메인 뉴스의 아나운서답게 주경의 즉흥적 멘트 또한 해모수의 순발력에 못지않은 유창한 화술을 선보인다. 자랑스러움이 넘치는 서로의 이성을 향한 눈빛의 아롱거림이 하나를 향한 희구(希求)의 간절함을 잘 표현한다. 해모수가 주경의 손을 잡고 일어나며 반려자는 응접세트를 벗어난다.

"주경 씨, 당신을 사랑합니다. 이 세상 영원히 당신만을 생각하며 살아갈 것을 약속합니다."

주경이 환희의 두려운 떨림을 온몸으로 감동하면서 절실한 몸부림의 간절한 구애를 영롱한 눈동자에 맺힌 은빛 물기에 실어 전한다. 검은 눈동자의 수정체는 아득히 먼 바다에서 바라보는 등대로부터 비추이는, 명멸하는 불빛의 신호처럼 반짝이며 연인을 자신의 품으로 인도한다. 절대 소유의 여인 앞에서, 그녀의 두 손을 꼭 쥐고 맹서를 한 해모수가 주경의 앞으로 다가가 구애의 밀어를 속삭인다.

"당신의 아름다운 두 눈을 사랑합니다. 하지만 당신의 마음은 더욱 더 고결하시니 내 당신의 처음부터 끝까지 나보다 더 소중히 여기겠습니다."

따뜻한 입김에 실어 훈풍의 시어를 불어오는 사내의 두 손이 살며시 여인의 손을 벗어나 그녀의 애잔한 등과 허리에 가볍게 얹힌다. 사랑의 바람에 실려 주경의 안으로 들어온 아름다운 시어가 마치 천사 가릉빈가의 노래 소리인 양 주경의 온몸을 감전시키고, 주경은 환상과 혼절의 늪으로 빠져드는 절망의 환희로 무너져 내린다. 벅차게 두근거리는 여인의 가슴 아래로 조수간만의 출렁이는 파도가 쐐~한 통증으로 아련하게 전해진다. 하나의 이성 앞에서만은 영원히 수줍은 처녀일 수밖에 없을 거란 생각을 꿈결로 스치며, 작은 떨림을 전파하는 등줄기로 따뜻한 위무(慰撫)의 손길이 첫 경험의 두려움에 빠진 여인을 안도시킨다. 두 사람의 영혼적 결합을 이룬 해모수가 이제는 육체의 실체적 결합을 의도하듯이 여인을 감싼 팔에 힘을 가한다. 유기체로서 몸과 몸의 결합을 구하는 사내의 완력도 영혼적 합일을 지향한 자신의 의지에 좇아 무의식적 힘을 발산시킨다. 시리도록 봉긋한 주경의 유방이 해모수의 가슴 아래 뭉개지고 무호흡의 신음을 내뱉는 주경의 몸은 기력의 소진으로 절대 남자의 팔에 얹혀 죽음을 느낀다.

4

약혼녀의 둥지를 벗어난 해모수가 아파트 입구에 멈추어 서서 하얀 입김을 뿜으며 찬바람의 썰렁한 도로를 굽어본다. 난기류에 실려 흩날리는 작은 눈발이 해모수의 시선을 교란하듯 상승, 하강의 불규칙적 포물선을 그리며 인적 없는 요요(寥寥)의 보도블록으로 스러진다.

"오늘은 겨울 거리를 좀 걸어야겠다. 주경 씨와의 관계도 맑은 정신으로 정리하면서…"

보도를 따라 펼쳐진 하늘을 향해 얼굴을 들어 올린 해모수는 검은 도화지에 그림을 그리듯 어두운 하늘에 화사하게 미소 짓는 주경의 얼굴을 커다랗게 그려 나간다. 그녀를 떠올리면 저절로 밝아지는 마음을 놀랍게 받아들이며 해모수는 이 세상 두 사람만의 약혼식 현장을 다시 한 번 환상적으로 음미한다.

제 9 장

두 영웅

하나, 불의의 테러

1

"이찌로, 일은 진척이 있는가?"

"예, 계획대로 잘 진행되고 있습니다. 마약 사업은 이미 본 궤도에 올라섰습니다."

"그런가?"

"부산에 거점이 마련되어 사업이 잘되고 있습니다."

이찌로가 보고서와 함께 통장을 보스 앞으로 내민다.

"으음, 수입이 괜찮구만. 좋아 이건 이대로 계속 해 나가면 되겠고. 재일교포 지도자 건은 어떻게 돼 가나?"

야쿠자 두목이 보고서를 훑어 내리며 슬쩍 내뱉는 말에 깊은 의미가 묻어난다.

"예, 며칠 안으로 일을 시작할 계획입니다."

"그래, 준비는 철저히 했지?"

"예, 대상과 시간, 장소 등 사전 준비는 마쳤습니다."

"좋아, 그럼, 수고하라구."

보스가 일어나며 주머니 속에서 금일봉을 내어 이찌로에게 전한다.

"애들 잘 먹이고."

문을 나서는 보스의 등 뒤로 부하의 충성심이 빛을 발한다.

2

북한산 깊은 곳 어느 골짜기, 한 명의 건장한 사내가 서너 명의 괴한들에게 둘러싸여 있다. 골짜기의 통로는 앞뒤로 공무원 복장을 한 괴한들의 패거리가 한 명씩 가로막고 서 있다. 괴한들은 제각각 무술의 유단자인 듯 공격하는 자세가 예사롭지 않다. 그러나 상대들의 공격에 대응하는 사내의 스피드나 타격의 정확도가 훨씬 뛰어나다. 한참이 지난 현장의 상황은 승패의 가름을 명확하게 보여준다. 일본도를 들고 달려온 두 명의 파수꾼들이 사내를 경계하고, 이에 힘입은 괴한들이 힘겹게 산위로 달아난다. 파수꾼들을 쫓아 사내가 다다른 곳은 수십 미터 낭떠러지였다. 아래를 내려다보니 좁은 평지가 있고 검은 승합차가 있다. 공무원 복장을 한 사내 둘이 힐끗 위를 올려다보고는 차에 탄다. 곧이어 승합차가 희뿌연 먼지를 일으키며 산모퉁이를 돌아 사라진다. 사내가 긴장을 풀고 주변을 보니 큰 나무 줄기에 굵은 밧줄이 매여 있다.

둘, 모종의 전화

1

"따르릉."

여명을 알리기 위해 홰치며 토해 내는 수탉의 우렁찬 신호음과도 같이 요란한 전화벨이 좁은 방을 떠나갈 듯 울려댄다.

"여보세요."

잠에 취해 흐트러진 탁음을 뱉어내는 해모수의 말을 받아 점잖게 위엄을 갖춘 낯선 사내의 목소리가 유선을 타고 들어와 고막을 진동한다. 적당히 굵은 목소리는 30세 전후의 젊은 사내이며 차분한 어조는 이성적인 사람임을 짐작케 한다. 누구냐고 묻는 질문에 익명을 요구하며 공무원이라고만 직업을 밝힌 그 자는 해모수를 잘 알고 있고 의논할 문제가 있으니 조만간 시간을 내어 만나자는 제안을 해 온다. 미지의 사내는 필연의 만남을 위해 해모수의 감성을 자극하는 한마디를 빠트리지 않는다.

"히모토의 아들, 히데오가 내 친구입니다."

갑자기 현기증이 밀려온다. 한·일간 첨예한 쟁점으로 대립의 열기가 고조되었던 양국의 독도 문제도 시간의 흐름 속에 그 열기가 차츰 식으면서 해모수도 복서로서 두 차례의 방어전을 치르는 등 세계 진출을 위한 본연의 일에 열중하여 왔고 그런 와중에 평생의 반려자를 만나 사랑의 열정을 쏟아 내면서 자연스럽게 기억의 뇌리를 벗어나 있던 '히데오'란 3음절의 이름이 불현듯 해모수를 전율의 긴장으로 몰고 간다.

전화기를 내려놓는 왼손에 힘이 빠지고 머리는 텅 빈 진공 상태를 체감한다.

"한국인이면서 히데오의 친구임을 밝혀 나를 만나자는 저의가 무엇일까?"

한참 동안 침대를 벗어나지 못하며 전화 주인공의 정체와 의중을 헤아려 보던 해모수는 무언가 심상치 않은 일이 일어날 것 같은 불쾌감을 애써 지우며 러닝 복을 챙겨 방을 나선다.

"만나 보면 알겠지!"

마음을 가볍게 정리하면서 운동화를 신는 해모수가 새벽을 바라보는 눈에 기운을 북돋운다. 겨울의 새벽은 팔공산에서와 같이 차가운 기운으로 엄습하고 해모수는 냉기를 쫓아 체온의 워엄 업을 위해 남산을 달린다.

2

해모수가 체육관을 들어서자 훈련 중이던 후배들의 모습이 평소와 다르게 다소 들뜬 표정을 지으며 산만한 분위기를 자아낸다.

"훈련들 제대로 안할 거야?!"

체육관 안이 떠나갈 듯 불호령을 치는 선배를 확인한 후배들이 일제히 깍듯이 인사를 한다.

"안녕하십니까?!"

해모수의 시합 때면 항상 링 주위에서 뒷바라지를 아끼지 않던 후배한 명이 쫓아 와 상기된 얼굴로 소리 지른다.

"형님! 세계 타이틀전이 성사되었답니다!"

"그래?"

"예, 형님. 축하드립니다."

후배가 고개 숙이며 인사하자 주위의 다른 후배들이 일제히 박수를 치며 축하의 말을 재창한다.

"축하드립니다, 선배님!!"

"이 녀석들이 벨트도 따기 전에…."

"당연히 선배님 것 아닙니까! 그것도 1라운드 KO승으로요!"

멋쩍은 표정을 짓는 해모수에게 후배가 당연하다는 표정으로 단정을 한다. 바깥의 소란을 의식한 듯 관장실 문이 열리면서 협보가 나온나.

"해모수, 들온나. 관장님이 기다리신데이. 너거뜰 훈련 똑바로 안할끼야?"

둘러보던 협보가 상황을 파악하고 후배들을 다그치면서 해모수를 불러들인다.

들뜬 후배들을 뒤로 하고 해모수는 협보의 손짓을 받아 관장실로 들어간다.

"어서 오너라."

해모수를 맞이하는 유 관장의 표정이 상기되면서 소리가 커진다.

"해모수, 봅 애럼이 시합을 받아 들였다. 석달 후 라스베이거스에서 시합을 하자는구나."

"예? 그렇습니까?"

"그래, 이제 훈련에만 열중해야 한다. 이런 기회를 위해서 3년 동안 인고한 네 세월을 생각하고, 응?"

"알았습니다, 관장님!"

여느 때보다 해모수의 목소리가 시원시원하다. 벽시계를 바라보는 해모수가 미지의 사내를 떠올린다.

"누굴까?"

저녁 무렵의 약속 시간까지는 충분한 훈련 시간이 있음을 확인하고 해모수는 탈의실을 향해 나간다. 스트레칭과 줄넘기로 몸을 풀고 가벼운 웨이트 트레이닝으로 근육과 심폐 기능을 호흡시킨 후 섀도우 복싱과 샌드백 두드리기에 전력을 쏟아 부은 해모수가 비 오듯 흘러내리는 땀을 글러브 위 소매로 훔치며 링 위를 올라간다. 경량급 후배 3명과 5라운드씩 15라운드를 스파링한 해모수는 5명의 중량급 선수를 1라운드씩 5라운드 소화해 내며 20라운드를 거뜬하게 해치운다.

훈련이 끝날 무렵 소식을 전해들은 김 기자가 취재진을 대동해서 체육관을 들이닥친다.

3

"어서 오세요, 해모수 씨죠?"

서울 도심을 벗어나 한적한 교외의 전원 카페를 찾아 들어간 해모수가 시력에 큰 부담이 되지 않는 조도(照度)의 실내를 일견 쭉 훑어본다. 입구에 선 그를 카페 주인인 듯한 젊은 여인이 카운터에서 일어나 정중히 물어 온다.

"예, 그렇습니다."

"장 박사님이 기다리고 계십니다."

"장 박사?"

"네, 안채에서 기다리십니다."

해모수는 장 박사라는 여주인의 말을 새기며 그녀의 뒤를 쫓아 안채를 들어선다. 전통 한옥의 기와집 구조로 되어 있는 안채는 아늑한 고풍의 정취를 자아내어 격조 높은 자태를 한껏 뽐내며 해모수를 맞이한다.

"박사님, 해모수 씨가 오셨습니다."

"예, 들어 오십시요."

여인의 말을 받아 닫힌 방문 틈새로부터 맑고 굵은 젊은 남자의 목소리가 들려온다. 새벽 녘 전화선을 타고 해모수의 뇌를 흔들어 놓은 바로 그 목소리이다. 문을 열고 방 안으로 안내하는 여인의 뒤를 따라 해모수가 들어서니 자리에서 일어난 장 박사가 밝은 미소를 지으며 해모수를 환대한다.

"어서 오십시요, 해모수 씨."

건강한 웃음으로 맞이하는 사내의 첫 인상이 낯설지 않은 인상으로 다가온다. 미남형의 얼굴에 해모수보다는 조금 왜소해 보이지만 해모수와 같은 눈높이의 그는, 검은 색 양복의 벌어진 어깨로부터 아래로 드리워진 멋진 몸매가 운동으로 단련된 분위기를 여실히 드러낸다.

"어머! 박사님과 배 선생님이 너무 닮으셨어요! 모르는 사람이 보면 형제인줄 알겠어요!"

"그렇게 보입니까? 그렇다면 제가 영광인데요? 하하."

장 박사가 시원한 웃음을 지으면서 싱그러운 눈빛을 해모수에게 보낸다.

가벼운 목례로써 장 박사의 인사에 답례한 해모수에게 장 박사가 손을 내밀어 악수를 청한다.

"장한금이라고 합니다."

"해모수입니다."

해모수와 악수로써 수인사를 나눈 장 박사가 자신의 신분을 밝힌다.

"대통령을 모시고 있습니다."

상대의 신분을 들으면서 해모수는 자못 의아한 시선을 한금의 동공에 고정한다.

"저에게는 무슨 용무로 만나자고 하셨습니까?"

히데오에 관해 묻고 싶은 생각이 굴뚝같았지만 급한 마음을 쓸어내리며 의례의 질문을 한다.

"하하, 마음도 급하십니다. 그래요, 그럼 우리 식사라도 하면서 이야기를 나누도록 합시다."

해모수의 질문에 가벼운 우회성 대답과 함께 호의의 정감을 은근히 담은 눈길을 전하는 한금이 상대의 매듭진 마음의 끈을 풀어 주며 방 안 공기를 여유롭게 풀어 나간다.

"마담, 식사 들여오시지요. 반주를 겸해서 동동주도 잊지 마시고. 하하."

"네, 알겠습니다."

카페 여주인이 깍듯한 인사를 하고 나가자 한금이 양해를 구하듯 웃으면서 말한다.

"제가 미리 식사를 시켜 놓았습니다."

해모수가 가볍게 고개를 끄덕이며 수용의 뜻을 전하자 한금이 흔쾌한 웃음을 보이며 인사를 이어간다.

"해모수 씨는 저를 잘 모르시겠지만 저는 해모수 씨를 잘 알고 있습니다. 복서로서의 명성이야 당연한 것이고 독도문제와 관련하여 일본 총리와 대치한 무용담은 모르는 사람이 없지요. 저도 그 소식을 듣고 해모수 씨에 대하여 경의감이 들지 않을 수 없더군요."

상대의 공치사를 가벼운 눈빛으로 받아들이면서 해모수는 정좌하여 여전히 긴장을 늦추지 않는다. 상대의 심리와 무관하게 한금이 말의 무게를 같이 하여 계속 이어간다.

"특히 대통령께서 해모수 씨와의 접견을 말씀하시며 큰 기대를 하시더군요. 한반도 정세와 핵문제에 관한 해모수 씨의 관점은 탁월하다고 말입니다."

한금이 대통령을 언급하여 대통령과의 면담 내용을 말하자 해모수는 자신의 긴장감이 불시에 무너지는 것을 느낀다.

그리고 그로부터 차츰 낯익은 느낌이 들기 시작한다. 두 사람의 안면이 조금씩 트여가는 사이에 방문이 열리며 준비된 음식이 들어온다. 구수한 국내음이 방안 가득 채우자 구미가 당기는 듯, 한 모금 침을 삼킨 한금이 음식 예찬론을 편다.

"겨울 요리로는 꿩 요리를 따를 게 없죠. 부드러운 고깃살을 야채가 듬뿍 담긴 탕국에 살짝 데쳐 먹으면 그 맛을 비할 데가 없답니다. 하하하."

"그렇습니까?"

한금의 요리 강좌를 듣던 해모수는 언젠가 어느 잡지에서 읽은 한금의 기사를 불현듯 떠올린다.

"재미교포 천재 소년, 하버드 대학교 최연소 졸업."

당시 그 일은 한국인의 뛰어난 능력을 세계에 선 보인 쾌거라 하여 오랫동안 인구에 회자되었었다. 그 뿐만 아니라 그가 하버드 대학교에서 두 개의 박사 학위를 취득한 사실은 최근의 일이라 더욱 잘 기억하고 있다.

"해모수 씨, 운동은 잘 돼 갑니까?"

"예."

간단한 대답과 함께 기사에 대한 기억을 되새기면서 해모수가 한금을 새롭게 바라본다. 그는 공부뿐만 아니라 스포츠에서도 만능의 재능을 발휘하여 미식축구, 야구 등 단체 운동은 물론 육상, 수영 등 개인 종목에서도 발군의 실력을 발휘해 전미 대학 선수권을 석권하는 등 우수한 성적을 거둬 수많은 프로 구단들의 스카우트 제의와 유력한 스포츠 업체들로부터 스폰서 제의를 받고 있다고 했다.

"세계 타이틀전은 일정이 잡혔는가요?"

"예, 몇 달 후면 시합이 있습니다."

"그래요? 어디서 합니까? 미국인가요?"

"예, 그렇습니다."

"챔피언이 만만치 않겠던데요? 전승 무패에다 관록이 대단한 걸로 봐서."

말끝을 흐리는 한금의 입술을 느끼며 해모수가 조금 놀란 눈빛으로 그를 바라본다.

"하하, 저도 스포츠 마니아인지라 복싱에 관심이 좀 있습니다. 한때는 아마추어 선수 생활도 한 적이 있었죠."

다른 운동과 달리 한금은 투기 종목으로써 복싱을 한 적이 있는데 외국 생활, 특히 신체 조건이 월등한 서양인과의 생활에서 한 가지 투기 종목은 꼭 필요하다고 생각하였다. 그래서 그는 조국에서의 대학 시절 익혀 두었던 복싱을 하버드대 신입생 시절 몰두한 적이 있는데 신체와 체력 조건이 충분했던 그로서는 기량이 일취월장하여 1년이 지나기 전에 이미 주(州) 대표가 되어 있었다.

"예, 기사를 본 기억이 납니다. 스포츠가 만능이라고 하더군요."

"하하, 과찬입니다. 프로페셔널인 해모수 씨 앞에서야 어디, 하하."

팔을 내젓는 한금의 눈빛이 겸손하게 빛나고 해모수는 그의 내부에 숨어 있는 기력을 감지한다.

"거기에다가 학문까지 최고이시니 미국 사회가 지향하는 최고의 이상형이시군요?"

한금이 겸연쩍은 미소를 짓는 사이 해모수의 말이 이어진다.

"언어학과 철학은 어떤 관련성이 있는 겁니까?"

지난 날 주경이 언어학과 철학의 관련성을 언급한 것이 문득 떠오른 해모수가 궁금한 표정으로 한금에게 묻는다. 자신의 전공과 관련된 질문을 하자 한금이 작은 웃음을 띠며 대답한다.

"관련성을 갖지 않는 학문은 없다고 생각합니다. 다만, 제가 두 학문을 전공한 이유는 제 개인적으로 두 학문을 통하여 제가 갖고 있는 이상을 구현하고자 하여 전공하였던 것입니다. 굳이 말씀드리자면, 언어학을 궁구하다 보면 철학적 도움을 반드시 필요로 한다는 사실을 느끼게 된다는 것입니다."

"그렇군요!"

"철학에 못지않게 역사, 문화 등 전체적인 인문 지식을 필요로 하죠. 언어의 자취를 좇다보면 어느새 자신이 역사를 연구하고 있음을 깨닫게 되는 것과 같은 거죠."

해모수의 수긍을 이끌어낸 한금이 문득 생각난 듯 정색하여 해모수를 바라본다.

"해모수 씨!"

해모수가 의아한 눈빛을 보낸다.

"일본이 독도를 이름 지어 부르는 다케시마는 언어학적으로 접근해 보면 결국 대한민국의 섬이라는 사실로 결론이 나 버립니다."

"!"

해모수가 깜짝 놀라 두 눈을 휘둥그레하여 한금을 바라본다.

"다케시마는 간단하게 말하여 단군의 섬이라는 뜻이 되고 낱말에 내포된 문화는 우리 한민족의 속성을 그대로 지니고 있죠."

"그렇습니까?!"

해모수가 여전히 놀라움에서 벗어나지 못한다.

"물론 일본이 단어에 내포된 의미를 알고 그렇게 명명하였다고는 볼 수 없습니다만, 이 단어 하나만으로도 그들의 문화가 우리 문화에 뿌리 깊게 종속되어 있다는 것을 알 수 있습니다."

해모수는 가슴속 깊이 웅어리져 있던 무엇인가가 쑥 내려가 속이 시원해짐을 통렬하게 느낀다.

"더 분명하게 말씀 드리자면, 일본은 고조선이고, 북부여이고, 동부여이며, 고구려임과 동시에 백제, 신라, 가야라는 사실입니다."

"???"

"그리고 우리의 문화 뿌리는 중국에도 그대로 이식되어 있음을 언어학적 고증을 통해 보면 알 수 있습니다."

"!"

한금의 간략한 몇 마디의 말이 체력과 정신력에 관한 한 뒤질 사람이 없다고 자타가 공인할 해모수의 가슴을 철렁이게 만들고, 또한 정신을 혼미하게 한다. 지난 날 세미나에서 한 주경의 이야기가 새삼스럽게 해모수의 뇌리에 머문다.

"그래, 이번에도 1라운드에 끝낼 겁니까?"

말을 바꾸어 던지는 한금의 질문에 해모수가 싱거운 미소를 지으며 자세를 고쳐 잡는다.

엄청난 금액을 제시하며 추파를 던지는 숱한 스포츠 구단과 스폰서의 제의에도 불구하고 모든 유혹을 떨치고 공부에 매진한 한금은, 박사 학위를 취득하기까지 정치, 경제 등 방대한 인문 사회적 지식을 접하면서 풍요로운 사상의 결정(結晶)을 이루게 된다. 사실 한금은 박사 과정을 모두 마칠 무렵 자신의 진로 문제에 대하여 깊은 생각을 하였고, 결국 이끌어 낸 결론이 작으나마 자신의 능력을 조국의 발전을 위해 바쳐야겠다고 결심한다. 후진국의 국민으로 태어나, 같은 인간으로서 선진국의 국민들이 누리는 삶을 경험도 못하고 살아가는 불우한 민족적 현실을 생각하면 한금 자신의 개인적 풍요의 삶이 부끄러웠던 것이다. 또한 선진국의 풍요로운 환경 속에서 조국이 물려준 재능을 개인적 욕망의 도구로 활용하여 비인간적 자아의 실현을 추구하는 편협적, 이기적, 외골수적인 천재적 삶을 떨쳐버린 것이다. 그렇게 해서 한금은 조국의 선진국 건설에 이바지하기 위해서는 전공과목과 관련, 자신의 두뇌를 인문 과학에 전념하는 것이 민족을 위한 최선의 삶이라고 판단하여 온 정열을 기울여 학업에 정진하였다. 한금의 학업이 결실을 맺음에 때 맞춰 새 대통령으로 취임한 젊은 지도자는 대한민국의 비전에 중추적 역할을 할 참모진용에 한금을 포진시켰고, 한금은 지금까지 국가사업에 정열을 바쳐온 터이다.

"챔피언이 되어서 꿈을 이루셔야지요?"

국가의 동량으로서 큰마음과 튼튼한 몸을 두루 겸비한 두 사람은 동지적 마음을 확인하는 기쁨을 가누지 못하여 반가움이 넘쳐흐른다.

"해모수 씨!"

LPG가스의 푸른 불꽃이 바람 소리를 내면서 재촉하여, 펄펄 끓는 탕국이 수증기를 퍼 날리는 사이로 한금이 해모수를 바라보며 가라앉은 음성에 긴장을 전해 온다.

"히데오는 제 대학 동기입니다."

한금의 얘기에 해모수가 고개를 끄덕이며 한금을 쳐다본다. 일본의 명문 출신 청년 정치인과 친구가 되기 위해서는 동질 집단에서 동격의 지위로 어울렸을 것이고 한금이 히데오와 그런 동류의식을 가질 수 있는 집단이라면 학교뿐일 것이라고 생각했던 것이다.

"하버드 동기생이라 잘 알죠. 동아리 활동도 같이 했지요."

자신의 예상이 적중한 것을 확인하면서 해모수는 고개를 끄덕이며 수긍의 표시를 한다. 그리고 계속되는 한금의 이야기를 끊지 않으려는 듯 입을 다물고 줄곧 상대방을 바라보고 있다.

"반년쯤 전에도 그 친구를 만났는데, 동경에서였죠."

해모수의 눈동자가 서서히 빛을 발하면서 한금의 말에 귀를 곤두세우며 긴장감을 느끼기 시작한다.

"제가 외무 파트를 담당하고 있는데 그때 마침 대일 프로젝트를 기안하게 되면서 관련 정보 수집을 위해 3개월 예정으로 일본에 가게 되었죠."

해모수의 눈빛이 긴장을 더해 가고 한금도 그 마음을 아는지 한 호흡을 쉬면서 천정을 바라본다. 한금은 프로젝트의 완벽한 완성을 위해서는 객관적인 자료의 수집만으로는 부족하고 기안자 자신의 주관적인 체험을 통한 실상 파악이 중요하다고 생각하여 동경에 떨어진 것이다. 2개월 여 대사관과 재일 거류민단 등을 방문하여 공적으로 자료를 수집하고 사적으로는 여행자의 모습으로 일본 전역을 돌면서 그들의 민정(民情)을 살피는데 여념이 없었다. 거의 업무가 끝날 무렵 동경으로 돌아온 한금은 히데오를 기억하고 그를 찾은 것이다.

"혹시 프로젝트가 히데오와 연관이라도 있습니까?"

해모수가 처음으로 한금의 말을 가로막고 나섰다.

"하하, 해모수 씨. 운동 신경만큼이나 날카로운 질문이군요?!"

한금이 해모수의 질문을 기꺼워하며 흐뭇한 미소의 다음으로 대답을 이어 나간다.

"물론 그렇습니다."

대통령의 지시로 프로젝트 기안을 하게 된 한금은 정부의 대일 정책에 활용할 목적으로 일본인들의 대한(對韓) 국민 정서를 밝히고자 일본에 왔던 것이다. 해모수와 히모토의 독도 분쟁으로 불이 붙어 한일 양국의 감정 대립이 첨예하게 맞서던 시기였던지라 당시의 일시적인 국민 정서는 물론이고 서민 깊숙이 내재된 민족 정서의 확인이 보다 더 중요하였기 때문에 일본 열도의 여행까지 일정에 넣었던 것이다. 어느 나라 어느 민족을 막론하고 지배적 민중 의식은 국가와 민족, 제도의 이념이나 사상을 초월한 소박한 현실 안주적 삶의 추구에 있음을 한금은 일본 국민을 통해서도 알 수 있었다. 전체적인 서민의 모습은 그러했으나 내심 우려되는 것이 일본 청년들의 무지한 대한관(對韓觀)이라고 한금은 생각했다.

일본 정부의 의도적인 역사 왜곡에도 문제가 있겠지만 물질문화에 젖어 개인주의적 사고에 물든 그들로서는 국가 의식이 희박한 것이 당연하다 할 것이다. 그 점에 있어서는 현실의 우리나라 청소년도 크게 다를 바 없지만 과거 제국주의적 침략의 경험이 많은 그들의 본성을 볼 때, 만약 세계가 다시 제국주의적 분위기에 휩싸인다던지 한일 간 국지전의 상황이라도 초래한다면 자아가 상실된 그들에게 맹목적 극우주의의 주입은 황혼(皇魂)에 세뇌된 가미가제식 군사 정신의 부활을 예고하는 불행의 전주임이 명백하기 때문이다. 민심을 확인한 한금이 동경으로 와서 귀국하기 전 마지막으로 히데오를 만난 것은 한일 감정의 원인 제공자인 그의 아버지 히모토의 향후 행보와 차세대 일본 정치의 선두 주자인 청년 정객의 의중을 알아보고자 함이 컸기 때문이다. 그럼으로써 당금(當今)의 대한 정책을 촌탁(忖度)이라도 할 수 있을까 하는 기대 심리가 내재해 있었던 것이다.

"히데오는 저도 만난 적이 있습니다."

"그렇습니까?"

"예, 지난 번 일본에서 동양 타이틀을 차지하고 돌아오기 전에 제 숙소를 찾아왔더군요."

"그래, 무슨 얘기를 나누었나요?"

"저와 히모토의 독도 분쟁이 주요 화제였죠. 그것이 국가와 민족의 이념적인 문제로까지 확대되었는데 편견이 꽤 심한 사람이더군요."

해모수의 말을 듣던 한금이 잠깐 눈을 감으며 유학 시절의 히데오를 떠올린다.

"내성적이고 소극적인 녀석이었는데…. 제 아버지의 뒤를 잇기 위해 무던히도 애를 쓴 게로군."

이어서 변태의 극을 달리던 히데오의 성 도착적 행위를 떠올리는 한금의 인상이 이내 어두워진다. 완성되지 않은 인격의 표현은 비정상의 과격함으로 나타나고, 그것이 테러리즘으로 화(化)하면 국가 간에 있어서는 영웅주의적 도발의 불행을 야기할 수도 있기 때문이다.

4

"제가 해모수 씨를 만나자고 한 이유는…."

한금이 정색을 하여 해모수를 바라본다. 어느덧 그의 시선에는 비장함이 서려 상대방의 감정까지 장악해서 동화시켜 버린다. 이제 본론으로 들어가는 한금을 바라보는 해모수도 담담한 마음에 이는 파장을 느끼며 가슴을 두텁게 한다.

"일본의 비공식 정책 수행 과정에서 심각한 동정이 포착되고 있습니다."

무겁게 떼어 내는 한금의 말을 듣던 해모수의 눈빛이 섬광을 뿜어내고 근육에 경련이 인다.

"최근 재일 교포 사회에서 마약과 살인이 빈번하게 일어나고 있는데 조사한 바로는 야쿠자의 움직임과 관련이 있다는 것입니다. 특히 한국인 여성 접대부들 사이에 마약이 횡행하고 있으며 그들은 곧 죽음으로 이어진다는 것입니다. 그들뿐만 아니라 교포 사회의 지도자급에 있는 인사 몇 분이 의문의 죽음을 당했다는 것이지요."

해모수는 한금의 말이 끝날 때까지 입술을 굳게 다문 채 상대방의 말에 주의를 집중하고 있다.

"마약과 한인 여성의 경우 야쿠자의 움직임이 포착되었고 교포 지도자들의 죽음은 일본인 보수 극우파와 닌자의 소행임이 조사 결과 거의 밝혀졌습니다."

"그렇다면 일본 정부와는 상관이 없는 것 아닙니까?"

해모수가 더 이상 참을 수가 없었던 듯 핵심을 잡아 자신의 존재를 확인시킨다.

"물론 일본 정부의 사주라고 말할 수는 없습니다. 제가 그렇게 말씀 드린 것은 그들의 뒤에 일본 정계를 움직일 수 있는 거대한 힘이 배경으로 존재한다는 것이지요."

해모수의 눈이 휘둥그레진다.

"그게 누구죠?"

한금의 눈과 마주친 해모수가 무엇을 느낀 듯 심호흡과 함께 의혹의 단어를 내뱉는다.

"혹시?"

감정 섞인 언어의 무게는 누구인지 알고 있다는 뜻이다. 한금이 고개를 끄덕이며 천천히 대답한다.

"히모토!"

가슴 속으로부터 분노의 용암이라도 터져 나올 것 같다.

"그렇소. 기획은 아들이, 지휘는 아버지가 수행한 완벽한 부자 2원 체제로서 일본의 행동을 대신한 거지요."

한금이 일본 체류 기간 동안은 히테오로부터 그런 계획을 감지하지 못했었다. 다만, 게이샤를 학대하던 변태적 행동의 원인은 무언가 내재적으로 쌓인 울화를 정화시키고자 간구하는 모습이었다.

"그들 부자가 사주한 증거라도 있습니까?"

"히모토 부자 주변에 우리 요원들이 붙어 있습니다. 그들의 활동을 확인할 수 있는 곳에서 자연스럽게 활동하고 있죠."

그들은 일본인일 수도, 재일 교포일 수도, 혹은 특수 훈련된 국가 요원일 수도 있다. 그러므로 더 이상의 질문은 그들의 비밀보장 상 한금을 곤란하게 만들 뿐이다.

"더 중요한 것이 그들 조직의 마수가 국내로 들어오고 있다는 정보입니다."

히모토 부자의 거명(擧名)만으로 극도의 긴장과 분노를 느낀 해모수는 한금의 말들을 그저 담담하게 들을 뿐이다. 히모토란 이름을 되씹으며….

"이미 마약은 부산, 경남 지역에 들어와서 유흥업소를 잠식하기 시작했고 일본의 상황을 예상한다면 곧 이어 닌자의 상륙을 예상할 수 있죠."

"그럼 국내에서 테러와 살인을 자행한다는 얘기입니까?"

"그렇습니다."

"야쿠자 조직의 실체는 확인되었습니까?"

"예, 일본 최대 조직인 무사시 파가 히모토의 선봉에 서 있습니다. 야쿠자를 관할하는 무사시와 닌자 조직의 보스로서 무사시의 오른팔인 이찌로가 직접 지휘하고 있죠."

"그렇다면 그들 조직원들의 입국을 통제하면 되지 않습니까?"

"그게 그렇지 않습니다. 그들 조직은 그전부터 국내에 세(勢) 확장을 해 놓았고 더 중요한 것이 국내 조직과의 연계가 돈독하다는 것이지요."

"?"

한금을 바라보는 해모수의 동공에 궁금증 치유를 원하는 간절한 언어가 실려 있다.

"국내 최대 조직인 야월파가 무사시 파의 한국 지부격이라고 할 수 있죠. 야월파 보스인 양화치는 그의 오른 팔인 구세귀와 수년 전에 도일하여 무사시에게 단지(斷指)로써 충성을 맹세하였죠. 그 후 그들은 무사시 파의 해외 사업에 국내 지부로서의 역할을 충실히 해 내고 있습니다."

해모수의 눈빛이 가늘게 떨린다.

'거리의 건달이라 할지라도 최소한의 애국심과 자존심은 있어야 하거늘.'

"정부의 대책이 있습니까? 어떻게든 방안은 있어야 할 것 아닙니까?" 마치 대 정부 질문을 하는 국회의원의 모습으로 임하는 해모수의 의연한 질문 태도는, 나랏일을 하면서 겪은 정 관계 인사들의 개인적 야욕의 오염된 공기를 뒤집어쓰고 사는 한금에게 상큼한 희열을 자아내게 한다. 나랏일을 하면서 학창시절에 품은 신선하고 풋풋한 꿈의 실현이 권력 집착의 흑심으로 가득 찬 정 관계 인사들의 검은 야망으로 무너져 내리는 쓰라림을 경험한 한금은 현실과 이상의 괴리를 아득한 절망으로 느꼈었다. 나랏일에 회의를 품으면서 한금은 다시금 학문의 세계에 강한 열망을 품고 도미를 준비한다. 그 와중에 독도 사건이 발발하면서 대통령이 직접 한금에게 〈향후 대일 대처 방안〉에 관한 기획안 제출을 지시하여 오늘에 이른 것이다.

"물론 정부의 대처 방안은 있습니다."

가벼운 대답과 달리 한금의 눈빛이 무겁다.

"해모수 씨!"

말투가 심각하고 무겁게 들려온다.

"테러를 조심하십시오."

뜻밖의 화제를 내어놓는 한금을 해모수가 의아하게 쳐다본다. 해모수를 거론할 때 술에 취한 히데오의 일그러진 얼굴을 한금은 또렷하게 기억하고 있다. 그래서 지금의 한일관계를 살펴볼 때 고려하지 않을 수 없는 일이어서 한금은 초면에도 불구하고 주의를 당부하는 것이다.

"지금 공안 기관에서 총력을 기울여 집중하고 있으니까 조만간에 결과가 나올 겁니다. 그 동안이라도 조심하십시오."

"알겠습니다. 연락 주셔서 고맙습니다."

지난 날 북한산에서 당한 괴한들의 피습 기억이, 장한금과 헤어져 집으로 향하는 해모수의 뇌리를 한동안 맴돈다.

5

[한국 체류 일본인 야쿠자 추방!!! 국내 최대 폭력 조직 야월파 붕괴!!!!]

석간신문을 집어든 해모수의 두 눈에 사회면의 굵은 활자가 시선을 끈다.

"마약 밀수 사건과 관련, 검찰은 국내 최대 폭력 조직인 야월파 두목 양화치와 부두목 구세귀, 행동대장 조팔안을 긴급 구속하고 마약 관련자 전원을 구속 및 지명수배했다. 한편 야월파와 연계를 맺고 있는 일본 야쿠자 조직인 무사시 파의 조직원 전원을 국외로 추방하여 악의 근원을 뿌리째 제거했다. 이는 사회 정화를 강조하는 정부의 대범죄 강력 대응 조치로써."

"만나서 대화를 나눈 지 불과 사흘 만에 독버섯 같은 폭력 조직을 와해시키다니 국가의 공권력이 대단하긴 하구나! 물론 그전부터 그들의 행적을 일일이 추적하여 체포에 만전을 기했겠지만!"

해모수는 그 며칠 동안 한금의 충고로 때와 곳을 가려 몸조심했던 생각을 떠올리면서 잠시나마 구속으로부터의 탈출을 다행스럽게 생각한다. 그리고 이내 당면한 자신의 세계 타이틀전으로 초점을 옮겨간다. 챔피언의 시합 녹화 테이프를 지켜보면서 해모수는 챔프를 전형적인 아웃복서로 규정하지만 스태미너와 파이팅은 여느 인파이터도 혀를 내두를 정도의 파이터로 평가한다. 푸트 워크와 펀치의 스피드는 물론 허리의 유연함과 스탠스의 안정을 기반으로 자유자재의 각도에서 뿜어져 나오는 다양한 펀치는 중반을 지나면서 체력이 떨어진 상대의 미세한 가드의 흐트러짐 사이를 비집고 들어가 쏟아 붓는 가공할 연타 세례를 보면 웬만한 일급 선수들이 샌드백을 두드리는 것보다 더 높은 정확도를 자랑한다. 이토록 완벽한 조건을 갖춘 선수가 레너드, 타이슨, 골든 보이 등과 어깨를 겨룰 초 일류급 선수가 되지 못하는 것이 다른 조건에 떨어지는 펀치력의 열세와 그에 따른 지나친 안전 운행 스타일이다. 모든 시합에서 그의 파이팅은 중반 이후에 두드러지고 강 펀처이면서 스태미너라도 뛰어난 선수를 만나면 득점 위주의 전형적인 아마추어 선수가 되는 약점을 드러내게 되는데 그것이 바로 그의 최고 흥행을 가로 막는 요인인 것이다. 그러나 42전 42승 35 KO를 기록 중인 그가 13차 방어를 치루어 낸 지금 83퍼센트에 이르는 그의 KO 율은 정상급 선수들과의 세계 타이틀전만으로 50%를 기록한 KO 승부를 제외하면 챔프가 되기 전의 전적은 28전 28승 28 KO의 가공할 주먹의 소유자였다. 정확한 가격과 스피드로 이루어진 그의 주먹 앞에 정상 가도를 막고 있던 선수들의 기량과 주먹은 챔프의 번개 주먹 앞에 제물일 수밖에 없었다.

"도널드 커리가 과연 나를 어떻게 평가하고 있을까?"

챔피언이 해모수를 정치적인 바람을 등에 업은 그저 주먹 좀 쓰는 풋내기로만 평가한다면 시합은 순조롭게 풀 수가 있다. 반면에 가토와의 승부에서 내 진면목을 파악하였다면 경기의 매듭을 푸는 것이 쉽지 않을 것이다. 해모수는 대(對) 가토 전에서 세계의 주목을 받은 그 시합에서 비록 1라운드 승부였지만 복서로서 자신의 존재를 부각시키기 위해 최대한 환상의 기량을 선보였고 그래서 흥행 가능성을 파악한 봅 애럼이 손짓을 하였다. 그러나 비록 봅 애럼이 해모수의 기량을 인정하였다고 하더라도 문제는 당사자의 평가가 중요하고 커리는 관록의 챔피언으로서 그의 자존심이 아마 평가의 잣대가 될 것이라고 도전자는 생각한다.

가토 전에서의 주문과 달리 유 관장이 이번에는 초반 승부를 조심스럽게 제의했고 해모수도 긍정을 표하였었다. 유 관장이야 매니저로서 그때그때의 승부에 심혈을 기울여 상대의 전력을 탐색하여 시합 전략을 계획하지만 해모수의 전략과 전술은 상대의 구별 없이 항상 1라운드 KO 승이었다.

제 10 장

독도왜란

하나, **예비음모**

1

"이찌로, 준비는 잘되어 가는가?"

"그렇습니다, 보스."

"이번 일이 우리 사업의 성공 여부를 판가름하는 최대 관건이 될 걸세. 또한 대 일본국의 황혼(皇魂)이 다시 용틀임을 하는 계기가 될 거야."

야쿠자라는 사회적 오염 지대를 주도하는 자로서 후자의 말은 스스로 생각해도 어색한 듯 머쓱한 표정으로 얼버무린다.

"2차 대전 당시의 애국혼, 가미가제 정신을 충분히 주입해서 그들의 행동이 국가를 위한 의로운 일임을 충분히 주입시키도록 하게"

"잘 알고 있습니다. 그들도 애국의 기회를 얻은 행복감과 사무라이 정신 부활의 선봉에 선 자부심으로 결전의 날만을 기다리고 있는 중입니다."

무사시가 눈을 내리 깔고 천천히 고개를 끄덕인다.

"히모토 부자의 관심이 보통 큰 게 아닐세. 히데오와 야마시타의 성화가 대단해. 이 무사시가 피곤할 정도야"

"제 수하들 중에서 최고 독종들입니다. 걱정 안하셔도 될 겁니다."

"애들 가족의 뒷바라지는 확실히 보장해 주었지?"

"예, 보스."

"그리고 이번에 한국에서 돌아 온 애들은 잘 쉬고 있는가?"

"예, 보스. 푹 쉬도록 휴가를 주었습니다."

"한국 정부가 눈치를 챈 모양이야. 제기랄, 윗대가리 몇 놈을 잡았어야 히모토 선생의 신임이 두터워졌을 텐데."

무사시의 눈빛이 순간 독기를 뿜어낸다.

"양화치란 놈, 일을 이 따위로 처리하다니! 애초에 그 놈을 믿은 게 잘못이었어!"

무사시의 얼굴이 일그러지고 심복 이찌로는 묵묵히 보스의 불평을 듣고 있을 뿐이다.

대한민국 본토 사업이 좌절된 만큼 이번 사업에는 모든 것을 걸고 수행해야 돼! 이찌로 알겠나?"

"보스, 걱정 마십시오."

마약 사업의 한국 진출 실패와 조직원들의 축출로 한국 요인 테러가 좌절된 야쿠자 보스는 그의 오른팔과 향후 사업 수행을 숙의하고 있다.

둘, 야쿠자의 난

1

야쿠자의 어느 지부, 음힘한 지하실에 한 명의 중간 보스 앞에서 여러 명의 부하들이 고개 떨구고 기합을 받고 있다.

"빠가야로!"

이찌로가 화를 내며 부하 두 명의 무릎 아래를 세차게 까 날린다. 두 명이 털퍽 쓰러지더니 곧장 일어서 차렷 자세로 돌아온다.

"이찌구마!"

"하이!"

"이찌도라!"

"하잇!"

이찌로의 불같은 호명에 부하들이 긴장된 눈빛으로 대답한다.

"너희들, 이렇게밖에 못하는 놈들이야?"

어찌할 줄 몰라 부들부들 떨고 있는 부하들의 몸으로 몽둥이가 날아든다. 가까스로 일어서는 부하들의 얼굴이 두목의 주먹질에 뭉개져 버린다.

"대 일본국의 야쿠자가 경비원 몇 명뿐인 섬을 접수하지 못하다니…"

두목의 분노가 사그라지지 않는다.

2

일요일 오후 해모수와 주경은 교외(郊外) 드라이브를 갈 목적으로 둘만의 데이트를 약속했다가 한금의 급박한 전화로 계획을 포기해야 했다.

"독도에 침입한 일본 민간인 극우 주의자 10명이 동도 입항을 거부, 저지하는 독도 경비대의 공포 사격을 받으면서 서도와 서도 주변의 작은 암초에 상륙하여 할복자살하는 사건이 발생하였습니다."

"뭐라고요?!"

해모수와 주경이 동시에 경악하여 한금을 바라본다.

"오늘 새벽, 어둠을 타고 들어온 소형 어선 한 척이 동도를 향하여 오는 것을 근무 중이던 경비 대원이 포착하였죠. 간첩선으로 오인한 경비 대원들은 어선이 사정거리 안에 들어올 때까지 사격 준비를 하고 있었는데 야간 망원경을 들고 주시하는 경비대장의 시야에 하얀 깃발과 플래카드가 배 위로 올라오는 거예요."

한 호흡을 가누던 한금이 해모수와 주경의 놀라운 시선을 보며 지체 없이 뒷말을 이어간다.

"일장기와 함께 '대 일본국 다케시마'라는 플래카드를 들어 올리던 20명 안팎의 일본인들이 머리에 일장기가 그려진 흰 두건을 두른 채 확성기를 통해 구호를 외쳐대는 겁니다."

분노의 성정(性情)을 참는 듯 귀밑 턱뼈를 드러내며 두 눈을 감는 해모수를 바라보면서 주경이 우려 섞인 목소리로 다그쳐 묻는다.

"무슨 구호를요? 그래서 어떻게 되었죠?"

"대 일본국 시마네현 다케시마! 바가야로, 조선은 천황의 땅 다케시마에서 물러나라!"

다급하게 묻는 해모수를 잠시 바라보던 한금이 상황 설명을 계속한다.

"독도가 일본령이라고 한참을 소란 피우다가 다시 배를 타고 접안 부두를 향해 다가오는 겁니다. 이에 대응한 경비대가 부두로 내려와 공포 사격과 함께 그들의 입항을 강경하게 저지하자 배가 뒤로 물러나더랍니다. 그래서 경비대는 그들이 철수하는 걸로 판단하고 영해 밖으로 쫓아 버리고자 경비선을 몰아 어선을 추격하는데 귀환하는 줄 알았던 어선이 이번엔 곧장 서도로 가더랍니다. 그래서 비상 사이렌을 울리며 공포 사격으로 추격하는데 배 안에 있던 10여 명의 일본인들이 갑자기 바다로 뛰어 들더니 서도와 서도 주변의 암초에 올라서는…."

"그래서 어떻게 됐습니까?"

한금이 한숨 돌리는 휴지를 기다리지 못하고 해모수가 다그쳐 묻는다. 해모수는 한금의 독도 사건에 관한 소식과 함께 떠오르는 히모토 부자의 두 얼굴이 독도와 한 세트가 되어 떠오르는 영상에 심한 불쾌감을 느낀다.

"경비선이 쫓아가서 어선을 나포하여 그들을 무장해제 시키고, 섬과 암초에 상륙한 일본인들에게 승선을 명령하였죠. 그러자 일본인들이 자리에 꿇어 앉더니 갑자기 상의를 걷어 올려 허연 배를 드러내고는 손에 들고 있던 칼로 곧장 배를 찔러 할복자살을 한 것입니다."

"대 일본국 만세! 천황폐하 만세!"

"배에 남아 있던 일본인들은 어떻게 되었습니까?"

해모수의 질문이 다급하게 이어진다.

"그들은 일본 당국에 연락을 해서 모두 인도되어 갔죠. 물론 시체

10구와 함께요."

"그럼, 이 문제와 관련하여 한국 정부와 일본 정부의 대응 태도는 어떻게 되는 겁니까? 입장 표명이 나왔습니까?"

"우리 정부가 비공식적이지만 사건 직후 강경한 태도로 그들의 사과를 요구하였습니다만, 그들의 태도는 사과보다는 자기 국민들의 죽음에 대한 유감 표명으로 일관하더랍니다."

"양국 정부는 자국 국민들에게 이 사건을 어떻게 설명하지요? 국민들이 이 사실을 알게 되면 양국 모두 국정에 엄청난 난기류의 영향을 겪게 될 텐데 말입니다. 일본 정부의 입장은 어떻던가요?"

"글쎄요, 양측 모두 현장 조사단을 파견하여 사건 현황을 파악하고 자국 정부에 보고가 된 걸로 알고 있습니다. 우리 측에서는 이 사건이 실종 사건 정도로 처리되어 잠시라도 국제관계에 악영향이 없기를 바라는 마음이지요. 일본 또한 이로 인한 양국 간의 관계 악화를 원치는 않는다고 보는데."

"글쎄요, 과연 그럴까요?"

사건의 개요를 파악한 듯 한금의 말에 이의를 제기하는 해모수의 눈빛이 분노 가득한 확신으로 반짝인다.

"무슨 말씀인가요?"

한금의 질문을 받은 해모수가 명쾌한 답을 재촉하는 두 사람의 의도에 개의치 않고 무거운 눈과 굳게 다문 입을 들어 천정을 주시한다.

"뻴릴리~뻴릴리~."

주경의 휴대폰이 정적 속의 분위기를 깬다.

"여보세요? 네~."

짧은 통화와 함께 휴대폰을 끄고 핸드백에 집어넣은 주경이 일어나며 해모수와 한금에게 양해를 구한다.

"방송국에서 긴급 호출이 왔군요."

세 사람의 눈빛이 번갈아 교차하며 공감대를 형성한다. 방송국에서도 독도 사건을 접수하여 외출 중인 주경을 긴급하게 소환하는 것이다. 주경이 둘만의 눈빛으로 인사하고 돌아선다.

"독도 프로젝트는 히모토 가문을 위한 그들의 작품이 분명합니다. 일본은 반드시 이 문제를 국내적, 국제적 사건으로 공론화, 여론화할 것이 분명합니다."

주경의 뒷모습을 순간의 아쉬움으로 가슴에 접은 해모수가 한금을 직시하며 본론을 이끌어 간다.

"그렇게 해서 자국에 도움이 될까요?"

"일단 대외적으로는 자신들의 독도에 대한 집착을 분명히 할 것이고, 대내적으로는 독도 사건을 통한 히모토 가문의 입지를 확보하려 하겠지요."

"그들의 배후에 히모토의 존재를 가정해 보지 않은 것은 아니지만…"

사실을 부정이라도 하고 싶은 한금이 설마 하는 눈빛을 감추지 않는다.

"정치판만큼 음모와 술수가 난무하는 곳이 또 있습니까? 게다가 일본인들의 민족성까지 감안한다면 그 정도의 예상은 충분히 가능하죠. 그리고 지난번 국내 마약 밀반입 사건의 배후도 히모토라면서요?"

"그랬죠."

"일본의 조직원으로부터 사건에 관한 보고가 없었나 보군요?"

"그렇습니다. 그들도 이 사건은 감지하지 못했나 봅니다. 지난번 사건으로 자체 보안이 강화되어 자료 수집이 어려워졌다는 보고는 있었죠."

침통한 표정으로 일관하던 한금의 눈동자가 해모수의 그것과 만나면서 히모토 부자를 향한 증오심을 두 배로 증폭시켜 나간다. 분위기를 전환시킬 듯이 한금이 차를 한 모금 마시면서 마음을 정리한다.

"사실은 해모수 씨에게 긴히 부탁드릴 말씀이 있습니다."

"?"

긴 시간의 대화가 이어지다가 청년들의 대화가 끝나더니 일어나 악수를 주고받는다.

"시합이 언제라고 했죠?"

"예, 2주 후에 열립니다."

"좋은 시합하고 만납시다. 그럼~."

3

"무사시 선생, 나 히데오입니다."

"하이, 히데오 상! 안녕하십니까?"

"이번 사건은 잘 수행하셨습니다."

"하하, 과찬의 말씀을요, 필사의 결사대를 조직했습니다만, 결과가 미진해서 부끄럽습니다."

"아니오. 그 정도면 됐습니다. 고생하셨으니 선생과 이찌로 씨는 좀 쉬고 계십시오. 아버님께서 아마 큰 상을 내리실 겁니다."

"알겠습니다, 히데오 상!"

전화를 끊은 히데오는 잔잔하게 이는 입가의 미소를, 가늘게 뜬 눈빛에 사악한 음흉함으로 가득 담아 전방을 응시한다.

"일은 터졌고 언론은 날마다 한일 문제를 특집으로 다루고 있다. 이제 국민적인 혐한 의식의 자연스런 고조와 연구소 산하 조직의 확장, 그리고 마지막으로 이 사건의 기획자인 나 히데오의 등장만이 남아 있다."

제 11 장

꿈의 실현

하나, 영광

1

"준영 씨, 무사히 다녀오셔야 해요. 건강하시고요."

"걱정 말아요, 주경 씨. 그 동안 잘 지내야 합니다."

김포 공항을 향하는 해모수에게 주경이 당부의 말을 재삼 전하자 그런 주경의 손을 잡은 해모수가 그녀의 안부를 오히려 걱정한다. 한 손을 떼어 그녀의 등 뒤로 가져간 해모수는 그녀를 자신의 품으로 천천히 당겨 넣는다. 걱정스런 눈망울이 동그랗게 흔들리는 주경의 눈을 마주하며 그의 입술이 가벼운 터치로 그녀의 이마에서 시작하여 눈과 코를 미끄러져 입술에 멈추면서 은근한 사랑을 눌러 전한다.

"주경 씨, 이번에 다녀오면 우리 결혼합시다. 이제는 더 이상 당신을 홀로 둘 수가 없습니다."

감동의 언어를 음절로 새겨들으면서 기쁨을 가누지 못하는 주경이 해모수의 품에 얼굴을 묻는다. 해모수의 강한 손길이 부드러운 열기로 승화하여 그녀의 가녀린 등을 어루만진다.

시합 일주일 전, 해모수 일행의 비행기가 김포 공항을 이륙한다. 복싱에 관한 세계의 열기를 한국으로 집중시키기 위한 야망의 제 일보를 미국으로 내딛는 도전자 진영은 다소 들뜬 감정과 긴장된 마음이 혼재되어 마음의 평정을 잡지 못하는 분위기이다. 옆 좌석에서 시트 등받이에 푹 파묻혀 지그시 눈을 감고 있는 유 관장을 바라보던 해모수는 지금 유 관장의 머리가 얼마나 복잡하게 얽혀 돌아가고 있는지를 잘 알고 있다. 유 관장은 타이틀전의 전략과 전술, 타이틀 획득 후의 향후 행보 등 복잡하고 어지러운 마음을 눈이라도 감아 냉정해 지고자 노력한다. 유 관장으로부터 시선을 거두는 해모수가 기창(機窓) 밖 푸른 하늘을 바라보며 맑아지는 정신을 가다듬는다.

"커리와 히모토!"

두 명의 적을 떠올리던 해모수는 히모토로 인해 끓어오르는 적대적 불쾌감을 없애 버리고자 의식적으로 그들을 지워 버린다. 그리고 약혼녀인 주경을 떠올리는 해모수의 입가로 잔잔한 미소가 머물러 맴돈다.

"사랑과 야망!"

"나는 그들 중 어떤 것도 놓칠 수 없다."

의지의 눈빛을 강하게 발산하던 해모수의 동공이 문득 곤혹의 눈망울로 바뀌면서 고개를 잠깐 갸웃거린다. 눈동자의 흔들림도 잠시, 이내 그의 시선은 강한 의지로 불타는 본연의 눈빛을 되찾는다.

"그러나 만약 둘 중 하나만을 선택하지 않을 수 없는 상황이 발생한다면. 나는 나의 사랑, 이 세상 단 한 명의 여인, 주경을 선택할 것이다."

해모수의 사색을 이끌어 내던 창공의 비행기는 태평양 상공에 펼쳐진 거대한 뭉게구름 속으로 빨려 들어가며 또 다른 철학을 유도한다. 같은 날, 비슷한 시각, 서울을 떠나는 경비행기가 역시 태평양 너머 미국을 향해 날아가고 있다. 비행기 조종사와 옆 좌석의 한 사람이 태양 빛을 반사하는 기창 사이로 간간이 검은 점으로 그 존재를 비친다. 하얀 경비행기는 바다 위를 선회하는 갈매기와도 같이 날개를 곧게 펴고 바다 위를 유유히 날아간다.

3

"고국에 계신 국민 여러분, 안녕하십니까? 여기는 미국 환락의 도시 라스베이거스의 시저스 팰리스 호텔 내 특설 링이 설치된 대형 연회장입니다. 오늘 이 곳에서는 우리 복싱계의 희망이자 대한민국의 청년 정신을 세계에 떨친 해모수 선수와 주니어 미들급 세계 챔피언인 도널드 커리의 세계 타이틀전이 벌어질 예정입니다. 과연 승리의 여신은 관록과 노련미의 챔피언에게 돌아갈 것인지 아니면 1라운드 KO신화의 주인공인 야망의 도전자에게 돌아갈 것인지 귀추가 주목됩니다. 지금 링 위에는 세미파이널 경기가 진행되고 있습니다. 이 경기가 끝나면 오늘의 메인 게임이 벌어질 예정입니다. 이제 마이크와 카메라를 해모수 선수가 머물고 있는 라커룸으로 연결하겠습니다. 김광현 기자 받아 주십시오."

"네, 여기는 도전자 해모수 선수가 머물고 있는 선수 대기실입니다. 지금 대한의 건아는 최상의 컨디션으로 몸 풀기에 여념이 없습니다. 그럼, 해모수 선수를 대신해서 매니저인 유관장을 모시겠습니다. 안녕하십니까, 관장님?"

"예, 안녕하십니까?"

"해모수 선수의 컨디션은 어떻습니까?"

"예, 최상의 상태로 알고 있습니다."

"훈련량은 충분했습니까?"

"예, 국내에서 훈련의 극대화를 달성하고 왔습니다. 기량과 스태미너에서 챔피언을 앞설 것으로 확신합니다."

"네, 그렇습니까? 그럼 현지 적응 훈련에는 무리가 없었나요?"

"예, 교민들의 도움으로 음식 문제가 해결되었고, 시합 일주일 전에 도착했기 때문에 시차도 어려움이 없었습니다." "국민들과 세계의 복싱 팬들은 해모수 선수가 이번에도 과연 상대를 1라운드 KO 시킬 수 있을 것인가에 관심이 집중되어 있습니다. 이번 시합에 임하는 해모수 선수의 자세를 알 수 있을까요?"

"글쎄요, 1라운드 3분 안에 기회만 온다면 놓칠 수는 없지요. 세계 최정상의 관록을 자랑하는 챔피언인 만큼 신중한 자세로 임하겠습니다."

인터뷰를 마친 김광현 기자가 도전자 진영의 풍경을 상세하게 묘사하는 가운데 카메라는 도전자의 워밍업을 클로즈업 시킨다.

"네, 세미파이널 게임이 끝난 가운데 이제 메인 게임의 두 선수가 링 위로 올라오겠습니다. 국민 여러분, 우리의 대한 건아, 자랑스러운 대한 청년 해모수 선수가 링을 향해 막 모습을 나타내고 있습니다. 이마에 태극 띠를 두른 해모수 선수, 가운과 트렁크까지 태극 마크로 무늬를 이루고 있습니다. 라이트급 동양 챔피언인 고협보 선수가 대형 태극기를 들고 앞장서서 도전자를 이끌고 있습니다. 현역 시절 최고의 복서로 이름을 떨친 유관장이 로프를 올려 주고 해모수 선수, 그 사이를 빠져 링 위로 올라옵니다. 고국에 계신 국민 여러분, 대한의 건아 해모수 선수, 양팔을 올려 관중들에게 자신의 존재를 알리고 있습니다."

"링 주변 관중들의 호응이 크게 나쁜 편은 아니다. 이들 중에 많은 사람들이 훌륭한 승부에 관심이 있지 자국의 미국인에 대한 맹목적이고 일방적인 응원은 아닌 듯하다. 역시 개척 정신과 진취적 기상이 바탕이 되는 국민정신은 초강대국의 지위를 유지하는데 모자람이 없을 만큼 여유로움이 넘친다."

링 위의 해모수는 미국 관중들과 일본 관중들의 매너를 비교하면서 두 나라의 국민정신을 여실히 느낀다. 미국 속에서 일본을 떠올린다는 게 싫었던 해모수는 이내 생각을 지워 버리고 좋은 게임을 다짐하며 링을 향해 걸어오는 챔피언을 주시한다. 검은 가운에 검은 피부의 잘 빠진 몸매는 한눈에 그 강인함과 유연성을 짐작케 한다. 가벼운 스텝으로 관중의 환호에 발맞추며 걸어오던 챔피언과 청코너에서 몸을 풀던 도전자의 눈빛이 허공에서 마주친다. 눈동자를 치켜 올리며 노려보는 챔피언의 눈은 검은 피부에 하얀 눈자위의 공포스러움을 자아낸다. 여유로운 눈빛으로 비웃듯이 챔피언을 향해 내려 깐 해모수의 시선이 불쾌한 듯 챔피언의 안광이 불똥을 튀기며 링을 오른다. 가벼운 스텝으로 링을 뛰어넘는 챔피언의 모습은 마치 검은 날개 짓을 허공에 내젓는 마귀의 형상을 연상시켜 시합 전부터 상대를 긴장시킨다.

"상대와의 심리전에도 신경을 많이 쓰는군!"

해모수는 눈싸움하며 올라오던 챔피언을 의식하던 아까보다 차라리 지금 마음을 편하게 가진다. 자신의 관록이나 체력, 정신력에 자신이 있는 챔피언이라면 저토록 심리전에 주의를 기울일 것이라고는 생각되지 않기 때문이다. 그렇지 않다면 도전자를 지나치게 의식했다고 볼 수가 있다. 양 선수의 국가(國歌)가 장내에 울려 퍼지고 링 아나운서가 고성의 마이크 음을 링 주변 곳곳에 퍼뜨리며 챔피언과 도전자를 소개한다. 이어 심판이 시합 중 주의 사항 고지를 위해 양 선수를 부른다. 무표정 무감정의 눈빛을 보내는 해모수를 바라보는 챔피언의 눈은 흑표범의 표독스러움으로 이글거린다.

"공!"

시작을 알리는 공소리와 함께 챔피언이 링 중앙으로 돌진해 온다.

해모수는 상대의 대시를 피해 사이드 스텝으로 링 사이드를 돌아간다. 챔피언이 자신의 관록을 앞세워 정면 대결을 할 듯 달려드는 것은 도전자의 반응이나 파워를 읽기 위한 전술일 뿐 초반 승부의 진실한 의도는 아니라는 생각을 했기 때문에 해모수가 맞받아 쳐서 스피드와 눈이 좋은 챔피언이 데미지 없이 도전자의 기량을 확인한다면 1라운드 KO는 차치하더라도 적지에서의 판정 결과도 장담할 수 없기 때문이다.

"이 녀석이 승부를 걸어오지 않는다? 내가 기회를 주는 데도? 장기전을 생각하고 있는가?"

챔피언은 도전자의 전적 속에서 무언가 심상찮은 느낌을 받았었다. 비록 동양권의 일천한 전적이지만 전 경기 1라운드 KO는 범상치 않은 실력자임을 입증하는 것이라고 생각했기 때문이다. 특히 일본의 가토를 데리고 놀다가 1라운드에 보내 버리는 경기 테이프를 본 후에는 비범한 녀석임을 확신할 수 있었다. 가토와의 세계 타이틀전에서 비록 커리는 초반에 방심한 탓도 있지만 시합 중반까지 가토의 공세는 대단했던 것이다.

"내가 다운까지 당한 녀석을 애 다루듯 하다가 1라운드 KO시킨 녀석이니 가토를 중간에 두고 객관적 분석을 하면 분명 이 녀석이 나보다 뛰어나다는 얘기가 되는데…"

챔피언은 순간적인 마음의 혼돈을 지우며 외곽을 도는 도전자를 쫓아 워킹 스텝을 옮겨간다. 1분 여, 라운드 중반을 접어들면서 여전히 외곽을 돌던 해모수가 자신의 코너로 접어들면서 언뜻 세컨 쪽으로 얼굴을 돌린다. 유 관장과 협보가 고함을 지르며 해모수에게 주문을 해대고 있다.

"조연을 마다하지 않고 저토록 자신의 역을 충실하게 해내는 사람이 또 있을까? 저들과 더불어 대한의 모든 국민들이 같은 동포라는 이유만으로 나의 승리를 간절히 바라고 있다."

그런 생각으로 찰나의 감동을 가지는 순간 협보의 비명 같은 고함이 들린다.

"해모수!, 피해라!"

"이런 바보 같은 녀석이 있나? 풋내기 녀석, 시합 중에 딴전을 피우다니. 역시 동양의 구석에서 쌓은 캐리어는 깡통 전적일 뿐이야. 가토와의 시합 결과는 상대성일 뿐이고."

챔피언은 상대의 실수를 놓치지 않으려고 꿩을 쫓는 매의 모양으로 쏜살같은 라이트 스트레이트를 뻗는다.

왼손 가드도 연속 공격을 위해 턱에서 빠져나와 있다.

"걸렸다!"

해모수는 자신의 트릭에 걸린 챔피언의 오른손 스트레이트를 피해서 경쾌한 스텝을 돌아오던 반대 방향으로 물러나면서 흘려보낸다. 챔피언의 오른쪽에서 상대를 바라보며 스텝을 밟던 해모수가 라이트 잽을 신속하게 도널드 커리의 관자놀이에 꽂아 넣는다. 강력한 잽에 급소를 맞은 챔피언이 움찔하며 가드를 얼굴로 가져가 더킹과 위빙으로 위기를 넘긴다. 순간 해모수가 한 번 더 왼쪽으로 스텝을 옮겨 챔피언의 오른쪽 옆구리를 찍어 버린다.

"윽!"

강력한 훅에 노출된 옆구리의 찢어질 듯, 극심한 통증을 온몸으로 전달받은 챔피언이 오른쪽 무릎을 바닥에 꿇어 주저앉는다.

"원, 투…세븐, 에잇!"

챔피언의 전의를 확인한 주심이 다시 두 선수에게 박스를 외친다. 옆구리의 통증으로 움직일 수 없는 챔피언이 고통의 여진(餘震)으로 몸을 웅크려 로프에 몸을 의지한다. 도전자는 침착하게 챔피언의 정면에서 좌우 위빙과 함께 레프트 잽으로 거리를 잰다. 옆구리의 약점으로 오른팔이 내려진 챔피언의 허술한 가드를 뚫고 도전자의 잽이 챔피언의 얼굴에 연속적으로 꽂히면서 생각보다 쉬운 승부라는 판단을 한 해모수가 승부를 가름할 레프트 스트레이트를 상대의 얼굴에 날린다. 상대의 잽을 맞으면서도 위빙을 멈추지 않던 챔피언이 순간적으로 도전자를 향해 한 걸음 앞으로 내디더 더킹을 하면서 레프트 스트레이트를 흘리고 해모수의 가슴으로 파고든다. 찰나의 허점을 제공한 도전자가 자세를 추스르기도 전에 스피드에 관한 한 도전자 못지않은 챔피언의 숏 훅이 상대의 관자놀이에 날아든다. 움찔, 머리를 빼는 도전자의 턱에 챔프의 번개 같은 주먹이 "덜컥" 걸린다.

"윽! 이런!"

비틀거리며 자세를 가누지 못하는 도전자가 순간적으로 몽롱한 의식 속으로 빠져 들며 마치 낭떠러지에 떨어지는 절망감으로 급격하게 다리의 힘이 풀린다. 방심을 한 것이다. 게임이 너무 쉽게 풀리는 바람에 챔피언의 반응을 무시한 것이 실책이었다.

"세계의 벽이란 게 이런 것이구나!"

한 순간의 방심도 용납지 않는 챔피언의 기량이 동양권 선수들과 천양지차의 수준에 있음을 그 한 순간으로 절감하면서 값 비싼 체험을 한다. 의기소침하던 미국 관중들이 일제히 환호를 지르며 '챔프, 커리!'를 연호한다. 찬스를 잡은 챔피언이 연속적으로 레프트 숏 훅을 휘두르며 달려든다. 비록 반짝이 펀치였지만 프로 복서 경력 중 처음으로 순간의 무의식을 체험한 해모수는 한 스텝을 뒤로 빼서 전의를 가다듬는다. 복부의 통증도 잊은 듯 기운을 얻은 챔피언의 스트레이트가 좌우 연속적으로 날아든다.

230

"!"

챔피언의 연속되는 공격을 뒤로 물러나 피하던 해모수의 눈빛이 순간 번쩍이더니 스탠스를 바로 잡아 상대의 가슴 쪽으로 상체를 숙인다. 더킹하며 챔피언의 품을 파고든 해모수의 머리 위로 챔프의 주먹이 스쳐 지나가고 도전자의 크로스 카운터가 맞불로 날아간다. 턱이 돌아가면서 주춤 물러서는 챔피언을 재빨리 쫓아간 도전자가 짧은 좌우 훅을 연거푸 상대의 턱에 날린다. 링 위로부터 쏟아지는 불빛 아래로 챔피언의 범벅이 된 땀이 검은 얼굴 사방으로 방울방울 허공에 뿌려진다.

"… 세븐, 에잇, 나인, 아웃!"

주심이 뉴 챔피언의 손을 들어 승리를 확인하고 유 관장과 협보 등이 부리나케 링 위를 올라간다.

둘, 잠입

1

교민들이 주선해 준 챔피언 등극 축하 연회가 끝나 갈 무렵, 낯선 미국 여인이 해모수 앞으로 다가온다. 저마다 흥에 겨워 눈에 띄지 않는 평범한 여인은 칵테일을 들고 교민 인사들과 환담을 나누고 있는 해모수 옆으로 다가온다. 앞에 놓인 테이블의 칵테일글라스를 집어 들고 해모수에게 건배를 청한다. 낯선 백인 여성의 축하를 받으며 감사를 표하는 미소와 함께 건배를 받아들인 해모수가 글라스로 입술을 가져가는데 갑자기 해모수의 옆구리에 무엇이 쿡 쑤시고 들어온다. 깜짝 놀라 내려다보는 해모수의 눈에 벽안의 여성이 주변을 경계하면서 해모수의 옆구리에 붙어 있던 자신의 손가락을 빼면서 재빨리 손을 펴 쥐고 있던 쪽지를 해모수에게 전해 준다. 둘만이 알도록 신속하게 쪽지를 전달받은 해모수의 궁금증을 쪽지에서 찾으라는 듯 백인 여성은 축하의 미소와 함께 자리를 벗어난다. 문밖으로 사라지는 여인의 뒷모습을 바라보던 해모수가 쪽지의 내용을 살핀다.

"화장실로 오시오. -아리랑-"

"장 동지가 왔구나!"

'아리랑'이란 이번 프로젝트를 준비하여 두 사람이 정한 암호였다. 해모수는 쪽지를 호주머니에 집어넣으며 주변 사람들에게 인사를 하며 연회장을 나서 화장실을 향한다. 넓은 화장실의 양쪽으로 소변기와 대변기가 마주하고 있고 마침 소변을 보는 사람이 아무도 없다.

"흠!"

해모수가 헛기침을 하며 문 닫힌 대변기 쪽을 훑어본다.

"똑똑!"

맨 안쪽의 문에서 노크 소리가 울려 나온다. 곧장 안쪽으로 걸어가 노크 소리가 난 문의 옆문을 열고 들어간 해모수가 변기 위에 올라앉는다.

"아리랑~."

해모수는 노크 소리가 난 화장실과의 조립식 벽에 대고 암호를 낮게 뱉어낸다.

"쓰리랑~."

상대가 해모수의 암호를 받아 자신의 암호를 전해 온다. 상대방을 확인한 해모수는 자신의 여권을 조립식 벽과 문 사이의 틈으로 밀어넣는다. 이어서 상대방이 쪽지를 건네 온다. 그와 함께 안쪽의 문이 열리면서 중절모를 눌러 쓴 검은 양복의 사나이가 동양인의 안색을 언

232

뜻 내비치며 여유로운 태도에 신속함으로 화장실을 벗어난다. 옆방의 사내가 나가는 소리를 확인한 해모수가 쪽지를 편다.

"내일 아침 호텔 입구에 검은 색 리무진 택시가 두 대 세워져 있을 겁니다. 앞 차에 타십시오. 뒷좌석에 앉아 있는 사람이 당신을 모실 겁니다. 유 관장을 제외하고는 그 누구도 알면 안 됩니다. -아리랑-"

2

귀국 준비에 분주한 일행을 뒤로 하고 해모수는 협보에게 짐 꾸리기를 맡기고 유 관장과 먼저 호텔을 빠져 나온다. 검정색 리무진 두 대가 호텔 입구를 메우고 있다. 검은 정장에 검은 중절모를 쓰고 굵은 테의 선글라스를 낀 해모수가 뒤차를 흘깃 바라보고는 유 관장을 뒷차에 태우고 자신은 앞의 리무진에 오른다. 일행들이 내려오기 전, 해모수를 태운 리무진이 호텔을 떠나고 뒤차가 앞 차의 공간을 메우며 스르르 미끄러진다. 운전석 옆에 해모수의 복장과 똑 같은 한 사람이 앉아 있다. 신체 조건이 해모수와 거의 완벽하게 비슷한 그 사람은 시트에 묻힌 채 움직임이 없다.

"야, 해모수 뭐하노? 자나? 택시 안에서라도 미국 경치 잘 봐도라! 한국 가서 야그꺼리라도 있어야재!"

짐을 메고 와서 자리에 앉던 협보가 말을 걸어도 앞 칸에서는 대답이 없다. 유 관장이 협보의 말을 받아 일행에게 주의를 준다.

"해모수 깨우지 마라, 어제 잠 한숨 못 잤다고 하니!"

그 한 마디로 협보와 일행의 관심을 돌려놓은 유 관장은 해모수의 비상식적이고 돌발적인 행동 때문에 극심한 두통으로 양미간을 찌푸린다.

"이노무 자슥! 나라를 위한 게 그것뿐이야? 챔피언이 되어 국위 선양하는 건 아무나 하는 줄 아는 거야? 챔프의 위상도 제대로 파악하지 못하는 놈이 애국이라니?"

어젯밤 해모수의 청천벽력같은 계획을 전해들은 유 관장은 대노했고, 해모수는 유 관장의 격노를 충분히 인정하면서도 자기 뜻을 굽히지 않고 양해와 협조를 청해 왔었다. 독도 사건이 터지기 전부터 이따금씩 보이던 갑작스런 눈빛의 변화를 읽으면서 녀석의 엽기적인 행동을 예상치 않은 것은 아니었다. 운동 시 복싱에 몰두하는 복서의 눈빛과 다르게 사색 시 깊은 늪 속으로 빠져들 듯 깊어만 가던 그의 눈빛이 유 관장의 심상에 각인되어 머문다.

3

미국 현지 정보원의 안내를 받아 리무진이 도착한 곳은 한적한 숲속에 커다란 조립식 건물이 있고 그 앞으로 잘 닦인 길이 나 있다. 정보원을 따라 들어간 건물 안에는 하얀색의 경비행기가 자리 잡고 있다. 기다리고 있었던 듯 조종사가 조종석에 앉아서 해모수를 맞이한다. 격납고의 문이 열리고 비행기의 시동 음이 격납고를 뒤흔들면서 서서히 바퀴를 굴려 나아간다. 이내 공중으로 떠오른 비행기는 하늘 높이 날아올라 정보원의 시야를 벗어나 버린다. 같은 시각, 한금은 일행과 떨어진 1등석 좌석에 유 관장과 나란히 앉아 일본에서의 프로젝트에 관한 향후 행보를 계산하며 시트에 몸을 묻고 있다.

4

미국 대륙으로부터 태평양을 횡단하여 동북아시아의 끝으로 날아온 경비행기가 열도의 작은 섬으로 내려간다. 해안의 대부분이 바위로 이루어져 큰 암초 같은 섬의 중앙으로 가면서 무성한 나무들이 하늘과 땅을 갈라놓고 있다. 비행기가 숲의 입구로 내려가더니 착륙과 함께 숲속으로 빨려 들어 하늘로부터 그 흔적이 사라져 버린다. 햇빛이 차단된 숲속의 그늘로 희미하게 보이는 땅바닥은 사람의 손길이 닿은 듯 매끈하게 잘 닦여 있다. 길의 끝 부분에서 멈추어 선 비행기 좌우로 한금이 일러준 두 명의 정보원이 나타난다. 해모수가 조종사를 바라보며 장고의 입을 뗀다.

"지금 바로 서울로 가십니까?"

"언제 갈지는 저 사람들이 알려줄 겁니다. 저는 그냥 저들의 지시를 받을 뿐 언제 갈지는 알 수 없습니다."

비행기 아래에서 기다리고 서 있는 두 사람을 가리키며 감정 없는 대답을 간략하게 내뱉는 조종사가 비행기를 안전하게 정지시키고 내릴 준비를 한다.

"장 동지는 언제 오는 걸까?"

조종사와 함께 비행기에서 내린 해모수에게 두 정보원이 반갑게 맞이하며 인사를 해 온다.

"어서 오십시오, 기다리고 있었습니다."

"오시느라 수고 많으셨습니다."

"수고들 하십니다."

간단한 인사를 마치고 네 사람은 정보원의 안내로 그들만의 비밀 장소로 들어간다.

5

"불편한 점 있으시면 언제든지 말씀하십시오. 옆방에서 대기하고 있겠습니다."

"예, 알겠습니다."

해모수는 마치 특수 요원이 적진 침투 작전을 수행하는 긴장감으로 정보원을 따라 섬에서 동경까지 왔다. 그리고 정보원이 잡아 놓은 동경의 중심가 한복판 고층의 오피스텔에 짐을 부린 해모수는 곧장 샤워실로 향한다. 해모수는 샤워 후의 상쾌한 느낌을 지닌 채, 타이틀전과 긴 여행의 피로를 지우기 위해 얼른 침대 위로 몸을 던진다. 문득 주경의 밝은 미소가 선명하게 떠올랐다가 어느새 잠을 좇아 사라진다.

제 12 장

제아의 프로젝트

하나, 심판

1

"아사다 의원?"

청년의 낮은 음성이 무거운 냉기가 되어 차 바닥에 깔린다.

"그렇네. 그런데 자네들은 도대체 누구야?"

피랍된 자신의 입장을 잘 인식하면서도 살찐 돼지와도 같이 온몸이 지방질로 둘러싸여 부픈 몸뚱이의 장년 신사는 두려움을 감추고 꾸짖

듯 대꾸한다.

"당신, 혐한주의자지?"

아사다, 일본 문부상을 역임한 원로 정치인으로서 집권 자민당의 요직을 두루 거친 히모토계의 유력 인사이다.

"당신들 누구야? 한국인인가?"

아사다가 굳어지는 낯빛을 역력히 드러내면서 좌우를 다시 한 번 둘러본다.

다른 편의 청년이 입을 뗀다.

"당신, 장관 시절 한국과의 밀실 외교에 있어서 친한파라는 미명(美名)으로 꽤나 한국 정부를 농락하였다면서?"

"???"

앞좌석 운전석의 청년이 비스듬히 돌린 얼굴로 눈을 흘겨 바라보며 부언을 한다

"비공식 석상에서는 한국인을 앞에 두고도 서슴없이 한반도를 일본의 속국이라고 떠들고 한국인을 아주 일본인의 개 취급하고 다닌다며?"

상황을 판단한 둔구의 아사다가 경황없는 정신으로 자신의 본 모습인 듯 비굴한 자세를 거리낌 없이 드러내어 변명해 나간다.

"그런 게 아니오. 정치인은 자신의 의도와 상관없이 정당의 입장, 정치적 입지 등을 고려해서 어쩔 수 없는 목소리와 색깔을 낼 때가 있는 법이오."

"끼이~ㅋ"

운전자가 달리던 차를 급정거시킨다. 심야 동경의 변두리 야산 아래에 차를 세운 운전자가 고개를 돌려 격앙된 감정을 인내하는 듯 억제된 소리를 거칠게 뱉어낸다.

"야! 쪽발이 돼지 새끼야, 한국이나 일본이나 니들 같은 이기적 권력 몰두형들은 우리 같은 민초들의 생각이나 기대를 이해도 못하고 관심도 갖지 않겠지만 세상에는 해야 할 일과 하지 말아야 할 일이 있다는 건 귀를 씻고 새겨서 저승에 떨어져!"

당황하여 몸을 움츠리는 다나까를 향해 운전석의 사내가 총구를 겨눈다. 지방질로 뒤덮인 아사다의 만면에 긴장된 땀이 분수처럼 솟아오르고 언제 방뇨를 했는지 아랫도리가 흥건하여 차 시트까지 축축이 적셔간다.

"탕!"

분노로 이글거리는 눈동자가 극도의 찰나에 총구와 함께 불을 뿜는다.

2

늦은 시각, 한산해진 주점의 한 구석에 자리 잡은 청년이 굵은 안경테 속으로 얼굴을 가려 숨기고 빈 술잔만을 이따금 입으로 가져가 마시는 시늉을 한다. 청년은 가려진 안경테 너머로 긴장된 눈빛을 한 순간도 떼지 않고 맞은편 특실의 손님들을 예의 주시하고 있다. 이윽고 특실의 문이 열리더니 꼬장꼬장하게 마른 장년의 신사가 나온다. 주위를 둘러보던 신사가 화장실을 발견하고 마루를 내려와 곧장 화장실로 향한다. 청년의 눈빛이 섬광을 번쩍인다. 자리에서 일어난 청년이 눈빛만을 굴려 주위를 경계하며 장년의 신사를 쫓아 황급히 화장실로 들어간다. 신사를 쫓아 들어온 청년이 긴장의 눈빛을 늦추지 않고 화장실 내부를 주의 깊게 살핀다. 서서히 신사의 뒤쪽에서 발걸음을 멈춘 청년이 점퍼 속으로 손을 집어넣어 무언가를 끄집어낸다. 소변에만 몰두한 장년의 신사가 어색하도록 엉덩이를 소변기 쪽으로 밀어 넣으며 볼일을 본다. 그의 뒷모습은 마치 히모토의 10년 전의 그것처럼 메말

238

라 음영진 두개골을 처연하게 드러내 보이고 있다.

"주루룩."

정기 빠진 신사의 오줌이 변기에 닿기도 전에 아래로 흘러내린다. 그 순간 차가운 장전음이 서늘한 쇠붙이의 냉기를 동반하여 신사의 희끗한 후두부에 와 닿는다.

"철컥!"

"???"

"마쯔야마 의원!"

"누구냐?"

바지를 다 추스르지 못한 신사가 순간의 긴장감을 이기고자 허약한 몸에 기운을 불어 넣으며 물음을 던진다. 청년이 다급한 현장의 상황을 아쉬워하며 짧은 말로써 그의 행동을 이해시킨다.

"당신의 정치적 이념이 국가의 울타리만 넘을 수 있는 휴머니즘을 지녔더라면 오늘의 이런 일은 발생하지 않았을 것이다."

"???"

"푸슝!"

소음기를 부착한 권총이 탄알을 발사하자마자 극우주의자 마쯔야마 의원의 두개골이 피 꽃을 피우며 사방으로 흩어진다.

"털썩."

잔 나무토막이 던져지듯, 혐한론을 내세워 일본 정계를 주름잡던 한 정치인이 마침내 어느 화장실의 소변기 앞에서 수직으로 몰락하여 생을 마감한다.

3

일본의 수도 동경, 그리고 일본 제 2의 도시 오사카와 연결되어 역삼각의 국가 중심 권역을 형성하는 나고야의 교외 어느 깊은 산중의 울창한 삼림을 좇아 들어간 토로(土露)의 끝, 중세 유럽의 고궁을 축소시켜 놓은 듯한 하얀 건물이 잘 다듬어진 인공의 숲에 둘러싸여 그 고전적 모습을 비밀스럽게 숨기고 있다. 환상적 외관에 걸맞은 건물의 내부는 각종 장식으로 꾸며져 휘황찬란한 모습을 웅장하게 드러내고 있다. 정원을 바라보는 발코니 쪽의 구릿빛 소파가 섬세하게 귀금속으로 치장되어 중세의 고전적인 귀족미를 한층 돋보이게 자리하고 있다.

"당신들은 누군가? 누구길래 감히 남의 주택에 허락도 없이 들어오는 거야?"

침실로 부터 주인인 듯한 중년 사내의 음성이 거칠고 탁하게 문밖으로 쏟아져 나온다. 히모토 계의 실세인 후루자토 전 간사장이 마치 스모 선수를 연상시키는 거구의 몸을 침대에 파묻고 내연의 정부인 듯한 젊은 여인과 맨살을 맞댄 채 침입자들을 맞이하고 있다. 여자는 갑작스런 침입자들의 방문에 수치심과 두려움이 동시에 일어 나 거대한 지방질의 사내 뒤로 몸을 숨기더니 정부(情夫)의 호기 있는 질책에 힘입어 마음을 추스르고 얼굴을 내밀어 침입자들을 노려본다.

"자네들 내가 누군지 몰라서 이러는 거야! 대 일본 제국의 충성스런 일군 후루자토란 말일세."

후루자토 의원의 자신에 찬 소개의 변을 듣던 검은 복면의 사내들이 갑자기 두 눈을 사정없이 일그러뜨린다. 한 명의 복면 침입자가 냉정하도록 검은 표정의 권총을 들어 올려 후루자토의 얼굴에 들이 대더니 탄알을 장전한다.

"철컥!"

"!!!"

냉엄한 장전의 금속음이 온 방안을 긴장으로 몰아간다. 후루자토

의원의 벗겨진 이마 사이로 식은땀이 뿜어 나오고 짧은 눈썹 사이로 송송 맺힌 땀방울이 눈 아래로 방울방울 떨어진다.

탐욕의 저장고인 듯 지방질로 뒤덮여 축 처진 살을 훈장같이 달고 있는 사내의 온 몸이 긴장하여 작은 떨림을 검은 총구로 전해 온다.

"꺄악!"

벌거벗은 채 한 겹 담요에 몸을 숨겨 침입자들을 노려보던 여인이 돌연 두려움에 떨면서 비명과 함께 담요 속으로 몸을 숨긴다. 평범한 도둑 정도로 인식하였던 후루자토 의원의 뇌리로 예사롭지 않은 영감이 퍼뜩 스쳐 지나간다. 최근 독도를 사안으로 한·일간 첨예한 외교 분쟁과 테러사건 등이 등줄기로 흘러내리는 땀과 함께 주마등으로 스쳐 지나간다. 또 다른 복면의 사내가 담요를 덮어 쓴 여인을 향하여 다가 가 그녀를 담요 밖으로 끌어낸다. 하체만을 가까스로 가린 여인이 이제는 두려움에 젖은 눈을 가늘게 떨며 애걸하듯 침입자를 올려본다.

"퍽!"

"악!"

단 한방의 급소 타격으로 여인은 죽어버린 듯, 나신의 수치를 잊어버린 채 얇은 우윳빛 사지가 제각기 널브러져 버린다. 총구를 겨눈 사내가 결정의 순간을 포착한 듯 집총의 손가락에 기운을 더하여 조준을 재확인한다. 전율을 느끼게 하는 차가운 눈빛이 복면 속의 만면을 냉혹한 기운으로 가득 채워 나간다. 이윽고 총을 겨눈 사내의 입이 무겁게 열리면서 서늘한 말투가 뱉어져 바닥에 깔린다.

"후루자토, 당신의 정치적 이념은 무엇인가?"

엄청난 무게의 차가운 언어에 압도된 후루자토 의원이 경직된 몸을 감당하지 못한다.

"정녕 그대는 정치인으로서 당신의 조국과 국민을 위하여 헌신하고 있다고 자신할 수 있는가? 진정 당신은 국가와 국민을 위하여 건전한 외교를 지향하여 평화로운 국제 사회 건설에 노력하고 있다고 말할 수 있는가?"

"무…물론이오….'

후루자토가 힘겹게 입을 열어 떨리는 언어로 답한다. 사내의 눈동자가 번쩍 빛을 발한다. 그리고 차가운 언어에 격정의 기운을 얹어 일본 정계의 중견 지도자를 꾸짖어 나간다.

"이놈, 후루자토야. 국가와 국민의 진정한 바람을 이해하지도 못하는 자가 단지 개인의 입신과 물욕의 성취를 위하여 대중적 인기 정책에만 연연하여 극우주의의 기치를 내걸고 어리석은 국민들에게 허울의 국가적 자존심을 명분으로 심어 지지를 구하니 그런 잘못된 생각은 결국 국민의식을 왜곡하여 침략적 군국주의를 표방하게 되는 것이 아니더냐? 그것은 나아가 국제 관계에 있어서 심각한 긴장을 촉발시키고 국민에게 엄청난 부담을 주는 짓이니 너 같은 자의 행동을 과연 국가와 국민을 위한 일이라고 할 수 있느냐?"

방안의 공기는 여전히 냉랭함을 유지하여 죽음 앞에 있는 사내의 떨림만이 정중동의 강한 진동을 일으킨다.

"후루자토, 한 정치인의 그릇된 사상은 한 사람의 실패만으로 끝나는 것이 아니라 국가와 국민, 나아가 국제 질서의 물결을 역류시키는 엄청난 결과를 가져오는 것임을 깊이 인식하여야 할 것이다."

권총 든 복면 사내의 지엄한 꾸짖음이 맺어질 때까지 목숨 보전만을 눈앞의 긴요한 과제로 둔 후루자토 의원은 사내가 질책하는 순간을 그저 생명 연장의 궁리를 위한 기회로 인식할 뿐이다. 정계를 좌지우지하던 교활한 두뇌는 마침내 절대 굴종의 비굴함을 보이며 침입자

242

들 앞에 무릎 꿇는다.

"잘못 했소, 제발 살려만 주시오."

일본 정계의 중견 지도자 후루자토 의원의 비열한 모습은 일본 정치의 자존심을 여지없이 땅바닥에 무너뜨려 버린다.

"만일 살려만 주신다면 내 무엇이든 당신들의 뜻을 따를 것이요."

권총 든 사내가 여전히 냉정한 눈빛을 거두지 않고 차갑게 입을 뗀다.

"후루자토, 과거는 물론 최근에도 일본의 극우주의자들은 한반도와 독도, 그리고 일본 열도에서 대한민국과 그 국민들에게 숱한 만행을 일삼아 무고한 생명마저 가볍게 여겨 해하여 왔다. 그런데 가토 그대는 그 무리들 중의 수장에 해당하는 자로서 그 심성이 간악하고 잔인하여 절대 교화될 수 없는 악마와 같은 자인데 어찌하여 그대를 살려둘 수 있겠는가? 그대 한 사람의 죽음은 곧 일본 국민과 인접국의 국민들에게 평화를 제공하는 것이 될 것이다. 마지막으로 일본국 지도자답게 죽음만은 의연히 받아들이라."

"…"

후루자토 의원이 운명의 끝을 인지한 듯 마지막 구걸을 하고자 입을 떼려하지만 차갑게 얼린 입이 말을 막아버린다.

"탕!"

군국주의의 기치에 맹종하여 히모토의 수족임을 자처하던 후루자토 의원 역시 어두운 방안을 피 꽃으로 물들이며 기절한 정부 위로 무너져 내린다. 어울리지 않는 두 남녀가 피의 정사를 나누는 살인 현장을 뒤로 하며 두 명의 침입자는 날쌘 동작으로 하얀 탐욕의 건물을 빠져나간다.

하루에 한 명씩 3일 동안 3명의 현직 의원이 피살되는 사건이 발생하여 일본 열도가 법석을 떤다. 전직 각료 출신인 이들 3명의 유사점을 꿰맞추어 가던 언론이 세 사람의 가장 유사한 점으로 대한(對韓) 강경론자라는 데 결론을 이끌어낸다. 특히 독도 망언이나 일제의 악행에 대한 합리화에 앞장서 오던 인사들이라는 것이다. 그리고 날카로운 필치는 최근의 재일 한국인들의 연쇄 피살 사건과 일본 극우 주의자들의 독도 할복 사건을 제시하며 그에 대한 재일 한국인, 특히 극일 주의자들의 보복 가능성을 조심스럽게 제시한다. 또한 한일 국민 정서를 자극하는 민감한 사건의 빈발과 양국 국민 간 혐한, 혐일 의식의 고조를 경계하면서 글을 마무리한다.

둘, 오닌의 꿈

1

"당신이 대 일본국의 치안 총수라는 자야?, 치안 행정을 어떻게 관리하고 있기에 국가 요인이 한두 명도 아니고 3명 식이나 피살되도록 놔두고 있는 거야? 그러고도 국록을 받을 염치가 있어? 당장 사표내!"

히모토가 예의 까랑까랑한 고성을 질러 전화선 반대편 화자에게 격노의 감정을 퍼붓고 전화가 부서질 듯 내려놓는다.

"야마시타!"

"하이! 각하!"

격앙된 감정이 채 가라앉기도 전에 자신의 경호실장에게 남은 분노의 앙금을 뱉어낸다.

"국내 정보원(情報源)을 총동원해서 범인을 색출해 내도록 해!"

"하이!"

"어느 녀석들인지 내 사지를 다 잘라내고 있어. 아사다, 마쯔야마, 후루자토, 이들이 누구야? 모두 내 수족들 아니냐 말이다!"

사안의 중차대함을 깊이 인식하고 있는 야마모토가 고개를 숙여 자신을 향한 보스의 하명만을 기다린다.

"그리고 나와 히데오의 경비를 강화하도록 하라. 사건이 해결될 때까지는 만전을 기해야 해!"

"하이!"

야마시타가 나가고 히모토는 긴 한숨을 내뱉으며 창문으로 다가간다. 격정의 토로 후에 하복부의 절대 공허를 절감하고, 굽은 허리가 보다 더 꺾여드는 수축의 밀착을 감각하는 히모토가 햇빛을 받아 희뿌연 창문 너머로 눈길을 던진다. 봄기운이 완연하게 제 철을 드러내는 정원의 수목들은 따뜻한 햇살의 에너지를 터질 듯 받아들인 새순의 짙푸름으로 몸치장에 여념이 없다.

"내가 이미 땅바닥을 뒹구는 낙엽이라면 히데오야 말로 저 새순과 같이 영글어 가는 대일본국 뉴리더의 얼굴이다. 이제 그 얼굴을 드러내기 위해 일의 진행이 각본대로 흘러간다. 더구나 우리 정치인의 손실은 안타깝지만 연속된 살인 사건은 우리 국민의 감정에 기름을 붓는 격이니 히데오의 등장에는 더할 나위 없이 좋은 기회를 제공해 주는 계기가 된 것이다…."

히모토의 시야에 머물던 하얀 나비 한 마리가 새순 너머 꽃망울로 날아간다.

"일의 진척에 방해되는 일이 더 이상 없어야 할텐데…"

히모토는 그런 생각을 하며 문득 한국의 복서 해모수를 떠올린다.

"이번에는 그런 녀석의 방해가 없어야 할 텐데."

히모토, 패전 이후 수십 년간 자신이 주도하여 이룩한 초강대국 일본의 위상은 스스로 생각해도 기적 같은 일이었다.

"백제의 혼, 그것이야말로 구다라의 저력이 아니고는."

생각을 맺을 무렵, 얼핏 히모토의 눈가에 그림자가 진다. 경제 대국, 군사 대국으로서의 권위는 견고하게 다져 놓았건만 문화 국가로서의 위상이 그에 미치질 못하여 불만이었던 것이다. 현대 사회에서 문화 국가의 상징성은 대단한 것이다. 민족정신과 국민 의식은 모두 여기에서 비롯되니 지난 날 한반도를 일본화하지 못한 것이 바로 뿌리 깊은 문화 때문이었다. 근간의 역사 왜곡은 바로 문화적 열등감을 극복하기 위하여 두지 않을 수 없는 악수였음을 그는 잘 알고 있다.

"어쨌거나 나의 시대는 물질적 풍요를 이룬 것으로도 부족하지 않으니 이제 나의 아들 히데오가 내 못다 한 대업을 마무리 지어야 할 텐데…. 왕인 할아버지께서 열도에 심어 놓으신 문화의 씨앗을 내 아들 히데오가…."

그러기 위해서는 히데오의 사업에 장애가 없어야 할 텐데 그 일이 순조롭게 잘 풀리지 않는다.

"독도 사건 때부터…."

히모토는 마약과 테러의 한국 진출 때부터 야마시타를 통해 해모수의 동향을 듣곤 했었다.

한국의 정보원(情報員)들과 무사시 조직원을 통해 들어온 야마시타의 보고에는 해모수가 별다른 동정의 기미가 없이 복싱에만 전념하는 것으로 비쳐졌다. 히모토는 한국 요인 테러 대상에 해모수를 올려놓은 히데오의 기획에 한편 동조하는 감이 없지 않았었다. 당시의 감정으로 따지자면 대 일본국 총리대신을 역임한 본인은 물론 대 일본국의 체면을 땅바닥에 떨어뜨린 애송이를 무슨 수를 써서라도 없애버리고 싶은 심정이었다. 그러나 그 실행에는 두 가지의 껄끄러운 점이 있었다. 하나는 상대가 애송이라는 점이었고, 다른 하나가 실패했을 때의 문제였다. 지금도 해모수라는 이름만으로도 양국 국민들이 그의 존재를 인식하고 있는데 우리 사업에 녀석을 결부시키면 장차 한일 관계에 있어 대한민국의 이념적 상징으로 자리 잡을 가능성이 크고 그런 녀석이 정치인으로 자라면 일본 측에 도움이 되지 않을 것은 자명한 사실이었다. 또한 테러가 실패했을 경우에도 녀석의 입지는 탄탄해지고 그로인해 야기될 세계의 비난은 순전히 히모토 가문의 몫이 될 터이라 노정객 히모토의 판단으로는 무리한 계획이었던 것이다. 1,500년에 빛나는 히모토 가문의 지속적인 번창과 대 일본국의 미래가 달린 프로젝트 수행에 작은 감정은 떨쳐버릴 필요가 있었던 것이다. 다만, 히데오와 일본의 장래를 위하여 녀석의 기를 반드시 꺾을 필요는 있다고 생각한 히모토는, 해모수를 요인 테러의 프로젝트와는 상관없이 한국 내의 사건으로 처리되도록 혼내주라는 지시를 히데오에게 내렸었다. 그러나 나중에 들어온 보고는 그것 역시 실패하였다는 것이다.

"해모수란 놈."

느낌이 좋지 않았지만 이내 마음을 수습해 정상을 되찾는다. 그리고 당면한 문제에 초점을 맞춘다. 정치와 권력의 중심에서 산전수전다 겪은 노정객에게 이런 일은 아주 사소한 문제일 수도 있는 것이었다.

"이젠 히데오가 세상에 모습을 드러낼 때가 되었어! 히모토 2세의 등장과 함께 이 프로젝트의 역할은 끝난다."

히모토가 전화기를 든다.

"야마시타, 히데오를 연결해!"

히모토는 말을 마치자마자 생각이 바뀐 듯 말을 바꿔 지시한다.

"아냐, 그러지 말고 자네가 직접 통화해! 오늘 저녁 여기 오라고 해! 무사시도 불러!"

"정보원으로부터 긴급 전문입니다. 그들이 오늘 저녁 모두 모인다는 정보입니다. 임무 수행 21시로 잡혔습니다. 모두 준비하십시오."

히모토의 저택에서 꽤 떨어진 곳, 주인 없는 낡은 농가의 허름한 방 어둠 속에서 결사 조직원 다섯 사람의 눈동자가 비장하게 그 빛을 발한다. 며칠째 잠복하며 대기한 보람을 느끼며 세 사람은 신속하게 무기를 점검하여 챙기기 시작한다.

3

"기미꼬. 사랑해."

히데오가 자신의 품에 묻힌 기미꼬의 뺨을 쓰다듬으며 낮은 애무의 언어를 토해내어 여인의 감정을 흥분시킨다.

"히데오님…."

여인의 뺨이 홍조를 띠면서 투명한 우윳빛의 앙증맞도록 작은 두 손을 자신의 가슴 사이 계곡에 모은다. 나이를 알아보지 못할 정도로 아직 20대 초반의 탄력 있고 뽀송뽀송한 우윳빛 피부를 간직하고 있는 기미꼬는 히데오에게 여성의 모든 것을 충족해 주는 여인이다. 섹스 대상으로서 기미꼬는, 가학의 절정을 쾌락하는 히데오도 감히 다룰 수 없는 여인의 카리스마를 지닌, 환상적 신비의 여성으로 자리 잡고 있다. 대화 상대로서의 기미꼬도, 대학을 졸업한 지성인답게 정치, 경제, 사회, 문화의 모든 제도와 현상을 토론함에 있어서 히데오의 훌륭한 말벗이자 조언자 역할을 다한다. 지난번 한금의 방문 후에도 기미꼬는 히데오로 하여금 한국인 친구의 신상 파악과 일본에서의 동정을 추적하도록 충고하였고 히데오는 자신의 프로젝트 본부인 동북아 연구소 부하 직원에게 한금의 신상과 동정을 파악하도록 지시하였었다. 그리고 기미꼬는 하나꼬로 하여금 그를 시중들게 하여 일본 입국의 목적에 관한 정보를 캐도록 시도하였지만 이렇다 할 것이 없었다. 또한 어머니로서, 누이로서 히데오의 모든 감성적 순간들을 놓치지 않고 챙겨 주는, 말하자면 히데오의 대모라고 해도 무방할 것이다.

그런 기미꼬를 히데오는 특별한 일이 없는 한 하루가 길다 하고 찾아오는 것이다.

사내의 손이 미끄러지듯 여인의 기모노 안으로 들어가더니 곧장 성의 상징물들을 주물러 훑어 나간다. 여기저기 두루 섭렵해 나가던 사내의 건조한 손가락이 젖꽃판에 이른다. 여느 때와 마찬가지로 긴장된 호기심이 가슴을 두근거린다. 어느 여인에게서도 맛볼 수 없는 기미꼬만의 성징이 젖꽃판 속에 숨어 히데오를 기다리고 있는 것이다. 잘 깎인 검지의 손톱 끝을 함몰된 유두의 민감한 부위에 닿을듯 말듯 가볍게 얹은 사내가 흥분된 마음을 가까스로 억제해 가면서 손가락 끝을 움직이기 시작한다. 여인의 젖망울 끝으로부터 예민한 감각이 아스라이 전해 오면서 온몸을 감동시켜 나간다.

"아~!"

작은 탄성이 입김에 배어 나온다. 아랫도리가 팽창해 오르기 시작한다.

"꿀꺽!"

입에 고인 침을 얼른 삼킨 사내가 작은 오르가즘에 빠져든 여인의 얼굴에 시선을 몰두하면서 손가락 끝에 힘을 가하기 시작한다. 빨라지는 손톱의 작은 긁음이 정성을 다하여 예민한 신경을 자극해 댄다. 수줍고 여린 모습으로 함몰되어 숨어있던 작은 젖망울이 손톱의 성가심에 노기를 품은 듯 분홍의 홍조를 비치며, 사내의 팽창에 발맞추어 시나브로 딱딱한 발기를 더해간다. 이윽고 콩알같이 앙증한 유두가 온몸에 기운 가득 딱딱하고 꼿꼿한 자태를 드러내어 젖무덤 정점에 자리 잡는다. 자신의 품에 안겨 애무에 흔들리는 여인과 함께, 사내는 피어오르는 감정에 몸과 마음을 맡기고 오르가즘의 성(城)을 향한 진군을 시작한다. 사내의 터치에 몸을 맡긴 기미꼬는 은은한 여인의 카리스마적 정감을 표현하며 히데오의 손길에 정성과 주의를 환기시킨다. 성의 유희뿐만 아니라 기미꼬와 어떤 모습도 상조(相照)한 몸과 마음의 관계지만 다른 여성과 달리 기미꼬만은 히데오가 부담을 가지지 않을 수 없는 난공불락의 신비한 힘을 내포하고 있어 히데오는 항상 그런 기미꼬에 대한 자신의 태도를 반추하곤 한다.

"삘릴리~삘릴리~."

히데오의 휴대폰이 울리기를 반복하여 사랑의 감정에 몰입한 두 사람의 신경을 경각시킨다.

감성을 벗어난 기미꼬의 눈동자가 히데오의 반응을 살핀다. 몇 번의 신호음에 익숙해진 히데오가 다시 사랑의 감정에 충실코자 기미꼬의 등줄기를 따라 얇은 허리선에 머물렀다가 부드러운 애무의 손길이 가볍게 흘러간다.

"히데오, 나 야마시타일세."

휴대폰의 상대방이 다급하게 히데오를 부른다. 히데오의 아버지, 히모토의 지시를 받은 야마시타 경호 실장이 히데오를 찾고 있는 것이다. 여인의 속살, 매끄럽고 완만한 곡선의 은빛 나신을 넘나들며 성감을 고조시키던 히데오의 손이 굳어져 딱딱한 막대기의 거친 감각을 여인의 젖무덤, 그 정점에 전하는 것을 마지막으로 기모노를 벗어난다.

"실장님, 저 히데오입니다. 무슨 일이십니까?"

"아! 히데오, 각하께서 자네를 찾으시네. 곧장 이리로 오도록 하게."

"아버지의 긴급한 호출?"

순간적으로, 히데오는 막의 끝에 다다른 프로젝트의 종점을 예민한 피부로 감각한다.

"알았습니다."

전화를 끊은 히데오는 잠시 그 자리에 가만히 서서 눈을 지그시 감아 프로젝트 실행에 관련한 역정(歷程)들을 파노라마로 떠올린다.

"화려한 정치적 입문을 위한 두 부자의 프로젝트. 그 마지막 한 수. 아버지는 이제 전국적으로 다져놓은 나와 나의 조직을 세상에 드러내어 열도에 이는 혐한주의와 대한 정책(對韓政策)의 이념적 주체로서 그 입지를 다지려고 하시는 것이다."

"히데오님."

기미꼬의 나직하고 온유한 음성이 히데오를 부른다.

"급한 일이신가 봐요?"

기미꼬의 두번째 음성에 여인과의 자리를 인식한 히데오가 미안한 표정을 지으며 그녀의 이마에 키스를 얹어 준다.

"기미꼬, 오늘은 함께 할 시간이 더 이상 없구나."

히데오를 따라 일어난 기미꼬는 여전히 은은한 여인의 자태를 잃지 않고 사내를 바라본다.

"프로젝트와 관련된 일인가 봐요?"

"그래, 아버님이 이제야 일을 마무리 지으실 모양이구나."

연인의 배웅을 뒤로하며 히데오는 아버지 히모토의 집무실이자 휴양소인 동경 교외의 대 저택을 향한다.

4

"아저씨!"

"그래, 하나꼬냐?"

"네!"

"용건은?"

"히데오가 방금 주점을 나갔어요. 아버지의 호출이라고 그래요."

"그래? 무슨 일로?"

"기미꼬 언니와의 얘기를 들으니 프로젝트의 마무리를 짓는대요."

"알았다. 수고하는구나, 하나꼬."

"언제 오실 거예요?"

"곧 가마."

5

"이찌로, 함께 가도록 하세."

"예, 보스."

저녁 식사와 반주(飯酒)를 함께 하며 향후 행보를 논의하던 무사시와 이찌로에게 야마시타의 전화가 날아들었다. 중요한 이야기가 있으니 즉시 대저택으로 달려오라는 것이다.

"힘 좋고 주먹 잘 쓰는 애들 몇 명 붙이라고."

"알았습니다."

"요즘 조센징들의 테러가 빈발하니 히모토 선생을 노리는 녀석들도 있을 게야, 히모토 선생을 만나는 우리도 몸조심해야지, 안 그런가?"

"그렇습니다, 보스."

이찌로가 전화를 해서 수하(手下)의 닌자 10명을 히모토의 저택으로 가라는 지시를 내리고 무사시와 이찌로는 식당을 나서 무사시의 리무진에 오른다. 물론, 무사시의 수행 경호원들이 리무진을 호위하여 앞뒤에서 에스코트하는 것은 당연한 임무이다.

셋, 의거의 끝

1.

동경 중심가, 고층의 오피스텔,

"똑똑!"

노크 소리와 함께 문이 열리고 장 박사가 들어온다. 뒤 이어 또 한 명의 사내가 들어온다.

의연한 장 박사와 대조적으로 긴장된 마음이 역력한 사내가 들어오자마자 방안을 두리번거린다.

"협보!"

해모수가 놀란 표정을 지으며 사내를 부른다. 협보가 안도의 표정을 지으며 해모수를 바라본다.

"장 박사님, 고생 많으셨지요?"

"하하, 별 말씀을요, 배 선수가 애먹고 계시지요."

장 박사가 간단한 인사를 하고 협보와 함께 한 배경을 설명한다. 그리고 가벼운 이야기를 던진다.

"배반명, 해모수, 고주몽, 협보. 한반도와 열도를 이어주는 사람들이지요."

좌중이 궁금한 표정을 역력하게 지으며 바라본다. 그리고 장 박사의 설명이 잠시 이어진다.

좌중의 수긍과 함께 이윽고 본론이 진행된다.

"과장님, 해모수 씨가 민간인 입장에서 특수 임무를 너무 잘 수행하고 계십니다."

"그러실 거요. 우리들 중에도 해모수 씨만큼 국가관이나 민족관이 투철하고 의로운 품성을 지닌 사람이 아마 없을 겁니다."

부하 직원의 찬사를 맞장구치는 장 박사의 얼굴을 바라보던 해모수가 다문 입술에 얇은 미소를 비추며 겸연쩍음을 대신한다.

"그리고 나는 이리로 오기 전에 사표를 냈습니다. 이제는 나도 해모수 씨와 마찬가지로 민간인 신분이지요."

"예??"

직원이 깜짝 놀라 두 눈이 휘둥그레진다.

"이번 임무는 양 국가 간 너무나도 첨예한 사안이 걸린 일이자 한 국가의 잘못된 지도 이념을 무너뜨릴 수도 있는 계기를 제공하는 프로젝트입니다. 여기에 국가가 개입하면 돌이킬 수 없는 일로 확대될 수도 있습니다. 그래서 이번 계획은 해모수 씨와 나, 두 사람의 대한민국 국민이 추진하는 것입니다."

"각하께서는 이 일을 알고 계십니까?"

박 주임이 긴장된 눈빛으로 묻는다.

"모르십니다. 다만 일신상의 이유로 잠시 쉬어야겠다는 말씀만 드렸습니다. 그러니 박 주임은 협보 씨와 함께 비밀리에 우리의 일을 측면 지원만 해 주십시오."

협보가 한 마디 할 듯 앞으로 나서자 해모수가 팔로 막아 제지한다. 박 주임이 그 모습을 바라보면서 한금에게 대답한다.

"잘 알겠습니다만, 과장님?"

"하하, 박 주임, 이젠 과장이 아니라 민간인 신분이라니까요?"

한금의 우스개 질책에도 박 주임은 어색하고 곤혹스런 표정을 짓는다.

"그래, 무슨 말이오?"

"예, 두 분의 실력이야 충분히 압니다만, 그래도 만약의 경우 측면에서 두 분을 지원해 줄 파트너가 필요하지 않을까요?"

"그렇지 않아요. 이번 일은 우리 두 사람이 완벽하게 수행하여야 할 사안이고 실패해서 체포된다는 최악의 경우도 시나리오에 포함되어 있습니다. 그러니 우리의 생명을 위해 지원되는 파트너는 필요 없습니다. 우리의 극비 작전이 새어 나갈 위험성만 커지고 그렇게 되면 국가 간의 위상에서 우리나라는 상당한 손상과 함께 한·일 관계에서의 소극적인 지위를 벗어날 수 없게 됩니다. 작전이 실패함과 동시에 우리 두 사람은 사라지고 프로젝트는 처음부터 없던 것이 되는 겁니다. 아시겠습니까?"

한금이 말을 마치며 그의 비장한 눈길을 박 주임으로부터 해모수에게로 옮겨 간다. 한금의 논리적인 결의의 선언을 담담하게, 그러나 깊은 공감으로 듣고 있던 해모수가 깊은 동공에 굳은 의지를 담아 한금에게 보낸다. 상대의 눈에서 티끌도 놓치지 않는 감정의 바다를 공유하면서 해모수는 미국 출국 전 한금과 두 사람만의 위국 결사(爲國決死)의 프로젝트를 계획하고 우국 동지(憂國同志)의 맹세를 하던 기억을 떠올린다. 일본의 한반도 정책에 있어서 유원(悠遠)한 침략적 정서의 뿌리로 자리 잡고 있는 일본의 왜곡된 "화(和)"의 경세 이념(經世理念)을 뽑아 버리기로 맹약을 한 대한의 두 청년 영웅은 해모수의 미국 원정과 때를 맞추어 태극의 붉고 푸른 패기를 열도의 중심부에 떨칠 계획을 세웠고 지금까지는 그 하나하나의 세부 계획이 차질 없이 수행되고 있는 중이다.

"장 박사님, 오늘밤에 히모토의 교외 집에서 독도 사건의 주모자들이 모두 모인다는 정보가 입수된 사실을 알고 계십니까?"

국가의 특수 요원답게 박 주임은 한 번의 어색함을 씻고 호칭을 바꿔 부르는데 익숙한 말투를 구사한다. 대외적인 국가사업에서 사연(私緣)이나 감정의 개입은 절대 배제되어야 할 문제라는 것을 서로 잘 알고 있기 때문에 그로 인한 거리낌은 없다.

"알고 있소."

"오늘도 여건은 나쁘지 않은 것 같은데요?"

"그렇지 않소. 우리의 임무는 조용하게 수행되어야 합니다. 많은 사람이 모이는 곳은 우리에게 적당한 장소가 아니오."

"그러시다면 구체적인 실행 계획이라도 있으신가요?"

박 주임의 질문에 한금이 눈을 지그시 감다가 다시 뜨고는 두 사람을 번갈아 바라보면서 긍정의 눈빛을 표하고 입을 연다.

"일본에 거주하는 재일 동포들 중에 애국 청년들의 비밀결사 단체가 있습니다."

해모수의 눈빛이 섬광을 번쩍이며 한금을 주시하더니, 다음 이야기를 짐작이라도 하듯 두 눈을 감고 긴장된 감각 기관을 집중한다. 박 주임 또한 자신들의 임무와 예사롭지 않은 관련 조직을 인식하며 심각하게 한금을 주목한다.

"최근 발생한 일본 정계 요인들의 피살 사건을 기억하시지요?"

"그렇다면?"

박 주임의 감탄적 질문과 함께 두 사람의 청자(聽者)가 전율의 긴장을 짧은 호흡으로 풀며 시각과 청각에 신경을 몰두한다.

"예, 그들이 일으킨 의거였습니다. 루트를 통해 들어온 정보에 의하면 최근 재일 교포 지도자들의 피살 사건에 울분을 느낀 소수의 재일 동포 청년들이 모여 결성된 조직이라고 합니다. 그들도 일제 강점기 식민 상황과 달라진 시대적 현실을 감안하면 테러와 살인의 도덕적 비난과 책임이 전적으로 본인들에게 지워진다는 사실을 모를 만큼 학식이 짧은 사람들이 아니라 모두가 대학을 우수하게 졸업한 인재들이란 겁니다."

"박사님! 그들의 인적 사항까지 확보하고 있단 말씀입니까?"

"그렇습니다. 5명의 재일 동포 청년들로 이루어진 비밀 조직이죠. 동경과 주변 도시에 거주하며 개인적 직업을 가진 젊은이들인데 아직은 의협심이 강한 20대 중반의 청년들인데 중요한 점은 남북한 이념을 초월한 민족주의 단체라는 데 있습니다. 박 주임, 제가 일본 국민들의 대한(對韓) 민정 탐사 차 왔을 때를 기억하시지요?"

박 주임이 다급하게 고개를 끄덕이며 한금의 막힘없는 언어를 도와준다.

"그때 재일 거류민단에 근무하고 있던 한 젊은이를 만났는데 애국심이 대단히 강한 청년이었지요. 그 청년과 술 한잔 하면서 짧은 이야기를 나눈 적이 있었는데, 그때 서로의 마음이 통해서 교류를 하게 되었습니다. 그런데 얼마 전에 이 친구로부터 연락이 왔더군요. 독도에 관한 사건과 재일 한국인 지도자들의 피살과 관련, 일본의 행동을 두고 볼 수만 없어서 결사 조직을 결성하였다는 겁니다. 그러면서 나에게 도움을 요청하는데 일본 정객들 중에 반한 주의자의 명단과 그들의 동정을 알려달라는 겁니다."

"그래서 알려 주셨습니까?"

박 주임이 뒷말을 못 기다리고 다그쳐 묻는다.

"예, 알려 주었습니다."

"그들이 나서면 두 분의 작전에 차질이 생기지 않을까요? 말리시지 그러셨습니까?"

"그런 생각을 안 해본 것도 아니지만, 긍정적인 측면도 있을 것 같아 놔두었습니다."

"그렇다면 그들이 두 분의 일을 담당할 수도 있는 겁니까?"

"글쎄요…."

한금이 확답을 못하고 끝말을 맺지 못한다. 젊은 혈기로 비밀 결사를 조직했다고 하나 그들의 열정에 비해 성과는 크게 기대하지 않고 있던 한금이었다.

"그렇다면 그들 조직 결성의 목적과 범위는 어떻게 되고 존속 기간은 언제까지가 되는 겁니까? 그리고 우리의 프로젝트와 맞물려 가는 상황을 어떻게 풀어나갈 생각입니까? 복안이라도 있습니까?"

두 사람의 이야기만 진지하게 듣고 있던 해모수가 한마디 질문을 던진다.

"그들의 결성 목적은 재일 교포의 피살에 버금가는 일본인, 특히 혐한론자로서 일본의 비중 있는 인물을 제거하는 것이 주목적입니다. 해산 시기는 저로서도 알 수 없습니다. 한·일간 국가적, 민족적 갈등이 해소되기 전까지는 지속되겠죠. 중요한 것은 일본의 비도덕적 행태가 계속되는 한, 이 특정 조직이 적발되어 해체되더라도 이와 유사한 조직들이 계속 생겨난다는 겁니다. 지금도 일본 전국에서 한인들의 극우 조직이 결성되고 있다는 정보가 입수되어 있습니다."

한금은 긴 이야기의 끝에 한 호흡의 마침표를 찍으며 두 사람의 심중을 읽듯 힘이 들어간 눈빛을 그들에게 던진다. 그리고 해모수의 마지막 질문에 대한 대답을 위해 한금이 말을 이어 나간다.

"우리의 계획 실행은 당분간 휴지기를 가져야 할 것 같습니다. 일본 정부와 히모토의 동태, 그리고 당분간 그들 국민의 정서를 살펴보고 특히, 우리 교포 청년들의 동태를 지켜보는 것이 중요합니다."

박 주임이 못 참겠다는 듯 다그쳐 묻는다.

"그렇다면 무기한 연기된다는 말씀입니까? 성과도 없이 박사님과 해모수 씨는 귀국하신다는 말씀인가요?"

"그렇습니다. 결사 의거 조직들의 동향 파악과 일본의 대응 방안이 향후 우리의 행동을 결정짓는 변수가 될 것 같습니다. 우리의 행동은 그때 가서 결정될 것입니다. 다만….”

해모수가 한금의 말을 가로막으며 자신의 의견을 피력한다.

“오늘 교포 청년들의 결사 조직 의거 결과가 우리의 행동을 결정지을 중요한 관건이 될 것 같은데요? 우리의 철수 문제는 그때 가서 결정해도 늦지 않을 것 같습니다.”

한금이 고개를 끄덕이며 공감을 표한다.

“그렇습니다. 오늘의 의거 결과는 우리의 행동을 결정지을 지표가 될 것입니다. 그들의 작전이 실패하여 히모토 조직에 체포되거나 살상 당하여 조직이 와해될 경우 우리는 히모토 조직의 해이한 틈을 치고 들어가 그들을 제거할 것입니다. 그러나 동포 청년들의 계획이 어떤 동기에 의해 취소된다든지, 미수에 그치는 경우가 발생하면 우리는 귀국합니다. 해모수 씨의 알리바이도 시간이 갈수록 불리해집니다. 유관장께서 권투 위원회에서 제의한 챔피언 등극의 환영식도 건강상 이유로 연기해 놓은 상태이지만, 무엇보다 스포츠 기자들의 취재 요청을 거부하는 것이 힘들다는 것입니다. 그런 이유로 히모토 부자에게 의혹을 제공하게 되면 우리의 입지가 아주 곤란한 상황으로 빠져들 수가 있다는 것입니다.”

해모수와 박 주임이 한금의 의중을 이해한 듯 긍정의 고개를 끄덕인다. 두 사람을 둘러보며 세 사람의 공감대 형성을 확인한 한금이 박 주임에게 시선을 고정하여 지긋한 톤의 음성으로 임무의 중요성을 다짐하듯 강조한다.

“비록 우리가 잠정적으로 프로젝트를 연기하더라도 그것은 단지 프로젝트 수행의 일시적 유보일 뿐 폐기되는 것이 아니므로 박 주임을 비롯한 현지 요원들은 앞서 말한 대로 정보원(情報源)의 끊임없는 탐지와 제공을 주 임무로 하여야 할 것입니다.”

"알겠습니다, 박사님."

박 주임의 흔쾌한 대답과 함께 두 사람의 동의를 끌어낸 장 박사가 두 손으로 해모수의 손을 부여잡고 악력을 가한다. 두 동지는 뜨거운 눈빛을 교환하며 의거의 아쉬움을 달랜다. 오피스텔에서 만남의 회포를 가볍게 푼 세 사람은 밤이 이슥해지면서 박 주임이 자신의 오피스텔 룸으로 돌아가고 해모수와 한금, 두 사람만의 독대(獨對)가 계속된다.

2

"각하, 그간 안녕하셨습니까?"

"오, 무사시 군, 어서 오게"

히데오와 야마시타를 좌우로 두고 히모토가 야쿠자 총수를 반갑게 맞이한다.

"그래, 그 동안 임무를 성실히 수행하느라 고생 많았지?"

"그렇지 않습니다. 각하의 기대에 못 미친 성과가 죄송스러울 따름입니다."

"아니야, 수고했어. 독도 사건만으로 자네의 역할은 충분하네, 내 자네 공을 잊지 않을 걸세."

"각하를 위해서라면 이 한 몸, 재가 되도록 충성을 다하겠습니다."

"허허허."

일본 정신의 지주로 자리를 잡고 있는 전직 총리가, 음지의 정치 활동을 위한 필요악의 존재로부터 충성 서약을 받으면서 기꺼운 웃음을 터뜨린다. 고전적 운치를 풍기는 찻잔의 그윽한 다향(茶香)을 즐기고자 히모토는 두 눈을 지그시 감고 콧방울이 딱딱해지도록 힘을 주어 비혈을 넓히고 턱을 은근히 들어 올려 모락모락 피어오르는 향기의 흡입에 여념이 없다. 프로젝트의 주인공 3인이 왜소하게 가냘픈 노구의 무거운 침묵에 긴장하며 노(老) 정객의 입이 열리기만 기다리고 있다. 이윽고 노 정객의 눈주름이 미동(微動)을 일으키며 가늘게 열린 눈꺼풀 사이로 기 빠진 노안(老眼)의 눈동자를 드러내 세 사람을 둘러본다.

"히데오!"

"예, 각하!"

아버지의 심각한 표정을 읽으며 결단의 순간임을 직감한 히데오가, 노인의 꼬장한 기개에 위축된 기분의 의례적인 호칭으로 아버지의 부름에 답한다.

"조직을 가동시켜라!"

세 사람의 수하들이 공통의 예상이 빗나가지 않았음을 확인하면서 비장한 마음을 더욱 다진다.

"예, 각하!"

"동경은 물론 전국의 피라미드 조직을 동시에 참여시켜 거족적인 국민운동으로 확산시켜야 한다."

"하이!"

"지금 전국은 한국과 한국민에 대한 국민의 악감정이 최고조에 달해 있다. 다께시마 사건과 정객 피살 사건은 절대적 혐한 의식으로 국민 정서에 자리를 잡아가고 있으니…."

히모토가 다시 생각에 잠기듯이 여운으로 말을 아끼며 감았다가 뜨기를 반복하는 눈동자에 음험한 야욕의 기운을 비친다.

"이제 그 국민감정을 정화시키고 대신해 줄 조직이 결정적으로 필요한 시기야. 히데오."

히모토가 말을 마치면서 자신의 외아들을 향해 지금껏 잘 수행된 프로젝트의 끝을 완벽하게 마무리 지을 수 있느냐는 질문을 묵언의 눈빛에 전하여 대답을 구한다.

"하이!"

아버지의 부름에 결의의 대답을 하는 히데오가 아버지를 닮아 역시 가늘게 찢어진 눈꺼풀 사이 동공에 힘을 실어 확신의 대답을 전한다. 히모토가 고개를 끄덕이며 그의 눈길을 히데오로부터 무사시에게로 옮겨간다.

"무사시, 자네는 지난번과 마찬가지로 시위가 시작되거든 계획대로 전국의 특정 지점들을 잡아 그 지역의 재일 교포 지도자들을 손보도록 해! 이번에도 지난번만큼만 해, 알겠는가?"

"예! 지시대로 행하겠습니다, 각하!"

"야마시타!"

"하이, 각하!"

"자네는 일이 터지는 즉시 한일 양국의 갈등 해결사로 히데오를 언론에 흘리도록 해"

"하이, 각하!"

"그리고 두 사람의 활동에 차질이 없도록 배후 지원도 아낌없이 해야 할 거야."

야마시타가 고개 숙여 대답한다.

"특히 행정기관의 간섭을 배제하는 데 총력을 쏟아야 할 거야."

"알겠습니다, 각하!"

"내가 총리와 장관에게 연락을 취해 놓을 테니 자네는 현장을 잘 단속하란 말이야, 알겠나?"

"하이, 각하!"

히모토의 재삼 다짐에 대하여 간결한 대답과 함께 90도를 꺾어 예를 표하는 야마시타를 바라보던 히모토의 눈이 다시 감기기 시작한다.

"D-데이는 언제로 잡으면 되겠습니까?"

히데오가 프로젝트의 시행 일자를 묻자 히모토가 결연의 눈빛을 허공으로 쏘아 보내며 자리에서 일어나 창문을 향한다.

"내일부터 시작해!"

가냘픈 노구로부터 뱉어져 나오는 무거운 언어의 무게를 감당하려는 듯 세 명의 젊은 수하들이 서로를 바라보며 긴장의 눈빛을 확인한다. 순간,

"탕! 타타탕!"

"쨍그랑! 와장창!"

음모의 주인공들이 제각기 모임의 의의와 임무를 지득(知得)할 무렵, 저택의 주변에서 요란한 총소리와 유리창의 자지러질 듯 파편 튀는 소리가 고요한 전원(田園)의 밤공기를 공포로 몰고 간다.

"각하, 엎드리십시오!"

야마시타가 히모토를 덮치며 고함을 지른다. 그와 때를 같이하여 무사시가 실내등을 끄면서 히데오와 함께 방바닥을 나뒹군다.

"쾅!"

네 명의 음모자가 엎드려서 위험을 피하고 있는 사이에 방문이 발길질에 차였는지 요란한 소리와 함께 '벌컥' 열린다. 야마시타와 무사시가 어느새 손에 거머쥔 권총을 방문을 향해 겨누고 있다.

"보스!"

무사시의 오른팔인 이찌로였다. 히모토 부자와 야마시타는 안중에도 없는 듯 보스의 안전을 확인하는 이찌로의 행동은 비록 사회로부터 냉대를 받는 야쿠자이지만 사나이의 의리와 보스를 향한 충성심으로 가득한 심지를 표출한다. 양손에 거머쥔 쌍권총을 좌우로 뽑아 든 자세로 보스를 확인하는 이찌로의 시야에 새카만 방안의 공기가 희미하게 시야에 드러난다.

눈알을 굴려 방안을 훑어 나가는 2인자의 동공에 엎드려 총을 겨누다가 부하임을 확인하고 서서히 일어나 벽에 붙는 무사시의 영상이 잡힌다.

"이찌로, 우리는 무사하네."

무사시가 이찌로의 근심을 덜어 주는 한 마디를 던진다.

"여기는 괜찮으니 애들 두엇 붙여 두고 바깥에 나가 보게, 적들을 모조리 잡아!"

"하이!"

실전에 익숙한 무사시와 이찌로가 명령을 주고받는 사이 아버지의 피를 이어 받았음에도 불구하고 숱한 경험의 소유자인 노 정객, 히모토의 담담한 태도와는 달리 청년 일본의 선봉임을 자처하던 신출내기 히데오는 핏기 가신 사색의 얼굴로 한쪽 구석으로 숨어들어 엎드린 몸을 움츠린 채 어찌할 바를 모르고 있다. 이찌로가 부하들을 데리고 밖으로 뛰쳐나간다. 어느 정도 정신적 여유를 찾은 세 명의 음모자가 일어나 창문보다 낮은 자세를 유지하여 벽에 붙어 앉는다. 여전히 냉정을 찾지 못하는 히데오는 엎드린 자세를 견지하여 누워 있고 방 안에 들어온 야쿠자 세 명이 창문과 방문을 지키고 서 있다.

"콰쾅! 타타타타탕!"

이찌로가 나가고 난 후 총격전이 더욱 치열하게 들려온다. 적들은 폭탄도 소지했는지 주변에 간간이 터지는 폭발음이 섬뜩한 전율로 전해져 온다.

3

"쿵쿵쿵!"

장한금과 해모수, 협보가 침실에서 각각의 싱글 베드에 누워 늦은 잠에 푹 빠진 오피스텔의 문을 누군가 요란하게 두드리고 있다.

"쿵쾅쾅!"

"박사님, 장 박사님!!"

이윽고 세 명의 의인이 거의 동시에 민감한 반응을 보이며 좁은 침대에서 벌떡 일어난다. 비록 방금 잠에 곯아 떨어졌다 할지라도 운동으로 단련된 예민한 본능과 지극히 심각한 사안을 눈앞에 둔 그들로서는 당연한 반응을 보인 것이다. 한금이 오피스텔의 문을 연다.

"첩보가 들어 왔습니까?"

"예, 박사님!"

다급하게 문을 밀고 들어오는 박 주임을 두 사람이 심각하게 바라본다. 평소와 다르게 허둥대는 박 주임의 태도에서 무언가 잘못됐다는 느낌을 받은 해모수가 입을 떼고 묻는다.

"결사 조직의 작전 수행에 차질이라도 생겼습니까?"

동공의 흔들림으로 초점을 제대로 잡지 못하던 박 주임이 청각을 자극하는 음파를 거슬러 쫓아와 해모수의 동공에 가까스로 안주한다. 깊은 숨을 들이쉰 박 주임이 첩보 내용을 두 사람에게 전달한다.

"히모토의 동정을 담당하고 있는 요원으로부터 방금 연락이 왔습니다만…"

끝을 맺지 못하는 박 주임의 대답에서 두 동지는 동포 청년들의 실패를 확신할 수 있었다. 박 주임이 진정되지 않는 언어의 떨림에도 불구하고 말을 이어간다.

"5명의 청년 대원들이 히모토의 저택에 잠입하는 과정에 담을 넘어서는 순간 경비원들에게 적발되었답니다.

그로부터 10여 분 총격전을 벌이다가 인원의 절대 열세와 지형 숙지가 되어 있지 않던 동포 청년들이 패하면서 4명은 사살되고 1명은 생포되었으나 그 한 명마저 현장에서 히모토의 경호 실장에게 팔 다리 관절과 목뼈를 꺾여 즉사했다는 소식입니다."

박 주임의 마지막 맺음말을 듣던 해모수와 한금의 눈동자에 불똥이 튄다.

4

"특집 뉴스입니다. 최근 한·일간의 첨예한 국민적 대립을 야기하는 사건이 매일같이 발생하는 가운데 어젯밤 늦게 전직 총리이신 히모토의 저택에 침입한 5명의 괴한은 재일 한국인 3세로 밝혀졌습니다. 이들은 이날 저녁 전직 총리이신 히모토 선생을 살해할 목적으로 히모토 선생의 저택에 침입하였으나 침입과 동시에 경비원들에게 발각되어 10여 분에 걸친 총격전을 벌였습니다. 그 결과 침입자들은 모두 사살되고 선생 측의 피해는 경비원 1명의 경미한 부상과 건물의 일부 파손에 그쳤다고 합니다. 그리고 사살된 재일 한국인들의 행적을 조사해 본 결과 지난 번 세 차례에 걸친 정계 요인들의 살해 사건도 이들의 소행임이 밝혀졌습니다. 새벽부터 다루어진 특집 뉴스의 영향으로 전국은 대한민국과 한국인, 특히 재일 한국인을 향한 증오가 하늘을 치솟는 가운데 크고 작은 테러가 빈발하고 있다고 합니다. 이와 관련, 또 한가지 주목할 사건은 개별적, 감정적으로 일관하던 민중의 정서가 전국적으로 거대 조직화한 모습의 국민운동으로 전환하는 모습을 보이고 있다는 것입니다. 동경을 비롯한 열도의 주요 도시에서는 오늘 하루 동안 수십 개의 조직들이 난립하여 한국 타도를 부르짖으며 개인적 감정의 표출을 못하던 개개의 국민들을 흡수하는 모양이 마치 굶주린 불가사리의 형상을 연상시키며 거대화하고 있다고 합니다."

계속되는 특집 뉴스의 보도가 민감한 시사 문제를 다루는 가운데 해모수와 한금의 심각한 표정에 침통함과 울분의 감정이 수시로 교차되어 나타난다.

"해모수 씨, 우리가 귀국하기 전에 꼭 해야 할 일이 있다는 생각이 듭니다. 이번 사태와 관련하여 적들의 동태는 이제 공공연하게 적의를 거리낌 없이 드러내어 저희 국민을 선동하고 있소. 어제의 사태와 관련하여 일본인들의 동포들에 대한 크고 작은 테러가 열도에 빈발한다는 정보가 들어오고 있어요. 재일 동포들의 입지는 극도로 축소되어 이 상태로 방관하게 되면 일제 강점기 식민지 국민의 처지로까지 몰락할 지경입니다."

"동감입니다. 장 동지의 말대로 우리의 향후 대응 방안은 더 이상 연기될 이유도 명분도 없습니다. 그리고 저의 알리바이도 문제될 것이 없습니다. 여기서 제 몸을 묻겠습니다."

극도로 격앙된 감정을 억제하며 대답하는 해모수의 표정은 그 어느 때의 분노도 비교되지 않는 용암 분출 직전, 곳곳에 연기를 뿜어내는 활화산과도 같은 모양으로 화를 삭이고 있다. 2000년 1월 1일 히모토의 독도 망언 때도 이와 같지는 않았다.

"지금 일본은 양국의 전면전도 불사한다는 태도를 견지하고 있습니다. 그래서 양 국 국민을 감정 대립의 끝으로 몰고 가고 있습니다. 아니, 일본이라기보다는 히모토 부자가 히모토 가문의 영광을 위하여, 히데오의 정치적 입신을 위하여, 거대한 두개의 국가와 양국의 수많은 국민을 동원하여 대립을 조장하는 드라마를 연출하고 있는 것입니다."

한금 역시 매스컴과 정보원(情報源)을 통해 입수되는 일본 국민의 무지적(無知的) 험한 의식의 고조를 걱정하는 한편, 개인적 야욕에 눈먼 나머지 자국의 국민을 기만하여 "화(和)"의 이념을 악용하는 교활하

독도선언 **267**

고 악랄한 히모토 부자의 소인배적 입신 전략을 생각하면, 향후 수십 년 간 한·일 관계를 우려하지 않을 수가 없는 것이다. 자신의 입신을 위해 국민을 오도(誤導)로써 선동하여 적대감을 고조시키고 수많은 인명을 자신의 출세를 위한 수단으로 가벼이 여기는 태도는 과거 제국주의 일본 정객들의 가치관과 다를 바가 없다. 그리고 히모토 부자의 개인적 야욕을 성취하기 위한 사악한 방법은 히틀러와 같은 비인간적 독재자의 방법을 연상시키는 사고의 발상이라는 점에서 한금은 깊이 우려하는 것이다.

"히데오, 이놈! 사악한 영혼을 극복하지 못하고 이렇게 잘못된 길을 가다니!"

지식이 많다한들 사악하고 이기적인 감정을 초월하지 못하는 인간의 행로는 이와 같이 자신의 입지만을 돌볼 뿐 주변을 돌아볼 줄 아는 인간적인 배려를 갖지 못한다. 그리하여 그들은 편견과 편협의 외길만을 고집하고 그 길을 자신의 정도(正道)로 정당화하는 것이다.

"장 동지!"

해모수가 생각에 잠긴 한금을 불러 심각한 상황을 상기시킨다.

"오늘 밤부터 일을 시작해야겠습니다."

"계획도 세우지 않고 말입니까?"

"일의 진행상 한시가 급합니다. 지금의 긴박하고도 과격한 분위기를 편승하면 누가 어떤 사태를 초래할지 모르는 일입니다. 심지어 국가 간의 심각한 대립 관계로까지 확대될 소지가 충분히 잠재되어 있습니다. 그리고 아까 뉴스의 조직화된 험한 감정은 무언가 냄새가 나는 구석이 없지 않습니다. 전국적인 조직의 갑작스런 대두는 분명히 정치적인 사조직일 가능성이 큽니다. 히모토 가문의 사조직일 겁니다."

해모수가 호흡을 고르며 이야기를 한 템포 늦추는 사이 한금이 말을 받아 이어 나간다.

"나도 그렇게 생각합니다. 히모토 일가, 구체적으로 히데오의 사조직일 가능성이 큽니다. 한일 감정을 격화시켜 일본 열도를 대한(對韓) 반감의 정서로 몰고 가서는 소수의 사조직이나마 전국이 일체적 정서를 가졌을 때 조직적 활동을 함으로써 동질의 정서와 조직의 확대를 유도해 낸 다음 주인공인 히데오가 등장함으로써 자연스럽게 전 국민의 지지와 공감을 받는 지도자의 이미지를 구축하려는 것이겠지요. 아마도 이러한 정치적 사욕을 목적으로 지금까지의 프로젝트가 수행되지 않았나 생각되는군요. 지난 번 히모토의 독도 망언도 이 프로젝트의 기획 속에 있었던 게 분명해요."

해모수가 동감을 표하며 고개를 끄덕인다.

"일의 수행을 어떻게 해 나가려고 하십니까?"

"프로젝트의 가담자들을 제거해 나가야지요."

한금의 우려 섞인 질문에 해모수는 결연한 의지를 담담한 어조로써 피력한다.

"그렇다면 히모토 부자와 히모토의 현역 시절부터 충실한 수족의 역할을 다해 온 야마시타 경호 실장, 마약 관련 야쿠자 조직의 무사시를 대상으로 보고 있는 겁니까?"

"그렇습니다. 그들만 제거하면 국민감정은 어느 정도 시간이 지나면서 잦아들 것이고 현명한 지도자, 이들과 같이 비상식적 인물만 아니라면 양국의 관계는 선린우호의 정상관계를 되찾을 것이라고 확신합니다. 무엇보다도 미치광이와도 같은 히모토 부자의 제거가 절대적 요소입니다. 특히 히데오와 같이 사상이 그릇된 자는 그냥 둘 수 없습니다. 지금의 위태로운 상황도 그 자의 정치적 입지를 위해 기획된 것이고, 또한 비도덕적인 프로젝트에의 적극적인 참여 행위는 향후 한·일간의 장래를 결정지을 중대한 변수입니다. 늙은 히모토는 삶이 다 되었다 하더라도 젊은 미치광이가 다시 제 아버지 이상으로 대한 관계를 왜곡하여 이끌어 나갈 것을 생각하면, 같은 세대로서 앞으로 수십 년의 한일 외교 관계를 지켜보며 살아가는 국민의 당사자로서 그 고뇌를 감당하기가 힘들 것입니다. 지난 번 그와의 대화에서 편견과 편협으로 사로잡힌 삐뚤어진 국가관을 보고 들으면서 느낀 바가 큽니다. 그런 자가 정치인이 되면 한, 일 양국이 모두 불행해지는 결과를 가져옵니다."

한금이 해모수의 의견에 적극적인 반응을 보이며 동의를 표한다.

제 13 장

대단원

하나, 대결

1

동북아 정치 경제 연구소의 산하 점조직들의 전국적인 농성이 성공적으로 수행되자 무사시와 이찌로는 다음 날에 있을 재일 한국인 지도자들을 제거할 계획의 검토를 한 후 그 날만은 무슨 생각이 들었던지 경호 부하들을 물리치고 술집을 찾았다. 감정 조절이 가능할 정도로 기분 좋게 술을 마신 그들이 주점을 나와 승용차로 동경의 인적 없는 도로를 달릴 때, 그때까지 무사시의 스피드에 맞춰 따라오던 검은색 승용차가 과속으로 달려와 야쿠자의 승용차를 옆으로 들이박더니 도로 가장자리에 멈추어 세운다. 기습에 놀란 무사시가 이내 정신을 가다듬고 가슴을 더듬으니 일이 안 풀리려고 그러는지 총도 사무실에 두고 그냥 나왔다. 지난 번 테러 조직의 일망타진 후 긴장이 풀리고 마음이 해이해진 탓이 크다. 이찌로가 보스를 수행하는 입장에 그의 장기인 검술용 쌍검을 휴대한 것이 다행이라면 다행이었다.

"만일 적이 총이라도 갖고 있다면 우리가 위험하다."

순간, 더 이상의 생각할 겨를을 주지 않으려는 듯 다시 한 번 괴한의 승용차가 운전석을 향해 돌진한다.

"보스! 뛰어 내리십시오!"

차 문을 급하게 열고 튀어 나와 횡단보도로 몸을 피하는 두 사람의 차 문 앞에 괴 승용차가 급정거를 한다.

"끼이~ㄱ!"

잠시의 정적 뒤에 야쿠자들이 무기를 갖고 있지 않다는 사실을 확인한 듯, 승용차의 문이 열리고 두 사람이 천천히 모습을 드러낸다.

2

한금과 해모수,

한금이 박 주임과 하나꼬 등 첩보원들로부터 수집한 정보로 두 사람이 그들의 행적을 찾는 데는 별 어려움이 없었다. 빌딩 숲 동경, 대낮의 햇빛 기운이 잦아든 회색 하늘의 서녘은 어스름 황혼이 물감을 뿌려놓은 듯 태양 주위를 붉게 물들여 가고 낮아진 일광의 조도를 좇아

시나브로 떨어지는 명도가 지상을 어둡게 물들여 간다. 서녘, 지평선 나뭇가지에 지쳐 걸린 태양이 힘겹게 뿜어내는 예각의 빛으로 인해 땅거미가 짙고 길게 내뻗을 무렵, 두 사람은 오피스텔을 나와 프로젝트 완성을 향한 행동을 시작한다. 무사시를 먼저 제거하기로 결정한 두 사람은 무사시의 사무실을 찾았고, 얼마간의 기다림 끝에 그들의 뒤를 추적할 수 있었다.

3

만일의 사태를 대비해 준비해 간 권총을 바지의 뒤쪽 허리춤으로 밀어 넣은 두 사람이 각자 자기가 맡은 상대를 찾아간다. 급정거 후 잠깐의 정적 동안에 해모수가 무사시를, 한금이 이찌로를 상대하기로 두 사람은 결정하였던 것이다. 챔프를 알아본 무사시와 이찌로도 야쿠자의 보스들답게 정해진 자신들의 상대를 확인하고 전열을 가다듬는다.

"실력도 실력이지만 명줄도 굵고 긴 놈이다! 이젠 내 목숨까지!"

상대를 인정하면서도 야쿠자의 자존심을 위해 아래위 치아를 마찰시키는 무사시의 눈두덩이 이지러진다. 미련을 떨치며 살생의 결투를 준비하는 야쿠자 총수의 포즈는 완벽한 무인(武人)의 기를 내뿜어 상대를 긴장시키기에 충분하다. 그러나 비록 가라테의 고수로서 산전수전을 다 겪은 야쿠자 두목이라고 할지라도 현역 세계 챔피언으로서 세계 복싱 판도를 뒤집어 놓을 실력과 야망을 갖춘 해모수의 상대가 되기에 무사시는 늙어 있었다. 기선을 제압할 듯, 무사시의 선공으로 목숨 건 결투가 시작된다. 한두 번의 상대 발차기를 보고 실력을 파악한 해모수에게 세 번째 날아든 무사시의 어설픈 돌려차기는 그 순간 자신의 생명을 내놓아야 했다. 고개를 숙이고 다리를 흘려보낸 해모수가 앞쪽을 향하는 상대의 가슴 아래로 파고들어 오른쪽에 이은 왼쪽의 숏 훅을 살 오른 볼에 터뜨려 버린다. 혼절과 함께 흰자위만을 드러낸 야쿠자 보스가 시간이 멈춘 공간의 순간에서 마치 하얀 석상의 모습으로 고정되어 서 있다. 이윽고 히모토 가(家)의 한 탑이 서서히 무너져 내린다. 절명을 결심한 챔프의 정권에 강력한 기가 뿜어 난다. 야쿠자의 복부를 향해 필살의 주먹이 예각을 이루며 나가려는 순간, 해모수의 뇌리를 파고드는 한 영상이 뚜렷하게 각인되어 나타난다. 히모토를 향한 분노의 제물이 되어 링 밖으로 떨어진 가토의 모습이 무사시에게 오버랩 되어 등장하는 것이다. 가토는 그 시합의 후유증으로 뇌를 다쳐서 반 식물 상태로 은퇴를 하였다고 한다. 건전한 스포츠 정신을 위배한, 국가적 사안과 관련하여 극도로 분노한 감정의 표출이었음을 해모수는 잘 알고 있었기 때문에 가토의 소식을 접하고는 못내 괴로운 마음을 한동안 달래기가 힘들었다. 또 다시 그 순간을 맞이한 해모수는 촌각의 갈등 끝에 바스라들 듯 이빨을 짓깨물어 흔들리는 심지를 극복한다. 대의를 위해 소의를 버리기로 마음을 결정한 해모수의 좌우 철권이 무사시의 복부에서 얼굴로 이어지는 섬광을 번쩍인다. 마침내 일본 야쿠자의 아성이 허망하게 무너져 내리고 꿈틀거린 야망의 꿈도 모래탑과 같이 붕괴되어 버린다. 짧은 시간에 힘들지 않게 상대를 잠재운 해모수가 불현듯 고개를 돌려 야쿠자의 부두목과 결투중인 한금을 바라본다.

4

　두 명의 적은 횡단보도의 철책을 넘어 언덕 아래 숲 속에서 목숨을 다투고 있다. 격투기의 고수이면서, 또한 닌자 조직의 총수답게 암수의 달인인 이찌로를 상대하는 한금이 상대를 제압하지 못하고 우열을 가리기 힘든 대결을 벌이고 있다. 아니, 보다 냉정하게 말하면, 칠흑의 밤을 가르며 차갑도록 번득이는 이찌로의 예리한 쌍검의 칼날을 한금이 힘겹게 피하고 있다고 보는 것이 정확한 표현이었다. 야쿠자라는 허울만 벗겨 낸다면 이찌로의 무술의 경지는 가히 여타의 추종을 불허하는 무술의 대가임을 부인할 수가 없다. 암흑의 무대, 주인공의 율동을 쫓아 비추이는 단 하나의 조명 아래에서 화려한 검무(劍舞)를 선뵈는 아티스트와도 같이, 구름을 벗어난 교교한 달빛 아래 이찌로의 무공은, 직선적 무술의 경지를 부드러운 곡선의 예술로 승화시킨 고아한 자태에서 뿜어져 나오는 숨겨진 살기를 한금에게 마구 퍼부어 댄다. 촌각의 겨를도 주지 않고 끊임없이 쏟아지는 살수(殺手)를 피해 나가는 한금의 얼굴과 온 몸이 땀으로 흠뻑 젖어 달빛에 반사되는 그의 모습은 보석의 반짝임과도 같이 영롱하기까지 하다. 무사시의 후계자로서, 차기 야쿠자 조직을 이끌어 갈 보스로 지목되고 있는 이찌로는 30대 중반의 강건한 근력과 체력을 지닌 190센티미터의 체구를 자랑하는 건장한 사내이다. 거기에다 타고난 유연성과 날랜 스피드는 명암을 초월한 주먹 세계의 일인자 임을 자타가 부정할 수 없는 사실이다.

"상대를 잘못 골랐어! 내가 이찌로를 맡았어야 하는데. 무술의 고수에게 쌍검까지 쥐였으니 긴 리치에 검의 길이를 더하면 이건 지금까지 잘 피해 온 최 동지를 칭찬할 일이다."

해모수가 한금을 돕기 위해 이찌로의 후미(後尾)로 돌아가려는 찰나, 그때까지 숲의 지형지물을 이용해 잘 피해 나가던 한금이 더욱 더 공격의 고삐를 죄며 달려드는 이찌로의 섬광을 다급하게 피하다가 그만 돌부리에 걸려 넘어진다. 곁눈질로 무사시의 몰락을 깨달은 이찌로가 필살 승부로 스피드와 템포를 높여 가공할 밀어붙이기로 승부를 걸어오자 그때까지의 공격 리듬에 익숙해 있던 한금이 이찌로의 기(技)와 힘의 급습에 당황했고 설상가상으로 돌부리의 지형지물까지 이찌로를 도와 한금이 풀밭에 나뒹군 것이다. 모골이 송연해지는 절박감을 섬뜩하게 전율한 한금이 신속하게 땅을 뒹굴고 일어나 무릎을 딛고 자세를 잡는다. 그 순간, 은빛 섬광이 꼬리를 문 차가운 비수가 한금을 향해 날아든다. 1,000분의 1초도 안 되는 순간의 본능적 직감으로 한금이 상체를 비틀어 젖힌다. 그와 동시에 차가운 무게의 비수가 번개의 섬광을 폭발시키며 한금의 삼두근에 불꽃을 튀기고 지나간다.

"으윽!"

정확하게 심장을 향해 날아오던 비수가 한금의 본능적 감각과 날랜 동작으로 팔을 스쳐 보낸 것이다. 찢겨져 나간 살점의 부위에서 신랄한 통증이 전해짐과 거의 동시에 상처 아래로 뜨거운 액체의 전율이 세포 하나하나를 자극하며 흘러내린다. 한금이 강인한 정신력으로 통증을 인내하며 다시한번 땅바닥을 굴러 가까운 나무 뒤로 몸을 숨긴다. 나무에 등을 기댄 한금이 오른손을 등 아래 허리춤으로 가져간다.

"이런, 총이 없다!"

땅바닥을 뒹굴면서 떨어뜨린 모양이었다. 한금이 순간의 낙망을 잊고 다시 초미지급의 해법을 강구하느라 여념이 없다. 한편 이찌로는, 치명타를 입은 초식동물의 피할 수 없는 은닉 행위를 즐기는 천부의 가학적 오락 행위를 즐기는 맹수와도 같이 입술에 차가운 미소를 내비치며 한금을 향해 서서히 발길을 옮겨 간다. 어느 정도 거리를 맞춘 이찌로가 나무 옆으로 몸을 날려 한금의 측 후방에 자리를 잡는다. 한금이 다시 나무를 돌아 몸을 움직일 사이도 없이 칼을 치켜든 이찌로가 한금을 향해 몸을 던지려고 한다.

"탕!"

일촉즉발의 순간, 자고이래로 인간의 감성을 고양해 온 밤의 주인공이 휘영청 황금빛을 내리쬐어 일구어 내는 세상의 진리적 풍경을 일거에 깨뜨리는, 쇠붙이의 파열음이 토해져 나온다.

한금의 위급한 장면을 목격하며 쫓아오던 해모수가 혁대 뒤에 끼워 둔 권총을 꺼내 이찌로를 향해 공포를 쏘며 달려온다. 이찌로의 동작이 순간 얼어붙었다가 곧장 고개를 돌려 해모수를 노려본다. 한금이 다시한번 찰나의 틈을 타 낙법으로 이찌로를 피해 해모수를 향한다. 한금의 안전을 확인한 해모수가 권총을 들어 올려 이찌로의 얼굴을 향하고 검지로 몰린 감각의 신경 세포는 차가운 방아쇠의 서늘함에 정신마저 뚜렷해진다. 미동도 인정치 않으려는 듯 해모수의 안광이 심야 야수의 눈빛을 거침없이 뿜어낸다. 무술의 달인으로서 눈빛만으로도 상대의 무공과 감정의 깊이를 읽을 수 있는 이찌로가 암수(暗數)의 동작을 포기한다. 방금 전까지 쌍칼을 들고 승자의 우월한 세를 과시하던 이찌로가 역전된 입지를 인정하고 칼을 든 손에는 서서히 힘이 빠져나간다. 산전수전을 다 겪은 역전의 용사답게 이찌로가 실전의 경험을 살려 천행(天幸)을 기대하며 쥐고 있던 칼을 바닥에 던진다. 맨주먹의 대결을 유인하는 이찌로의 노련미를 충분히 간파하는 해모수가 그에 개의치 않고 권총을 한금에게 넘긴다. 해모수는 일본 야쿠자와 닌자의 실전 총책이자 무공의 달인인 상대를 정당한 대결로 극복해 보고자, 이찌로는 죽음의 순간을 벗어나 결투의 와중에 삶의 기회를 얻고자, 두 적수는 필살의 태세를 안광으로 뿜어내며 거리를 좁혀 나간다. 프로 복서로서 세계 타이틀을 거머쥔 챔프임을 잘 아는 이찌로가 샌드백을 두드려 온 자신의 권력(拳歷)을 자랑이라도 하듯이 큰 키에 긴 리치를 이용해 잽을 날려 온다. 스텝만은 맹수의 조심스런 접근을 유지하며 날카로운 눈을 챔프의 동작에 전념한다. 상대의 전공 분야를 택해 도전해 오는 이찌로를 잠시 의아해 하던 해모수가 귀 주변으로 이는 바람의 흔들림으로 전해 오는 심상찮은 펀치의 무게를 감

276

지하며 상체와 하체의 움직임에 신중을 기한다. 지금껏 링 위에서 만난 어떤 상대보다도 강인한 냄새를 풍기는 상대를 심야, 천연의 숲속에서 대적하는 해모수는 이찌로와 함께 숲의 제왕을 다투는 두 마리의 맹수로 돌변하여 자신들을 동점으로 한 타원 위를 탐색(探索)의 긴장감으로 돌아간다. 잽과 함께 이따금씩 카운트 펀치를 터뜨리기 위해 타이밍을 잡는 이찌로의 자세는 웬만한 허점을 잡기가 힘들다. 마치 전성기의 토마스 헌즈의 괴이, 음험함을 풍기는 장신의 세밀한 근육질 몸매가 강자의 카리스마를 오만하게 내뿜고, 연속되는 주먹의 반복은 근지구력으로 단련된 훈련의 강도를 짐작케 한다. 현란한 조명 아래에서 관중의 환호를 받는 공인의 권좌를 충분히 향유할 수 있는 실력을 갖추고도 영예의 자리를 마다하고 음지의 암흑세계를 평정하는데 만족하며 일상의 무(武)를 즐기는 신비의 사내를 마주한 해모수는 프로복서가 되기 전의 자신과 이찌로를 비교하며 작으나마 교집합의 공감대를 인식한다. 상대를 뚫어질 듯 몰두하는 이찌로의 시선은 자신의 실력에 흔들리는 현역 챔프의 심중을 읽고 세상으로부터 숨겨 놓은 주먹의 위력을 발휘하고픈 자만의 욕구가 꿈틀거린다.

"쉬쉭! 쉭! 츄츄츅!"

한동안의 탐색 시간을 보낸 이찌로가 길고 날카로운 스트레이트를 날리며 달려든다. 자신의 복싱 실력을 발휘하고픈 욕구로 잠시 전 죽음의 기로를 망각한 이찌로는 사각의 링에서 챔피언을 마주하는 환상을 가지고 마치 모터 달린 창과도 같이 근접을 허용치 않는 기계적인 반복의 날카로움을 상대에게 쏟아낸다. 빠른 스텝으로 사이드를 빠지며 상대의 약점을 찾는데 곤혹스러움을 금치 못하던 해모수가 자신의 자존심을 긁는 상대의 술수에서 벗어난 것이 그 잠깐 후였다. 해모수의 스텝이 이찌로의 잽과 스트레이트를 피해 멀찌감치 백스텝으로 물러나자 이찌로가 다시 방심 없는 자신감으로 해모수를 밀고 들어온다. 순간, 이찌로의 진입과 동시에 해모수가 더킹으로 상대의 품으로 달려들듯 자세를 취한다.

"슉!"

기다렸다는 듯이 이찌로의 섬광 같은 레프트 어퍼컷이 불을 뿜는다. 일발필살의 가공할 펀치가 해모수의 안면에 바람을 가르며 솟아오르고 한 번의 트릭과 함께 이찌로의 맞은편 좌측으로 스텝을 옮긴 해모수는 왼발 뒤꿈치를, 오른쪽잡이로서 앞으로 체중을 실어 내민 상대의 왼발 뒤꿈치에 걸어 힘차게 상대의 앞쪽으로 잡아 차 당긴다. 갑작스런 트릭으로 발목을 걷어차인 이찌로는 순간적으로 자세를 잃고 상체는 해모수 쪽을 향한 채 뒤쪽으로 중심이 기울어진다. 기회를 놓칠세라 야수보다도 민첩한 몸놀림으로 상대의 균형을 빼앗은 챔프는 왼발의 안정된 착지와 함께 자연스럽게 뒤로 젖혀지는 자신의 왼팔에 무심(無心)의 에너지를 응집한 레프트 혹으로, 균형을 잃은 채 상대를 돌아보며 뒤로 가라앉는 이찌로의 끄떡 들린 아래턱을, 어깨를 축으로 한 본능의 기계적 작동으로 유연하게 돌려버린다.

"빠각!"

턱뼈가 바스러지는 통음(痛音)이 차가운 공기를 긴장시키며 허공으로 사라진다. 생사를 결정하는 오롯이 한방의 주먹을 온전히 맞은 이찌로는 침과 피로 범벅이 되어 흐르는 게거품을 낭자하게 하늘을 마주하며 누워 있다. 한참이 지나 기절해 있던 이찌로가 혼미한 정신을 차리고자 머리를 좌우로 심하게 흔들다가 극심한 통증을 입 밖으로 토해낸다.

"크읔!"

부서진 턱뼈가 건들거리며 살아 있는 미세한 신경세포들을 일일이 자극한 것이다. 그와 함께, 이빨을 짓이겨 극심한 고통을 참으려 애쓰던 이찌로는 역시 턱으로 전달되는 관련 신경조직을 통증으로 절감하면서 고통의 물리적 인내를 포기한 채 격렬한 통증을 즐기려 마음먹는다. 그리하여 고통으로 벌어지는 입을 자연스럽게 그대로 두고 격렬하게 뼈 속을 스며들어 후벼대는 고통의 오르가즘에 혼을 놓더니 다시 엎어져 숨을 놓아 버린다. 챔프의 자존심을 긁으며 신경전의 우월을 점하려던 이찌로는 링이 아니라 생사의 갈림길에 선 야산의 숲을 인지한 냉철한 챔프에게 전문 싸움꾼의 자리를 내주게 된 것이다.

5

적을 제거하여 첫 날의 계획을 완수한 두 동지는 그들의 아지트로 돌아온다. 다음 날을 일본 체류의 마지막 날로 정한 두 동지는 박 주임과 더불어 치밀한 계획을 마련한다. 회의를 마치고 한금이 전화를 걸어 하나꼬를 부른다. 두 사람이 의아한 표정을 짓자 한금이 그들을 이해시킨다. 그녀가 그토록 열망하던 고국에서의 삶을 살게 해 주기 위하여 데려가는 것이라고 설명한다. 두어 시간이 지나자 방문을 노크하는 소리가 들려온다. 기미꼬에게 청하여 휴가를 받은 하나꼬가 들어온다.

6

2001년 00월 12일
[일본 최대의 야쿠쟈, 무사시 파의 두목 무사시와 부두목 이찌로, 피살체로 발견]
"사인(死因)은 둔탁한 흉기에 온 몸을 두들겨 맞은 것으로 담당의 소견 피력."

"야마시타!"

"예, 각하!"

"이게 어떻게 된 거야? 무사시가 왜 죽은 거야?"

히모토가 조간신문을 두 손으로 잡고 흔들며 경호 실장을 다그친다.

"예, 각하. 그 문제로 경시청에 조회를 해 보았습니다."

"뭐라 그래?"

"예, 피살된 동기는 수사 과정에 밝혀지겠지만 피살체의 몸에서 드러난 상흔에 대한 견해가 심상찮게 생각됩니다."

"뭐라 그러는데?"

히모토가 실장의 브리핑을 받는 눈빛에 기운을 뿜어내며 거구의 야마시타를 노려본다.

"부검의 소견과 종합한 담당 수사 과장의 견해는 사체의 피격 부위와 상흔의 크기로 보아 엄청난 파워를 지닌 전문 싸움꾼의 가격일 가능성을 제시하는 겁니다.

"그렇다면?"

히모토가 지나가는 생각으로 가볍게 말을 뱉는다.

"조직의 세(勢) 싸움과 관련한 타 조직의 테러를 받았다는 말인가?"

"각하, 야쿠자 세계에서 다른 조직의 보스를 공격하는데 맨주먹을 사용하는 예는 없습니다."

"그럼, 누구 짓이란 얘기야?"

프로젝트 실패의 불길한 예감에 히모토는 신경질적인 반응으로 야마시타를 다그친다.

"수사 과장의 견해로는 주먹에 관한 한 따를 자가 없을 정도의 스피드와 펀치를 가진 자라고 추정하고 있습니다."

"그렇다면 권투 선수라도 된다는 얘기야, 뭐야?"

히모토가 무심결에 뱉은 말에 스스로 깜짝 놀라며 온 몸에 돋아나는 모골의 송연함에 볼품없는 노구를 옹송그린다.

"각하, 침착하십시오."

야마시타가 노구의 건강을 염려하며 히모토를 진정시킨다.

"과장의 말로는 복서라도 보통 복서의 실력이 아니랍니다. 설령 과장의 말을 빌리지 않더라도 일본 최고의 야쿠자 보스 두 명을 맨주먹으로 살인할 정도의 실력이라면 가공할 무술의 실력자임이 분명합니다. 무사시와 이찌로가 어떤 자들입니까? 격투기의 달인들 아닙니까? 특히 이찌로의 타격 부위는 턱 아랫부분 단 한군데로서 부검의와 수사 과장은 그가 결투 중에 타격을 받은 것으로 진단을 내렸습니다만, 제 소견으로도 상대가 대결 중에 번개 같은 스피드에 가공할 파워를 실어 상처 부위인 이찌로의 턱을 한방에 찍어 날려 절명시킨 것으로 사료됩니다. 물론, 그것보다는 고정되어 있는 이찌로의 턱을 해머 같은 쇠뭉치를 전력으로 가격했다는 것이 객관적인 설득력이 강합니다만, 그 위력은 무사시의 것보다도 훨씬 큰 것이었습니다."

"위력이 다르다? 그럼, 한 놈의 짓이 아니란 말이 되지 않나?"

히모토는 범인이 해모수가 아닐 수도 있다는 작은 희망을 걸고 야마시타를 바라보며 긍정적 대답을 채근한다.

"각하, 무사시와 이찌로의 상흔의 경우에 범인은 동일 인물이라고 봐야 합니다."

히모토가 불쾌한 표정으로 눈빛에 그 이유를 물어 전한다. 야마시타의 설명은, 한 사람이 치는 주먹이 언제나 같은 데미지를 상대에게 입히는 것은 아니라는 것이다. 그 이유는 롱 펀치와 숏 펀치의 차이, 예각과 둔각의 차이, 스피드와 파워, 끊어 치기의 정도에 따라 펀치의 위력이 다르게 나타나는데 위력이 다르더라도 타점의 흔적만으로 전문가들은 동일 인물임을 짐작할 수 있다는 것이다. 이번 경우는 두 쪽 모두 동일 인물이 필살의 타법으로 주먹을 휘둘렀으나 타격을 할 당시의 상황에 있어서 무사시의 경우 범인의 상대가 안되었는지 범인이 부담 없이 연타를 두들겨낸 것 같다는 것이다. 그리고 이찌로의 경우에는 범인이, 힘에 겨운 상대의 순간적, 결정적인 허점에 혼신의 힘을 기울여 타격했을 것이라고 말한다. 야마시타의 말을 흘려들으며 애써 침착함을 유지하려 노력하는 히모토의 하체도 이미 기력이 다 빠져나가 무생물 덩어리와도 같이 의자에 축 늘어져 있다. 강렬한 인상으로 히모토의 가슴을 향해 밀려오는 해모수의 환상은 노약한 히모토의 마음을 점령해 버린다. 해모수의 각인된 형상으로 혼미해지는 정신을 가까스로 추스르던 히모토는 해모수를 상대하는데 있어서 유일한 안식처인 야마시타의 두터운 가슴에 강한 눈빛을 집중하여 가까스로 평정을 구한다.

"해모수일 가능성을 배제할 수 없습니다."

이미 야마시타와 이심전심으로 녀석임을 확신한 히모토는 야마시타의 가정에 큰 동요 없이 긴 한숨으로 흔들리는 마음을 진정시킨 후 기운 빠진 목소리를 내뱉는다.

"그녀석이 일본에 와 있다는 얘기야?"

"공식 창구를 통해 의뢰해 본 바로는 녀석의 입국 흔적이 없습니다."

"그렇다면 밀입국을?"

"예, 그럴 가능성이 큽니다, 각하."

"그녀석 이외의 가능성은 없는 거야? 놈은 며칠 전에 미국에 갔다고 그러지 않았나?"

"예, 그랬습니다만, 녀석은 타이틀전을 마치고 귀국한 지 벌써 며칠이 지났습니다."

"으~ㅁ~!"

히모토가 가라앉는 단음절의 신음을 토해내며 생각에 잠긴다.

"그 며칠 사이에 녀석이 밀입국을 해서 무사시와 그 수하를 죽였단 말인가? 그렇다면 녀석이 우리의 계획을 알고 있다는 말인가? 어떻게 알았다는 말이지? 그를 지원하는 세력이 있다는 얘기인가? 그렇다면 대한민국의 정보기관이 개입해 있다? 아니면 며칠 전 테러를 행한 재일 한국인들의 비밀 조직과 연계되어 있는 걸까?"

이 궁리 저 궁리로 연쇄적인 발상에 침을 말리며 소파에 얹혀 있던 늙은 히모토는 문득 스치는 불길한 예감을 느끼며 야마시타의 대답을 재촉한다.

"히데오는 무얼하고 있나? 경호는 잘하고 있는 거야?"

"예, 각하!"

"연락해 봐. 잘하고 있는지…."

"알겠습니다."

"프로젝트 수행에 차질이 생기면 안 되는데. 무사시가 죽었으니…."

히모토가 얼굴을 들어 전화를 거는 야마시타를 바라보다가 입을 뗀다.

"야마시타, 무사시의 일을 대신할 자를 찾아 봐! 무리 없이 일을 처리할 수 있는 녀석으로. 역시 야쿠자가 제격이겠지?"

야마시타의 대답을 흘리며 하야시가 건네받은 전화로 입을 가져간다.

"히데오 별 일 없느냐? 그래. 프로젝트는 잘 수행하고 있겠지? 매스컴 반응이 괜찮은 것 같으니 잘해 봐."

둘, 집행

1

섬을 출발한 경비행기는 하늘 높이 떠올라 하얀 파도로 해안선을 이루는 일본 열도를 굽어보며 푸른 바다 위를 날아간다. 정신을 차리지 못하고 포승에 묶여 눈을 감고 있는 히데오를 힐끗 바라보는 해모수는 착잡한 마음을 금할 길 없다.

"개인의 출세를 위하여 온갖 교활한 술수를 다 부려서 두 나라를 뒤흔들어 놓은 상황을 접해서는 이 녀석을 잡기만 하면 살이라도 씹어 먹을 것 같았는데 한 번의 급소 공격으로 연약하게 무너져, 지금은 창공에서 떨어져 고기밥이 될 운명을 모르고 기절해 있으니. 정치를 하는 사람끼리, 국익을 다투는 나라끼리 권모술수가 횡행하지 않는 나라가 이 세상에 없지만 히데오, 당신이 더 자라기 전에 우리를 만난 게 악연이라면 악연이라고 할 수밖에."

두 사람이 공통의 화두로 공감하는 가운데 해모수가 조종석에 앉은 한금을 바라보며 말을 건다.

"장 동지와는 절친한 친구 사이로 알고 있는데 마지막으로 인사라도 해야 하지 않겠습니까?"

한동안 조종간을 쥐고 말이 없던 한금이 비장한 표정으로 낮은 음성을 해모수에게 던진다.

"모르고 가는 게 낫지 않겠습니까?"

딴은 그렇기도 했다. 해모수의 입장에서야 조국의 미래를 위하여, 양국 국민들의 안녕을 위하여 악의 근원인 하나의 생명을 끊어 버리는 일이지만 한금과 히데오, 특히 히데오의 입장에서 보면, 비록 국익을 다투는 나라의 국민으로 태어나 현실적으로 적대감을 품지 않을 수 없는 사이라고 하지만 개인적으로 히데오의 한금을 향한 우인(友人)으로서의 신뢰감은 일본인 친구에서도 찾아볼 수 없을 만큼 큰 것이어서 자신을 죽이는 자가 한금이라는 것을 알게 된다면 히데오는 죽음보다도 더 큰 절망을 안고 죽어 갈 것이었기 때문이다. 해모수가 침묵으로 한금의 뜻을 따른다.

"몸은 괜찮습니까?"

한금의 부상이 염려되는지 해모수가 근심스런 안부를 묻는다.

"괜찮습니다. 견딜만합니다."

한금과 해모수, 그리고 다른 동지들 모두 지친 기색이 역력하다. 그러나 정신만은 맑아 지난 일들이 마치 당장의 일과 같이 생생하게 떠오른다.

"야마시타, 무사시, 이찌로…."

2

"야마시타는 아직 출근하지 않은 거야?"

집무실에 들어선 히모토 1세가 여비서를 바라보며 묻는다. 매일 아침, 저녁으로 주군의 잠자리까지 돌보아 오던 야마시타가 오늘은 내내 그 모습을 보이지 않았던 것이다.

"각하, 야마시타 님이. 흑!"

히모토 1세가 가는 눈을 치켜뜨며 흰자위를 드러낸다.

"또 무슨 일이 난 거야?"

불길한 예감을 직감한 히모토 1세가 불쾌한 언성을 높여 지른다.

"예. 각하. 방금 전에 경시청에서 전화가 왔는데. 어젯밤에 히데오님의 연구소에서 피살된 채로 발견되었다고 합니다."

"뭐라고? 그럼, 히데오는 히데오는. 어떻게 됐어? 응? 히데오는?"

히모토가 제 수족의 죽음마저 잊어버리고 사색이 된 얼굴로 여 비서를 다그친다. 말문이 막혀버린 듯한 어눌한 음성을 가까스로 추스르며 희망의 메시지를 간절히 재촉한다.

"경호원 두 명과 운전기사의 사체는 발견했지만 히데오님의 모습은 찾을 수 없었답니다."

"그럼, 살아 있다는 말이냐? 응? 그 말이야? 어서 전화를 해 보아라, 어서!"

희망의 음성인지 절망의 언어인지 반반의 의미를 애매모호하게 전하는 여비서의 말이 끝나자마자 히모토 1세는 제 성미를 못 이겨 성화같이 다그친다.

"전화를 해 보았습니다만, 연락이 되지 않고 있습니다. 연구소 직원의 말로는 일과 시간이 끝나면서 히데오님이 경호원과 기사 두 명을 남기고 모두 퇴근시키셨답니다."

"무엇이?"

철렁 내려앉는 심장을 절감하며 무호흡의 절망을 경험한다. 낙망의 대답을 듣고 난 히모토의 안색이 시나브로 창백해지고 노안(老眼)은 퇴색하여 절망의 빛으로 바뀌어간다.

"그토록 경호에 만전을 기하라고 일러두었더니…"

힘없이 빠져 나오는 책망의 언어가 입안으로 잦아들고 회백색 피부에 돋아난 푸른 핏줄의 윤곽이 더욱 뚜렷해진다. 놀란 마음에 억눌려 마비된 신경이 손과 발끝 둔감해진 피부를 되살리듯 자욱하게 저려온다. 아득한 기억으로부터 청년 히모토의 발자취를 더듬어 오던 그는 그의 분신 히데오에 이르러 깊은 감회를 감추지 못한다.

"가문의 영광을 위해서라면, 입신출세를 위해서라면 어떤 악역도 기꺼이 맡아 오기를, 마침내 일본 사회의 지존으로 자리하여 개인의 꿈,

가문의 번창을 다시 이루는데 성공하였건만, 내가 하고자 해서 못한 일이 없건만, 뒤를 이을 하나뿐인 아들의 일은 왜 이리 힘이 드는지. 이제는 행방이 묘연하여 생사가 걱정되는 지경에 이르렀으니…."

낙망의 사색에 사로잡혀 사건의 개요를 훑어가던 히모토는 문득 기억의 저편에서 밀려오는 검은 영상을 인식하면서 심기가 불쾌한 듯 이를 악물어 지우고자 애쓴다.

"해모수… 이놈…."

검은 영상이 밀물에 실려 다가올수록 점점 선명해져 그 모습을 확인시킨다. 조류(潮流)의 대세를 막기에 벅찬 기력의 히모토는 할 수 없이 만조 바다에서 부유의 쟁의를 받아들인다. 편견에 사로잡혀 왜곡된 가치관은, 목적을 위해 수단을 가리지 않고 서슴없이 자행한 불의를 각성하여, 올바른 길을 걷기에 지혜의 깊이가 너무 얕고 도덕성의 함양이 너무 소홀하다."

2

연구소에서 내일의 사건 시나리오를 짜느라 직원들과 경호원들을 퇴근시키고 운전사와 경호원 두 명만을 남기고 밤늦도록 일에 몰두하는 히데오 앞에 해모수와 장한금이 나타난 것은 밤의 한가운데를 벌써 지난 후였다. 사무실 밖에서 밤을 힘겨워 하품 짓는 경호원을 간단히 처리한 두 사람이 불켜진 히데오의 사무실을 찾는 것은 어렵지 않았다. 양국의 청년들이 재회를 한 현장에서 두 젊은이에게 3차원의 통용어는 필요 없었다. 한국의 젊은이들은 이미 히모토 가의 음모를 파악, 히모토의 프로젝트를 무산시킬 정의의 프로젝트를 기획하여 피아(彼我) 적대적 프로젝트의 마무리를 위하여 마침내 일본 청년 앞에 선 것이다. 일본 청년 역시 밤늦은 그의 방문객들을 확인하면서 자신의 프로젝트에서 발생하던 소음의 원인을 알 수 있었던 것이다. 한금을 바라보는 순간만큼은 흔들리는 감정을 제어하기 힘든 표정을 짓던 히데오가 이내 체념의 미소를 입술의 끝으로 미세하게 내비친다. 한금을 뒤로하고 해모수가 히데오 앞으로 다가간다. 해모수의 주먹에 힘이 실리려는 순간, 히데오가 말문을 연다.

"장 상!"

한금이 말없이 무감(無感)의 시선을 대답으로 대신한다.

"지난번 방문이 이 일과 관련이 있었던가?"

저으기 깔린 어조에 히데오의 감정이 진액(津液)으로 농축되어 전해 온다. 자신에 대한 한금의 심중을 확인하고 그에 상응하는 배신의 깊이를 가늠하고자 하는 히데오의 생각이 떨리는 입술에 묻어있다. 그러나 국가를 초월한 대의(大義)의 수행을 신념으로 하고 있는 한금에게 히데오의 질문은 사사롭기 그지없어 대답하기에 거리낌이 없는 것이었다.

"깊이 생각 말게, 히데오."

한금의 불명확한 대답으로 깊어지는 골을 인식하는 히데오가 다시 한 번 의혹의 해소를 요구한다.

"술자리에서 얻은 것이라도 있었던가?"

지금 자기 앞에서 적과 함께 선 우인(友人)의 실체를 감지하는 히데오는 당시 한금의 방문을 첩보원의 그것으로만 간주해 버린다.

한금의 방문 후, 광란의 주연(酒宴)이 종내 찜찜했던 히데오가 연구소 부하에게 지시해서 알아본 한금의 행적은 수개월에 걸친 열도의 여행이 전부였다.

그러나 그 와중에 비밀 통신이 포착되었고 부하의 보고는 한금이 한국의 정보 요원 정도로 파악된다는 거였다.

히데오가 분한 마음을 억누르지 못하고 그를 찾았을 때 이미 한금은 귀국한 후였다.

"…"

중오의 눈빛으로 이글거리는 히데오가 마지막 의문의 확답을 촉구하여 묻는다.

"우리의 극비 프로젝트를 어떻게 알아내었지?"

히데오의 질문을 무시하는 듯 한금이 휴대폰을 꺼내 박 주임과 통화한다.

"후다닥 후다닥!"

잠시 후, 사무실 밖 건물 입구로부터 조금은 급박한 듯 한 발걸음 소리가 중첩되어 들려온다.

"박사님!"

"아저씨!"

연구소 밖 차 안에서 대기하고 있던 박 주임과 협보, 하나꼬가 한금의 연락을 받고 들어온 것이다.

"아니! 너는?"

게이샤였다. 한금과 함께 주연이 있던 날, 한금의 파트너였던 그 숫처녀 게이샤였던 것이다.

"그렇네 히데오, 이 아이일세."

한금은 문득 히데오에게 재일 한국인인 하나꼬의 실체를 보여주는 것도 괜찮을 거란 생각이 들었고 또한, 그것이 히데오의 질문에 대한 가장 명확하고 성실한 대답이 될 것이란 생각이 들었던 것이다. 히데오의 인상이 더 이상 구겨질 수 없도록 한껏 이지러진다.

"이 년이. 대 일본국의 국민으로서 황국신민의 성스러운 국민이 조센징의 끄나풀이 되다니. 네 년이 대 일본국의 사업을 이렇게 망쳐버렸구나."

"히데오, 이 아이는 너희 나라 일본의 여인이 아니라, 한민족의 순수 혈통을 이어받은 대한민국 한민족의 딸이다."

히데오와 해모수가 문득 의아한 표정을 지으며 한금과 여인을 번갈아 본다.

3

한금은 하나꼬의 첫 남자로서 그녀와 하룻밤을 보내면서 한국인의 긍지와 배달민족의 혈통을 꿋꿋이 지켜 온 조상들의 후예답게 자긍심을 갖고 있는 그녀에게 자신의 역할을 간단히 소개한 후 하나꼬에게 도움을 요청한다. 히데오의 프로젝트를 어렴풋이 접수한 바 있던 한금에게는 기미꼬의 주점에서 일하는 하나꼬가 너무나 긴요한 인물로 다가온 것이다.

하나꼬에게 있어서 주점에서의 첫 손님이자 첫 남자가 한국인이라는 것을 확인한 사실은 그녀에게 큰 위안으로 다가왔다. 그리고 국가적 대 사업에 사소한 자신의 일이 지대한 영향을 미친다는 사실을 한금으로부터 전해들은 하나꼬는 기꺼이 역할을 수용했던 것이다. 하나꼬가 한금과 함께 기미꼬의 도청장치를 거짓 조작하였고, 한금이 하나꼬의 신변 보장은 물론 가족들의 생활을 보장한 것은 당연한 일이었다. 그래서 그 후로 하나꼬는 주점에 들르는 히데오의 동향을 빠트림 없이 한금에게 전해줄 수 있었고 한금은 하나꼬를 통해 히모토 부자의 프로젝트 실체를 확인할 수 있었고 그들과 관련된 야쿠자 조직에 관한 정보도 입수할 수 있었다.

4

"장 상, 꽤나 큰 것을 얻었구만! 나를 찾아와서 가장 큰 선물을 받았어!"

패배를 인정하는 듯 허망한 몇 마디 말을 하고 두 눈을 감아버리는 히데오의 얇은 얼굴이 주름져 일그러진다. 해모수가 그의 복부에 신속한 타격을 가해 기절시킨다. 쓰러지는 히데오를 붙잡아 자신의 어깨에 둘러맨 해모수가 세 사람과 함께 서둘러 히데오의 방을 빠져나온다. 연구소의 입구를 향하여 발을 내딛는 순간, 짙은 그림자가 검은 연기를 뒤로 하여 어렴풋이 시야로 들어온다. 자동차 헤드라이트의 섬광이 횡하니 지나간다. 네 사람을 발견한 괴물의 그림자가 복도를 가득 채우며 그들에게 접근해 온다.

"뚜벅 뚜벅."

"…"

거구의 물체가 내딛는 발걸음에 맞추어 나는 구두 소리가 네 사람의 긴장을 한층 고조시킨다.

"너희들 누구냐?"

일본어로 내뱉는 고성(高聲)이 복도를 타고, 온 연구실을 찌렁찌렁 울려댄다. 스모 선수를 연상시키는 거구와 괴력을 짐작케 하는 기력이 야수의 눈처럼 어둠 속을 번득인다. 온 몸의 신경이 본능적으로 깨어나 표피를 뚫고 나오듯 전신에 전율을 일으킨다.

"야마시타 실장님!"

뒤따른 사람이 있었던 듯 거구의 고함을 뒤이어 바쁜 발걸음 소리와 다급한 음성이 다섯 사람에게 한층 더 벅찬 위협을 가한다.

"프로젝트의 마지막 고비다!"

해모수와 한금이 공감의 위기의식으로 눈빛을 마주친다.

"야마시타라면 히데오의 아버지인 히모토의 경호 실장이 아닌가?!"

5

야마시타,

그 역시 이찌로와 같이 무술의 달인이지만 음지의 이찌로와는 달리 일본 및 세계의 무술 대회를 휩쓸어 양지에 우뚝 솟은 전설적 영웅이다. 가라테와 검도, 유도의 전 일본 선수권을 제패하여 일본 고유의 무술과 무예를 정복한 그는 열도의 울타리를 벗어나 유도 대표 선수로 세계무대에 진출한다. 올림픽을 3연패한 그가 서른을 전후하여 후진의 길을 터 주기 위하여 현역에서 은퇴하지만 세계의 팬들은 영웅을 그냥 두지 않는다. 그들은 마지막으로 그에게 데드-매치를 요구하기에 이른다. 당대 최강의 프로 레슬러와 죽음의 승부를 앞둔 그는 지난날 찬란한 영광들을 모두 지워버리고 죽음의 고통을 불러일으키는 고강도의 훈련 프로그램을 소화한다. 실전에서 마주친 상대는 시합 시작 1분 만에 식물인간을 선고받고, 야마시타는 플래시 라이트로부터 사라져 버린다. 그 후 서른 중반을 넘긴 야마시타는, 검정 양복을 갖추어 입고 일본 총리를 보좌하는 당당한 경호실장의 모습을 보이며 다시 양지로 복귀한다. 야마시타는 대 일본국 현역 총리 히모토의 오른편을 항상 고수하여 주군의 카리스마를 빛내는데 부족함이 없다. 몇 년이 지나 히모토가 건강과 체력을 이유로 현역을 은퇴하게 되자 야마시타는 그와의 인연을 소중히 하여 가신의 지위를 기꺼이 자원한다.

6

일행이 두 명뿐인 듯 익숙해진 검은 정적 속에 더 이상의 인기척이 나지 않는다. 상황을 파악한 박 주임이 어느새 권총을 뽑아 들고 야마시타와 그의 부하를 조준한다.

"철컥!"

탄알을 장전한 박 주임의 검지가 방아쇠의 촉감을 미세하게 느끼며 과녁(貫革)을 조준하고 있다. 어둠 속 선명한 금속음이 날아와 귓전을 울리자 야마시타와 다른 한 명이 방심의 허를 찔린 듯 움찔 긴장하여 동작을 멈춘다.

"꼼짝 마라!"

위협하는 박 주임의 음성이 두 사람의 위기 상황을 확인시켜 준다. 두 명의 적이 이내 석상같이 굳어서 검은 눈동자만을 이리저리 굴려 댄다. 박 주임이 총을 쥔 손과 팔로 사격에 적절한 에너지양을 전송하여 흔들림 없는 자세를 견지(堅持)한다. 어느 정도 위기 상황을 벗어난 안도감으로 박 주임이 두 사람을 한쪽 벽으로 몰고 간다. 그들을 벽에 붙여 세워 상황을 수습한 박 주임이 나머지 손을 가리켜 일행들이 건물 밖으로 나갈 것을 지시한다. 일본 탈출의 시급함을 긴박하게 느낀 일행의 앞으로 당황한 하나꼬가 박 주임의 지시를 따라 공포의 순간을 부리나케 벗어난다. 하나꼬의 뒤를 이어 히데오를 둘러 맨 해모수가 두 명의 적을 지나려는 순간, 흰자위를 드러내며 그 모습을 바라보던 야마시타가 놀란 눈으로 굵은 목소리를 뱉어낸다.

"히데오! 히데오 아니냐!?"

야마시타의 놀란 목소리가 네 사람의 안심을 깨뜨리고, 다시 그것은 그를 돌아보는 일행을 깊은 긴장의 늪으로 몰고 간다. 마치 적의 시선을 유인하려는 의도가 숨어있는 것처럼 야마시타의 놀란 눈빛이 제 발을 한걸음 자연스럽게 앞으로 내밀어 준다. 박 주임의 총구가 옮겨진 타겟에 몰두하여 이동한다.

"움직이지 마라!"

박 주임이 다시한번 경고를 하여 야마시타를 제지하려고 한다. 창백한 얼굴로 두 눈을 감은 히데오가 고깃덩이와 같이 걸쳐져 축 늘어져 있다.

"이럴 수가."

마치 시체와 같이 걸쳐 있는 히데오의 모습을 확인한 야마시타가 거구의 몸을 곧추 세워 사지와 몸통으로 분노의 기를 뿜어낸다.

"네 놈들 해모수란 놈의 패거리구나!?"

화를 삭이면서 내뱉는 야마시타의 질문에 네 사람이 침묵의 말로 대답을 대신한다.

"바가야로! 이 교활한 시라기 놈들!"

"!!!"

그들의 실체를 확인한 야마시타는 히모토 가의 경호 총책으로서, 자신의 영토 안에 들어와 주군과 그 아들을 위기에 빠뜨리고 생명보다 귀한 자신의 명예를 훼손한 적들을 눈앞에 두고 격한 감정을 삭이지 못한다.

"이제는 죽음이 두렵지 않다. 아니, 처음부터 죽음이 두려웠던 것은 아니다. 칼과 총이 두려운 적은 지금껏 한 번도 없었다. 패기 있는 나의 행보에 예기치 않은 뜻밖의 상황이 전개돼 잠시 나를 긴장시킬 수는 있어도 나의 기개(氣槪)를 꺾지는 못하기 때문이다. 즉, 칼과 총이 나를 죽일 수는 있어도 나의 혼과 명예를 죽일 수는 없기 때문이다."

사나이의 길을 걸으면서 깨달은 것은 죽음보다 두렵고 생명보다 고귀한 것이 명예라는 사실이었다. 사내의 자존심이 꺾여버린 지금 생명은 무의미한 것이다. 비장감이 휩싸는 야마시타에게 불현듯 고뇌에 찬 주군의 얼굴이 떠오른다. 수 십 년 쌓아 올린 영광의 카리스마를 먹칠 당한 당신의 분노와 좌절이 그 얼굴에 더하여 우러난다. 거기에다 기대를 건 아들의 프로젝트가 마무리되어 가는 마당에 정치적 동지들이 피살당하고 낙망하시던 모습이 분노와 함께 가느다란 연민의 정으로 되살아난다. 주군의 계보 인사들이 살해되고 무사시마저 피살당하자 야마시타는 누군가 프로젝트를 눈치 채고 의도적으로 주군을 압박해 들어오는 것이라고 확신하게 된다. 그 핵심 인물이 해모수일 것이란 심증은 지배적이지만 물증이 없다. 지난 번 테러 사건과 같이 일부 재일동포 청년들이 제 1, 제 2의 해모수가 되어 저지르는 일이라는 가정도 무시할 수는 없다. 물론, 그 바람을 일으킨 사람은 독도 문제의 주인공인 해모수임에 분명하다. 실체 주변을 맴돌기만 하면서 추정과 가정을 거듭하여 반복하던 야마시타는 취침에 들기 전, 안부를 확인하기 위해 히데오에게 전화를 한다. 아침에 깊은 심려로 아들의 신변 경계를 강조하던 주군의 모습이 연상되는 한편, 야마시타 자신도 확인하지 않고 그냥 잠들기에는 심기가 편치 않았기 때문이다. 히데오가 전화를 받지 않는다. 초조한 마음으로 부하 경호원에게 연락을 취하니 경호원 한명만을 남겨두고 모두 퇴근하였다는 말을 전해온다. 폭발물에 피폭당하는 전율을 느낀 야마시타가 벌떡 일어나 외출복으로 갈아 입는다. 그리하여 야마시타는 무술의 고수인 부하 직원을 대동하여 초미지급의 심정으로 연구소에 달려 온 것이다.

이윽고 분노의 감정들이 일거에 응집하여 발산한 야마시타의 잠재적 괴력은, 140 킬로그램의 근육 덩어리를 두드러진 푸른 핏줄로 얽어매고 총알도 튀어나갈 듯 한 촘촘한 섬유질의 데피니션을 선명하게 쥐어짠다.

"총성이 울리면 일이 더욱 어려워진다."

해모수가 박 주임의 동정을 살피며 난국 타개를 고민한다.

해모수의 마음을 인식치 못하는 박 주임이 마음을 결정한 듯 검지에 힘을 가하기 시작한다. 거의 동시에, 네 사람의 적들이 야마시타에게 몰두한 틈을 타서 야마시타의 부하가 무술에 능한 그의 오른발을

독도선언 295

차올린다.

"탕!"

총구가 불을 뿜고 권총은 공중으로 날아오른다.

총알이 야마시타의 머리 옆을 지나 복도 천정에 박히고, 발등에 차여 날아오른 권총은 공중 회전을 수회 반복하다가 거의 수직으로 떨어진다. 엉겁결에 당한 박 주임이 정신을 수습하기도 전에 이번에는 적의 왼발이 날아와 박 주임의 턱을 날려버린다.

"빠각!"

"끅!"

그에 박 주임이 고꾸라지는 틈을 타서 야마시타의 부하가 공중으로 날아오른다. 그가 팔을 뻗어 총을 잡으려는 순간 박 주임의 뒤에 서 있던 협보가 그를 그냥 두지 않는다. 공중에 떠오른 적의 국부를 향해 오른쪽 스트레이트를 신속하게 박아 버린다.

"퍽!"

"헙!"

생식기가 터져 버린 상대는 공중에서 즉사하여 떨어진다. 해모수와 야마시타가 대치하기도 전에 순식간에 끝나버린 상황이었다.

"네가 해모수란 놈이로구나?"

해모수가 세계 챔피언으로서의 실력은 물론, 독도 문제를 일으킨 의협의 주인공임을 잘 알고 있는 야마시타로서는 적의 국부를 쳐서 승부를 짓는 그의 모습에서 해모수의 이미지는 찾을 수 없었다. 아무리 급박한 위기의 순간이라고 하더라도 그의 펀치와 의로운 정신은 국부만은 피했을 것이기 때문이다.

"탕!"

또 한 번의 총성이 복도를 울려댄다. 야마시타가 쓰러진다. 두개골을 관통당한 야마시타 역시 그의 부하와 같이 즉사하여 무너진다.

"..."

일본 무술의 아성을 쌓아 자신의 카리스마를 세계에 떨치고 불패 신화를 이루어 낸 일본 무술의 신(神), 야마시타가 총탄의 위력 앞에 바위 덩어리 같은 모습으로 무너져 내리는 것이다. 실로 찰나의 순간에 벌어진 일이라 해모수는 야마시타에게 대답도 하지 못하고 그의 죽음 앞에 서 있다.

"해모수 씨, 빨리 나갑시다. 총성이 났으니 곧 경찰이 몰려 올 거요."

야마시타를 쏜 한금이 박 주임을 일으켜 부축하면서 해모수를 재촉한다. 절체절명의 상황에서 내가 위기를 벗어나기 위해서는 상대를 제거하는 것이 당연한 일이지만 이번 일만은 개운치 않은 마음을 달래기가 힘들다. 해모수의 심정을 아는지 한금이 그를 위로한다.

"해모수 씨, 이해하시오. 내 마음도 편치 않아요. 그렇지만 할 수 없는 일이었소."

상황은 우리가 지체할 수 없도록 만들었고 좁은 복도에서 괴력의 거구를 상대하기에는 너무 무리였다. 게다가 야마시타가 우리의 정체를 안 이상 그를 살려둔다는 것은 어불성설, 대한민국의 입지를 흔들 수 있는 일이었기 때문이다. 그러나 운명이라고 하기에는 무술인으로서 그의 최후가 너무 비참하다는 연민의 정을 느끼면서 다른 한편, 무술인의 아쉬움을 묵언의 동공으로 피력하여 검은 하늘로 날려 보낸다.

"운동을 하는 사람으로서, 격투기 계에 있어서 난공불락의 아성을 구축한 야마시타의 카리스마에 도전해 보고 싶은 욕구가 내재해 있었는지도 모르겠다. 그래서 그의 죽음이 이렇게 아쉬운 건지 모를 일이다. 이미 마흔에 이른 나이인 만큼 현역 프로 복싱 챔피언인 내가 그를 이긴다 해도 의미는 없을지 모른다. 그러나 여전히 잘 다듬어진 근육은 그의 성실성을 말해 준다. 청년 야마시타가 아니라면 아직도 그를 뛰어 넘을 무술인은 찾아보기가 힘들 것이다. 만일 내가 그와 대결을 하였다면?"

7

건물을 벗어난 다섯 사람이 도로가에 세워 둔 박 주임의 차에 오른다. 그들의 차가 히데오의 연구소에서 자취를 감출 무렵, 여러 대의 경찰차가 요란한 사이렌을 울리며 사건 현장에 도착한다. 일행은 경비행기가 숨겨진 섬을 향해 새벽녘 동이 틀 때까지 먼 길을 나아간다.

8

긴 신음을 토한 히데오가 서서히 잠에서 깨어난다. 그러자 박 주임이 긴급할 때 사용하는 최면제를 히데오의 얼굴에 뿌려 다시 잠재워 버린다. 그것으로 히데오의 의식은 끝이었다.

"해모수 씨, 히데오가 깨어나기 전에 일을 처리합시다."

히데오가 깨어나면 여러모로 주변 상황이 곤란해질 것 같은 생각에 한금이 해모수를 재촉한다. 냉철한 이성적 대의로써 나라와 겨레의 안위만을 추구하는 해모수와 달리 젊은 유학 시절에 돈독한 우정을 나눈 친구를, 대의를 명분으로 어긋난 욕망의 굴레에서 헤어나지 못한 친구를 가벼운 충고 한마디도 하지 못하고 죽음의 길로 몰고 가는 자신의 입장이 못내 괴로워 보인다. 국가의 큰일을 다루는 지위에 섰던, 아니 사실상 지금도 그 자리에 서 있는 한금의 입장에서 냉엄한 이성만을 요구하는 직책은 히데오를 적으로만 간주할 뿐 지인의 사사로운 감정을 한 치도 허용하지 않는다. 이번에 일본에 오기 전, 직속상관에게 사직원을 제출하여 공인의 지위를 버렸다. 청와대 직원으로서 이

일을 수행해서 빚어질 부담은 말로 형용할 수 없을 만큼 국가와 국민에게 큰 짐을 안기게 될 것이므로 미련 없이 사인의 지위를 택하였었다.

그리고 언제든지 원하면 복직을 시켜주겠다는 실장을 뒤로 하며 한금은 현해탄을 건너온 것이다.

"남보다 좋은 기회를 부여해 준 조국을 위하여 대의를 행하는 것이 나에게 주어진 숙명의 과업일진저…"

한금의 심정을 충분히 이해하는 해모수가 고개를 돌려 창밖 바다를 내려다본다. 박 주임이 히데오를 끌고 기문으로 다가간다.

"히데오, 잘 가게."

차가운 바람이 폭풍의 핵과 같이 기내를 휘감아 도는 사이 급변한 기내의 공기도 의식치 못하고 잠들어 있는 히데오를 검은 바다 속으로 밀어 넣는다. 차가운 심장을 가진 킬러가 아닌 이상, 크나 큰 대(大)를 위하여 지극히 작은 소(小)를 희생시킬 수밖에 없는 국가적 사업을 하는 그들이지만 살인의 현장에서 숙연해지는 감정만큼은 어찌할 수가 없다. 하나꼬가 두 손으로 얼굴을 가리고 울먹이는 듯 어깨를 들썩인다.

"이번 사건을 일본은 어떻게 대응할까요?"

박 주임이 분위기도 바꿀 겸 두 사람을 향하여 말을 건다.

"글쎄요, 자국의 국내 문제로 다루지 않을까요? 우리가 비밀리에 출입국한 것도 모두 그것을 노려서 한 일 아닙니까?"

"그렇긴 합니다만, 글쎄요, 아들 히데오의 죽음을 당한 히모토 1세가 가만있을까요?"

"그렇지 않습니다. 히데오는 공식적으로 실종 처리가 됩니다. 히데오의 사망은 우리만이 알고 있는 사실이니까요. 그러므로 히모토 1세는 자신의 아들을 거론하여 우리나라에 대하여 어떤 구실도 만들지는 못합니다. 지난 번 재일동포 청년들의 테러 사건도 있었기 때문에 그들은

명확한 물증이 없는 한 의혹만으로 우리에게 트집을 잡을 수는 없죠.“

한금이 그의 시선을 전방에 펼쳐진 흰 구름 속으로 숨긴다. 조종에 열중인 까닭인지 벗인 히데오의 죽음과 관련하여 표정의 변화를 보이지 않는다. 두 사람은 한금의 감정을 짐작하여 하얀 침묵을 견지한다. 아침 햇살에 은빛 광채를 반사하며 파란 하늘과 푸른 바다 사이의 뭉게구름 속으로 하얀 동선(動線)이 묻혀 사라진다.

제 14 장

결혼

하나, 큰 사랑

1

햇빛에 눈부신 백색의 승용차가 한산한 경부고속도로의 하행선을 달린다. 창밖 좌우로 흩어져 멀어지는 경치를 통독으로 넘기며, 차는 쉼 없이 하얀 선을 그어 간다. 승용차의 전방에 고정된 여인의 동공이, 운전대를 꼭 쥔 매끄러운 손등으로 붉어지는 애틋한 초록 핏줄의 표징과 함께 작은 경직의 모습을 드러낸다. 주경은 서울에서의 부푼 마음과는 달리 대구에 다가올수록 사랑하는 사람의 생활환경과 묵은 체취를 접한다는 사실 특히, 그의 부모님을 뵙는다는 현실적 문제를 인식하면서 고조되는 긴장과 흔들리는 마음을 가누기가 힘든 모양이다. 주경의 표정을 흘낏 바라보던 해모수가 팔짱을 풀어 자신의 왼손을 여인의 손등에 포근히 얹는다. 사랑의 영혼으로 가득 찬 두 사람만의 공간에 어울리지 않게, 짙어만 가는 작은 근심으로 주변을 망각한 여인이 문득 정신을 차려 옆 좌석의 사내를 어색하게 바라본다. 따뜻한 손길과 함께, 깊은 눈빛을 전하는 사내를 바라보며 여인은 마음의 평정을 찾아간다.

"주경 씨!"

"?"

"긴장하고 있군요?"

"…"

주경이 묵언의 대꾸로 보일 듯 말 듯, 입술의 끝을 들어 올려 여린 미소의 긍정을 전해온다.

"부담스러우면 저희 집은 다음에 방문하도록 하죠? 출장 온 일이나 잘 보도록 해요."

주경이 그의 위로에 훈기를 마시며 자신감을 회복한 듯 자신의 입술을 길고 얇게 팽창시켜 미소를 전한다. 해모수가 그녀의 윤기 나는 입술을 주목하더니 문득 눈을 들어 차창으로 시선을 가져간다. 승용차의 속도만큼이나 빨리 스쳐 지나가는 고속도로 난간 너머 가로수와 서서히 동행하는 먼 풍경이 대조적으로 관찰자의 심상에 새겨진다.

2

세계타이틀전을 마치고 귀국한 해모수 씨가 건강상 이유로 모든 환

영 행사와 인터뷰를 거절하였다는 소식을 전해들은 주경은, 자신에게
조차 아무 연락도 없이 두문불출하는데 대하여 근심을 떨칠 수 없어
김 기자를 비롯하여 유 관장에게까지 접촉을 하여 알아보았지만 유
관장의 대답은 간단했다. 해모수는 심신의 피로가 겹쳐 요양 겸 지방
에 내려가 자신도 연락이 되지 않는다는 것이었다. 매스컴마저 공항
을 빠져 나가는 해모수의 뒷모습만을 촬영 하였을 뿐, 그와의 인터뷰
를 유 관장으로 대체하는 촌극을 빚었는데 유관장의 언급인 즉, 해모
수 선수가 타이틀전을 전후하여 현지 적응이 잘못되어 체류 기간 내
내 건강이 좋지 않아 고생을 많이 하였다는 것과 그럼에도 불구하고
챔피언이 된 것을 큰 다행으로 여긴다는 것 뿐 보다 구체적인 설명은
없었다. 개운치 않은 대답을 전해 듣고 돌아온 주경은 해모수 씨와 관
련하여 불현듯 떠오르는 독도 문제와 한·일관계를 두려움으로 떠올리
다가 그와의 연관이 불쾌한 듯 고개를 휘저어 잊고자 노력하였다. 그
토록 근심에 젖어있는 자신을 잊은 듯 전화조차 없는 해모수 씨를 주
경은 원망도 해 보지만 결국은 임무를 마치고 돌아올 해모수 씨의 귀
국일까지 인내하며 기다리는 수밖에는 다른 도리가 없었다. 그러다가
문득 생각이 나 협보와 유 관장을 찾아가 그들을 다그쳤더니, 유 관장
이 한금을 만나보라고 한다. 협보와 함께 만난 한금으로부터 정황을
확인한 주경과 협보가 해모수와 생사를 함께 하겠다고 각오를 피력한
다. 긴 생각 끝에 한금이 주경을 설득하고 협보와의 동행을 약속한다.
주경은 세계타이틀 전에 대한 근심은 비할 바가 못 되는 크나큰 늪에
다시 빠져 든다.

3

밤 2시, 주경이 하루 일과를 마치고 아파트 집으로 돌아오는 시간,

302

주경의 아파트 입구에 검은 승용차가 한 대 멈추어 서 있고 운전석에 건장한 체구의 사내가 그림자의 모양으로 검게 자리하고 있다. 검은 물감의 하늘 아래, 은빛 가로등의 뿌연 불빛 속으로 한 여인을 태운 백색 승용차가 그 자태를 드러내며 아파트 입구를 들어선다. 그리고 아파트 노면에 익숙한 바퀴는 지체 없이 조용한 지하 주차장으로 들어간다. 흰색 승용차가 지나치는 순간, 검은 승용차의 시동이 걸리면서 뒤를 쫓아 서서히 지하로 사라진다. 주차를 마친 주경이 단발머리에 늘씬한 몸매를 드러내며 차 밖으로 걸어 나온다. 지친 몸에도 불구하고 예의 단정한 차림으로 핸드백을 어깨에 메고는 곧장 엘리베이터를 향해 걸어간다. 지하 주차장의 정적을 깨트리는 구두의 발자국 소리가 절도 있는 음으로 주변을 진동시킨다.

"번쩍!"

따라오던 검은 승용차가 주경의 뒷모습을 향해 상향등을 켜 주경을 긴장시킨다. 흠칫 놀란 듯 일견 돌아보던 주경이, 이내 개의함을 떨치고 가던 발걸음을 의식적으로 재촉한다.

"주경 씨!"

검은 승용차의 문이 열리면서 나와 선 사내가 주경을 향하여 3음절의 음을 던진다. 순간, 주경의 몸이 굳은 듯 경직하더니 다시 한 번 냅다 고개를 돌려 사내를 향한 눈빛에 온 몸의 기운을 모아 경이의 시선을 던진다. 지하 주차장의 그다지 밝지 않은 조도와 멀리 떨어져 검은 모습으로만 동공에 맺히는 영상에도 불구하고 주경은 그를 알아보는 듯 온 몸의 경련을 일으키듯 감동의 심정을 얼굴로 드러낸다. 사내가 희미한 미소를 머금으며 여인을 향해 걸음을 떼어 놓는다. 머쓱한 마음을 내비치듯, 여인을 포옹이라도 할 듯 두 팔을 천천히 벌리면서 여인의 눈동자만을 쫓아 다가온다.

"준⋯영⋯씨?"

목이 매인 듯 힘겹게 뱉어내는 주경의 확인에 사내의 고개가 천천히 끄덕인다. 예기치 않게 갑작스런 감동의 상황을 주체하지 못하는 주경의 몸이 굳은 듯, 다리의 힘이 풀려 버린 듯 사내를 향해 돌아 선 여인이 제 자리에 엉거주춤 서서 눈빛만으로 순간의 감정을 노출하며 사내를 주시한다. 이윽고 다가온 해모수가 무너질 듯 기력을 잃은 주경의 상체를 휘감아 억센 힘으로 그녀를 지탱한다. 해모수의 체취를 오감으로 확인하면서 기력을 되찾은 주경이 남자의 목덜미를 감싸 안는다. 어슴푸레한 불빛 아래 두 연인의 엉킴이 지하의 차가운 공기를 주도하여 열기를 발산하고 두 사람은 서로의 볼을 비비다가 마침내 상대의 입술을 찾아 반쪽의 이성을 확인하여 나간다.

4

얇은 커튼의 빛깔을 환하게 비추는 아침 햇살이 잠든 여인의 침실을 깨울 양 무수히 쏘아대고 그에 못 이겨 잠을 깬 나신의 여 주인이 힘겹게 눈을 뜬다. 눈부신 광선에 얼굴을 돌려 옆자리를 돌아보는 주경의 동공에 오롯한 연인, 인생의 반려자가 깊은 잠에 몰두해 있다. 이제는 한 여인의 삶의 의미로 다가와 주경의 몸과 마음을 지탱하는 지주가 되어버린 사내가 피로에 지친 코골음을 정감으로 전해온다. 타이틀전에 이어 연속된 죽음의 임무를 수행하며 지내 온 여러 날 동안 마음 편하게 잠을 이루지 못했던 해모수에게 연인과의 꿈같은 밤은 온몸의 신경까지 감각의 문을 닫아버린 듯하다. 주경이 은은한 사랑의 눈빛을 연인의 얼굴에 얹어 바라보더니 텅 빈 사내의 넓은 가슴을 채워 데울 듯 잠든 사내의 품으로 파고든다. 잠재된 절대 사랑의 표현인 듯 주경을 향한 본능의 몸짓으로 해모수의 입술이 여인의 얼굴을 더듬어 온다. 이마와 콧등을 타고 내려 온 사내의 입술이 자신의 짝을 찾아 깊은 사랑을 청해 오자 잠든 사내의 무의식적 애무에 몸을 맡기고 있던 여인은 상대의 구애를 거리낌 없이 받아들이며 사내의 영혼적 사랑과 자신의 육체적 사랑의 교합적인 무아와 환상의 절대 쾌락을 감상하여 온 몸의 긴장을 풀어 놓는다.

5

연락을 받은 어머니가 두꺼운 옷을 여민 후 문밖을 나와 추위에 움츠린 몸으로 팔짱을 낀 채 해모수를 기다리며 집 앞을 서성인다. 이따금 도로의 끝을 조바심으로 바라보기를 마침내 멀리 먼지를 일으키며 집 앞으로 달려오는 한 대의 백색 승용차를 발견하신 어머니는 그 차가 집 앞에 다가올 때까지 아들을 확인하듯 승용차 내부를 뚫어질듯 바라본다.

"어머니, 저 왔습니다."

"오냐, 준영아. 고생 많았지?"

어머니 앞에서 멈춰 선 승용차의 우윳빛 차문을 열고 나온 해모수가 건강한 모습에 서글서글한 미소로 인사를 하자 어머니가 반색을 하여 맞이하신다. 어머니가 해모수를 향해 쫓아가 두 손을 덥석 쥐어 잡는다. 복서의 주먹보다 더 거친 촉감으로 해모수의 손을 쓰다듬는 어머니의 손길에 해모수는 뭉클거리는 가슴으로부터 배어 나온 애틋함으로 만면을 채색한다. 가정의 평화와 가족의 행복을 위하여 당신의 몸을 아끼지 않고 희생해 오신 주름진 어머니의 얼굴에서 해모수는 어머니의 맹목적 가족애와 모정의 깊이를 절감한다. 이때 두 모자의 끈끈한 애정의 교감이 두터워짐을 질투라도 하듯이 단발머리의 젊은 여인이 운전석 문의 열린 공간을 채우며 밝은 모습으로 걸어 나온다. 주경이 차문을 닫고 운전석 옆에 다소곳이 서서 두 모자의 정감 깊은 해후를 공감의 눈빛으로 바라본다. 한동안 모정의 늪에 빠져 있던 해모수가 문득 주경을 의식하여 고개를 돌려 바라본다. 주경이 싱그러운 미소로 자신을 개의치 말라는 듯 가볍게 고개를 끄덕여 어머니와의 감정에 충실할 것을 묵언으로 전한다. 아들의 온 몸을 쓰다듬고 살펴보며 건강한 모습을 확인하던 어머니가 아들의 시선을 따라 주경에게로 고개를 돌린다. 의아함으로 아들과 동행인 아가씨를 번갈아 쳐다보는 어머니의 궁금증을 풀어드릴 듯 해모수가 작은 손짓으로 주경을 부른다.

"주경 씨, 이리 오세요."

두 사람의 천륜적 감정 사이로 들어가게 된 것이 못내 민망한 듯 어색한 표정을 해모수에게 보내던 주경이 이내 밝은 미소를 되찾아 두 사람 곁으로 다가온다.

"인사드리세요, 주경 씨. 제 어머니입니다."

그와 함께 어머니를 향하여 주경을 소개하는 해모수의 가슴이 다시 벅차오른다.

"어머니, 조주경 씨입니다. 전에 들으셨죠? 결혼할 사람이라고요."

"안녕하세요? 처음 뵙겠습니다."

"어서 와요. 먼 길 힘들었죠?"

주경이 한걸음 앞으로 내딛으며 허리로부터 머리까지 절도 있는 겸손의 인사를 표하자 어머니가 만면에 가득한 온정을 표하며 주경을 맞이한다. 어머니의 손길이 해모수로부터 주경으로 옮겨가며 어머니는 친딸보다 깊은 모정의 눈빛을 예비 며느리에게 보내며 화사한 가정의 내음을 풍겨낸다.

"안방에 아버지 계신다. 들어가자꾸나."

줄곧 긴장의 끈을 풀지 못하던 주경이 봄눈 녹이는 따뜻한 햇살과도 같은 어머니의 자애로움에 편안한 마음을 되찾는다. 고부간 첫 만남의 인사는 따뜻하게 무르익어 그 기운은 곧 시부와의 관계로 이어진다.

둘, 가시버시

1

가족과 친척, 친구와 지인들의 축하와 환송을 받으며 새신랑 새신부를 태운 승용차는 앞뒤로 형형색색의 풍선을 휘날리며 곧장 김포 공항으로 내닫는다.

2

신혼부부를 알아보는 기내 승객들의 축하를 받으며 두 연인의 가슴은 창공을 날으는 비행기와 같이 푸른 자유를 만끽하며 태평양을 건너간다.

3

야자나무 싱그러운 와이키키 해변의 낭만, 하와이안 기타가 연주하는 남국 정서의 감미로운 민속 음악, 엉덩이 풍만한 원주민 갈색 여인의 다이내믹 훌라훌라 댄스, 그리고 폴리네시아를 휘감는 바다의 검은 냉기가 연인들의 붉은 밤을 시샘하듯 무리지어 물바람을 일으킨다.

4

하와이 산국립공원, 남부 화산대 너머 산홋빛 푸른 바다를 굽어 내려 보는 산등성 마루의 짙푸른 숲속, 에덴동산을 연상시키는 낙원의

동산에서 아담과 이브를 그리워하는 쌍쌍의 연인들이 저마다 은밀한
구원(久遠)의 사랑을 속삭인다. 금단의 열매 풍성한 아름드리 지혜나
무 아래 한 쌍의 연인이 낙원의 사랑을 원초적 몸짓으로 엮어간다.

하나, 소화(小和)의 붕괴

1

"각하, 안녕하십니까?"

"미야케, 자네가 여긴 웬 일인가?"

다까야마 의원과 함께 개혁파의 선두 그룹에 있는 미야케의 방문이
히모토에게는 뜻밖의 방문이었다.

"요즘 심려가 크실 텐데, 건강은 괜찮으십니까?"

히모토의 심기를 정곡으로 찌르는 미야케의 안부가 예사스럽게 느
껴지니 이상한 일이다. 예전 같으면 불호령을 내렸을 법도 한데 그다지
불편하지가 않다. 그도 그럴 것이 지금의 히모토에게 있어 그 어떤 자

극도 그를 감응시키지는 못한다. 수십 년간 이루어 온 사업과 피붙이, 인맥을 한 순간에 다 잃으면서 겪은 심적 고통을 무엇으로 움직일 것인가?

"그래, 여긴 어쩐 일인가?"

"에, 각하, 실은 긴히 드릴 말씀이 있어서 이렇게 찾아뵈었습니다."

"무언데?"

히모토가 불편한 심기가 깃든 말을 던진다.

"각하, 다까야마 의원의 뜻입니다."

노 정객이 눈길을 주지 않은 채 반대 당 젊은 정객의 말을 기다린다.

"각하, 히데오를 데리고 있습니다."

순간, 노 정객의 동공에 번개가 친다.

미야케가 쐐기를 박으려는 듯 무거운 한 마디를 덧붙인다.

"각하, 다까야마 의원의 다른 전언입니다."

노정객은 말문이 막힌 듯 반쯤 벌린 입으로 멍하니 젊은 의원을 바라본다.

"오닌은 덕치주의자입니다."

"!!!"

2

동양 타이틀전을 앞둔 협보가 열심히 샌드백을 두드리며 비지땀을 쏟아내고 주변의 링 안과 대형 거울 앞에도 저마다 운동에 여념이 없는 선수들이 공간을 메우고 있다.

"관장님, 이번에 협보 상대가 만만치 않겠던데요? 깔끔한 전적에 KO율도 높고 말입니다."

해모수가 일간지 신문을 펼쳐 들더니 문득 생각난 듯 소파에 앉은 유 관장에게 말을 붙인다.

"그렇지?"

유 관장이 조금 걱정되는 눈빛으로 해모수를 바라보며 말한다.

"하지만 지명 방어전이니 도리가 없지. 이번 시합을 잘 치러야 할 텐데…."

유 관장이 말끝에 여운을 던지며 담배를 입에 문다.

"이번 시합 잘 끝나면 세계 타이틀에 도전시킬 겁니까?"

"글쎄 순조롭게만 풀린다면 그렇게 해야겠는데. 아무튼 그때 가 봐야겠지."

"따르릉!"

유 관장의 대답이 그치자마자 전화벨이 울린다.

"아! 해모수 선수?, 나, 김 기자요."

"예, 김 기자님. 안녕하십니까?"

"요즘 잘 지내시오?"

"예, 어쩐 일이십니까?"

"히모토 소식 들었소?"

"예? 무슨 말씀이십니까?"

"히모토가 몽골 가서 산다는군."

"예?"

전화선을 통한 수화기가 해모수의 고막을 울린다.

"히모토가 몽골에서 산다니!"

해모수가 긴 한숨을 내쉬며 깊은 눈동자를 들어 올려 천정을 향하여 산만하게 던져버린다.

"벌써 1년이 지났구나! 히데오를 바다에 수장시킨 것이."

그 1년의 기간을 해모수는 결혼과 출산, 세 차례의 타이틀 방어, 통합 타이틀 획득 등 눈코 뜰 사이 없이 바쁜 나날들을 보내오느라 히모토를 줄곧 잊고 지내왔던 것이다. 몇 달 전, 장 박사와 안부 전화를 하면서 히모토가 다시 정계에 복귀하였다는 말은 들었지만 통합 타이틀을 준비하느라 하드 트레이닝을 하면서 바로 잊어버렸던 것이다.

"히모토가 왜 몽골에 가서 사는 걸까?"

"해모수, 협보 스파링 좀 도와줘라"

유 관장이 부르는 소리도 들리지 않는 듯 반쯤 감은 눈꺼풀 사이로 해모수의 눈빛이 깊어져 간다.

3

"해모수 선수, 오랜만이오! 이젠 통합 챔피언도 되었으니 체급을 올려야겠군요?"

한금이 카페의 한적한 곳에 자리를 잡아 해모수를 반기며 악수를 청한다.

"하하, 반갑습니다. 건강하시군요?"

극비 프로젝트를 마치고 돌아온 후 처음 만나는 두 사람은 1년여의 시간적 공간도 마치 하루가 지난 듯 어색함이 없다. 마주보며 자리에 앉은 두 사람은 주문해 둔 술자리가 마련되자 한금의 건배 제안으로 시작하여 회포의 정을 풀어 나간다.

"장 박사님, 요즈음 히모토의 동정은 어떻습니까?"

"하하, 해모수 씨는 내 안부보다 히모토가 더 궁금하시군요? 이거 섭섭한데요?"

"하하, 그럴 리가 있습니까?"

해모수가 싱그러운 미소를 지으며 박사의 서운함을 씻어주며 생각난 듯 한금에게 묻는다.

"박사님, 언제 다시 귀국하신 겁니까? 공부할 시간도 아쉬우실 텐데 말입니다."

"예, 잠시 들를 일이 있어 잠깐 나왔습니다."

"다시 공부하시기에 힘들지 않습니까? 이젠 나이도 있는데…"

"글쎄 말입니다. 사실 벅찬 점이 없진 않습니다만, 내 특기가 공부 아닙니까? 하하."

거리낌 없는 둘 사이의 관계를 서로가 확인하며 술잔을 주고받는다.

몇 번의 건배로 흥겹게 무르익은 분위기를 반전시키듯 해모수가 한금을 가볍게 경직시키며 본론을 유도한다.

"그럽시다. 재미없는 이야기부터 끝을 내고 우리의 회포를 풀도록 합시다, 하하."

한금이 본색으로 돌아와 사건의 경위를 들려준다.

4

히모토는 히데오가 실종된 후 전국의 모든 연락망을 총동원하여 아들의 행방을 샅샅이 찾아보지만 1개월이 지나도록 성과를 거두지 못하자 피살되었다고 단정한다. 그리고 야마시타나 무사시와 같이 사체라도 발견할 수 없는 것은 아마 히데오를 죽인 자가 사체를 은밀한 곳에 버렸기 때문이라고 추리한다. 히모토는 히데오의 죽음과 프로젝트의 실패를 대한민국 정부와 해모수를 연관시켜 파악하고 그들을 향해 불타는 증오를 가누지 못한다. 그런 분노의 시간을 여러 달 보낸 히모토는 가문의 명예와 히데오의 복수를 위하여 정치 활동을 재개, 총리직에 복귀한다. 그런 다음 내각과 정부 요직에 자신의 인맥들을 배치, 권력에 있어서 명실상부하게 1인자 지위를 확인한다. 정계를 장악한 히모토는 대외 정책을 변경, 강화하여 배타적 국수주의를 지향한다. 세계를 주름잡던 이데올로기의 양극 체제가 민주주의의 단극 체제로 전환하는 시대에 각국은 특정 적대국이 사라짐으로써 피아의 구별이 사라지고 이제는 국익에 따라 피아가 결정됨을 강조한 히모토는 앞으로 도래할 세계를 제 2의 제국주의 시대로 예언하여 국민을 이해시킨다. 그리하여 히모토는 국제 사회와 국제 관계에 있어서 일본의 외교 정책을 국익 우선과 절대적 국수주의의 원칙으로 정하여 업무를 수행해 나간다. 그리고 다가올 제국주의를 준비하여 군비 증강을 강조하는 한편 군제를 개선 개편하여 기존의 주경 제도를 의무제도로, 자위대의 명칭도 천황군으로 바꾼다. 히모토는 보편적 세계의 조류를 거스르며 일본을 국수주의로 이끌고 가기 위해 장래 도래할 제국주의를 준비한다는 불명확한 명분을 내세운다. 평화에 안주한 국민들이 군비 증강의 현장으로 동원되면서 불만이 고조되고 때를 틈타 반대 세력인 신진 개혁파의 선두 주자인 다까야마파가 민심 이반에 동조하여 나선다. 반발하는 국민 여론에 편승한 신진 개혁 세력이 히모토의 정치 세력을 과거 제국주의의 신봉자이자 신 제국주의의 건설을 꿈꾸는 광신도적 편향주의자들의 집단으로 규정하고 국민의 앞에 선다. 마침내 히모토의 급진적인 제국주의로의 변신과 국수주의로의 전환은 세계의 우려와 국민의 외면 속에 좌절된다. 또한 인근 대한민국과의 적대적 대치 상황의 초래에 대한 책임을 함께 물어 국민은 히모토와 그의 인맥들을 모두 정계에서 은퇴시켜 버린다. 마지막으로 개혁 세력은 히모토 최후의 아킬레스근인 히데오를 협상의 대상으로 하여 히모토의 항복을 받아낸다. 그리하여 모든 것을 잃어버린 히모토는 일본 제국주의의 마지막 신봉자로서의 상징성을 띠며 조국을 떠난다.

5

"음. 그렇게 되었군요!"

"그렇소. 한국과 일본의 공동의 적이라고 할 수 있었던 히모토는 조국의 버림까지 받고 필경 존재의 의미를 잃어버린 거죠."

"그럼, 앞으로 일본 정부의 외교 정책과 대한 정책은 어떤 방식으로 전개될 거라고 예상하고 있습니까?"

해모수의 질문을 받은 한금이 마음속의 무거운 짐이라도 있는 듯 부담스런 표정을 짓는다. 해모수가 의아한 눈빛을 던지자 한금이 마음을 먹은 듯 이내 입을 떼기 시작한다.

"사실은 해모수 씨에게 미리 말을 못한 것이 있습니다."

해모수가 다시금 궁금증이 일어 고개를 갸웃거리며 한금을 바라본다.

"진작 말씀 드릴 수도 있는 일이었지만 겨를이 없었군요."

한금이 조금 멋 적은 표정을 지으며 사정을 얘기한다.

"우리가 임무를 수행하는 데 우리의 임무를 지지하고 주경한 일본의 정객들이 있습니다."

해모수가 깊은 눈빛을 한금의 눈동자에 고정시킨다.

"지금 일본의 다까야마 총리가 그 한 사람으로 우리의 일에 많은 도움을 주었습니다. 총리는 재일교포지만 이미 그 옛날 고조선 단군의 혈통을 이은 사람이더군요."

해모수가 얼굴을 지긋이 끄덕여 보인다.

다까야마 마사오, 히모토 가를 비롯한 우경화의 주체들을 몰아내고 일본 내 개혁의 바람을 일으키는 신선한 인물이다. 우리나라 정계에서는 친한파, 지한파 등으로 환영 받는 인물로서 금명간에 근대 이후 불편했던 한일 관계의 악순환의 고리를 끊겠다는 선언으로 많은 기대를 받고 있기도 하다.

"다까야마 의원의 말로는 며칠 안으로 긍정적인 사건이 있을 것이라고 하는데 아마도 조만간에 일본 천황의 공식 입장이 있지 않을까 추측됩니다."

작은 끄덕임으로 자신의 말에 동감을 표현하는 해모수에게 한금이 어금니에 질끈 힘을 가하더니 입을 뗀다.

"독도 문제는 물론 한일 관계 제반 사항에 대한 일본의 긍정적인 반응이 곧 있을 겁니다."

"그런데."

해모수가 무언가 의문을 피력하고자 한다. 한금이 고개를 끄덕인다. 그리고 해모수의 표정을 읽으며 진실을 끄집어낸다.

"우리가 동해에 던진 히데오는 다까야마 의원이 구해 보호하고 있었습니다."

"!!!"

"나도 당시에는 몰랐던 일이오. 나중에 공무상 만난 적이 있는데 그때 의원이 귀띔해 주더군요."

그제야 해모수의 얼굴에 비친 의문의 잔영이 거두어진다.

한편 섭섭한 마음이 들지 않은 것은 아니지만 해모수는 한금의 해명을 전적으로 수용한다.

그리고 마음 속 저변으로부터 깊은 감구(感舊)의 회포가 일어나 지그시 눈을 감는다.

"해모수 씨! 이런 결과가 오기까지 동지의 역할이 얼마나 컸는지 내가 잘 알고 있소!"

한금이 팔을 뻗어 눈감은 해모수의 손을 힘껏 움켜잡는다.

"새로운 나라, 동반자로서의 일본이 탄생할 것인가? 그리고 '화'의 이념은 재탄생할 것인가?"

둘, 이념의 재정립

1.

"우리 일본은 지난 날 제국주의가 세계의 조류로 활황 하던 시절. 아시아의 어느 나라보다 일찍 서구 문물을 받아들여 근대화를 이루었습니다. 그리하여 서구의 제국주의와 어깨를 나란히 하는 군사 강대국이 된 우리 일본은 시대 흐름에 편승하여 이웃 나라 대한민국을 비롯한 아시아 대륙을 침략하는 과오를 범하였습니다. 그로 인해 아시아 대륙은 2차 세계 대전을 전후하여 참담한 공멸의 결과를 맛보았습니다. 이러한 사실에 대하여 저는 일본 천황으로서 심심한 유감을 표명하는 바입니다. 더불어 이번 기회에 당시 침략 당했던 아시아의 모든 나라들에게 깊은 사죄를 드립니다. 그리고 2차 대전 당시 일본으로부터 피해 받은 나라와 국민들에 대해서는 성의 있는 자세로 임하여 전액 배상해 드릴 것을 약속합니다. 21세기 새 나라를 지향하는 일본은 과거 정치 지도자의 편리한 도구로만 사용되었던 '화'의 통치 철학을 지양할 것을 밝힙니다. 우리는 전 세계 통치 철학의 뿌리인 홍익인간의 이념을 구현하고자 고조선 이래 민주 정치의 기원인 '화백의 정치'를 도입할 것입니다. 한반도가 단군 조선의 적통이라면 일본은 중국과 마찬가지로 단군 조선의 방계이니 삼국이 한 겨레임을 자각하여 그 옛날 삼조선의 장이 다시 펼쳐지기를 바랍니다. 이 시대에 일본은 새로운 일본, 오닌의 문화국가를 건설할 것입니다. 그래서 명실상부한 태화의 민주주의 국가로 탄생하겠습니다."

"그리고…, 다께시마는 대한민국의 영토 독도입니다."

2.

아기를 안은 해모수가 주경과 나란히 집을 나선다.

주경이 사랑 가득 담은 눈빛으로 두 남자를 바라본다. 그리고 신기한 표정을 지으며 해모수에게 말한다.

"준영 씨, 일본 시조 천황이 배 씨라고 그래요."

해모수가 아내에게 미소를 전한다. 그리고 지난 날 장 박사의 말을 기억하며 세 이름을 떠올린다.

"배반명, 해모수, 히모토…!"

평화로운 공원의 신록이 젊은 가족의 사랑과 행복을 한결 산뜻하게 부각시킨다.

〈독도아리랑〉

아리랑 아리랑 아라리요
아리랑 물고개 넘어간다

붉은 파도 / 겨레를 울고
푸른 바람 / 나라를 슳할 제

바다벌 외섬은 / 저도 짚신인 듯
어느새 짝을 구해 / 마주보고 서 있구나!

물고개 망부석된 / 가시가 불렀느냐
한 지고 고개 넘은 / 버시가 되왔느냐

아무렴, 독도야! / 이제는 피와 살 하나 되어
아리랑 쓰리랑 / 춤을 추고 돌아 보자

아리랑 아리랑 아라리요
아리랑 물고개 넘어간다

후기

이제 독도에 관한 소설을 쓰기 시작한 지 10년을 훌쩍 넘어섰다. 10년이면 강산도 변한다는 속담을 떠올리면 가슴속 깊은 곳에서부터 감개가 무량하게 솟구쳐 오른다.

기나긴 시간을 통하여 한일 간 독도 분쟁을 소재로 다루어 오면서, 분쟁에 대한 미시적 관점은 어느덧 성숙하여 인류의 보편적 가치에 의한 거시적 화해의 관점으로 승화하였으니, 이는 소설의 출판뿐만 아니라 개인적 인격의 성숙도 함께 이룬 보람이라고 하겠다.

그러나 타고난 졸필은 긴 시간에도 불구하고 큰 발전을 보지 못하였으니 다만 독자들의 큰 마음에 맡길 뿐이다.

이제 출판사 북랩의 도움을 받아 출판을 앞두고 마지막 퇴고를 하면서, 출판사와 더불어 글을 완성하게끔 도와준 세상의 모든 분들께 깊은 감사의 말씀을 드린다.

팔공산 초옥에서
작가 배 영 수 씀